Max Gallo

Max Gallo est né en 1932. Agrégé d'histoire, docteur ès lettres, il a longtemps enseigné, avant d'entrer dans le journalisme – éditorialiste à *L'Express*, directeur de la rédaction du *Matin de Paris* – et d'occuper d'éminentes fonctions politiques : député de Nice, parlementaire européen, secrétaire d'État et porte-parole du gouvernement (1983-1984). Il a toujours mené de front une œuvre d'historien, d'essayiste et de romancier.

Ses œuvres de fiction s'attachent à restituer les grands moments de l'Histoire et l'esprit d'une époque. Elles lui ont valu d'être un romancier consacré. Parallèlement, il est l'auteur de biographies de grands personnages historiques, abondamment documentées (*Napoléon* en 1997, *De Gaulle* en 1998), écrites dans un style extrêmement vivant qui donne au lecteur la place d'un spectateur de premier rang.

Depuis plusieurs années Max Gallo se consacre à l'écriture.

BLEU BLANC ROUGE

DU MÊME AUTEUR
CHEZ POCKET

NAPOLÉON

1. LE CHANT DU DÉPART
2. LE SOLEIL D'AUSTERLITZ
3. L'EMPEREUR DES ROIS
4. L'IMMORTEL DE SAINTE-HÉLÈNE

LA BAIE DES ANGES

1. LA BAIE DES ANGES
2. LE PALAIS DES FÊTES
3. LA PROMENADE DES ANGLAIS

DE GAULLE

1. L'APPEL DU DESTIN (1890-1940)
2. LA SOLITUDE DU COMBATTANT (1940-1946)
3. LE PREMIER DES FRANÇAIS (1946-1962)
4. LA STATUE DU COMMANDEUR (1962-1970)

MAX GALLO

BLEU BLANC ROUGE

MATHILDE

XO
EDITIONS

ISBN : 2-266-10172-2

Pour Marielle

Singulier peuple toute eau leur est une source vive.
Toute eau qui tombe leur devient une eau courante.
Par le ministère de l'Espérance.

Charles Péguy,
Le Porche du mystère de la deuxième vertu.

Prologue

“ Là, ils entendaient siffler
ce vent qui avait emporté
au loin les chansons
de leur enfance… ”

Cet homme qui, à la fin de la matinée du 31 janvier 1920, marchait à grands pas sur le chemin de terre conduisant à travers les vignes au cimetière du village de Mazenc se nommait Antoine Forestier.

Sa haute silhouette, engoncée dans une pelisse de drap noir au col de fourrure, se détachait sur l'enchevêtrement des ceps dénudés. Il portait un chapeau melon et frappait lc sol d'une canne qu'il levait à chaque pas à l'horizontale, ce qui donnait à sa démarche quelque chose de raide et de martial. Elle s'accordait à ce paysage d'hiver découpé à vif par le vent qui soufflait chaque jour depuis plus d'une semaine.

— Depuis que Forestier est revenu au château, avait dit quelqu'un du village.

Et c'était comme si on avait accusé Antoine Forestier d'avoir ramené avec lui de Paris, du Nord, ces bourrasques et ces longues traînées glacées qui s'infiltraient partout et couchaient les flammes dans les cheminées.

— Maintenant, avait répondu une voix dans la petite salle du Cercle républicain où les vignerons se réunissaient l'hiver quand il fallait attendre que les jours rallongent pour commencer à préparer la terre, maintenant, Forestier, il va rester au château. Qu'est-ce qu'il irait faire à Paris ? Vous avez vu comment ils ont renvoyé Clemenceau chez lui ? Ce qu'ils ont fait au patron, pourquoi ils se gêneraient pour le faire à son commis ?

On savait à Mazenc qu'Antoine Forestier était le collaborateur, l'ami, de Georges Clemenceau, le vieux Tigre, qu'on était allé chercher à soixante-seize ans, en 1917, pour diriger le gouvernement, mais qu'on avait poussé dehors, la guerre finie, la victoire acquise, le traité signé, parce que l'ingratitude occupe le cœur des hommes bien plus que la reconnaissance.

— Ces vieux, je les plains pas, qu'ils rentrent chez eux, avait marmonné une voix. Ils en ont fait tuer assez, de jeunes, pendant quatre ans ! Qu'est-ce qu'ils risquaient, eux ? Il a combien, Forestier ? Soixante ans ?

On avait entendu dans le silence le bruit que fait le goulot de la bouteille quand il heurte le rebord des verres.

— Forestier, avait lancé une autre voix, c'est un homme qui aime ses morts…

— Il y va chaque matin depuis une semaine, avait ajouté quelqu'un.

Antoine Forestier était arrivé au château de Mazenc le 20 janvier, le jour même où les journaux annonçaient que Clemenceau avait quitté Paris, refusant de recevoir le président de la République, un certain Deschanel qu'on avait élu contre lui, le 17.

« Dites à ce monsieur que je ne suis pas là ! », s'était exclamé le Tigre.

Il avait commencé à rassembler ses dossiers dans le bureau du ministère de la Guerre où il s'était installé en novembre 1917 quand il était devenu président du Conseil et, disait-on, il avait embrassé Antoine Forestier, son plus proche collaborateur. Puis il était parti pour sa propriété de Bernouville, et Forestier dans son château de Mazenc.

Le matin même de son arrivée, Antoine s'était dirigé vers le cimetière.

Il était onze heures. C'était le moment où le vent se calmait et où le soleil, ayant un peu chauffé la terre, faisait fondre la gelée blanche qui vieillissait les ceps. Chaque jour depuis, on l'avait vu prendre le chemin des vignes.

Lorsqu'il arrivait devant le portail en fer forgé, il marquait un léger temps d'arrêt, poussant le battant avec le bout de sa canne. Et le grincement des gonds rouillés s'entendait loin, comme un pépiement inattendu d'oiseau perdu en plein hiver. Les allées du cimetière étaient couvertes de gravier blanc qui crissait sous les pas. C'était le seul bruit entre ces vieilles dalles disjointes, grises, couvertes de mousse, et la dizaine de pierres tombales claires sur lesquelles souvent gisaient des fleurs mortes.

À l'extrémité du cimetière, là où il surplombe le vignoble, se dressait le tombeau des Forestier, un grand bloc de granit au bout duquel s'élevait un obélisque noir de près de deux mètres de haut. Des noms étaient inscrits sur l'une de ses faces.

Antoine Forestier s'immobilisait, s'appuyant des deux mains au pommeau de sa canne, et ceux qui l'avaient aperçu à cet instant-là avaient pensé : « Il fait peine… », puis répété : « C'est un homme qui aime ses morts. » Ils étaient tous là, depuis Maximilien Forestier, ce fils de paysan engagé volontaire dans le régiment de La Fère à Valence en 1784, et qui avait acheté le château de Mazenc en 1797 ou 1798, sans doute avec de l'argent et des tableaux volés dans les palais milanais ou dans les coffres de l'armée d'Italie. Il avait épousé une marquise italienne, et Napoléon Bonaparte l'avait fait maréchal d'Empire et comte de Bellagio, la patrie de la *marchesina*, Mariella di Clarvalle.

Mais il était probable qu'Antoine venait se recueillir sur cette tombe pour le dernier, celui que l'on appelait à Mazenc le « petit Charles », le fils cadet qu'il avait eu avec Marguerite Novera, la fille d'une famille de vignerons d'ici.

On les avait enviés, les Novera, de pouvoir entrer au château de Mazenc autrement que par les communs ou les caves quand, au moment des vendanges, les petits propriétaires apportaient leur tombereau rempli de grappes et qu'on leur donnait en échange une poignée de pièces, et plus tard quelques tonneaux de vin.

Maintenant on les plaignait, parce que Charles avait eu vingt ans en 1913, autant dire qu'il avait été promis à l'abattoir comme des centaines de milliers d'autres, et sept de Mazenc. Mais ces sept-là – Davert, Rigout, Pallanchard, Gallet, Berthommieu, Chabert, Fougeyrol –, on avait pu rapatrier leurs corps qui reposaient sous des pierres neuves, presque blanches, et dans la terre de leur village, face au Ventoux et aux Dentelles de Montmirail. Là, ils entendaient siffler ce vent qui avait emporté au loin les chansons de leur enfance.

Charles Forestier, on ne l'avait jamais retrouvé. Peut-être sa mère était-elle morte de ne pas savoir où gisaient « les restes de son fils ».

Elle était revenue de la préfecture en répétant ces quelques mots, qui lui avaient rappelé ce qu'elle lisait dans les journaux sur la force explosive des obus de mortier, sur les shrapnells qui lacèrent les corps, et sur les rafales de mitrailleuses qui coupent les hommes en deux.

« Les restes de son fils », qu'est-ce qu'ils étaient devenus ? De la boue ? De la chair pour les rats qui se gavaient de viande dans les tranchées ?

Elle s'était couchée et ne s'était plus relevée.

Antoine était alors à Paris, aux côtés de Clemenceau qui martelait, tenant son lorgnon de sa main gauche, l'autre accrochée à la tribune : « Ma politique étrangère et ma politique intérieure, c'est tout un. Politique intérieure : je fais la guerre. Politique extérieure : je fais la guerre. Je fais toujours la guerre. »

Il n'était même pas revenu à Mazenc pour porter sa femme en terre. Il avait mieux à faire à Paris, et certains avaient murmuré qu'il était juste qu'il paye un peu lui aussi. Mais est-ce que ces gens-là, qui décident de la vie et de la mort des autres, souffrent encore ?

Maintenant, on le croyait. On se demandait comment il faisait pour se rendre chaque jour depuis une semaine devant ce tombeau, et demeurer là une heure et plus, même quand le vent se levait, balayant les fleurs mortes et les poussant de tombe en tombe jusqu'à l'extrémité du cimetière où il se tenait devant ses vieux morts, Maximilien et Mariella, Romain, leur fils, Jules, le fils de Romain, et toutes les épouses, Marie, Aurélie, et déjà Marguerite, morte en 1917, quelques semaines après la disparition de Charles dont il ne restait aucune trace, sinon son nom sur cette stèle, avant celui de sa mère.

Charles Forestier
1893-1917

— Peut-être qu'il leur parle, à tous ses morts, avait dit l'un des vignerons en poussant la table au milieu de la salle du Cercle républicain afin qu'elle soit mieux éclairée.

Il s'était assis, avait sorti de sa poche un paquet de cartes. Tourné vers le comptoir, il l'avait montré aux hommes qui y étaient accoudés. Aucun n'avait bougé.

Puis l'un d'eux, dont le visage était caché par la pénombre – mais on avait reconnu la voix de Joseph Rigout, le père de l'un des soldats tombés au cours de ce que l'on commençait d'appeler la Grande Guerre –, avait rétorqué qu'il n'y avait rien à dire aux morts. Qu'est-ce qu'on aurait pu leur raconter, puisque ça n'allait pas mieux que du temps de leur vivant ?

Rigout était sorti de l'ombre. Il avait posé sur la table le journal auquel le Cercle républicain était abonné. Il l'avait repoussé du bout des doigts dans un geste lent qui exprimait le mépris et l'amertume.

— La guerre est finie ici, avait-il repris, mais elle continue du côté d'Odessa et de Varsovie. En

Russie, en Pologne, les gens sont tellement affamés qu'ils mangent de la chair humaine !

Il avait traversé la petite salle et ouvert la porte du Cercle, faisant entrer un souffle glacé.

La façade de la mairie qui se trouvait de l'autre côté de la place du village était encore éclairée par le soleil.

Rigout s'était retourné :

— Allez leur dire, à nos fils, qu'ils sont morts pour ça !

Puis il avait refermé la porte.

Trois hommes s'étaient assis autour de la table, et l'un d'eux avait commencé à battre les cartes. Tout à coup, Rigout avait rouvert la porte et, penché en avant, il avait lancé :

— Ce sont nos morts qu'il faut écouter !

Il avait suffi de ces quelques minutes pour que la mairie soit déjà plongée dans l'ombre des journées si courtes de l'hiver.

PREMIÈRE PARTIE

1.

“Ils nous ont confié cette guerre, ce pays, ce gouvernement, parce qu’ils ont pensé que tout était perdu…”

Ce matin, alors que je marchais vers le cimetière au milieu des terres rouges du vignoble, quelqu’un a crié d’une voix forte :

— Attendez-moi, monsieur Forestier, attendez-moi !

Je me suis arrêté.

J’ai vu surgir du milieu des vignes un homme trapu, la casquette enfoncée jusqu’aux yeux, une longue écharpe de laine enroulée plusieurs fois autour de son cou. Il portait une veste de toile bleue délavée, aux boutons de métal, comme en ont souvent ici les paysans. Son pantalon de velours noir, taché de terre, un peu court, ne couvrait pas le haut des brodequins.

L'homme s'est placé devant moi, les mains dans les poches de sa veste, les jambes un peu écartées, comme s'il avait voulu m'interdire d'avancer.

— Je suis Rigout Joseph.

Il s'est tourné vers les vignes, les montrant d'un mouvement de la tête.

— Elles sont à moi, a-t-il ajouté après un silence. Mais qu'est-ce que j'en fais maintenant ? Mon fils…

Il a tendu le bras, montré le cimetière au bout de la ligne blanche du chemin.

— Il est là-bas.

Je crois qu'à cet instant seulement je l'ai salué d'un coup de chapeau. Il a haussé les épaules.

— Il vous reste un fils, monsieur Forestier. Priez pour qu'il ne meure pas.

Il avait de nouveau les deux mains dans les poches, et il parlait sans me regarder, la tête tournée vers le vignoble, cette armée noire de sarments dénudés et tordus.

— Quand vous êtes sans rien, a-t-il repris, sans plus personne ni derrière ni devant, c'est comme si on vous avait coupé les jambes et les bras. On vous a laissé la tête, le cœur et les yeux, juste ce qu'il faut…

Il avait reniflé, sortant une main pour se frotter le nez.

— Mes vignes, j'ai envie de vous les vendre !

J'ai dû dire qu'il ne fallait pas renoncer, que la vie, et caetera…

Soudain il a fait un pas, m'a saisi par les bras et a commencé à me secouer.

— Le maire de Mazenc, quand il m'a apporté le télégramme, il m'a dit que votre fils Charles, il était mort aussi, disparu le même jour que le mien, le 16 décembre 1917. Il a voulu me consoler, alors il m'a expliqué, c'est ça la République, c'est l'égalité de tous dans le malheur. Non ! Non, monsieur Forestier !

Rigout m'a lâché, il a commencé à marcher vers le cimetière et je l'ai suivi.

— Vous, monsieur le comte, vous étiez avec Clemenceau ! Là-haut, c'est vous qui les avez décidées, les choses… Vous qui l'avez voulue, cette guerre ! Votre fils…

Il s'est interrompu, m'a regardé, puis il a eu un geste de la main, comme pour dire que tout cela n'avait pas d'importance.

Il a touché sa casquette du bout des doigts et il a quitté le chemin, s'enfonçant dans les terres. Au bout d'un moment, il n'était plus qu'une silhouette à peine plus haute que les ceps de vigne.

J'ai continué vers le cimetière. Je savais ce que Rigout n'avait pas osé me dire. À ses yeux, j'étais l'un de ces hommes responsables de la mort de millions d'autres, donc de mon fils, et du sien.

Peut-être pensait-il que la mort de Charles n'était que justice.

Je me suis souvenu de ce jour de décembre, le 17, quand le colonel Robert de Taurignan, chef du cabinet militaire de Clemenceau, m'a tendu, les yeux baissés, le télégramme qui m'annonçait que le lieutenant Charles Forestier avait été porté disparu alors qu'il s'élançait à la tête de sa compagnie, quelque part en Argonne.

Clemenceau était penché sur des cartes et, comme à son habitude, il ronchonnait. À plusieurs reprises, sans lever la tête, il m'avait interpellé :

— Forestier, qu'est-ce qu'il voulait, Taurignan ?

Puis il m'avait regardé, j'avais vu son visage se crisper, la ride qui séparait le milieu du front se creuser, comme si les yeux, les traits avaient voulu se dissimuler sous les longs sourcils blancs et broussailleux, sous la moustache dont les extrémités couvraient les coins de sa bouche.

Il était venu vers moi. Il m'avait pris le bras :

— Votre fils ? avait-il demandé. Lequel ?

Je n'avais pas répondu.

— Le plus jeune, Charles, n'est-ce pas ? avait-il ajouté d'une voix sourde, en me serrant contre lui.

Il était retourné à son bureau, s'était laissé tomber dans le fauteuil, avait repoussé les cartes d'un mouvement las du bras droit.

— Ils nous ont confié cette guerre, ce pays, ce gouvernement, parce qu'ils ont pensé que tout était perdu. Ils étaient prêts à enfouir dans la fosse d'une défaite, d'une capitulation, comme en 1871, nos centaines de milliers de morts ! Cela fait plus de trois ans qu'on tue... Alors ils m'ont appelé, pour que je plonge les mains dans la boue, dans le sang. Ils se sont dit : Clemenceau, il a soixante-seize ans, autant que ce soit lui qui paye à notre place, qui envoie les jeunes hommes mourir !

Il s'était levé. Il avait commencé à marcher, ses mains gantées de gris derrière le dos, sa tête ronde baissée comme si elle était trop lourde pour ce corps de vieillard enveloppé dans un costume noir froissé et défraîchi.

— L'histoire n'est que mensonge, Forestier ! Si l'on connaissait la vérité, ce serait incohérent. Plus tard, après, les historiens ont l'art de rendre cohérentes les plus grandes incohérences. Tout s'enchaîne logiquement, semble possible.

Il était retourné s'asseoir, avait tiré les cartes vers lui.

— Il y a un avantage à ce système. Après avoir lu les historiens, on a une opinion. Si l'on ne connaissait que la vérité, on ne pourrait pas en avoir…

Il avait poussé une sorte de grognement, venu du fond de la gorge, et serrant les poings, il avait poursuivi :

— Abandonner maintenant, Forestier, cela ne se peut pas, ce serait criminel !

Il m'était apparu à cet instant comme une vieille souche, rabougrie mais imputrescible.

— Forestier, avait-il continué d'une voix qui tremblait un peu, votre fils restera vivant si vous le laissez vous habiter. Il faut garder les morts à l'intérieur de soi, ne jamais les chasser, vivre avec eux. C'est notre chair…

D'un coup de crayon, il avait entouré d'un cercle rouge un secteur de la carte.

— Combien sont-ils là, à se demander si ceux d'en haut qui les commandent, moi, vous, vont décider de les envoyer, poitrine nue, contre les mitrailleuses ? Et pourquoi eux, à cct instant-là, dans le grand mouvement du cosmos ?

Il avait levé la tête.

— Où est votre fils aîné ? Henri, si je me souviens…

Au moment de la naissance d'Henri, il y avait vingt-sept ans déjà, Clemenceau, apprenant que j'étais père depuis quelques heures, m'avait dit :

— Allez voir ce petit bout de chair, Forestier, prenez-le entre vos mains, respirez-le. Vous verrez, la peau d'un nouveau-né, c'est de la soie. Ça a une odeur particulière, ça sent le lait, c'est doux comme un pétale de rose, velouté. Quand on a senti cela, on sait qu'il n'existe rien de plus grand que la naissance et que la vie. C'est le médecin qui vous parle. Allez, filez chez vous, et respirez, respirez cette odeur. Il faut en avoir les poumons pleins pour pouvoir vivre ici, au milieu des fauves !

— Henri, où est-il ? avait-il demandé de nouveau.

— Blessé, évacué…

— Faites-le envoyer à Mazenc auprès de sa mère. Dites ça au colonel de Taurignan, qu'il s'en occupe aujourd'hui.

J'avais trop tardé. Henri était arrivé à Mazenc après la mort de sa mère.

J'ai lu une nouvelle fois son nom sur la stèle, cet obélisque qui semble défier le ciel.

Marguerite Forestier, née Novera
1863 – 1917

C'était le dernier gravé, loin du premier :

Maximilien Forestier, maréchal d'Empire
1768 – 1848

Et tant de corps entre eux qui avaient ensemencé la terre.

2.

“ L’argent, c’est comme du vin frais, il grise sans même qu’on ait eu l’impression d’en boire trop. Je n’ai pas goûté à cet alcool-là… ”

Je suis né le jour des Rois, le 6 janvier 1860, dans la pièce au plafond voûté qui occupe le rez-de-chaussée de la tour du château de Mazenc.

On avait allongé ma mère Aurélie, née Méran, sur la grande table qu’on avait recouverte d’un matelas et d’un drap de lin blanc.

C’est mon grand-père, Romain Forestier, qui m’a raconté les circonstances de ma naissance et comment, le matin, à la mairie de Mazenc, il avait choisi, seul, de me déclarer sous les prénoms d’Antoine, Maximilien, Nicolas. C’était un homme de cinquante-sept ans, qui vivait là depuis une dizaine d'années, ayant quitté Paris après le coup d'État de Louis Napoléon Bonaparte.

On l'avait pourtant pressé de rendre visite au nouvel empereur. Il était fils d'un maréchal d'Empire, Maximilien Forestier, comte de Bellagio, dont Napoléon Ier fait l'éloge dans le *Mémorial de Sainte-Hélène*, rappelant qu'il avait été, du siège de Toulon à Waterloo, l'un des rares à lui être restés fidèles.

Louis Napoléon voulait, avait-on assuré à mon grand-père, prouver sa reconnaissance à la famille du maréchal.

C'était le temps où l'on se partageait avec avidité les dépouilles de la République. On avait besoin d'argent, on voulait des fêtes, des bals, des parures, des femmes, le pouvoir ! On avait fait le coup d'État pour ça, et l'on s'était répété, entre soi, en préparant l'assassinat de la IIe république, qu'on était couvert de dettes et qu'on préférerait « tomber dans le sang plutôt que dans la merde ».

Les Tuileries avaient donc multiplié les démarches auprès de Romain Forestier. L'empereur lui avait écrit quelques lignes, pour regretter de ne pas avoir pu se faire représenter ou même assister aux obsèques du maréchal Forestier.

— Obsèques, funérailles ! avait-il ricané.

Il avait veillé seul son père, le 24 décembre 1848, dans cette même salle du château de Mazenc. Le maréchal était étendu, en grand uniforme, sur la table où j'allais naître et sur laquelle ma mère, dans la nuit du 6 janvier 1860, haletait.

Mon grand-père avait bourré la cheminée de branches de chêne et de trois souches d'olivier, grosses comme des demi-tonneaux. Il faisait si chaud dans la pièce que les dalles étaient tièdes. Mais dehors, c'était la tourmente de neige.

Je ne me suis jamais lassé de l'entendre recommencer le récit épique de ma venue au monde.

Le vent, disait-il, avait dressé des barricades blanches sur tous les chemins. Le médecin qui habitait Valence avait dû renoncer à atteindre Mazenc tant la neige tombait dru.

— Des femmes sont montées du village et je les ai laissées avec ta mère.

Il avait attendu ma naissance dans les caves du château, en goûtant son vin. Car depuis qu'il s'était installé à Mazenc, il avait développé son vignoble, le plus étendu de cette région de la Drôme située à la frontière entre le froid et le chaud, l'humide et le sec. Cela donnait un vin aussi vif que le mistral.

Romain était devenu viticulteur négociant et on vendait du château-mazenc, à Paris bien sûr, mais aussi à Londres, à Berlin et à Saint-Pétersbourg.

Il ne regrettait donc pas d'avoir ignoré les propositions de Napoléon III.

On lui avait promis une ambassade, un siège au Corps législatif, et naturellement de l'argent. L'or ruisselait sur les serviteurs, les courtisans, les laudateurs, les lèche-bottes. Pour un Hugo, un Rochefort, un Lamennais, un Michelet, que de plumes serviles s'étaient vendues ! On ne lésinait pas sur les prix.

Romain avait ainsi eu la visite, peu de temps après le coup d'État, de Victor-Marie Dussert, l'un des gérants de la Banque de France et le successeur de son père, Guillaume Dussert, à la tête de la banque Dussert et Fils.

C'était maintenant un privilège pour Victor-Marie que l'on murmurât qu'il était un bâtard de l'empereur Napoléon Ier. Et sa mère, Julie de Boissier, avait eu la joie, à quatre-vingt-deux ans, d'être reçue aux Tuileries avec tous les égards. Honneur et gloire à celle qui avait partagé la couche du grand Empereur !

On s'était incliné devant la vieille dame que le fils avait guidée à pas lents au milieu des salons.

Mais Dussert avait d'autres atouts que son ascendance probable. Il était l'ami du duc de Morny et du général de Saint-Arnaud, les proches de Louis Napoléon, qui préparaient le coup d'État avec une minutie d'horlogers. Il n'était pas dans la confidence, mais on lui avait répété qu'il ne courrait aucun risque à engager quelques millions dans l'aventure, lui qui ne pouvait être, par son sang, qu'un bonapartiste.

La banque Dussert avait donc ouvert des lignes de crédit, dès le mois de janvier 1849, à Morny et à Saint-Arnaud. Et en novembre 1851, à quelques semaines seulement du coup d'État, il avait été au Conseil de régence de la Banque de France l'avocat de Louis Napoléon qui sollicitait un prêt de vingt-sept millions de francs. Il s'était montré éloquent, et la somme avait été directement versée sur le compte personnel de celui qui n'était encore que le président de la République, l'homme qui avait prêté le serment de ne jamais violer la Constitution !

Ce texte fondateur précisait en son article 45 que le président était élu au suffrage universel pour une durée de quatre années et n'était pas rééligible.

Dussert souvent, quand il quittait l'Élysée, qu'il s'éloignait des salles de bal, s'était demandé s'il n'avait pas eu tort d'avancer des sommes considérables à des hommes qui, selon la loi, devaient inéluctablement perdre le pouvoir. Avait-il été dupe ? Ces hommes, qui valsaient avec insouciance dans le Palais et dont les vingt-sept millions suffisaient à peine à payer les intérêts de leurs dettes, allaient-ils « tomber dans la merde et lui avec eux » ?

Il savait qu'on le pensait, qu'on l'espérait dans les salles de rédaction des petits journaux républicains, et ses informateurs lui répétaient les propos des gazetiers.

« Quelle bête que ce Louis Napoléon ! disait l'un. Il n'y a vraiment rien à faire avec un aventurier de cet acabit ! Il se laisse manœuvrer par des intrigants retors qui lui font croire qu'il va pouvoir réaliser son 18-Brumaire ! Mais il n'est pas Bonaparte ! C'est un rêveur, un maladroit qui flanquera par terre de la façon la plus idiote tout ce qu'il a réussi à faire ! »

Et sous les fenêtres même du siège de sa banque, l'hôtel de Taurignan, faubourg Saint-Germain, Victor-Marie entendait parfois les voix avinées de quelques étudiants rouges qui chantaient à tue-tête :

C'est dans un mois, un mois à peine
Que le coq chantera
Tendez l'oreille dans la plaine
Entendez-vous ce qu'il dira ?
Il dit aux enfants de la terre
Qui sont courbés sous le fardeau
Voici la fin de la misère
Mangeurs de pain noir, buveurs d'eau !

De quoi donner des insomnies ! Dussert, plus d'une fois, avait interrogé avec insistance sur leurs projets Morny et le général de Saint-Arnaud. Le général s'était contenté de murmurer :

— J'ai ce qu'il faut à Paris…

On disait en effet que chaque jour de nouvelles troupes prenaient garnison dans les casernes de la capitale.

Quant à Morny, il riait et montrait les salons illuminés :

— Croyez-vous que nous acceptions de quitter tout cela ?

Ajoutez quatre ans à 1848, l'année de l'élection à la présidence de Louis Napoléon, on arrive à 1852 !

Le coup d'État eut donc lieu le 2 décembre 1851.

La veille, il y avait eu comme d'habitude réception à l'Élysée et l'on y avait dansé joyeusement.

Dans la nuit, les troupes avaient cerné l'Imprimerie nationale et les ouvriers avaient été contraints d'imprimer bout à bout, afin d'en rendre le texte complet inintelligible, les affiches annonçant le coup de force de Louis Napoléon. De son côté, le préfet de police Maupas avait convoqué quarante commissaires auxquels il avait communiqué la liste des soixante-huit personnes à arrêter avant l'aube.

Quelques heures plus tard, les premiers placards étaient collés dans Paris. Un officier, de la part du cabinet du président de la République, en avait apporté le texte à Dussert, à son domicile, l'hôtel de Boissier, quai de l'Horloge.

Le président Louis Napoléon Bonaparte dissolvait l'Assemblée nationale, rétablissait le suffrage universel et s'adressait aux soldats : « Je veux que l'armée fasse entendre sa voix… Vous voterez librement, comme citoyens ! »

Victor-Marie avait rejoint dans son lit sa jeune épouse Germaine, laide mais fille du banquier Speicher, qui mourrait bien un jour. À ce moment-là, il faudrait associer les deux banques, créer un établissement qui serait peut-être aussi puissant que la banque Rothschild et qui s'appellerait – il en avait la bouche pleine de salive – banque Dussert-Speicher et Fils. Car cette bonne Germaine était ronde et pleine comme un œuf. Mais cette nuit-là, tout enceinte qu'elle fût, il la fit se coucher sur le flanc et la pénétra.

Ce n'est pas toutes les nuits qu'il y a un coup d'État et que l'on sait que les sommes prêtées vont rapporter de ce fait dix fois, mille fois plus qu'on n'espérait !

— Le sang a coulé en décembre, avait conclu mon grand-père.

Il y avait eu, dès le mardi 2, une poignée de courageux, des ouvriers en blouse, qui parcouraient les boulevards en chantant *La Marseillaise*. Et quelques personnalités, Victor Hugo, Schoelcher, Carnot, Jules Favre, avaient protesté.

Romain Forestier s'était interrompu, avait haussé les épaules, racontant une nouvelle fois comment le député Baudin, au carrefour de la rue Saint-Antoine et des rues Sainte-Marguerite et Cotte, était monté sur une barricade inachevée et, pour répondre aux ouvriers qui lui reprochaient d'avoir touché une indemnité parlementaire de vingt-cinq francs par jour, avait lancé, défiant les troupes qui avançaient :

— Vous allez voir comment on meurt pour vingt-cinq francs !

Un feu de salve l'avait abattu aussitôt.

Deux jours plus tard, le jeudi 4 décembre, trente mille soldats avaient nettoyé les boulevards, ajustant sans sommation, un genou à terre, les républicains qui protestaient en criant « Vive la République ! À bas la dictature ! ».

On avait dénombré treize cents morts, sans compter les prisonniers qu'on avait fusillés par centaines au Champ-de-Mars.

— Le sang, avait répété mon grand-père, la stupeur ! Elle avait glacé Paris. Ils avaient les fusils et l'argent. Cela fait oublier la merde !

Romain Forestier n'avait donc pas répondu aux lettres de Louis Napoléon et aux propositions de Victor-Marie Dussert, bien qu'elles fussent alléchantes et assorties de fortes indemnités.

— L'argent, c'est comme du vin frais, disait-il, il grise sans même qu'on ait eu l'impression d'en boire trop. Je n'ai pas goûté à cet alcool-là. J'ai quitté Paris. Je me suis installé ici. J'ai fait du vin, mon vin. Déguste-le, Antoine.

J'ai passé mon enfance à remplir ma bouche de vin, à le faire tournoyer avec ma langue entre les joues, à en avaler à peine quelques gouttes et à recracher le reste sur le sol de terre battue des caves du château.

Mon grand-père projetait loin son jet de salive rouge, puis il marmonnait :

— Ce nouveau régime, cet empire, ridicules ! Comme si l'on pouvait recommencer ce qui a été fait ! Il n'y a jamais deux cuvées identiques.

Il s'appuyait à un tonneau, il remplissait lentement son verre.

— Mon père, Maximilien, m'a raconté comment cent fois des hommes se sont placés devant l'Empereur, pour le protéger de leurs corps, à

Arcole, à Wagram, à la Moskova, à Waterloo encore. Mais cet empereur-ci, qui veut se faire tuer pour lui ? D'ailleurs, il n'a pas besoin de dévouement, d'enthousiasme ou d'élan, il exige seulement l'obéissance, la face dans la boue. Il faut étendre le bras et signer un papier que ses sbires nous tendent. Si quelqu'un bouge ou parle, on lui montre la gueule d'un pistolet. Et on nous dit en plus : « Vous êtes libre » !

Il portait le verre à ses lèvres. Il faisait claquer sa langue.

— Il y avait eu toute la nuit, recommençait-il, des patrouilles de soldats qui fusillaient les suspects, qui s'interpellaient en lançant des « Qui vive ? ». Et il fallait répondre « France ! », c'était le mot de passe.

Il buvait, il s'apprêtait à poursuivre son récit.

Mais chaque fois, je l'interrompais. Il y avait dans ses propos comme une fondrière, ou bien l'un de ces trous que la neige cache et dans lequel on tombe quand on s'avance sur la mince couche blanche à peine durcie.

Ce vide, cet abîme glacé, cet absent, c'était mon père. Jules Forestier.

3.

“ Je découvrais enfin, par cette brûlure, ce que j’avais toujours pressenti : que je ne connaîtrais jamais l’homme qui m’avait donné la vie… ”

Mon père est né en 1832. Je ne l’ai su qu’après avoir lu sur l’une des faces de l’obélisque noir qui surmontait le tombeau des Forestier dans le cimetière de Mazenc ces deux lignes nouvelles :

Jules Forestier
1832 – 1871

C’était à la fin du mois d’août de l’année de sa mort, peut-être dans les premiers jours de septembre, à ce moment où l’été commence à se déchirer et laisse passer une averse violente, un coup de vent froid, un ciel tout à coup bas, d'un gris de plomb.

J'avais lu et relu les lettres et les chiffres. Ils venaient à peine d'être creusés dans le marbre et aucune poussière n'avait encore terni ces sillons dorés. J'avais eu l'impression qu'on les inscrivait en moi comme au fer rouge, et que je découvrais enfin, par cette brûlure, ce que j'avais toujours pressenti : Que je ne connaîtrais jamais l'homme qui m'avait donné la vie.

J'avais onze ans. Ce que je savais de lui, je l'avais volé.

Un jour, ç'avait été une question de ma mère qui ne m'avait pas vu entrer dans la grande pièce du rez-de-chaussée de la tour. Elle interrogeait mon grand-père.

— Mais pourquoi Jules n'écrit-il jamais ? Est-ce qu'il se souvient qu'il a un fils ? disait-elle.

Mon grand-père, d'un mouvement de tête, avait averti ma mère. Aussitôt, elle avait changé de voix et de visage, me prenant par la main, m'entraînant vers les écuries, disant qu'elle allait me confier les rênes, que j'allais la conduire en calèche jusqu'à Grignan et Saint-Paul-Trois-Châteaux.

Mais il y avait ces autres mots que j'avais aussi dérobés, tapi dans l'escalier, retenant mon souffle, étonné de la voix sourde de mon grand-père alors qu'à l'habitude elle résonnait claire sous les voûtes. Et là, j'avais peine à entendre, à comprendre… Il murmurait « prison », « bagne », « amnistie », « exil », et plusieurs fois « Sainte-Pélagie ». Cela m'avait intrigué, obsédé.

Je l'avais questionné quand nous marchions tous les deux sur cette route départementale que l'on venait d'élargir et de goudronner.

— Qu'est-ce que c'est, Sainte-Pélagie ?

Il s'était arrêté, m'avait dévisagé puis, baissant la tête, il avait marmonné :

— Une sainte.

C'est Jean Revest, mon précepteur, qui m'a dit en détournant les yeux que Sainte-Pélagie était l'une des prisons de Paris où l'on enfermait les républicains. Mais qu'il en existait beaucoup d'autres, Mazas par exemple, et on avait également ouvert des bagnes à Belle-Île, à Corte, en Algérie, en Nouvelle-Calédonie et en Guyane.

Il avait parlé de plus en plus fort, sa voix tremblait pendant qu'il marchait dans ma chambre, une pièce immense qui occupait un angle de la tour du château, au premier étage. Et tout à coup, il s'était interrompu, comme s'il s'était rendu compte de son exaltation. Il s'était approché.

— Pourquoi me demandez-vous cela, Antoine ?

J'avais haussé les épaules et une phrase m'était venue, faite des mots volés ici et là. Une phrase qui s'était nouée dans ma gorge en m'étouffant presque :

— Mon père est en prison à Sainte-Pélagie ? Ou bien il est au bagne ?

Jean Revest avait secoué la tête, puis il avait paru vouloir me répondre… Mais brusquement il avait quitté la pièce, me lançant d'une voix dure qu'il voulait que j'apprenne mes déclinaisons au lieu de rêver, qu'il était chargé par M. Forestier de m'apprendre le latin, le grec, le français, l'histoire et les mathématiques, et qu'il s'y emploierait. Coûte que coûte.

En avais-je jamais douté ?

J'avais donc amassé mes larcins en silence. Je les avais enfouis au fond de moi, et parfois quand je montais au sommet de la tour, que je m'asseyais contre le muret à l'abri du vent, que je laissais mes yeux errer sur le vignoble puis gravir les cimes, atteindre le sommet du Ventoux ou s'accrocher aux Dentelles de Montmirail, j'évaluais mon butin.

Il y avait eu ces gendarmes qui étaient venus à la fin du mois de juillet 1870. Ils avaient fait tinter leurs éperons sur les pavés de la cour, puis sur les dalles de la grande salle.

Avant que mon grand-père ne me chasse, appelant Revest d'un ton irrité et lui reprochant de ne pas me surveiller, j'avais entendu le brigadier dire qu'il voulait s'assurer que Jules Forestier, « votre fils, monsieur le comte », ne se trouvait pas au château, « car avec la guerre, nous sommes requis pour nous saisir de lui ».

Le gendarme avait baissé la tête, comme pour s'excuser. Et mon grand-père lui avait lancé, avant de m'apercevoir et de crier le nom de Revest :

— Fouillez le château, brigadier ! Fouillez le château du maréchal Maximilien Forestier, aide de camp de l'empereur Napoléon Ier. Voyez si vous n'y trouvez pas son petit-fils… Fouillez, fouillez !

Puis Jean m'avait entraîné.

— Au lieu de s'en prendre aux Prussiens, c'est nous qu'ils pourchassent, avait-il dit en me tirant dans l'escalier.

« Nous » ? Quel était le sens de ce « nous » ?

Je n'ai eu que quelques semaines à attendre pour comprendre, en entendant Jean Revest crier en gesticulant dans la cour :

— La République ! La République ! Ils ont proclamé la République ! Ça a été un désastre à Sedan, l'empereur est prisonnier des Prussiens !

Il courait en tous sens, poussait la porte des écuries, disparaissait dans les caves. Il appelait : « Monsieur Forestier ! »

Mon grand-père avait surgi, tenant une bouteille.

J'avais éprouvé en le voyant un mouvement d'affection et de respect. J'avais compris à cet instant ce que signifiait le mot amour.

J'avais dévalé l'escalier. Je m'étais précipité contre lui.

Il portait toujours des costumes de velours noir, la veste déboutonnée ouverte sur un gilet barré de deux chaînes d'or, l'une pour sa montre, l'autre pour la clé d'un coffre qui était placé à droite de la cheminée, dans la pièce du rez-de-chaussée. Il ouvrait le coffre lentement, et je m'approchais avec respect, découvrant une nouvelle fois ce petit coussin de tissu rouge auquel étaient accrochées les décorations de son père, ces paquets de lettres liés par des rubans de soie, et ce sabre à pommeau d'argent, d'or et de rubis dont le fourreau brillant occupait toute la longueur du coffre.

— La République, avait répété mon grand-père, ce sera donc la troisième ! Peut-être la bonne !

On avait apporté des verres. Il avait d'abord rempli celui de Revest, puis le mien.

— Aujourd'hui, tu peux boire, Antoine ! s'était-il exclamé.

Au moment où il allait verser le vin dans le sien, ma mère était apparue sur le seuil. Il l'avait invitée à venir boire avec nous pour la République, pour la fin sans gloire de Napoléon-le-Petit, mais elle avait refusé.

— Jules va venir, avait-il dit.

Et il avait levé son verre.

Ma mère avait secoué la tête.

— Je ne crois pas, avait-elle murmuré. Il doit être comme fou. Qu'est-ce que nous sommes pour lui ? Rien. Il a trop d'idées en tête, trop de passion, pour qu'il reste de la place pour nous…

Elle s'était approchée de la table d'un pas rapide. Elle avait saisi mon bras.

— À ton âge, on ne boit pas un grand verre comme celui-là !

Et d'un geste violent, comme jamais je ne lui en avais vu commettre, elle avait jeté le vin dans la cheminée. Les flammes un instant étouffées avaient rejailli, plus vives.

Puis ils s'étaient tus durant des semaines, se méfiant de moi. Ils s'interrompaient dès que j'entrais dans une pièce. Mais je surprenais des bribes de phrases :

« Il est sûrement à Paris. »

« Il est avec Blanqui, emprisonné, j'en suis sûr, sinon il écrirait, il serait venu. »

Ce « Il », c'était « lui », Jules Forestier, mon père inconnu.

Maintenant, l'hiver gouvernait le paysage. Les ceps étaient nus. Des bourrasques de vent glacé soulevaient les feuilles mortes qui envahissaient les chemins et, après l'orage, le ciel étincelait au-dessus du Ventoux et des Dentelles de Montmirail.

À la fin du mois de janvier, j'avais entendu Jean qui criait d'une voix éraillée, entrecoupée de sanglots :

— Ils ont signé, ils ont livré Paris aux Prussiens ! Il faut se battre, se battre quand même ! Votre fils…

Mon grand-père, en me voyant, a fait taire Revest, et quand plus tard je l'avais interrogé, il avait paru ne pas comprendre que je voulais qu'il me parle de mon père, de celui qu'il avait appelé « votre fils », de celui dont mon grand-père avait dit qu'il était peut-être emprisonné avec Blanqui.

Il m'avait confié d'une voix exaltée :

— Blanqui, ils le tiennent enfermé... Ils ne veulent pas qu'il s'adresse au peuple, aux Parisiens. Avec Blanqui, la Révolution peut vaincre ! Vous comprenez, Antoine, si la Révolution éclate, on peut instaurer la vraie République, démocratique et sociale.

J'entendais ces mots pour la première fois, et il m'a semblé qu'ils dessinaient peu à peu le visage de mon père.

J'avais posé de nouvelles questions, mais Revest ne m'a pas écouté, me confiant qu'il aurait voulu être à Paris, aux côtés de ceux qui se battaient contre les Prussiens, contre les hommes de la capitulation, Thiers, le pire de tous. Mais il était contraint de demeurer ici.

Depuis le début de la guerre, et bien que la République ait été proclamée en novembre, les gendarmes passaient chez lui, deux fois par semaine, pour s'assurer de sa présence. Et le maire de Mazenc était un mouchard bonapartiste qui l'espionnait.

— Je pourrais fuir, vous comprenez, avait-il ajouté, mais ils arrêteraient votre grand-père, même si c'est le fils d'un maréchal d'Empire. Il s'est porté garant pour moi. Sans lui, je pourrirais dans un bagne, en Algérie.

Puis les ceps noirs avaient peu à peu disparu sous le vert léger des premières pousses, et le vent, même s'il était encore glacé, portait des chants d'oiseaux et des parfums de fleurs. On était à la fin mai. Quelques jours plus tard, j'entendais de nouveau la voix de Revest sous le porche, ses cris d'indignation :

— Ils les ont massacrés par milliers, par milliers, monsieur Forestier !

Ma mère s'était précipitée, et mon grand-père avait entraîné Jean sur le chemin.

Ma mère avait tenté de me retenir mais je les avais suivis, ne cherchant pas à les rejoindre, me tenant à distance, comme s'ils avaient porté le cercueil du père que je n'avais pas connu.

Ma mère, quand je suis rentré au château, était en noir.

Et elle n'a plus quitté cette couleur, ce drapeau de la douleur dont elle s'était enveloppée à la fin de ce mois de mai 1871.

Ils ne m'ont rien dit. Peut-être avaient-ils honte de ne jamais m'avoir parlé de lui lorsqu'il était en vie.

C'est Jean qui, à la fin du mois d'août, m'a conduit jusqu'au cimetière devant l'obélisque noir. J'ai lu ces deux lignes gravées :

Jules Forestier
1832 – 1871

Il a mis la main sur mon épaule. J'ai levé la tête vers lui.

C'était un homme d'une trentaine d'années, au regard un peu fixe, les yeux assombris par de larges cernes, le visage entouré d'une barbe drue qu'il peignait avec soin. Il portait presque toujours un col dur blanc qui dépassait de ses vêtements noirs.

— Votre père, m'a-t-il dit, était un homme de grand courage dont on n'oubliera pas le nom. Vous pouvez être fier de lui.

Il m'a serré l'épaule.

— Maximilien Forestier – il a tendu son bras gauche, montré ce premier nom inscrit sur la stèle – a combattu à Valmy et à Jemmapes. Il a été maréchal d'Empire. Votre père, Antoine, si l'époque était juste et l'Histoire le sera, méritait le titre de héros de la République, mais d'une République démocratique et sociale. Il faut que vous connaissiez sa vie aussi bien que celle de votre arrière-grand-père. Il y a des batailles qui sont plus cruelles, plus difficiles que celles d'Austerlitz ou de Wagram. Ce sont les batailles sociales, contre l'indifférence, la lâcheté, la peur… Et ces combats, votre père et des milliers d'autres les ont livrés, les mains nues en face des fusils. Cela a commencé en 1848, il avait seize ans, si jeune, seize ans…

DEUXIÈME PARTIE

4.

“ Prisonniers, si vous recommencez, si vous troublez l’ordre de la prison, je vous abats comme des rats ! ”

Jules Forestier s’était accroupi, les bras noués autour de ses jambes repliées contre sa poitrine. Puis il avait posé le front sur ses genoux et fermé les yeux. Mais les bruits de voix, de pas, les cris, les ordres des gardiens, les commandements des officiers, les portes des cellules qui claquaient, le choc des crosses des fusils sur les barreaux des grilles qui fermaient ces cages où on avait entassé les prisonniers dans cette prison sombre et humide de Sainte-Pélagie, toute cette rumeur d’humanité enchaînée, et les odeurs de pisse et de merde, d’ordure, tout était amplifié par l’immobilité à laquelle pourtant il s'était contraint, enchaînant ses jambes avec ses bras, serrant ses doigts pour retenir ses mains, pesant de tout le poids de sa tête sur ses genoux pour ne pas bondir, crier, aller vers les grilles, les secouer, hurler « Je veux sortir ! » et recevoir des coups de crosse sur les phalanges.

Brusquement, un chant s'était élevé sous les voûtes de la prison et il résonnait, se répandant dans toutes les cellules et les cages, revenant par les soupiraux :

Dansons la Carmagnole,
Vive le son, vive le son,
Dansons la Carmagnole
Vive le son du canon !

Et un cri immense avait roulé :

— À bas Napoléon !

Jules Forestier s'était redressé, regardant ces grappes d'hommes, la plupart portant la redingote noire des étudiants, des gazetiers, des professeurs, des bourgeois, tenant leurs chapeaux levés à bout de bras, et parmi eux seulement quelques blouses, quelques casquettes. Les ouvriers n'avaient guère combattu le coup d'État mais plutôt salué le retour d'un Napoléon qui, avaient-ils imaginé, allait les débarrasser des aigrefins de la grande finance et de la banque qui leur avaient volé leur Constitution de 1848 après celle de 1830, et les quelques pièces qu'ils possédaient dans leur gousset avant de leur prendre le droit de suffrage. Louis Napoléon le leur avait rendu ! Alors le député Baudin, les républicains pouvaient bien grimper sur les barricades et crier : « Vous allez voir comment on meurt pour vingt-cinq francs par jour ! » Eh bien, qu'il meure, ce monsieur !

Il était mort et quelques milliers d'autres avec lui. Et ceux qu'on n'avait pas tués, ils étaient là, dans les cages de Sainte-Pélagie, à attendre.

Tout à coup, le pas d'une troupe en marche dans les couloirs, le frottement des semelles ferrées sur les dalles, et ce commandement :

— En joue !

Et dans la pénombre, l'éclat du canon des fusils, la voix de l'officier qui hurle :

— Prisonniers, si vous recommencez, si vous troublez l'ordre de la prison, je vous abats comme des rats ! Et ceux qui n'auront pas été tués, ils laveront le sol avec le sang des autres !

Il y avait eu un murmure, des poings brandis, une voix isolée qui avait crié :

— Assassins !

Et l'officier avait levé son sabre dont la lame brillait devant les grilles :

— Un mot encore et j'ordonne le feu !

Puis le silence, comme si tous étaient bâillonnés.

Les prisonniers s'étaient écartés des grilles pour s'en aller, épaules voûtées, vers les coins les plus sombres de cette grande cage éclairée par trois soupiraux. Affalés contre les murs, ils avaient commencé à chuchoter entre eux, racontant, s'interrogeant.

Jules Forestier avait vu deux hommes se diriger vers lui. L'un devait avoir plus de quarante ans, des cheveux mi-longs couvraient en partie sa barbe. Il était difficile de savoir à quel milieu il appartenait. Il était habillé comme un bourgeois, mais il y avait dans la manière dont il se tenait, les mains passées sous sa ceinture, dans la façon dont il se laissait glisser le long du mur, une spontanéité sans contrainte qui était celle d'un homme du peuple.

D'un signe, il avait demandé à son compagnon, un homme d'à peine vingt ans qui lui ressemblait, de prendre place de l'autre côté de Jules, qui les avait regardés l'un et l'autre, essayant de comprendre pourquoi ils s'installaient là, l'encadraient, le dévisageaient. Lui-même cherchait dans sa mémoire des souvenirs, car ces physionomies ne lui étaient pas étrangères.

— Tu es Jules Forestier, avait dit à voix basse le plus âgé, tu es le fils de Romain Forestier.

Tout en parlant, l'homme avait souri, avait eu un geste d'affection, passant son bras sur les épaules de Jules.

— Ton grand-père, le maréchal – il avait hoché la tête avec un mouvement lent qui exprimait la tendresse et l'admiration –, Maximilien Forestier – il avait ri – m'a élevé comme son fils. Ton père et moi, nous avons été comme des frères pendant près de vingt ans. Je connais mieux tes demeures que toi, villa Clarvalle, château de Mazenc, hôtel Forestier, rue de l'Estrapade… Tout ça, c'était chez moi, comme si c'était à moi !

Il s'était interrompu, se penchant pour mieux voir le visage de Jules.

— Quel âge as-tu ?

Jules s'était dégagé du bras de l'homme, se reculant, heurtant ainsi de l'épaule le second prisonnier qui s'était assis près de lui.

— Tu as l'âge de mon fils, avait repris l'homme en montrant son compagnon. Vous avez tous les deux dix-neuf ans. Auguste est né quelques semaines après toi, en 1832, l'année des premières barricades après ces journées des dupes de juillet 1830. 1832, c'est aussi l'année où ta mère est morte, l'année du choléra.

Il avait posé de nouveau son bras sur les épaules de Jules.

— J'en sais des choses, tu vois ! Quand, à l'appel, j'ai entendu ton nom, cela m'a fait plaisir. J'ai dit à Auguste : le sang des Forestier, il est resté pur puisque Jules est là !

Il avait avancé la tête.

— Tu sais qui je suis ?

À cet instant précis, Jules s'était souvenu de ce compagnon de batailles dont Maximilien évoquait la mémoire dans chacun de ses récits, Nicolas Mercœur, qui était mort en 1812 sur la berge de la Berezina, un homme brave. Son fils Georges avait grandi avec Romain.

— Georges Mercœur !

Il s'était tourné vers l'autre prisonnier.

— Votre fils Auguste…

Il avait éprouvé une violente émotion, comme si brusquement sa solitude était enfin brisée et qu'il avait retrouvé les siens, mais en même temps le désespoir qui l'habitait depuis son arrestation, chez lui, rue de l'Estrapade, lui avait paru plus profond encore.

Il avait souffert de voir ce père et ce fils, côte à côte dans la même prison, comme des frères. Lui était seul. Romain Forestier avait quitté Paris et s'était installé à Mazenc pour fuir, disait-il, les solliciteurs qui venaient au nom de Louis Napoléon Bonaparte rendre visite au fils d'un vieux maréchal d'Empire. Mais Jules avait toujours soupçonné son père de ne plus désirer s'occuper que de soi, de son vignoble, comme si la mort de Maximilien, en décembre 1848, juste quelques jours après l'élection de Louis Napoléon à la présidence de la République, avait clos un chapitre de sa vie.

Romain Forestier avait pourtant été dans sa jeunesse, au *Courrier français,* l'un des journalistes les plus actifs de l'opposition au gouvernement de Charles X. On l'avait vu sur les barricades lors des journées de 1830, et encore parmi les républicains lors des émeutes de 1832. Mais, avec le temps, il avait cessé de participer à la vie publique, se contentant de publier des récits, des romans, des évocations des guerres de l'Empire tirées des souvenirs de Maximilien. Peut-être aussi la mort de sa mère et de sa femme en 1832, à cause du choléra, l'avait-elle brisé... Il s'était peu à peu replié sur lui-même, passant des périodes de plus en plus longues à Mazenc en compagnie du vieux maréchal.

Jules avait écrit, pensant à ce père, ces quatre vers qui le déchiraient et l'humiliaient :

Pour mon compte je n'ai plus le cœur à l'ouvrage
Je n'aiguiserai plus le glaive des héros
J'entends de mon orgueil mourir la voix sauvage
Comme un mugissement dans le cou des taureaux.

Il était resté à Paris, seul avec une domestique, dans ce trop grand hôtel de la rue de l'Estrapade. Il avait eu cent fois envie d'interroger son père : « Et moi, ton fils, pourquoi ne t'en soucies-tu pas ? Pourquoi es-tu tourné vers le passé ? Est-ce le souvenir de Maximilien qui t'empêche de continuer à écrire contre ces hommes avides qui ne rêvent que de conserver le pouvoir, de violer la Constitution, de perpétrer un coup d'État qui sera la caricature grimaçante, sanglante, sordide et mesquine du 18-Brumaire ? »

Il n'avait jamais osé terminer cette lettre si souvent commencée.

Et il avait mal vécu ces trois années de solitude, entre 1848 et ces premiers jours de décembre 1851, entre ses seize et ses dix-neuf ans. Son père se contentait de lui faire parvenir de l'argent, de payer la domestique, de veiller à ce que rien ne manquât au confort de son fils qui, chaque jour, s'était un peu plus engagé dans la lutte contre le Prince-Président.

Jules avait assisté chaque jeudi au cours de Michelet, au Collège de France. Il avait insulté les « espions » qui, dissimulés dans la foule des auditeurs, relevaient les propos séditieux, identifiant les étudiants. Il avait crié contre les jésuites : « Rats d'église, punaises de sacristie, mange bon Dieu, têtes de cierge, cafards, calotins ! »

Il avait manifesté vers Vavin et Montparnasse, malgré les sergents de ville et la gendarmerie mobile qui coupaient les rues, se jetant sur un étudiant désigné par un officier : « Pilez-moi cet homme-là ! » Il avait vu plusieurs de ses camarades, la tête ensanglantée, portés jusqu'aux berlines de la police et, de là, conduits aux prisons de Sainte Pélagie ou de Mazas.

Il avait rêvé dans les estaminets du Quartier latin, tout en buvant des *Gloria*, ces cafés coupés d'eau-de-vie, d'enlever Louis Napoléon avant qu'il ait pu préparer son coup d'État. Et si celui-ci se produisait, alors il aurait appelé aux armes, et Paris se serait couvert de barricades !

Mais il lui avait suffi de quelques heures, le 2 décembre, pour comprendre que le peuple ne se battrait pas, qu'il regardait avec mépris ces bourgeois encostumés, certains portant leur écharpe tricolore, crier « Vive la République ! ». Et les blouses répondaient :

« Quelle République ? Celle qui nous a fusillés en juin 1848, qui nous a déportés ? On préfère Napoléon aux autres ! »

Il avait couru de carrefour en carrefour durant ces quelques jours, du 2 au 5 décembre, se dirigeant vers les rues, les boulevards où retentissaient les feux de salve.

Il avait eu la tentation de mourir, comme ce député Baudin, mais il n'y avait plus de barricade, seulement des patrouilles, et l'une d'elles l'attendait, le 5 décembre, rue de l'Estrapade, dans la cour de l'hôtel Forestier dont il avait aperçu, en franchissant le portail, que les fenêtres et les portes avaient été forcées, les meubles brisés, jetés dans la cour.

Avant qu'il ait pu pénétrer dans l'hôtel, un lieutenant l'avait saisi par le bras, avait commencé à l'insulter :

« Vous êtes Jules Forestier, vous fricotez avec les républicains, avec les rouges, vous, le petit-fils d'un héros de l'Empire, du maréchal Forestier, l'une des gloires de l'armée ! Au mur, il faudrait vous coller au mur, pour trahison, triple trahison : de la France, du souvenir de l'Empereur et de votre famille ! »

Jules s'était débattu. Le lieutenant l'avait frappé du plat de la lame de son sabre. Il avait reçu des coups de crosse sur les genoux et les épaules, et il s'était retrouvé dans cette cage de la prison de Sainte-Pélagie, avec ces centaines d'autres prisonniers serrés les uns contre les autres et qui, parfois, jusqu'à ce qu'on les menace de les fusiller là, d'un feu de peloton, se mettaient à chanter *La Marseillaise* ou *La Carmagnole*, et à crier « À bas Napoléon ! ».

— Toi, on te libérera dans quelques jours ou quelques semaines, tu t'appelles Forestier, petit-fils de maréchal ! avait dit Georges Mercœur en lui tapotant l'épaule. Tu veux un conseil ? Quand tu sortiras d'ici, va retrouver ton père à Mazenc, ou mieux, installe-toi sur les bords du lac de Côme, dans la villa Clarvalle. Car ça va être long, très long.

— Et vous ? avait murmuré Jules.

Georges Mercœur s'était levé, avait tendu la main à son fils, puis haussé les épaules. Il avait frappé sa poitrine de son poing fermé.

— On a la République là, avait-il dit. Mais pas n'importe laquelle ! Lis Pierre Leroux, lis Proudhon, on la veut juste, démocratique et sociale…

Il avait eu un geste d'insouciance :

— À quoi ça sert de prévoir ? L'indiscipline est l'âme des combats du peuple. Un jour, tout s'embrasera, mais d'ici là, ce sera Sainte-Pélagie, l'Algérie ou le bagne de Guyane. Ici, tu deviens un rat parmi les rats, en Algérie, tu sèches et tu te brises comme du bois mort, en Guyane, ton bois, l'eau le pourrit, tu t'en vas fibre après fibre.

Il avait pris le bras de son fils.

— Mais ça ne change rien, la République et la Révolution sont comme la marée… On croit la mer retirée, elle l'est ! Il reste sur le sable ces coquillages vides ou morts qu'on ramasse, et puis tout à coup, tu entends le grondement, c'est la vague qui s'avance.

Il s'était éloigné de quelques pas avec Auguste puis, laissant son fils, il était revenu vers Jules.

— Si tu vois ton père, salue-le pour moi. Dis-lui que je continue, moi, à crier « Vive la République ! », et puisqu'on me dit qu'il fait du vin, qu'il m'en fasse porter quelques bouteilles, rue de la Pierre Levée, au numéro 7. Si tu veux venir trinquer, tu es le bienvenu !

Il avait levé les bras.

— Mais il faut d'abord qu'on nous laisse sortir d'ici, et qu'on ne nous jette pas à fond de cale pour un long voyage, les chaînes aux pieds.

Jules s'était de nouveau replié, la tête posée sur les genoux comme s'il avait voulu dissimuler son visage, ne plus voir cette cage pleine d'hommes courageux, et il avait pensé à son père, qui avait déserté le champ de bataille, qui faisait son vin à Mazenc, qui dans chacune de ses lettres depuis trois ans invitait son fils à le rejoindre.

« Tu comprendras un jour, avait écrit Romain Forestier, quelques semaines plus tôt seulement, que le vin vaut mieux que le sang. Je ne veux plus m'approcher de ces pressoirs d'hommes que sont le pouvoir, la révolution, la politique. Mon père a vu mourir, et fait mourir, des grappes d'hommes et mis la vie en perce ! Je ne presse que du raisin. Et le vin fait rêver. Viens, mon fils, viens me rejoindre et ma vie sera heureuse, viens avant qu'on ne te pile au pied. »

Jules avait déchiré cette lettre. Il avait eu honte. Son père parlait comme les sergents de ville lorsqu'ils désignaient à leurs agents un manifestant.

« Pilez-moi cet homme-là ! » criaient-ils.

Son père qui avait connu le temps des argousins et des mouchards, son père qui avait combattu sur les barricades avec Georges Mercœur, lui conseillait maintenant d'oublier les visages tuméfiés des camarades et les prisonniers qui s'accrochaient aux grilles et dont les sentinelles écrasaient les ongles, brisaient les doigts avec leurs crosses.

Son propre père paraissait ne plus se souvenir qu'à l'origine de la gloire et de la fortune des

Forestier, il y avait un combattant de Valmy et de Jemmapes, un homme qui – Jules voulait s'en persuader – était resté toute sa vie un soldat de la Révolution. Un maréchal d'Empire qui avait refusé les honneurs sous Louis-Philippe et n'avait pas soutenu la candidature de Louis Napoléon à la présidence de la République, en 1848. Et qui était mort le lendemain de cette élection, en décembre, comme pour ne pas être complice de ce qui allait advenir.

Et il fallait se contenter de faire du vin au château de Mazenc alors qu'on avait ce grand-père-là ! Il fallait accepter la dictature, le crime du 2-Décembre, et faire partie de ce « bétail rustique » – ainsi que Georges Mercœur appelait ces paysans que les préfets poussaient vers les urnes à chaque plébiscite pour qu'ils approuvent le coup d'État – puis la transformation de la République en Empire, et de Louis Napoléon en Napoléon III !

Ça, la sagesse ? Ou bien la lâcheté, la fatigue d'un père vaincu qui désertait par lassitude et par peur les rangs clairsemés des derniers républicains ?

Jules, le jour même où on lui avait annoncé qu'il serait libéré de Sainte-Pélagie avant la fin de la semaine, en ce début d'année 1852, avait écrit avec de l'amertume plein la bouche et de la révolte dans ses poings serrés :

Par les champs où germait notre foi plébéienne
Les soldats ont semé les entrailles des forts
Le courage et le droit font voile vers Cayenne
Les esclaves sont nés et les hommes sont morts.

Lui, Jules Forestier, en faisait le serment, il se battrait avant de mourir !

5.

“ Il n’avait ressenti ni regret ni crainte. Il avait prévu cette fin-là depuis que la nuit avait étendu son ombre sur Paris… ”

Longue histoire que celle de la marche de Jules Forestier vers la mort, à trente-neuf ans, le dimanche 28 mai 1871, fusillé contre un mur du cimetière du Père-Lachaise par un peloton du 57e régiment de ligne qui s’était battu la veille et toute la nuit pour enlever les dernières barricades, rue d’Angoulême et rue de Paris, pour conquérir maison après maison le quartier de Belleville et emporter enfin l’ultime barricade, celle de la rue Ramponneau !

Georges Mercœur avait couru avec Jules parmi les tombes du Père-Lachaise, sautant de dalle en dalle, cependant que retentissaient les cris des lignards : « Il y en a qui se cachent par là ! », et qu'une voix de commandement répondait : « Pas de quartier ! » Mercœur avait lancé, haletant :

— Oui, oui, nous allons être dépecés vivants ! Morts, nous serons traînés dans la boue. On a tué les combattants, on va nous tuer, mais on tuera aussi les prisonniers, on achèvera les blessés. Ceux qu'on épargnera, s'il en reste, iront pourrir au bagne.

Il s'était arrêté, avait empoigné Jules et l'avait serré contre lui.

— Oui, avait-il ajouté, mais l'Histoire finira par voir clair, et dira que nous avons sauvé la République.

Puis il avait repoussé Jules, clamé : « Il faut vivre ! »

Et pourtant c'était lui, depuis le premier jour de l'insurrection, le 18 mars 1871, qu'on appelait le Vieux, parce qu'il avait soixante-sept ans, qu'il avait été un combattant de 1830, de 1832, de février et de juin 1848, qu'il avait connu la prison de Sainte-Pélagie, celle de Mazas, cette nouvelle construction boulevard Diderot où, durant tout le règne du criminel du 2-Décembre, Napoléon III, on avait enfermé les prisonniers politiques. Il y avait passé des années aux côtés de Blanqui.

Jules l'avait vu s'agripper au faîte d'un mur qui bordait le cimetière, rester un moment à califourchon, lui criant :

— Viens, viens !

Puis il y avait eu des coups de feu, et Georges Mercœur avait basculé de l'autre côté, blessé, mort, ou peut-être – et Jules l'avait voulu de toutes ses forces – courant encore, se glissant dans les cours des immeubles du quartier, s'y cachant, échappant aux patrouilles.

Mais Jules n'avait pas eu le temps de le suivre. Il avait senti une douleur brûlante à la cuisse et avait reçu un coup de crosse dans le visage. Le soldat qui venait de lui enfoncer la baïonnette dans la jambe, puis de la retirer avant de le frapper, s'apprêtait à faire feu quand un officier s'était avancé, un commandant qu'il lui avait semblé reconnaître – peut-être ce témoin de la partie adverse lors de ce fameux duel qui avait eu lieu à Sceaux il y avait quelques années ? L'officier tenait son pistolet de la main gauche, la droite brandissant le sabre. D'un geste il avait arrêté le soldat, fait signe qu'on pousse contre le mur tous les prisonniers.

Jules, ayant reçu un nouveau coup de crosse, avait reculé en sautillant, sa jambe gauche paralysée, douloureuse. Il s'était appuyé au mur. Il avait regardé les hommes qu'on alignait près de lui.

Ils avaient le visage maculé, ils étaient hirsutes, leurs vêtements déchirés. Plusieurs étaient blessés. Ils avaient tenté de redresser la tête, mais la douleur avait été souvent la plus forte et ils avaient appuyé le menton contre leur poitrine, certains même s'étaient laissés glisser le long du mur. Mais ceux qui étaient restés debout les avaient soulevés, les tenant par les aisselles. Et tous, ils avaient finalement regardé le commandant qui avait rassemblé une vingtaine d'hommes, l'arme au pied.

Jules avait dévisagé ces fantassins qui allaient le tuer. Ils avaient des traits rudes et serraient de leurs mains épaisses les canons de leurs fusils, comme s'il s'était agi d'un manche de bêche, de pioche ou de pelle. Ils étaient ces paysans, bretons ou champenois, que le gouvernement de Thiers avait envoyés à la reconquête de Paris, tombé aux mains de ceux qu'on avait appelés les « brigands », dont Pierre Machecoul, le critique littéraire le plus redouté du *Temps*, l'écrivain, le libéral rallié à l'Empire, avait écrit dans *Le Gaulois* qu'ils avaient des « faces patibulaires et bestiales, et que l'âme jamais ne les avait éclairés de son rayon ».

Alors, qu'on les embroche, ces communards ! Qu'on fracasse à coups de crosse le crâne de ceux qui sont blessés, de ces Fédérés prisonniers et de tous ceux dont la mine, l'accoutrement, la couleur des mains, ou une marque rouge à l'épaule droite, pouvaient faire penser qu'ils avaient fait le coup de feu contre les troupes du gouvernement installé à Versailles !

Jules avait pensé qu'il était juste que les uns se nomment Fédérés et les autres Versaillais... Ainsi il était clair que c'était, quatre-vingts ans plus tard, la lutte de la Révolution qui continuait, même si, à Versailles, le gouvernement se disait républicain.

Mais de quelle République s'agissait-il ?

L'officier avait fait un pas en avant. Il avait dit :

— Je suis le commandant Joseph Chrétien de Taurignan. Vous êtes condamnés à mort pour les crimes que vous avez commis. En vertu des pouvoirs que m'a délégués le général Galliffet, au nom du gouvernement, vous allez être exécutés, sur-le-champ et sur mes ordres.

Jules s'était appuyé au mur.

Il n'avait ressenti ni regret ni crainte. Il avait prévu cette fin-là depuis que la nuit avait étendu son ombre sur Paris.

Il s'était souvenu de ce qu'il avait vécu les jours précédents, ces suspects, ces otages que les communards avaient fusillés, et parmi eux Mgr Darboy.

Il s'en était indigné, il avait tenté de s'interposer, avait fait appel à la raison :

— On criera que c'est une lâcheté !, avait-il dit.

On l'avait entouré, insulté :

— Une lâcheté ? Dites donc, le lettré, et les massacres de Septembre ? C'était donc une blague quand vous nous disiez de faire comme en 93 ?

Un Fédéré s'était approché du corps de l'archevêque. Il l'avait touché du bout de sa crosse.

— On saura que si la Commune faisait des décrets pour rire, le peuple les exécutait pour de bon...

L'homme avait ri, montré la poitrine criblée de balles, et il avait ajouté :

— J'ai tout de même fait un trou dans le ciel !

Et puis il y avait eu, quelques heures plus tard ce vendredi 26 mai, rue Haxo, les hommes que les Fédérés avaient alignés contre les façades et qu'ils mettaient en joue.

Jules s'était placé devant les fusils. Il avait essayé avec quelques autres d'empêcher qu'on exécutât ces cinquante-deux prêtres, ces gendarmes, et ceux dont on disait qu'ils étaient des mouchards de la police impériale ou du gouvernement versaillais. Il s'était efforcé de convaincre. Il avait entendu derrière lui les prières des prêtres dont la plupart s'étaient agenouillés.

Et puis la foule avait commencé à hurler « À mort ! ».

On l'avait bousculé. On l'avait insulté.

— Foutez-nous la paix ou on vous tire dessus ! lui avait-on crié.

La nuit commençait à tomber. On avait poussé Jules loin des fusils, et les feux de salve avaient éclairé à plusieurs reprises de lueurs jaunes la rue Haxo.

« Je me suis revanché », avait dit un vieil homme en montrant les corps tombés les uns sur les autres, formant un amoncellement sombre sur le trottoir. Des corps comme des sacs troués.

Et des femmes étaient venues entourer Jules, lui dire en brandissant le poing qu'elles avaient subi les mouchards, les curés, les gendarmes, les « bourreaux à épaulettes », qu'elles s'étaient vengées et qu'elles en étaient heureuses.

Tout à coup, des obus tirés par l'artillerie versaillaise s'étaient abattus sur les maisons voisines. Des Fédérés étaient passés en courant, criant que les barricades étaient prises, que les Versaillais arrivaient. La foule s'était dispersée, laissant les corps sans vie des otages. Jules, avant de s'enfoncer dans les ruelles, avait imaginé ces photographies, ces articles, qui dénonceraient les assassins. Et il était devenu l'un d'eux.

Jules avait longuement regardé le commandant, sûr d'avoir vu cet homme des années auparavant. Il avait peu changé, à peine s'était-il tassé, mais il était de grande taille, le visage entouré par une barbe courte et blonde. Il se tenait appuyé au pommeau de son sabre et parfois, de la main gauche serrée sur la crosse de son revolver, il ordonnait à ses soldats de conduire vers le mur de nouveaux prisonniers que des patrouilles de lignards poussaient devant elles à coups de baïonnette.

Il donnait à la fois une impression de calme et de lassitude. Aucune haine n'émanait de sa personne. Il devait imaginer qu'il incarnait le droit et la justice, et qu'il agissait pour le bien du pays. Soudain, Jules s'était souvenu. Il avait souvent entendu Maximilien, ou son père Romain, évoquer cette famille des Taurignan qui, comme celle des Boissier, était originaire de la région de Valence. Elles possédaient avant 1789 des propriétés et des châteaux à Grignan, à Crest, le long de la Drôme.

Elles en avaient perdu une bonne part. Et Maximilien Forestier avait acheté le château de Mazenc. Pourtant, c'était un Taurignan qui, comme ses ancêtres l'avaient fait depuis des siècles, allait châtier un Forestier.

Jules avait eu envie de crier à cet officier qui ne l'avait pas reconnu – mais regardait-il le visage des hommes qu'il allait ordonner de fusiller ?

— Sachez qui vous tuez ! Je suis Jules Forestier, le petit-fils du maréchal Maximilien Forestier…

Mais il avait eu peur que le commandant ne l'éloigne du mur, ne le gracie. Et il avait tourné la tête, observé ses camarades.

Il avait aperçu derrière leurs épaules, entre les pierres disjointes, de petites fleurs blanches et jaunes. Il avait eu un instant la tentation de tendre la main, de saisir l'une de ces fleurs.

Il s'était souvenu alors de celles qu'il avait achetées, peu après sa sortie de la prison de Sainte-Pélagie, à une bouquetière toute menue qui passait entre les tables du café Voltaire, au Palais-Royal.

Il y avait plus de quinze ans. Longue histoire, courte vie.

6.

> “ Si la société
> est une machine,
> une horlogerie,
> il suffit
> d’un grain
> de sable
> pour qu’elle
> s’arrête… ”

Jules Forestier avait regardé la bouquetière s’éloigner.

Elle portait, accroché à son cou par une sangle de cuir, un large panier d’osier rempli de fleurs. Elle paraissait glisser plutôt que marcher, petite et maigre, se faufilant entre les tables, s’arrêtant quelques minutes devant chacune d’elles, présentant sans dire un mot un bouquet, attendant qu’on la chasse d’un geste irrité. Le plus souvent, on l’ignorait. Elle se penchait alors, tendait le bras avec cette poignée de fleurs jaunes et blanches que parfois elle posait sur la table, délicatement, faisait quelques pas, puis revenant, attendait encore, ne reprenant le bouquet qu'après plusieurs minutes ou bien ramassant la pièce qu'on avait déposée pour elle.

C'est ce que Jules avait fait, et il avait vu cette main longue, maigre, dont la peau était si blanche qu'elle en semblait transparente.

— Les pauvres ne doivent plus exister. Il ne faut pas qu'ils se montrent, avait dit Georges Mercœur.

Il était assis à la droite de Jules et se tenait les bras croisés, le dos droit, les traits creusés par l'amertume, une expression de dégoût.

— Vous savez tous ce que ce Napoléon a écrit, autrefois… avait-il repris.

Il avait baissé la voix.

— *L'Extinction du paupérisme*.

Il avait invité Jules, Lentin, Raynal, Biaggi, assis autour de la table, à se rapprocher de lui, puis il avait chuchoté, les dents à peine desserrées.

— L'empereur en somme veut le socialisme.

Il s'était rejeté en arrière, s'était esclaffé comme s'il venait de raconter une gaudriole, et tous avaient ri bruyamment. Les consommateurs s'étaient tournés vers eux, de petit groupe d'hommes facétieux qui étonnaient par leur comportement sur cette terrasse où les bourgeois se chauffaient au soleil léger du mois de mai.

Raynal avait posé ses deux mains sur la table, entre les verres.

Il avait les doigts longs et fins, chaque pli des phalanges comme le tour des ongles noircis par l'encre d'imprimerie. La peau de ses mains, et même de son visage, était grise comme si passer chaque jour plus de douze heures devant les presses, et choisir les caractères, les recouvrir d'encre, lui avait donné la couleur du plomb. Il avait plissé les paupières, comme il devait le faire dans la pénombre de l'imprimerie Raynal, rue de la Croix-Nivert. « Imprimerie de labeur », comme il disait avec orgueil puisqu'il y composait et tirait des livres, des romans ou des recueils de poèmes.

— Le socialisme du mouchard et de la censure, avait-il murmuré. Au coup d'État, la police avait une épée et tuait en plein jour !

Il avait regardé autour de lui.

— Maintenant, c'est autre chose. On ne peut rien imprimer sans autorisation. On ne peut pas parler. On ne peut pas se taire. Les mots sont saisis au vol. Les gestes et même le silence sont mouchardés. Tu parles trop, Mercœur. Tu parles toujours trop fort. Et même si tu te contentais de penser, ce serait déjà interdit !

Ils étaient tous restés silencieux, puis Raynal avait repris :

— Souvenez-vous de Hugo, il l'avait pressenti, bien avant le coup d'État, quand l'Autre jouait encore au président de la République.

Raynal s'était interrompu, puis il avait, la voix un peu tremblante, récité comme une prière qu'on chuchote :

— Tout ce qui a été trouvé, déduit, illuminé, imaginé, inventé par les génies, le trésor de la civilisation, l'héritage séculaire des générations, le patrimoine commun des intelligences, vous le rejetez !...

Il avait repris sa respiration, continué :

— Si le cerveau de l'humanité était là, devant vos yeux, à votre discrétion, comme la page d'un livre, vous y feriez des ratures.

— Hugo s'est exilé, avait dit Jules. Plus d'esprit, plus de pauvres !

D'un mouvement du menton, il avait désigné la bouquetière qui continuait d'aller entre les tables.

— Aujourd'hui, un homme ne doit avoir qu'un seul but, celui de devenir très riche. La Bourse, c'est notre panthéon, notre cathédrale !

On avait entendu des coups sourds au loin, et le sol avait résonné.

— Ils creusent..., avait dit Lentin.

C'était un homme d'une trentaine d'années, maigre, les cheveux plats, vêtu avec recherche d'une redingote noire fermée sur un gilet blanc. Une cravate blanche à pois rouges, très large, serrait son cou.

— Ils éventrent, avait-il ajouté. On n'imagine pas ce que cela rapporte de détruire une ville pour en construire une autre. Ouvrir des boulevards, cela vaut mieux que de creuser une mine d'or !

— Le canon, avait murmuré Georges Mercœur. Quand le préfet Haussmann aura achevé de percer les vieux quartiers, on ne pourra plus dresser une seule barricade. Il suffira de deux pièces d'artillerie, en batterie à une porte de Paris, pour prendre tout le boulevard en enfilade, pour balayer tous les obstacles, et après la cavalerie chargera. Il n'y aura que les fous...

— Sommes-nous fous ? avait murmuré Jules.

— Je veux être fou ! avait affirmé Mercœur en frappant du poing sur la table.

Les verres avaient tinté.

— On ne résiste pas à l'avenir, avait dit Lentin. N'oubliez jamais cela.

On l'appelait l'Ingénieur et, malgré son apparence stricte, le Poète, le Rêveur. Il disait que le monde futur serait un monde ordonné comme une machine, que tout y serait rouage, que la société fonctionnerait avec la précision d'une horlogerie, que le monde serait parcouru de voies ferrées. On creuserait les isthmes, on dessécherait les mers inutiles, on dompterait les tempêtes.

— Tout cela se met en place maintenant, avait-il poursuivi. Seuls les fous peuvent s'y opposer. On ne résiste ni à l'argent, ni aux machines, ni au progrès. Qui peut empêcher les voies ferrées de s'étendre ?

— Au profit de qui ? avait lancé Mercœur.

Il s'était à nouveau penché, invitant les autres à l'écouter.

— Ils s'empiffrent..., avait-il commencé.

Il était loin le temps où le pauvre Baudin se faisait tuer sur une barricade pour son indemnité parlementaire de vingt-cinq francs par jour !

« Une aumône », s'était-il exclamé.

Les sénateurs touchaient maintenant trente mille francs, les ministres cent mille, et ce n'était là que leur traitement officiel. Savait-on que Victor-Marie Dussert, le président de la banque Dussert et Speicher, avait obtenu, en échange des prêts qu'il avait consentis à la veille du coup d'État, le privilège d'ouvrir des lignes de chemins de fer dans l'ouest et l'est du pays ? Que les sociétés qu'il avait créées rapportaient un dividende de deux cents francs par action, qu'il avait passé un pacte avec le Crédit Immobilier du banquier Mirès, créateur de la Caisse Générale des Chemins de Fer, qu'il avait pris des participations dans toutes les nouvelles banques qui se créaient, le Crédit Lyonnais, la Société Générale, qu'il avait ouvert les hostilités contre la banque Rothschild, mais que cette guerre pour le contrôle des réseaux ferrés allait se conclure par un armistice ?

— Les banquiers encaissent, les ministres touchent leur part, avait-il ajouté. Morny, le demi-frère de l'empereur, et même Persigny, le ministre de l'Intérieur, tous, ils se gavent !

— *L'Extinction du paupérisme*..., avait répété Jules.

Lentin avait écarté les bras.

— On interne les fous, avait-il dit. Regardez autour dc vous, mes bons camarades.

Il avait montré la terrasse où toutes les tables étaient occupées, plus loin la rue qu'on apercevait derrière les colonnades des galeries et dont on devinait qu'elle était encombrée par les fiacres et les calèches, une circulation qui chaque jour augmentait, empruntant ces voies nouvelles et larges qui peu à peu dessinaient une nouvelle géographie de Paris.

— Les gens normaux sont à la fête, la fête impériale, et nous, nous sommes ici, avait-il poursuivi, parmi eux. Nous sirotons notre absinthe comme eux, mais nous voulons nous distinguer, nous opposer, alors nous pensons, nous parlons comme des fous. Mieux vaudrait suivre le mouvement du progrès. Avez-vous lu le dernier livre de Proudhon, *Le Manuel du spéculateur à la Bourse* ? Et celui que Vallès a écrit pour le banquier Mirès, *L'Argent* ? Ces deux-là que l'on croyait à l'abri de la contagion se laissent tenter, même s'ils avalent la liqueur avec des grimaces. Si nous sommes fous, on nous internera, Messieurs, et personne ne viendra nous tirer de l'asile.

Lentin s'était levé.

— Après tout, les prisons sont les asiles de fous en politique.

— Je reste fou, avait dit Jules Forestier en se renversant en arrière, en regardant le ciel.

— Moi aussi, avait murmuré Georges Mercœur. Je suis fou de père en fils.

Biaggi, qui n'avait pas parlé jusqu'alors, avait attendu que Lentin s'éloigne, puis il avait dévisagé les uns après les autres, Forestier, Mercœur, Raynal. C'était un homme à la peau très brune, au visage rond, aux bras qui paraissaient d'autant plus courts que le torse était vigoureux, large.

— Lentin a parlé de machine tout à l'heure..., avait-il commencé.

Il avait un peu l'accent italien, et il hésitait avant de prononcer un mot, d'une voix basse et grave.

— Une machine, une horlogerie, il suffit d'un grain de sable pour qu'elle s'arrête. Si la société est une machine, même si nous ne sommes que quelques-uns, cela suffit pour la détruire, après nous verrons ce qu'il faudra bâtir, mais d'abord détruisons ce que nous haïssons.

Il avait secoué la tête.

— Ce sont les autres – il avait montré les consommateurs – qui sont fous, et même si je restais seul, je ne changerais pas d'avis. Le nombre n'a jamais été une preuve de vérité. Jamais. Il faut être le grain dans la machine. Au début – il avait commencé à parler plus vite –, le Christ était seul, puis il y eut les disciples, contre les prêtres, contre l'empereur. Ils ont livré le Christ, ils l'ont crucifié, les disciples ont été jetés aux fauves. On les a crus fous, et à la fin l'Empire s'est converti au christianisme !

Biaggi s'était rejeté en arrière.

— Nous sommes bien plus que douze. Nous étions des centaines dans les caves et les cellules de Sainte-Pélagie et de Mazas. Et nous ne pourrions pas vaincre ?

Il avait secoué la tête.

— C'est si fragile, une machine, il suffirait...

Il avait baissé la tête.

— Il suffirait, avait-il répété.

Il avait fait un mouvement rapide de la main droite ouverte, comme on fauche et tranche d'un coup sec.

Les autres l'avaient regardé.

— On ne peut pas le guillotiner, comme vous l'avez fait avec Louis XVI, mais on peut le tuer autrement – il rit –, la pièce principale de la machine, on l'enlève, et la machine est détruite !

— Tu es fou, Biaggi, avait murmuré Raynal.

— Comme Saint-Just ou Robespierre, avait répondu Biaggi. Il n'y a pas de prince innocent. Et celui-là, nous savons ce qu'ont fait ses soldats le 2 décembre…

Il y avait eu un cri aigu, puis un bruit de chaises renversées. Jules avait sursauté, et tournant la tête il avait vu deux sergents de ville empoigner la bouquetière, l'entraîner en la tirant par les bras cependant qu'elle se débattait, poussant des cris de plus en plus faibles.

— *L'Extinction du paupérisme*, encore ! avait remarqué Mercœur.

Jules s'était levé. Il avait laissé des pièces sur la table, pris le bouquet qu'il avait acheté, puis il avait lancé :

— Chez moi, rue de l'Estrapade, on parlera de la machine et de sa pièce principale.

Et à grands pas, il avait commencé à suivre les sergents de ville qui encadraient la bouquetière.

7.

“ Paris avait
besoin
d’hommes,
portant les sacs
de sable
et les pierres
de taille
sur leur
nuque… ”

Le sergent de ville qui marchait à sa gauche lui serrait si fort le bras au-dessus du coude qu’Aurélie Méran avait eu la sensation que sa main était glacée, morte, les doigts raidis et douloureux. Elle avait geint. Elle avait secoué son bras pour tenter de se dégager, mais l’agent, un homme trapu, le visage encadré de favoris broussailleux qui dépassaient du bicorne, avait dit d’une voix rude :

— Ferme-la !

Et il l’avait tenue plus durement.

Elle avait baissé la tête. Elle avait vu son panier vide, les bouquets étaient tombés à terre dans la bousculade au milieu des tables de la terrasse du café Voltaire, et elle avait eu le sentiment d'être maudite. Elle avait craché par terre, comme si elle avait ainsi pu exprimer sa rage, sa révolte, son désespoir, et sa haine pour ces hommes qui la tenaient, pour cette vie qui ne lui donnait rien depuis des mois sinon de la souffrance, du froid, de la faim, de la misère, des humiliations et du mépris. De la honte aussi, quand l'un de ces vieux salauds qui traînaient leurs bedaines barrées de chaînes d'or proposait une pièce pour qu'on passe un moment avec lui, qu'on soit gentille – et il se montrerait, comme il disait, généreux.

Elle n'avait jamais accepté. Mais pourquoi c'était pas ceux-là, ces cochons, qu'on arrêtait ?

Elle avait craché une nouvelle fois, plus violemment, comme si elle avait projeté hors d'elle son dégoût pour ces deux agents qui la conduisaient vers l'une des cages où elle avait déjà été jetée plusieurs fois, au milieu des filles qui se moquaient d'elle, la petite vierge, la prétentieuse qui refusait de donner son cul et qui croyait qu'on pouvait survivre en vendant des fleurs.

« Vends ton cul, pécore ! »

Et ces filles se laissaient prendre par les agents, sur une table, dans la pénombre de la pièce, pour deux verres d'absinthe.

« Ça coupe la faim, tu verras, ça chauffe dedans, et le froid avec ça tu l'emmerdes. »

Aurélie Méran avait senti que l'agent de droite marchait plus lentement, à peine s'il lui tenait le bras. Elle avait tourné la tête vers lui et elle avait croisé son regard. Elle avait aussitôt eu envie de pleurer, elle s'était mordu les lèvres. Elle ne devait pas se laisser émouvoir par cette compréhension, cette douceur même qu'elle avait découvertes, en un instant, dans les yeux de cet homme.

Un sergent de ville, comme l'autre, et elle avait de nouveau craché.

L'autre l'avait secouée :

— Tu sors quoi ? Tes poumons ? Tes microbes ? On va te foutre à Saint-Lazare. Ils verront bien ce que tu craches !

Il avait eu un mouvement de tout le corps.

— Vous empoisonnez la ville, vous êtes pires que les rats.

Puis il avait bougonné, contraint de s'immobiliser.

La ruelle était obstruée par des calèches, des fiacres, des charrettes et des tombereaux. Aurélie Méran avait aperçu une énorme boule de fonte suspendue à des chaînes accrochées au sommet d'un trépied fait de grosses poutres. Des hommes avaient poussé la sphère noire vers la façade de l'une des maisons, et peu à peu la boule avait pris du ballant, heurtant l'immeuble à la hauteur du premier étage.

C'était un battement sourd qu'Aurélie Méran avait eu l'impression de ressentir à l'intérieur de sa poitrine. L'agent avait desserré son étreinte, presque lâché son bras, fasciné par le mouvement de cette boule et, au-delà, par cet enchevêtrement d'échafaudages, de poutrelles métalliques au milieu desquels on apercevait un grand cylindre de fonte qui montait et descendait, frappant le sol, soulevant des nuages de poussière. Puis il y avait eu des bruits d'engrenages, des cris d'ouvriers, les protestations des cochers qui ne pouvaient avancer.

Aurélie s'était mise à trembler, comme l'air secoué par l'effondrement de la maison, l'avalanche de gravats. Et par la peur qui l'avait saisie à l'idée de ce qu'elle allait faire, qu'elle devait faire, pour obéir à son instinct, à cette exaltation qui frappait en elle.

Elle avait donné un coup d'épaule à l'agent qui, penché en avant, ne la tenait presque plus, observant les débris de cette maison détruite pour laisser place à une avenue. Le second agent avait ouvert ses doigts, sans même essayer de l'agripper.

Elle avait bousculé les badauds, s'était glissée entre les chevaux. Elle avait couru, son panier serré contre elle. Elle avait sauté des tranchées. Elle avait vu le visage des ouvriers.

Et elle avait eu tout à coup, en courant, un sanglot qui l'avait étouffée, obligée à ralentir, en pensant à son père qu'on avait ramené un jour, les jambes brisées, le dos ouvert, les bras raides. Il ne pouvait plus bouger que les paupières et à peine entrouvrir la bouche, parce qu'il était tombé non loin d'ici, sur le chantier des Halles, du haut d'un échafaudage sur des cornières qui lui avaient cassé les os.

On lui avait à peine donné le temps de mourir chez lui, dans cette pièce sous les combles, rue de la Bastille, puis son corps emporté, on avait dit à Aurélie :

— Tu paies ou tu pars.

Elle avait le premier jour imaginé qu'elle pourrait rentrer chez eux, là où l'eau ruisselle entre les rochers de granit, dans cette ferme sur le plateau à quelques kilomètres de Brive qu'ils avaient quittée trois ans plus tôt, parce qu'il fallait bien que l'un des fils s'en aille pour laisser la terre aux autres. C'est le père d'Aurélie qui avait pris la route avec sa femme et sa fille.

Paris avait besoin d'hommes portant des sacs de sable et des pierres de taille sur la nuque, oscillant à travers les étroites passerelles de planches jusqu'au sommet de ces immeubles qu'on construisait le long des nouvelles avenues de la capitale.

La mère d'Aurélie était morte de ce qu'on appelait une maladie de poitrine. Et parce que leur vie était maudite, le père était parti à son tour.

Aurélie Méran n'avait pu rentrer au pays. Pour y faire quoi ? La domestique ? La fille d'étable ?

Elle avait donc commencé à vendre des fleurs, évitant les sergents de ville, fuyant les rues sombres où des hommes avaient tenté de la pousser sous un porche, de la coucher sous un escalier. Elle leur avait toujours échappé, mais elle s'était fait prendre plusieurs fois par les agents, qui exigeaient qu'elle leur montre son « livret d'ouvrière », qui ricanaient lorsqu'ils entendaient les putains se moquer d'elle, et pour finir la conduisaient à Saint-Lazare afin qu'on l'examine, qu'on sache si elle était déjà l'une de ces femmes rongées par la vérole qui pourrissaient le monde et dont il fallait débarrasser la ville.

Mais elle était saine.

Les sœurs se signaient.

— Remercie le bon Dieu !

Les médecins, après l'examen, lui donnaient une claque sur les fesses : « Si tu veux… »

Elle s'était chaque fois dérobée, se faufilant dans les grands couloirs de Saint-Lazare et retrouvant la rue, les logis de fortune, une cave, une soupente, un chantier, la chambre d'une autre errante. Et il fallait dégringoler en hâte les escaliers pour éviter les mains du concierge, ses grosses pattes qui tentaient de la saisir.

Vivre, était-ce donc fuir ?

Aurélie venait d'entrer dans une cour que le soleil peu à peu désertait, laissant l'ombre gagner. Essoufflée, elle s'était assise dans le coin le plus sombre, à même les pavés, posant son coude sur une borne, si lasse tout à coup qu'elle n'avait plus la force de surveiller le porche, le bout de la rue qu'elle apercevait, et où peut-être les sergents de ville allaient apparaître.

Elle avait même un instant regretté de leur avoir échappé, d'avoir cédé à son instinct. À quoi bon ? En cage, on donnait une écuelle et parfois de « saintes dames » s'approchaient des grilles et offraient du pain, ou bien des vêtements. Elles tenaient leur mouchoir parfumé sur leur visage, elles ne retiraient jamais leurs gants, parlaient entre elles à voix basse. Elles échangeaient des coups d'œil scandalisés quand une fille hurlait qu'elle n'avait pas besoin de vêtements, que les hommes la préféraient nue ! Est-ce qu'elles savaient ça, les baronnes et les comtesses ? Est-ce qu'on les avait jamais déshabillées ?

Et les sœurs qui accompagnaient ces dames rougissaient, s'excusaient auprès d'Élisabeth de Viéville, comtesse de Boissier, ou d'Émilie de Bergues, comtesse de Taurignan.

Ces dames repartaient vite, laissant à leurs domestiques le soin de distribuer les ballots de linge et les restes de repas.

Aurélie Méran s'était-elle endormie ?

Elle avait sûrement fermé les paupières mais elle avait eu la sensation qu'on l'observait et s'était redressée d'un bond, avant de voir ce jeune homme en paletot sombre, une canne glissée sous son aisselle gauche, un chapeau de bourgeois enfoncé jusqu'aux yeux. Sa barbe épaisse cachait ses traits, ne laissant voir que son regard sous des sourcils noirs et un front étroit.

Il avait levé le bras, montré le bouquet de fleurs jaunes et blanches qu'il tenait dans sa main droite. Et elle avait remarqué ses gants de cuir fauve. Puis elle s'était souvenue de la table au café Voltaire, de ce groupe de gens bruyants, de cette grosse pièce que l'un d'entre eux lui avait donnée.

Elle avait fouillé dans la poche de sa jupe. Elle l'avait sentie, ronde et froide. Peut-être de quoi manger et coucher deux jours, et même racheter quelques fleurs ?

— Je peux vous aider, avait dit le jeune homme.

Aurélie Méran avait reculé d'un pas.

— Vous voulez quoi de moi ? avait-elle demandé.

— Rien, avait dit Jules en secouant la tête.

Elle avait ri aux éclats, si fort, si longtemps qu'elle en avait eu les larmes aux yeux.

8.

« Dieu sait que ma famille n'a jamais été du côté de Buonaparte mais, je le dis, Louis Napoléon nous a tous sauvés de cette lie... »

— Ces filles, ces dévoyées que nous avons vues..., avait commencé Élisabeth de Viéville.

Elle avait soupiré, hoché la tête, puis s'était tournée vers Émilie de Bergues qui était assise à sa droite dans le grand salon de la demeure des Boissier.

C'était une maison grise et austère de trois étages qui ouvrait sur un vaste jardin s'étendant de la rue du Bac jusqu'au boulevard Saint-Germain. Elle avait fait partie d'un des couvents, nombreux dans le quartier, dont les bâtiments avaient été vendus en 1792 comme bien national. Jérôme de Boissier, lorsqu'il était rentré d'émigration et s'était rallié à Napoléon, devenant l'un de ses aides de camp, l'avait achetée, et après sa mort, son épouse Élisabeth de Viéville, qui appartenait au Parti noir de la Restauration et était proche de Charles X, n'avait eu aucune peine à la conserver. Les jardins de la demeure jouxtaient ceux de l'ancien hôtel de Taurignan, devenu, depuis le temps de la Révolution, le siège de la banque Dussert-Speicher et Fils.

— Ces filles, avait repris Élisabeth de Boissier, sont des malheureuses qu'il faut aider. Tout être, je crois, même le plus vil, a droit à notre compassion, mais ces filles sont d'une insolence, n'est-ce pas, comtesse ?

Émilie de Bergues, comtesse de Taurignan, avait approuvé.

Élisabeth de Viéville avait pincé les lèvres comme pour marquer son dégoût.

C'était une femme âgée, aux cheveux blancs relevés en chignon, à la tête lourde, masculine. Elle avait dû être très laide mais ses traits s'étaient un peu dissous avec l'âge, et on ne retenait d'elle que la bouche petite au milieu des joues flasques. La comtesse de Taurignan avait une cinquantaine d'années, son visage était resté fin, et seules les rides du cou révélaient qu'elle était, elle aussi, sur le versant sombre de la vie. Autant le corps d'Élisabeth de Viéville était difforme, autant celui de la comtesse de Taurignan restait élancé, avec quelque chose de gracile et d'inachevé.

— Vous êtes bien généreuses, Mesdames, avait dit Victor-Marie Dussert.

Il était assis au côté de sa femme Germaine Speicher, les pouces dans les poches de son gilet, avec l'assurance du banquier. Il avait une tête ronde et chauve, et semblait vouloir, par ses mimiques, accuser sa ressemblance avec Napoléon Ier dont on disait qu'il était le bâtard, sa mère ayant entretenu au vu et au su de tout Paris une longue liaison avec l'Empereur.

— C'est une tradition chez les Viéville, depuis toujours ! avait rétorqué sur un ton cassant Élisabeth de Viéville. Nous devons aider les plus humbles, même s'ils sont pervertis. C'est pour cela que nous sommes nobles.

Elle avait penché la tête, fixé longuement, avec ironie, Victor-Marie Dussert puis, sur un ton badin, elle avait murmuré, assez haut cependant pour que tout le monde l'entende :

— J'appartiens à cette noblesse-là, celle des Taurignan, des Boissier.

Germaine Speicher avait jeté un coup d'œil à son mari dont chacun savait ici qu'il était baron d'Empire.

— Voyons, madame la comtesse, avait demandé Joseph Chrétien de Taurignan, qu'ont-elles de si particulier, de si terrible, ces filles, et où les rencontrez-vous, mon Dieu ?

Le comte de Taurignan était appuyé au fauteuil de sa mère, Émilie de Bergues.

Il avait une trentaine d'années, le visage régulier orné d'une courte barbe blonde, il portait un uniforme de lieutenant d'infanterie et deux décorations ornaient sa poitrine.

— Mais, mon cher comte, avait répondu la comtesse en haussant les épaules, dans les prisons, à la Petite Roquette, à Sainte-Pélagie, dans les asiles qu'on a ouverts pour ces femmes, et même à Saint-Lazare. Oui, nous allons dans les bas-fonds. Parfois je me demande si ces êtres-là ont une âme, ou si Dieu ne les a pas abandonnés. Il y a chez elles tant d'impudeur…

Elle avait secoué la tête comme si elle hésitait à prononcer un mot. Elle avait regardé ses invités, tendu la main vers Pierre Machecoul, assis à gauche de Dussert.

— Vous qui êtes journaliste, un critique, un écrivain, sachez qu'il existe dans ces prisons, ces asiles, cet hôpital, des êtres effrayants dont on n'imagine pas ce que l'on peut faire d'eux. Nous les aidons, nous prions pour elles, et nous ne trouvons en face de nous que – elle avait de nouveau hésité – la bestialité… Voilà le mot, la bestialité, chers amis !

Elle s'était levée, s'appuyant sur sa canne à pommeau d'ivoire.

— Dieu sait que ma famille n'a jamais été du côté de Buonaparte mais, je le dis, Louis Napoléon nous a tous sauvés de cette lie qui aurait tout submergé après les journées de juin 48, et sans le 2-Décembre ! Mais cette tourbe est encore là. Visitez ces lieux, voyez ces visages, ces femmes sont effrayantes de bassesse et, oui, de bestialité.

— Vous êtes généreuses et courageuses, avait décrété Victor-Marie Dussert en se levant à son tour pour suivre Élisabeth de Viéville qui se dirigeait vers la salle à manger.

— Il y a dans toute société, avait continué Joseph de Taurignan en s'asseyant, une boue qui habituellement demeure au fond et ne trouble pas les mœurs. Et puis parfois, c'est cela une révolution, la société se met à bouillonner, et une écume noirâtre apparaît, venue du fond précisément. On croise des visages dont on n'imaginait pas qu'ils pouvaient exister, des figures patibulaires. C'est toute la sauvagerie, madame la comtesse a raison, la bestialité qui vient à la surface. Si l'on n'agit pas vite, elle submerge tout. C'est ce qui s'est produit en 1789… Reconnaissons-le, nous dont les familles lui ont été fidèles, Louis XVI a manqué de poigne ! Notre empereur a su nous débarrasser de cette menace, le canon a purgé nos villes des barbares.

Dussert avait fait la moue en chipotant :

— Cher comte, je ne crois pas au seul mérite du canon. Avez-vous lu l'ouvrage qu'avait écrit, lorsqu'il était, je crois, emprisonné au fort de Ham, Napoléon III ? Un beau titre, *L'Extinction du paupérisme*.

Joseph de Taurignan avait eu une moue de dédain :

— Ouvrage de jeunesse... Vous savez à quoi travaille l'empereur aujourd'hui ? À une *Vie de César*. C'est mieux ! On dit qu'il y consacre plusieurs heures par jour.

— Est-ce bien raisonnable ? avait dit Machecoul. Tout est calme, il est vrai, mais je ne peux m'empêcher de penser à ce bon Louis XVI dont on dit, si j'ai bien lu M. Thiers, qu'il excellait dans les travaux de serrurerie. Un monarque doit rester un monarque, et laisser faire les livres ou les clés à ceux dont c'est le métier.

On avait ri.

— Vous restez libéral, Machecoul ! avait lancé Dussert. Je vais vous dénoncer à M. de Persigny. Notre bon ministre de l'Intérieur vous enverra rejoindre Hugo en exil.

— Hugo, Hugo, avait grondé Machecoul, ce n'est pas un poète, c'est une cloche qui résonne, le bourdon de Notre-Dame si l'on veut, mais une cloche quand même !

Durant plusieurs minutes, on avait échangé des propos sur les vertus et les mérites des poètes. Élisabeth de Viéville avait tout à coup, de sa voix un peu chevrotante, dit que sa propre fille Charlotte se piquait de littérature, qu'elle s'apprêtait à publier un roman dont le héros serait le peuple.

— Le peuple, mais oui, le peuple, m'a-t-elle dit.

La comtesse avait fermé à demi les yeux, soupiré.

— Ces idées nouvelles, ce progrès, ces chemins de fer, vos banques, monsieur Dussert, tout cela nous mène au socialisme, à cette Association internationale des Travailleurs. Est-il vrai, comme on me l'a dit, que l'empereur n'est pas hostile à ces idées ? D'une main il nous sauve et de l'autre il nous étranglerait ? Peut-être n'y peut-il rien. Il se voudrait raisonnable, mais il y a du Buonaparte en lui.

Elle avait incliné la tête vers Victor-Marie Dussert, et murmuré.

— Je m'emporte. Je vous prie de m'excuser, cher monsieur. Je ne vous vise en rien, mais les Viéville, les Boissier – vous le savez par feu votre mère –, les Taurignan ont payé cher les folies de ce peuple. Alors, quand j'apprends que ma propre fille, une Charlotte de Boissier, s'installe à l'écritoire et raconte les malheurs du peuple…

— Vous allez bien porter des vêtements à vos diablesses de Sainte-Pélagie et Saint-Lazare ! avait dit Dussert en riant. Vous avez compris vous aussi qu'on ne peut pas faire disparaître les barbares en les tuant à coups de canon ou en les enfermant derrière les grilles !

— Par quels moyens voulez-vous les contenir ? avait demandé le comte de Taurignan.

— L'argent, mon cher ! avait répondu Dussert. Le progrès par l'argent. Remplissez les ventres et vous aurez des mœurs civilisées. L'empereur a compris cela. Il vaut mieux un bon traité de commerce avec l'Angleterre, des voies ferrées, des forges, que des canons ou une guerre. L'aisance, l'instruction, voilà le moyen d'assagir les barbares, de réussir l'extinction du paupérisme.

On était passé au salon.

— On me citait un mot de l'empereur, avait repris Victor-Marie Dussert : « Quand on porte un nom comme le mien et qu'on est à la tête du gouvernement, il y a deux choses à faire : satisfaire les intérêts des classes les plus nombreuses, se rattacher les classes les plus élevées. »

— C'est du Buonaparte, s'était exclamée Élisabeth de Viéville, n'est-ce pas, Taurignan ? D'ailleurs, je lisais dans *L'Univers* que l'empereur songe à nous acoquiner avec le Piémont et la Pologne, au nom du principe des nationalités. Mais, mon Dieu, que veut-il ? Refaire la campagne d'Italie, et celle de Russie ? Nous avons déjà eu la guerre de Crimée…

Elle avait montré les décorations de Taurignan.

— Vous vous y êtes glorieusement conduit, monsieur le comte !

Taurignan s'était incliné, avait raconté un peu distraitement le siège de Sébastopol, puis il s'était tourné vers Dussert.

— Je ne crois guère à vos théories, monsieur, l'aisance n'est pas permise à tous. C'est ainsi. Je ne crois toujours pas aux billevesées de 89, Liberté, Égalité, Fraternité… Allons donc ! Et notre empereur pèche par là. Comme le dit la comtesse, il a un côté Buonaparte qui m'inquiète. Quant à l'instruction, je ne puis consentir à laisser mettre du feu sous une marmite sans eau. À la fin, elle se fend. On appelle cela une émeute ou une révolution. Savez-vous que l'on dit, dans l'entourage de Persigny, qu'il y a un complot pour assassiner l'empereur ?

— Allons, allons, avait répondu Dussert, le propre d'un ministre de l'Intérieur, c'est de démasquer des conspirations, et si besoin est de les créer pour mieux les maîtriser.

— Si l'on tue l'empereur, la nation se brisera, avait murmuré Taurignan.

Dussert lui avait pris le bras, Machecoul s'était approché.

— Il faut que je vous rapporte, moi aussi, un autre mot de Louis Napoléon, et il va loin, croyez-moi ! L'empereur, en lisant un rapport de police sur les intrigues qui agitent le petit monde de la cour et du gouvernement, aurait dit : « Quel gouvernement que le mien ! L'Impératrice est légitimiste, mon cousin Napoléon-Jérôme est républicain, mon demi-frère Morny est orléaniste. Je suis moi-même socialiste, il n'y a de bonapartiste que le ministre de l'Intérieur Persigny, mais il est fou ! »

Tous avaient encore ri.

— Autant dire, avait ajouté Taurignan, que l'empereur est un homme seul et que, s'il disparaissait, le régime tomberait en morceaux. Comment ceux qui ne rêvent que de révolution ne parviendraient-ils pas à cette conclusion ? Et dès lors, pourquoi ne chercheraient-ils pas, ne voudraient-ils pas tuer l'empereur ? Nous aurons à ce moment-là besoin de fusils et de canons, mon cher Dussert.

Dussert avait souri.

— Et de banque aussi…

Il s'était tourné pour saluer Élisabeth de Viéville qui s'était avancée dans le vestibule.

Tout à coup, la porte donnant sur la rue du Bac s'était ouverte violemment, et une jeune femme essoufflée, les cheveux noirs en désordre, s'était précipitée, criant :

— Ici, je suis chez moi !

Deux hommes avaient voulu pénétrer à sa suite dans la maison, mais les valets les avaient retenus. Les hommes s'étaient débattus, affirmant qu'ils étaient policiers et qu'ils voulaient appréhender cette femme. Elle avait à plusieurs reprises proféré des menaces à l'encontre de l'empereur !

Élisabeth de Viéville s'était interposée :

— Ma fille, messieurs, la comtesse Charlotte de Boissier. Voici le comte de Taurignan, le baron Dussert, et M. Pierre Machecoul, du *Gaulois*, Cela vous suffit-il ?

Les deux hommes avaient paru décontenancés. Ils s'étaient regardés.

— Nous ferons un rapport, madame, avait répliqué le plus âgé. Il y aura plainte. Elle risque le procès et la prison.

— Faites, faites ! avait crié Charlotte.

Elle était sur le palier du premier étage, ses longues boucles noires tombant sur ses épaules, les mains serrant la rampe, les bras tendus, cambrée, le buste en avant, la taille serrée par une large ceinture de cuir rouge.

Elle s'était haussée sur la pointe des pieds, et elle avait lancé d'une voix joyeuse et claire :

— Vive Victor Hugo !

9.

“Vous ne pouvez pas vous mettre à la place de nous autres, vous êtes né en redingote et en bottines, nous autres en blouse et en sabots… ”

— J’ai vu Hugo à Guernesey, chez lui, avait commencé Charlotte de Boissier tout en allant et venant dans l’imprimerie Raynal. C’est plus qu’un poète, c’est un prophète, il communique avec d’autres mondes.

Jules Forestier, assis sur un tabouret dans la partie sombre de l’atelier, avait senti la colère le gagner.

Qu’est-ce que c’était que cette femme-là qui parlait d’une voix exaltée et prenait des poses ?

Jules s’en était voulu d’avoir accepté de la rencontrer, mais Raynal avait insisté. Il imprimait les premières épreuves du roman de Charlotte, un livre qui ferait date, avait-il dit, qui montrait la misère, la révolte, l'esclavage auxquels étaient soumis les plus humbles pendant que les gros, les banquiers et les princes, l'empereur et sa cour se gobergeaient. Elle l'avait intitulé *Histoire d'une fille du peuple*. Et déjà ce titre avait irrité Jules.

Comment pouvait-elle, cette comtesse de Boissier qui vivait, selon Raynal, dans une immense demeure rue du Bac, avec un parc qui occupait la moitié du quartier, écrire l'histoire d'une fille du peuple ? Sa mère était Élisabeth de Viéville, une légitimiste qui, dans son salon, recevait tout ce que Paris comptait de monarchistes, d'hommes d'argent, de journalistes à gages, les Taurignan, les Dussert, Pierre Machecoul, et le ministre de l'Intérieur, et Rouher et Morny. Charlotte de Boissier voulait parler du peuple ! De qui se moquait-elle ?

Mais Raynal avait insisté. Charlotte, avait-il dit, précisément parce qu'elle côtoyait les milieux proches de la cour impériale, pouvait être utile. C'était une républicaine malgré ses titres de noblesse, sa famille. Elle avait fait scandale aux Tuileries en refusant de s'incliner devant l'empereur. Elle était poursuivie pour injure publique envers Sa Majesté, Raynal avait été témoin de la scène. Elle était montée sur une table dans l'un des cafés de la place de la Bastille et avait déclamé quelques phrases de Victor Hugo, le Hugo de *Napoléon-le-Petit* et des *Châtiments*. Raynal les avait récitées à son tour, avec sa voix grave, étonnante parce qu'il avait un corps malingre, une poitrine creuse, un teint de la couleur du plomb des caractères d'imprimerie.

Jules se souvenait-il de l'apostrophe de Hugo à Napoléon III :

Ah ! le malheureux. Il prend tout. Il use tout. Il salit tout. Il déshonore tout. Il choisit pour son guet-apens le mois, le jour d'Austerlitz... Il fait sortir du 2-Décembre je ne sais quel oiseau de nuit, et il le perche sur le drapeau de la France et il dit : Soldats, voilà l'aigle. Il emprunte à Napoléon le chapeau et à Murat le plumet. Il a son 18-Brumaire à lui. Il se compare... Ah, Français ! Regardez le pourceau couvert de fange, qui se vautre sur cette peau de lion !

Jules avait éclaté de rire. Il avait tant de fois, lui aussi, devant Raynal, Lentin, Mercœur, évoqué ce texte. Il avait même imaginé que, comme l'acide, les mots allaient percer la statue de Napoléon-le-Petit, la dissoudre, décomposer le régime.

Mais les années avaient passé. Des millions de Français avaient voté et revoté pour l'Empire, pour les candidats de l'Empire, et un Pierre Machecoul avait pu écrire – combien avait-il été payé pour cela ? – que Hugo « n'était qu'un glorieux chiffon qui avait reçu de Dieu le talent, des rois les honneurs, du peuple la popularité, mais rien n'a profité dans ses mains, il a tout perdu ».

D'autres avaient même écrit que Hugo était devenu fou.

— Elle met Hugo au-dessus de tout, avait repris Raynal. Elle est sincère, et puis c'est une très jolie femme, libre, Forestier, libre !

Jules Forestier avait donc accepté de rencontrer Charlotte de Boissier, mais dès qu'il l'avait vue entrer dans l'imprimerie, poussant la porte violemment, puis la laissant ouverte si bien que tous les bruits de la rue de la Croix-Nivert avaient envahi l'atelier, il avait ressenti de l'irritation.

Elle avait eu des manières audacieuses, lui secouant la main, disant :

— Raynal m'a beaucoup parlé de vous. J'ai lu ce que vous avez écrit. Je sais qui était votre père. J'ai lu ses livres, et naturellement je connais le maréchal Maximilien Forestier. C'était un ami de mon père, Jérôme de Boissier. Ils sont tous deux restés fidèles au grand Napoléon.

Elle l'avait longuement fixé.

— Tout nous rapproche !, avait-elle ajouté.

Puis elle avait demandé sur un ton autoritaire à voir les épreuves de son livre. Raynal en achevait le tirage. Elle devait attendre, peut-être un peu plus d'une heure, mais puisque Jules était là, ils pourraient bavarder.

Elle s'était appuyée à la grande table sur laquelle étaient entassés des exemplaires brochés. D'un petit bond, elle s'était assise parmi les volumes, croisant les jambes, laissant voir ses chevilles et un bout de ses bas noirs.

— Le père de Hugo était un général de Napoléon, comme nos pères…

Jules, la tête un peu baissée, l'avait observée. Elle portait une sorte de justaucorps ajouré à la partie supérieure et décoré de petites perles qui, dans la pénombre de l'atelier, faisaient penser à des gouttes d'eau glissant sur le corsage, entre les seins qu'elle avait lourds. La taille était serrée dans une ceinture de cuir rouge.

— Vous devez imaginer Hugo dans cette grande maison blanche, face à la mer, avait-elle repris. Il travaille dans ce qu'il appelle son *look out*, une verrière au-dessus du toit, c'est presque une serre. Il y fait froid ou étouffant selon les saisons, m'a-t-il confié. Il sort de là à midi, toujours inondé de sueur. Il a écrit des centaines de vers.

Elle avait glissé de la table, dit que le poète avait acheté cette maison de Hauteville-House avec les droits d'auteur des *Contemplations*.

— Un succès foudroyant, avait murmuré Raynal.

Les bras nus, maculés d'encre, la blouse elle aussi noircie, il retirait de la presse l'une après l'autre de grandes feuilles qu'il déposait sur de larges tables afin qu'elles sèchent, pour ensuite les plier, les rogner, avant de les relier.

Il s'était interrompu un instant.

— Je souhaite à votre *Histoire d'une fille du peuple* le même succès. Les éditeurs ont écoulé jusqu'à mille exemplaires par jour des *Contemplations*. Ils ont fait appel à toutes les imprimeries de labeur pour répondre à la demande. J'ai – il avait écarté les bras – imprimé Hugo ici, comme je vous imprime.

— Il a lu mon manuscrit, avait affirmé Charlotte.

Elle s'était retournée vers Jules et, haussant un peu le menton, d'un air de défi, elle avait ajouté :

— Il l'a aimé. Il voulait écrire une préface, mais nous avons pensé que le livre pouvait être interdit. Je m'avance donc seule.

Elle avait hésité puis, faisant un pas vers Jules, elle avait dit :

— Toute nue.

Il lui avait tourné le dos. Il n'aimait pas cette femme-là, prétentieuse, arrogante, provocante. Il avait croisé les bras, et sans la regarder il avait commencé à parler.

— Hugo, Hugo, ce n'est plus celui de *Napoléon-le-Petit* ! Il n'y a pas un mot contre l'Empire dans *Les Contemplations*… Les éditeurs n'ont accepté de publier le livre qu'après avoir eu l'assurance qu'il n'y parlait de rien de ce qui dérange. Monsieur Hugo s'est rangé, voilà tout. Libre à lui, mais il a pu ainsi s'acheter cette maison qui vous enthousiasme tant.

Elle avait rugi.

— J'ai honte pour vous !

— On dit même, avait poursuivi Jules en se retournant vers elle, que l'empereur s'est exclamé, après avoir lu le livre, « Quel talent ! », et qu'il prépare une loi d'amnistie afin de lui permettre de rentrer gentiment à la niche.

— Vous êtes fou !

Charlotte de Boissier s'était précipitée sur lui, l'avait saisi par les épaules.

— Est-ce que vous vous souvenez ? avait-elle martelé :

J'accepte l'âpre exil, n'eût-il ni fin ni terme ;
Sans chercher à savoir et sans considérer
Si quelqu'un a plié qu'on aurait cru plus ferme,
Et si plusieurs s'en vont qui devraient demeurer.
Si l'on n'est plus que mille, eh bien, j'en suis !
Si même
Ils ne sont plus que cent, je brave encore Sylla ;
S'il en demeure dix, je serai le dixième ;
Et s'il n'en reste qu'un, je serai celui-là !

Pouvez-vous oublier, monsieur, ces vers qui sont un serment Ultima verba ?

Il avait haussé les épaules.

— Des mots de littérateur… Il a écrit *Napoléon-le-Petit* et *Les Châtiments*, soit. Mais *Les Contemplations*, des sanglots, des larmes, du Lamartine, madame, des facilités !

Seul, inconnu, le dos courbé, les mains croisées,
Triste et le jour pour moi sera comme la nuit.

Nous sommes dix mille capables d'écrire cela, mais nous avons été enfermés à Sainte-Pélagie et à Mazas, et certains sont encore au bagne, à Belle-Île, à Cayenne…

Raynal s'était avancé, se plaçant entre eux, pendant que Charlotte tapait du talon, répétant :

— C'est indigne !

Alors Jules s'était précipité vers la table où étaient posées les épreuves. Il avait pris une grande page entre le pouce et l'index.

— *Histoire d'une fille du peuple*, avait-il lu, mais que savez-vous du peuple ? Vous êtes sans doute comme Hugo, qui fait sa pêche de petites bonnes normandes, tous les ans ! Il les déshabille bien poliment, on dit qu'il aime leurs pieds nus, leurs corps odorants, et il leur donne le gîte et le couvert, et même une pièce, en échange de leur consentement à se laisser honorer par le grand poète, celui que vous appelez « le prophète » et qui communique en faisant tourner les tables, puisqu'on raconte cela aussi, avec les puissances des ténèbres ! Croyez-vous, madame, que ce soit là un comportement républicain ? Croyez-vous que nous ayons besoin dans les années qui viennent de ce genre d'écrivain-là, ou bien d'hommes capables de prendre le fusil, d'arracher des pavés et de faire sauter des barils de poudre quand passent les cortèges officiels ?

Jules s'était laissé tomber sur le tabouret, les avant-bras posés sur les cuisses.

— Je connais une fille du peuple, elle habite chez moi. Je lui apprends à lire, madame, c'est tout. Et savez-vous dans quel livre ? *Les Châtiments !*

C'est dire que j'ai de l'estime pour un certain Hugo, celui de l'*Histoire d'un crime*, de *Napoléon-le-Petit*. Mais ni vous, ni lui, ni moi ne connaissons rien au peuple. Peut-être – il s'était tourné vers Raynal – notre imprimeur, parce qu'il travaille avec ses mains… Savez-vous ce que m'a dit cette fille, cette jeune fille, Aurélie Méran ? « Vous ne pouvez pas vous mettre à la place de nous autres, vous êtes né en redingote et en bottines, nous autres en blouse et en sabots. » Elle est venue avec les siens de sa campagne, la Corrèze. Mère morte, père tombé d'un échafaudage, mort lui aussi. Ce qu'elle résume ainsi : « Au bout de la vie en blouse, c'est la vie en guenilles, tous les ouvriers finissent à la charité ! » Puis, quand elle a eu un peu plus confiance en moi, qu'elle a compris que je ne tenais pas, comme monsieur Hugo, à caresser ses pieds nus, elle a ajouté : « Restez parmi les vôtres, au milieu des redingotes, comme un défenseur de la blouse, si vous voulez. Ils ne sont pas nombreux ceux qui nous défendent. Il y a des places à prendre. »

Charlotte de Boissier avait secoué la tête, puis elle avait placé ses mains derrière sa nuque, soulevant ses longues boucles noires.

— Quelle passion, monsieur Forestier ! Quel orateur ! Mais votre fille du peuple, vous l'aimez…

Il avait haussé les épaules, montré une expression de mépris.

— Voilà bien la comtesse de Boissier, voilà bien l'admiratrice de l'amateur de petites bonnes normandes !

Jules avait fait quelques pas dans l'atelier, pris un volume, l'avait feuilleté distraitement.

— On dit que notre poète invoque pour justifier son attitude les poètes latins :

... Plaute était fou
De sa servante alors qu'il vivait à Corfou...

Ces bonheurs et ces malheurs domestiques nous éloignent de la République, ne trouvez-vous pas ?

Charlotte s'était rapprochée de Jules. Elle était plus petite que lui, et il avait eu l'impression qu'il eût suffi qu'il se penche un peu pour lui embrasser les cheveux. Elle avait levé la tête.

— Il y a le moment des mots, monsieur, le temps des balles et de la poudre, et l'instant de l'amour...

Elle avait fait une pirouette.

— Je pourrais vous apprendre comment concilier tout cela.

Jules avait jeté le volume sur l'une des tables et avait quitté l'imprimerie.

10.

“Dans ce pays, nous avons tous un passé un peu tourmenté, nous avons tous été un peu des girouettes, parce que le vent a soufflé en tempête… ”

— Cette Charlotte de Boissier, je me demande…

Le ministre de l’Intérieur Persigny s’était interrompu, avait lissé avec le pouce et l’index de sa main gauche les pointes de sa moustache tout en interrogeant du regard Pierre Machecoul, assis en face de lui. Mais le journaliste, la tête un peu penchée, avait baissé les yeux, semblant absorbé par la contemplation des deux tasses à café, petites îles blanches bordées d’un liseré d’or sur le plateau de marbre noir de la table ronde.

— Elle a vu Hugo à Guernesey, avait repris Persigny.

Machecoul avait eu un geste d'indifférence, haussant les épaules. Il avait fait la moue.

— Hugo fait tourner les tables, parle avec les morts, avait-il dit d'un ton méprisant. Il est fou.

Persigny s'était levé, avait marché jusqu'à la fenêtre du salon.

Dans la cour du ministère de l'Intérieur, les sergents de ville en faction devant le perron échangeaient quelques mots.

— Fou, fou… avait murmuré Persigny, les fous peuvent être dangereux, mon cher ! Si j'en crois le rapport de nos agents, Charlotte de Boissier raconte que Hugo a rédigé un procès-verbal de sa conversation avec l'au-delà. Il aurait eu un dialogue avec celui qu'il appelle le Scélérat, un criminel qui règne, mais doit mourir dans deux années, pour être remplacé par, vous imaginez quoi ? La République universelle ! Vous comprenez qui est ce Scélérat ?

— C'est un homme qui délire ! s'était exclamé Machecoul. Son éditeur Hetzel l'a vu aussi à Guernesey et a rapporté partout que Hugo bavarde, en faisant frapper les pieds de table, avec l'Ombre, l'Inconnu, qu'il appelle le « vide plein », et puis – Machecoul avait secoué la tête – avec Chateaubriand qui naturellement l'approuve ! Un fou, mon cher ministre ! Alors, laissons-le dire que le règne de Napoléon III ne va plus durer que deux ans. Il écrivait déjà cela en 1852, dans *Les Châtiments*. Et des années ont passé… Maintenant, il préfère vendre les alexandrins pleureurs des *Contemplations*.

Persigny était revenu s'asseoir.

— Cette Charlotte de Boissier, je me demande cependant si elle n'est pas dangereuse.

— Hugo l'a mise dans son lit, voilà tout ! C'est comme cela qu'il fait des disciples.

Persigny avait souri.

— Décidément, les littérateurs sont entre eux d'une jalousie féroce ! Mais laissons ces enfantillages, placez-vous du point de vue de l'État. Cette femme est-elle une menace, oui ou non ?

— Voyons, voyons, monsieur le ministre ! Elle est tout simplement hystérique. Demandez à la comtesse de Viéville de la faire interner à Sainte-Anne ! C'est sa mère, elle en a le droit.

Persigny avait fait la moue, pris un volume sur le bureau.

— Ce livre, *Histoire d'une fille du peuple*, on se l'arrache, plusieurs centaines d'exemplaires vendus chaque jour. Le directeur de la Sûreté générale me dit qu'il ne contient rien qui puisse tomber sous le coup de la loi.

Machecoul avait eu un grognement en secouant ses épaules et sa poitrine, comme s'il voulait se débarrasser d'un poids qui le gênait.

— Un roman ridicule, avait-il maugréé. Toutes les recettes à la mode qui font se pâmer les critiques de *La Presse* ou du *Nain jaune*. M. Barbey d'Aurevilly, naturellement ! Mais cela ne vaut rien. Ce texte est à la littérature ce qu'une catin, une lorette dépoitraillée est à une jeune fille. D'ailleurs, Charlotte de Boissier est à qui veut la prendre. Elle est aussi ivrogne que son héroïne et, comme elle, fréquente tous les assommoirs du quartier de la Bastille. Elle veut des émotions. On ne la paie pas, elle paie ceux qui montent avec elle !

Il parlait de plus en plus fort, le visage tordu, exprimant par les rides qui creusaient sa bouche l'amertume et le mépris.

— Quant à notre directeur de la Sûreté, M. Collet, savez-vous qu'il a collaboré jadis à *L'Événe-*

ment, le journal des fils de Victor Hugo ? Comment voulez-vous qu'il censure ses amis !

— Je ne vous permets pas, Machecoul, avait répondu Persigny d'un ton brutal. J'ai été moi-même chassé de l'armée en 1831 pour mes idées républicaines, et je suis là ! Dans ce pays, nous avons tous un passé un peu tourmenté, nous avons tous été un peu des girouettes, parce que le vent a soufflé en tempête. C'est ainsi. Le père de Charlotte, Jérôme de Boissier, a été aide de camp de l'empereur Napoléon Ier, et le père de Hugo, général d'Empire. Laissons donc les ancêtres là où ils sont, et voyons les faits d'aujourd'hui.

Il s'était levé et, d'un signe, avait demandé à Machecoul de le suivre dans le bureau ministériel attenant au salon.

La pièce, en ce milieu d'après-midi, était déjà plongée dans la pénombre. Deux huissiers avaient cérémonieusement allumé les lampes à gaz qui donnaient une lumière vive, mais un peu rousse.

Persigny s'était assis derrière son bureau et Machecoul avait été un instant distrait par l'immense tableau qui représentait un sapeur de la garde impériale, debout, seul sur une plaine enneigée, hache sur l'épaule, le tablier de cuir blanc tranchant sur l'uniforme bleu.

Persigny, en levant les yeux du dossier qu'il avait ouvert, avait surpris le regard de Machecoul.

— Des héros, avait-il murmuré. Notre empereur a toujours un peu d'indulgence, il le reconnaît, pour ceux dont les ancêtres ont connu ces moments-là. Votre père, Machecoul, si les dossiers de Fouché que j'ai consultés ici sont exacts et, connaissant l'homme, nous avons tout lieu de le croire, n'a jamais servi dans la Grande Armée, n'est-ce pas ? Conventionnel, c'est bien cela ? Il semble avoir été l'un des artisans du 18-Brumaire. Bravo, mais vous devez connaître l'histoire de votre famille mieux que Fouché.

Il avait longuement regardé Machecoul.

— Vous n'imaginez pas, Machecoul, comme Fouché, Vidocq, tous ceux qui se sont succédé dans ce ministère ont accumulé une gigantesque mémoire… Tout s'y trouve, les vices les plus cachés, la plus petite des malversations. Un ministre de l'Intérieur sait tout sur tous ! Il connaît les vies beaucoup mieux qu'un confesseur. Si je vous disais que, vous, Machecoul, chaque jeudi, au café de Madrid, vous rencontrez… Elle s'appelle Mathilde, non ?

Il avait ri.

— Cette… lorette, catin – comment avez-vous dit pour Charlotte de Boissier ? – semble fort experte !

Le ministre avait levé la main pour empêcher Machecoul de répondre, avait parcouru plusieurs feuillets posés devant lui.

— Revenons au présent. Notre Charlotte de Boissier, dont vous dites qu'elle est hystérique, je vois ici qu'elle a depuis quelques semaines les relations les plus intimes avec Jules Forestier. Ils se voient chez lui, rue de l'Estrapade.

Il avait levé les mains dans un geste qui voulait marquer son indulgence.

— Chacun est libre de sa vie privée, mais quand mes agents m'assurent que Forestier – un superbe amant, me disent-ils par ailleurs, elle miaule comme une chatte quand elle est dans son lit ! – est le chef d'un petit groupe de conjurés, d'une société qu'ils imaginent secrète et qu'ils ont intitulée la *Marianne*, je m'inquiète.

Il avait brandi un feuillet.

— Le millier d'ouvriers des carrières qui, sous prétexte de protester contre le prix du pain, se sont emparés de la gendarmerie de Trélazé, puis ont marché vers Angers, et que la troupe attendait parce que nous sommes bien renseignés, Machecoul, qu'elle a dispersés à coups de fusil, avaient pour meneur un certain Georges Mercœur. Il a réussi à fuir. Or, nous connaissons bien ce quidam, un rouge, fils d'un sergent-major de la Grande Armée disparu en Russie – Dieu ait son âme ! –, ordonnance du maréchal Maximilien Forestier, grand-père de Jules. Les fils se voient toujours. Ce Georges Mercœur a fait le coup de feu en 1830, en 1832, en 1848, soit. Mais il était contre nous le 2-Décembre et il a passé plusieurs mois à Sainte-Pélagie, puis au bagne de Belle-Île. Il s'est évadé de celui de Corte, et nous le retrouvons à la tête des ouvriers des carrières qui attaquent nos gendarmes ! Et même sûrement de la *Marianne*, aux côtés de Jules Forestier. Voyez-vous, Machecoul…

Persigny avait commencé à marcher, les mains derrière le dos. C'était un homme de taille moyenne, replet. Avec sa longue veste noire et son gilet, son large nœud de soie masquant presque entièrement le col cassé blanc, il avait l'allure d'un notaire. Mais le visage était sévère, les yeux enfoncés, et il émanait de ses traits une impression de force, de volonté et aussi le sentiment que cet homme cachait sous des dehors quelconques une personnalité affirmée, des capacités de dissimulation et une habileté obstinée.

Il avait soupiré.

— Je ne veux pas attirer l'attention de l'opinion sur l'existence d'une opposition. L'étranger s'en réjouirait, même nos amis anglais se frotteraient les mains. Donc, je veux étouffer *Marianne* et non pas la décapiter. Vous saisissez la nuance ?

Il s'était approché de Machecoul, lui avait posé la main sur l'épaule.

— L'empereur manifeste toujours sa reconnaissance à ceux qui l'aident à maintenir l'ordre dans le pays. Vous connaissez ces littérateurs, Mlle de Boissier, Forestier, Lentin…

Il s'était interrompu.

— Celui-là est étrange. Il est polytechnicien, et l'un des maîtres d'œuvre auprès du baron Haussmann des grands travaux parisiens. Il a conçu les plans des gares du Nord et de l'Est. Il ne tarit pas d'éloges sur notre volonté de faire de Paris une grande capitale, de faire entrer les trains jusqu'au cœur de la ville, et pourtant cet homme est, nous en sommes sûrs, l'un des rouages de *Marianne*. Il est capable de fabriquer toutes les machines infernales qu'on peut imaginer ! Comment ne pas s'inquiéter ? Et puis il y a Raynal, vous devez le connaître, un imprimeur, rue de la Croix-Nivert. C'est lui qui a imprimé le livre de Charlotte de Boissier et les petits pamphlets de Jules Forestier. C'est un ami de Jules Vallès, de cette jeune clique d'avocats républicains, peut-être les connaissez-vous ? Ils fréquentent eux aussi le café de Madrid. Il y a un Gambetta, un Jules Ferry…

Persigny était retourné s'asseoir à son bureau.

— Et cet Italien, Biaggi, une anguille. Il se rend fréquemment en Angleterre, il y rencontre des Piémontais, des Lombards proches de Mazzini, ce révolutionnaire. Tous des hommes sont décidés à « faire l'Italie » comme ils disent, et ils veulent par un acte spectaculaire nous pousser à la guerre contre l'Autriche, de manière à permettre au Piémont de libérer toute la Lombardie de la tutelle autrichienne.

Il avait frappé plusieurs fois la table du plat de la main.

— Ces gens-là sont dangereux ! Ce sont des têtes brûlées. Ils peuvent attenter à la vie de l'empereur.

Pierre Machecoul avait secoué la tête, avancé la lèvre inférieure, prenant une expression boudeuse et dubitative.

— Mais si, Machecoul ! Voyez Auguste Mercœur, le fils de ce Georges, il est très proche de Forestier. Ils ont le même âge. Il a, à plusieurs reprises, parlé de la nécessité de tuer Sa Majesté.

— Bavardages, avait coupé Machecoul, avec irritation. Ils parlent aux terrasses des cafés, et c'est tout. C'est comme Charlotte de Boissier qui complote en récitant du Victor Hugo, debout sur une table de cabaret au milieu des ivrognes. Vous appelez cela une conspiration, une société secrète ?

— Je suis ministre de l'Intérieur, monsieur, je ne néglige rien !

Il s'était levé à nouveau, s'était placé devant le journaliste.

— Je voudrais que vous m'aidiez. Vous fréquentez les mêmes cafés que ces Messieurs, vous écrivez parfois dans les mêmes journaux. Faites-les parler, écoutez-les. Mes agents sont de bons espions, mais ce ne sont pas des lettrés – il avait souri – et je ne le leur demande pas. Mais vous, Machecoul, vous pouvez approcher cette Charlotte, vous êtes reçu chez sa mère. Vous connaissez Jules Forestier, Raynal, vous pourriez nous être d'une aide précieuse. Et je vous l'ai dit, l'empereur sait être généreux.

— Ce que vous me demandez…, avait murmuré Machecoul la tête baissée.

— Je ne vous demande rien, cher ami. Je vous explique ce que vous pourriez faire pour l'empereur, pour nous, si vous avez le désir de nous aider à maintenir l'ordre.

— Mais on connaît mes écrits, avait lancé Machecoul en se levant. On sait qui je suis, quelles sont mes idées. Il ne se passe pas de jour que je ne m'élève contre toutes ces utopies funestes et fumeuses, l'Internationale ouvrière, la République universelle, ou démocratique et sociale, le retour à la révolution de 93, et vous voudriez que…

— Je ne veux rien, Machecoul, mais les écrivains changent si souvent d'opinions. Voyez Hugo chantant un jour la Monarchie, un autre jour l'Empire, et embrassant enfin la République universelle !

Il avait enveloppé de son bras l'épaule de Machecoul tout en le reconduisant vers la porte du bureau.

— Je ne vous dis pas de l'imiter, mais vraiment, si vous le vouliez, je crois que vous pourriez savoir ce que trame cette petite secte.

Les huissiers avaient ouvert les deux battants de la porte.

— Voyez cela, Machecoul, et si vous obtenez… – il s'était interrompu, avait baissé la voix –… je vous recevrai aussitôt. Nous déjeunerons ici quand vous le voudrez.

Puis, comme s'il s'était ravisé, il avait ramené Machecoul à l'intérieur du bureau, invitant d'un signe les huissiers à ne pas refermer les portes.

— Pourquoi n'envisageriez-vous pas de vous présenter aux élections ? Votre place est au Corps législatif, Machecoul ! Dites-moi vos intentions et je vous trouverai un département, proche de Paris, où vous pourrez être candidat. Le préfet vous organisera ça. Vous aurez deux ou trois réunions à tenir, vous promettrez des foires aux maires, des églises, des chemins et des secours pour les inondés de l'année passée, et vous serez élu sans difficulté ! Mais il faut y penser maintenant. Réfléchissez-y. Le Corps législatif demain, pourquoi pas le gouvernement après-demain ? L'empereur veut des hommes nouveaux pour donner un visage neuf à sa politique. Méditez tout cela, Machecoul. Vous connaissez le mot de notre grand Bonaparte : « On avance et puis on voit. » Avancez, Machecoul avancez !

Il lui avait longuement serré la main.

11.

> “Il faut aujourd’hui de l’or, beaucoup d’or, pour jouir du droit de parler ; nous ne sommes pas assez riches. Silence au pauvre.”

Jules Forestier avait poussé de l’épaule et presque de tout son flanc le battant vitré de la porte du café de Madrid. Il avait donné l’impression, tant il s’était avancé brutalement, de vouloir la défoncer, et comme il s’était immobilisé sur le seuil, ébloui par les dizaines de lampes à gaz qui éclairaient le café, il avait reçu la porte, qui revenait avec l’élan, dans son dos.

Il avait juré si fort qu’un serveur s’était retourné, puis le reconnaissant l’avait salué d’une inclinaison de tête, l’invitant à le suivre dans la salle de restaurant du fond, celle des habitués où il avait sa table retenue.

Jules avait fait quelques pas derrière le serveur, mais il s'était arrêté.

Charlotte de Boissier était bien là, souriante, animée, assise en face de Pierre Machecoul qui l'écoutait avec attention, un cigare serré entre ses dents, la tête un peu levée, les yeux mi-clos, les pouces enfoncés dans les poches de son gilet vert de dandy. Il était installé sur la banquette comme un goujat, les jambes allongées, serrées dans un pantalon clair, à la mode anglaise, étroit aux chevilles, tendu sur les bottines auxquelles il était accroché par une fine sangle passant sous la semelle.

Charlotte de Boissier s'était retournée, et elle avait souri à Jules, l'invitant à venir s'asseoir à la table, entre elle et Machecoul. Qu'est-ce qu'elle imaginait, cette garce, qu'il allait répondre à son invitation, venir faire des politesses à ce journaliste à gages, à ce larbin du pouvoir impérial ?

Jules n'avait pas bougé. Il avait fixé Charlotte pour lui faire sentir tout ce qu'il éprouvait de colère et de mépris. Mais elle avait paru se moquer, insistant, lui faisant de la main signe d'approcher. Machecoul avait incliné la tête, comme pour appuyer la demande.

Elle savait pourtant ce que Jules pensait de cet homme.

Il le lui avait hurlé, il y avait à peine quelques heures, dans la chambre du deuxième étage où ils se retrouvaient deux ou trois fois par semaine, à l'hôtel Forestier.

Charlotte avait, tout en se déshabillant, dit que Machecoul avait consacré à son roman un article extraordinaire dans *La Presse*. Il avait comparé *Histoire d'une fille du peuple* à *Notre-Dame de Paris* !

— Vous vous rendez compte, Jules, avait-elle répété plusieurs fois.

Elle avait posé son pied sur l'un des fauteuils, et commencé à dénouer sa bottine. Déjà nue jusqu'à la taille, elle avait enlevé sa jupe, et ses hanches, et ses jambes moulées par les bas noirs, en paraissaient encore plus puissantes, comme si elles avaient appartenu à un corps d'une autre espèce que la poitrine aux seins lourds et blancs.

Jules l'avait interrompue.

— Vous êtes un centaure, une croupe et des jambes de jument, et un torse de femme. Un centaure féminin…

Charlotte avait souri, s'était cambrée, gardant toujours la jambe droite repliée, le pied sur le bord du siège, croisant ses doigts sur sa nuque, écartant les bras, faisant gonfler ses seins, dévoilant les touffes noires de ses aisselles. Et Jules, assis dans un fauteuil de l'autre côté du lit, avait éprouvé à la voir ainsi la sensation qu'elle exprimait la force de la nature. Il s'était retenu pour ne pas bondir, la saisir par la taille, mordre ses seins, enfouir son visage dans tous les plis de son corps, sachant pourtant qu'il ne réussirait pas à la dompter, et qu'à la fin elle le renverserait sur le lit, le chevaucherait, lui donnant l'impression qu'elle était la cavalière, et lui la conquête.

À cet instant, il avait pensé à Aurélie Méran, si grise, si frêle, si fière cependant mais toute repliée à l'intérieur de son maigre corps, comme une longue tige menacée, alors que Charlotte déployait ses bras comme des ramures fortes.

Il n'avait jamais eu la moindre relation amoureuse avec Aurélie, le moindre désir pour elle. Elle vivait dans une chambre du troisième étage, discrète, aidant Françoise, la domestique, faisant de la couture et des travaux ménagers, obéissante, prenant les livres que Jules lui avait donnés à lire avec une sorte d'humilité et de soumission.

À peine l'avait-il considérée comme une femme, et cependant il avait l'impression de la trahir avec cette Charlotte de Boissier. Il aurait dû aller vers la plus faible au lieu d'aimer la plus glorieuse, qui pourtant se moquait de lui, le traitait comme l'un quelconque de ses amants.

Elle disait :

— J'ai des hommes comme les hommes ont des femmes, c'est ainsi, vous l'acceptez, mon cher Jules, ou vous le refusez. Je suis libre comme vous l'êtes. Je suis républicaine, citoyenne. Je dispose de mon esprit et de mon corps comme je l'entends. Si cela vous convient, j'en suis heureuse, mais si vous me jugez inconvenante, cessons d'être amants, et restons des complices. Je peux vous aider, vous le savez, pour votre *Marianne*. Je connais les gens de la cour, leurs habitudes. Avec moi, vous avez une espionne dans la place, chez l'ennemi. C'est utile, ne croyez-vous pas ? »

Souvent, Jules lui fermait la bouche en lui mordant les lèvres. Il l'étouffait en écrasant ses seins, la faisait basculer en lui emprisonnant la taille entre ses jambes. Mais cela ne durait qu'un temps, elle prenait le dessus, avait un rire qui montait de son ventre et la secouait toute entière, il avait alors l'impression qu'elle était trop dans la vie, dans le bonheur d'exister, pour pouvoir vraiment se dévouer à une cause, prendre le risque de mourir en combattant pour les autres, pour un but lointain, peut-être inaccessible, où il n'y aurait d'abord que des martyrs. Elle, elle voulait le triomphe, le plaisir, la lumière. Et l'époque était pour les républicains celle de l'échec, de la peine et de l'ombre. La fête était impériale, et la République obscure, pleine seulement de rêves qui n'étaient peut-être que des illusions.

Charlotte ne se contentait pas des songes d'avenir, des souffrances ou des privations. Cela, Aurélie Méran aurait pu l'accepter. Mais à Charlotte, il fallait jouir, rugir, dévorer, chevaucher, libre, heureuse, solaire.

À ces moments-là, Jules regrettait de l'avoir initiée à ses secrets, de lui avoir révélé quels étaient les affidés de *Marianne*, Lentin, Raynal, Georges Mercœur et son fils Auguste, Biaggi, et ce jeune homme exalté, Jean Revest, qui venait d'être reçu à l'École normale supérieure, qui pouvait réciter en grec ou en latin de longs extraits d'Eschyle ou de Plutarque, de Thucydide ou de Cicéron, qui connaissait par cœur les discours de Robespierre et ceux de Saint-Just, qui admirait Blanqui et vénérait Hugo.

Charlotte lui avait, en prenant ses mains, raconté comment Hugo vivait, comment il déchiffrait les messages venus de l'au-delà, puis elle était partie en sa compagnie, et à la réunion suivante, Revest n'avait pas osé regardé Jules en face.

— Vous le savez, Jules, avait repris Charlotte, un article de Pierre Machecoul donne le ton à toute la critique, aux Goncourt commc à Prévost-Paradol, ou même à Sainte-Beuve. Machecoul dit de mon roman que « c'est une eau-forte », que mon héroïne « rappelle Esmeralda, en plus émouvant ».

Elle avait recommencé à délacer ses bottines, mais elle s'était arrêtée plusieurs fois pour citer d'autres extraits du fameux article…

— Il écrit que je suis la première disciple de Hugo, que mon roman est aussi fort que ses meilleures œuvres.

Elle avait ri.

— Il exagère peut-être, mais il est vrai que mon livre se vend aussi bien, aussi vite, que *Les Contemplations*, et mon sujet est social. Savez-vous comment il conclut ? « Ce roman qui décrit le destin d'une rebelle a été écrit par une réfractaire. » J'adore cette formule. Machecoul a le sens des mots, ne trouvez-vous pas ?

Jules s'était écrié :

— Machecoul est un larbin, une girouette, un journaliste qui se vend comme à la Bourse, dont chaque mot cst pesé à l'aune de son intérêt ! Qu'attend-il de vous ? C'est la seule question que je me pose. Peut-être estime-t-il qu'avec un article il peut prétendre à…

— Vous êtes méprisable, Jules, avait coupé Charlotte.

Elle était maintenant pieds nus, elle avait contourné le lit.

— Mais je vous pardonne parce que vous êtes jaloux, comme auteur et comme amant !

Il avait tenté de la repousser, mais elle s'était assise à califourchon sur ses genoux et l'avait étouffé avec ses seins, ses cheveux, ses cuisses.

C'est en se rhabillant qu'elle avait dit :

— Je dîne avec lui ce soir, au café de Madrid. Si vous passez par là…

Ç'avait été comme une gifle.

Voilà bien ce que voulait Machecoul, l'humilier, lui voler cette femme, la mettre à son tableau de chasse. Jules s'était juré de rester chez lui, d'inviter Aurélie à le rejoindre au salon.

Il l'avait fait quelquefois, lui demandant avec insistance de s'asseoir dans un des fauteuils en face du canapé, mais elle était restée obstinément debout, la tête baissée, sans doute intimidée par cette pièce un peu sombre où l'un des murs était tout entier occupé par un tableau représentant un paysage biblique, des dunes, les ruines d'un temple, peut-être à l'horizon les Rois mages.

Jules avait surpris le regard d'Aurélie sur cette toile, et il avait raconté comment, selon ce qu'il savait, son grand-père le maréchal l'avait achetée, ou plutôt volée, dans un palais milanais, puis vendue à Paris. Et c'était Talleyrand qui l'avait offerte à Mariella di Clarvalle, sa grand-mère.

Mais Jules s'était vite interrompu, découvrant le trouble d'Aurélie, une sorte de désespoir, comme s'il la plaçait face à un univers dont elle était totalement et à jamais exclue.

Alors, lui prenant le poignet, il lui avait dit :

— Mon grand-père était pauvre, un fils de paysan, comme votre père. Il s'est engagé dans l'armée pour fuir la misère. Puis il y a eu la Grande Révolution, il a été entraîné, et comme il a survécu, qu'il était brave, nous sommes là. Je suis un héritier. Mais je ne suis pas devenu un aristocrate, même si je suis comte de Bellagio, et si mon père possède – et donc je possède aussi – un château. Il faut une autre révolution, Aurélie, celle de la vraie égalité, entre vous et moi. Voilà ce que je veux, ce que vous devez vouloir aussi.

Elle avait retiré son poignet lentement, mais résolument. Et levant la tête, elle l'avait regardé.

— Vous voulez vraiment cela, je le sais, je le sens, mais ça n'arrivera jamais. Jamais, Monsieur.

Elle avait marché jusqu'à la porte du salon, puis elle s'était retournée.

— Je ne serai jamais comme cette dame, la comtesse…, jamais. Vous le savez bien.

Elle avait secoué la tête et il avait entendu ses pas, légers, dans l'escalier.

Jules était resté longtemps immobile, puis sans hésiter, comme si soudain un souvenir lui revenait, il s'était précipité dehors, courant vers la rue Saint-Jacques encombrée par les charrois, car les travaux d'ouverture d'une autre voie nord-sud, plus large, parallèle à la rue Saint-Jacques, se poursuivaient même la nuit, à la lumière des becs de gaz.

Il avait arrêté un fiacre et demandé qu'on le conduise au café de Madrid, faubourg Montmartre.

Au fur et à mesure qu'on s'était rapproché de ce quartier que commençaient à délimiter les nouvelles places, les grandes avenues, toutes encore bordées de palissades, d'échafaudages et barrées de tranchées, l'atmosphère de la ville, à partir de la place du Châtelet, avait changé.

Les bruits sourds du chantier des Halles formaient comme un roulement lointain qui venait couvrir le grincement des roues, les cris des cochers qui s'interpellaient, les trompes des omnibus tirés par quatre chevaux. Les voitures hautes, avec leur escalier en colimaçon qui montait de la passerelle au niveau supérieur, dominaient les calèches et les fiacres.

Dans le faubourg Montmartre, les becs de gaz étaient si nombreux et si rapprochés les uns des autres que la lumière formait un fleuve continu au milieu duquel allait et venait la cohue joyeuse des dandys, des viveurs, des flâneurs, des putains et des femmes qui, trop maquillées, cherchaient à dîner. Jules avait suivi des yeux ces pauvres lorettes, aux pommettes rouges, aux lèvres incarnat, et parfois leur démarche hésitante disait qu'elles s'étaient réchauffées avec quelques verres d'absinthe dans l'un de ces assommoirs aux lumières scintillantes où des ouvriers en blouses et casquettes formaient des grappes denses dont les éclats de voix parvenaient jusqu'au boulevard.

Jules s'était tout à coup souvenu de ces cortèges d'ouvriers qui, montant du faubourg Saint-Antoine jusqu'au Père-Lachaise il y avait déjà plusieurs années, avaient porté en terre Lamennais, ce prédicateur qu'il avait tant lu, apprenant de longs passages de *Paroles d'un croyant*, se persuadant que la foi chrétienne ne pouvait accepter l'injustice et l'inégalité, que le socialisme était la réalisation des Évangiles.

Mais on l'avait fait taire, on avait saisi son journal, *Le Peuple constituant*. Alors Lamennais s'était exclamé :

« Il faut aujourd'hui de l'or, beaucoup d'or, pour jouir du droit de parler ; nous ne sommes pas assez riches. Silence au pauvre. »

La police avait chargé le cortège funèbre et les ouvriers avaient crié :

— Vive la République ! À bas les voleurs de cadavres !

Qu'étaient-ils devenus, les ouvriers, après quelques années d'Empire, de mouchardage, d'emprisonnement, de déportation, de cette gangrène de la fête impériale ?

Lorsque Georges Mercœur, qui s'était évadé du bagne de Corte, avait passé quelques jours à Paris, caché dans les caves de l'hôtel Forestier, il était revenu chaque jour, au terme de ses promenades dans les quartiers ouvriers où il avait combattu, dont il connaissait chaque recoin, plus accablé.

— C'est la corruption partout, des mœurs, des principes, avait-il dit à Jules. On ne pense, même chez les plus pauvres, qu'à l'agiotage, qu'au gain facile. Mes compagnons, mes camarades sont devenus cupides, égoïstes. C'est le culte des intérêts grossiers et des appétits. Ils noient ce qui leur reste de souvenir et de conscience, ils oublient leur misère en s'abreuvant d'absinthe.

Georges Mercœur était chaque fois resté de longues minutes silencieux puis, le jour de son départ pour Angers où il voulait organiser la révolte des ouvriers des carrières d'ardoise, il avait dit :

— Je n'ai pas perdu l'espérance. Il faut galvaniser ces cadavres s'ils ne veulent pas marcher vivants !

Peut-être serait-ce une tâche impossible, mais il fallait agir comme si en effet les blouses pouvaient se dresser à nouveau, s'arracher à la misère, à la peur, à l'ivresse, pour renverser ce vieux monde pourrissant.

Jules avait sauté du fiacre faubourg Montmartre et s'était jeté sur la porte du café de Madrid comme pour la briser.

12.

“ Si être révolutionnaire, c’est être borgne ou craindre le mouvement naturel des choses, je n’en suis pas… ”

Jules avait hésité quelques secondes.

Debout au milieu des tables du café de Madrid, il avait vu Machecoul se pencher vers Charlotte de Boissier qui avait éclaté de rire, rejetant la tête en arrière, et il lui avait semblé que le journaliste le défiait, son cigare entre les lèvres, avec une expression de dédain et d’ironie. Mais son attitude dénotait aussi la prétention et l’assurance de l’homme qui se sait protégé, adossé au pouvoir, qui a derrière lui l’armée des mouchards et des procureurs, la puissance des directeurs de journaux. Cet homme-là s’imaginait qu’il avait du talent alors qu'il n'était qu'une marionnette que les ventriloques de la cour et de la police impériale faisaient parler à leur gré. Et Charlotte s'était laissé prendre par un article de commande.

Elle s'était retournée, avait à nouveau fait un geste vers lui, et il avait eu envie de bousculer les serveurs, de se précipiter vers Machecoul, de le souffleter, de l'inviter à se battre, demain, poitrine nue. On aurait alors su ce que valait cet homme.

Jules avait fait un pas, mais quelqu'un lui avait saisi le bras. Il s'était dégagé nerveusement, avant de reconnaître Raynal.

L'imprimeur avait troqué sa blouse contre une redingote élimée dont le tissu brillait sous la lumière des lampes. Il avait entraîné Jules, lui chuchotant qu'il ne fallait jamais céder à un mouvement d'humeur.

— Pensez à *Marianne* ! avait-il ajouté.

Il l'avait guidé vers un salon attenant à la grande salle de restaurant. Il n'y avait là que quelques couples qui se serraient dans la pénombre et une table ronde autour de laquelle étaient assis Lentin, Auguste Mercœur et Revest.

Jules s'était laissé tomber dans un fauteuil avec un sentiment de malaise, comme s'il avait commis une lâcheté. Il en avait voulu à Raynal qui l'avait empêché de chercher querelle à Machecoul, mais ce dernier lui avait de nouveau saisi le bras.

— Biaggi va revenir de Londres, avait-il murmuré en regardant autour de lui. Les Italiens sont décidés à agir. Ils veulent frapper un grand coup.

Jules s'était redressé. De la place où il se trouvait, il pouvait apercevoir Machecoul et Charlotte. Maintenant, c'était elle qui se penchait vers son compagnon.

— Nous n'allons pas parler de cela ici ! avait-il protesté.

— Je voulais seulement vous prévenir, avait répondu Raynal. Quand il y a de tels enjeux, on laisse à la porte ses petits sentiments personnels.

Jules avait haussé les épaules, il n'avait jamais aimé les donneurs de leçons.

— Avez-vous lu l'article de Machecoul ? avait-il lancé d'une voix forte. Ce n'est pas une affaire personnelle, mais un acte politique.

— Étonnant, en effet, avait renchéri Revest. Machecoul ne fait aucune réserve, ni sur le sujet, ni sur le style, au contraire. Il parle de verve sombre, de mordant, de regard acéré. À l'entendre, Charlotte de Boissier est à la fois Hugo et Vallès, la vieille génération et la nouvelle… Pour un courtisan servile comme lui, quelle révolution ! Pourquoi ? Qu'est-ce que cela nous prépare ? Un Empire socialiste ?

— Une commande pour semer le trouble, une diversion, avait décrété Mercœur. Machecoul est un homme aux ordres. Il a assassiné Hugo quand on le lui a ordonné, et maintenant il flatte Charlotte de Boissier et ce même Hugo. C'est un piège que l'empereur nous tend.

Lentin était intervenu, l'air ennuyé :

— Les temps changent, les hommes aussi, il faut le savoir ! Pensez à ce que Haussmann construit, ces gares, ces boulevards. Allez voir ce que font mes camarades polytechniciens aux forges de Saint-Étienne et du Creusot. Comment voulez-vous que face à de telles transformations les idées des hommes restent identiques ? Prenez le train ! Vous roulez à cent kilomètres à l'heure. Il faut cinq heures pour rejoindre Lyon ! L'époque des malles de poste est finie, chers amis. Nous sommes à l'ère de la machine à vapeur. Je voudrais que vous ayez cela en tête, et non pas le Comité de salut public ou la Commune de 1793.

Revest avait frappé du poing sur la table :

— En somme, vous vous ralliez ! Vous reniez Saint-Just, Robespierre, Blanqui !

Lentin avait haussé les épaules.

— Mon jeune camarade, vous ne comprenez rien. Je dis simplement que votre Machecoul a peut-être sincèrement changé d'opinion parce que le monde a changé. Ce qu'il faut comprendre, c'est qu'en développant l'industrie partout, en éventrant Paris, Haussmann et Napoléon III font surgir une société nouvelle et font naître une autre ville, et donc des hommes différents. Évidemment…

Il s'était rejeté en arrière, regardant vers le plafond.

— … évidemment, l'accouchement est douloureux. C'est, si vous me permettez la comparaison, une naissance par césarienne. Il y a des cris, du sang, on tranche avec un scalpel, cela fait très mal, mais l'enfant naît !

— Et la mère meurt…, avait dit d'une voix sombre Auguste Mercœur.

— Pas toujours, avait répondu Lentin.

— Et que fait-on de l'accoucheur, de ce chirurgien aux mains pleines de sang ? avait interrogé Jules.

— On le tue, avait répliqué Lentin, mais après qu'il a fini son travail. Il est la main cruelle du devenir social.

— Bavardages ! avait rugi Raynal.

Il avait commencé à parler sur un ton exalté qu'il tentait de contenir. Il avait décrit les soupentes des maisons du quartier de la Bastille, où les ouvriers venus du Massif central ou de Bretagne s'entassaient à une dizaine par mansarde. Il avait parlé de ces assommoirs où ils se battaient à coups de couteau, ivres de fatigue et d'absinthe, des gamines qui se vendaient pour une écuelle de soupe et que leurs mères poussaient vers les hommes afin qu'elles rapportent quelques sous.

— Est-ce cela que vous appelez le devenir social, Lentin ? Vous êtes pris dans le tourbillon de vos chantiers, de vos calculs. Vous bâtissez, vous éventrez, mais vous ne vous rendez même pas compte qu'il y a désormais deux Paris, celui d'ici…

Raynal avait montré la salle du restaurant.

— Et l'autre, la fourmilière. Si vous acceptez cette division-là, vous n'êtes plus des nôtres, Lentin !

— Lentin, nous le savons, avait repris Jules, voit la société comme une machine. Mais il est avec nous…

Il avait baissé la voix tout en serrant le bras de l'Ingénieur.

— Nous avons prêté serment à *Marianne*, tous. Vous y êtes fidèle, n'est-ce pas ?

— Assurément, avait murmuré Lentin. Mais je n'aime pas ceux qui ne regardent le monde que d'un seul œil. Si être révolutionnaire, c'est être borgne ou craindre le mouvement naturel des choses, je n'en suis pas. C'est la science qui doit décider de la politique. Je crois à l'ingénieur bien plus qu'à l'avocat.

Tous s'étaient tus durant quelques minutes, buvant lentement leur verre de fine.

— Biaggi rentre donc de Londres, avait enfin rappelé Jules.

Raynal avait répondu d'un hochement de tête.

— Que son grand projet réussisse ou échoue, les semaines qui viennent vont être orageuses.

— Enfin un peu de vent, avait grommelé Auguste Mercœur.

Tout à coup, dans l'encadrement de la porte du salon, Jules Forestier avait vu Charlotte. Elle était légèrement appuyée au bras de Machecoul.

— Vous voyez, je ne me trompais pas, avait-elle dit en riant, ils sont tous là. Ils complotent, comme c'est leur habitude.

Jules s'était levé, dégageant son bras de la poigne de Raynal qui tentait de le retenir. Il s'était avancé vers elle.

— Que faites-vous avec ce gandin ? avait-il demandé d'une voix forte.

Machecoul avait fait un pas en avant. Jules l'avait violemment repoussé, criant qu'il parlait à Charlotte de Boissier, n'avait pas l'habitude d'adresser la parole aux ganaches et aux agioteurs de mots.

Des serveurs s'étaient interposés. Un homme jeune, au visage large entouré d'une barbe drue, s'était approché de Jules, lui glissant qu'il était avocat au barreau, qu'il pouvait…

Jules s'était vivement retourné vers lui.

— Je n'ai pas besoin de plaidoirie, mais de témoin…

Puis, du revers de la main, il avait effleuré le menton de Machecoul.

— J'attends les vôtres ! avait-il lancé.

Puis, méprisant, il avait ajouté :

— Madame vous communiquera mon adresse. Elle s'est rendue quelquefois chez moi. Et cet après-midi même.

13.

“Il avait eu conscience qu’il partait avec une femme qu’il ne connaissait pas…”

Jules Forestier avait essayé de ne pas regarder Aurélie Méran, assise en face de lui dans le compartiment de ce train qui roulait vers Lyon et qui traversait déjà, moins de deux heures après avoir quitté Paris, les vallées évasées et les collines molles qui annonçaient le Morvan.

Le temps était clair et Jules s’était obstiné à suivre des yeux cette traînée de volutes noires qui s’effilochaient le long du train et qui semblaient porter ce halètement, ce martèlement sourd et saccadé comme un tonnerre assourdi, émietté, quc tout à coup une courbe, un tunnel rendaient proche et menaçant. Puis, après la nuit bruyante, ce fut de nouveau le bleu immense, au-dessus des prairies piquetées de milliers de points blancs et jaunes, ces fleurs avec lesquelles Aurélie avait, autrefois, composé ce bouquet qu'il lui avait acheté à la terrasse du café Voltaire et qu'il lui avait présenté quand il l'avait suivie dans la cour où elle s'était cachée, après avoir fui les sergents de ville.

Comment, se souvenant de cette première rencontre, aurait-il pu ne pas la regarder alors que leurs genoux se touchaient, que leurs mains parfois se frôlaient sur le rebord froid de la fenêtre. Et aussitôt l'un et l'autre repliaient leurs jambes, retiraient leurs mains. Mais il avait suffi de ces quelques effleurements pour que Jules soit ému, et inquiet, pour qu'il ait l'impression qu'il avançait dans sa vie en tâtonnant, poussé par les circonstances, soumis à son instinct plutôt qu'à sa raison, agissant dans un mouvement spontané et non au terme d'une décision réfléchie et méditée. Il avait eu le sentiment que depuis trois jours sa vie lui avait échappé, qu'elle filait comme ce paysage, ces peupliers, ces vignes, ces villages, ce château au loin sur un sommet, cette ferme fortifiée, ces charrettes sur une route, et là, dans cette prairie, au milieu de ces fleurs blanches et jaunes, des jeunes paysannes qui riaient, agitant des foulards rouges.

Il avait jeté un regard vers Aurélie, mais elle paraissait dormir, la tempe appuyée contre le coussin du siège, le visage à demi dissimulé par les plis du rideau. Il avait eu conscience qu'il partait avec une femme qu'il ne connaissait pas.

Alors pourquoi, hier soir, quand Lentin était venu rue de l'Estrapade lui annoncer qu'il avait appris, par le directeur de la Sûreté générale, Collet, un homme honnête, que le ministre de l'Intérieur avait demandé qu'on préparât un ordre d'arrestation et de relégation contre lui, au motif qu'en se battant en duel contre Pierre Machecoul, il avait troublé l'ordre public et violé les lois en vigueur, et que, par ailleurs, ses écrits constituaient des délits d'atteinte à l'autorité de l'État et à la dignité impériale, avait-il décidé de fuir avec cette jeune fille ?

Lentin avait assuré que l'ordre ne serait signé par Persigny que dans deux jours, qu'il faudrait quelques heures encore pour qu'il soit communiqué par le ministère de l'Intérieur aux autorités de police, et que Jules avait donc le temps de quitter Paris, de passer la frontière. Lentin lui avait suggéré de se rendre à Bruxelles et, de là, à Londres où Biaggi et Raynal avaient de nombreux amis parmi les exilés italiens et français. Lentin en avait dressé la liste, une petite feuille de papier qu'il avait tendue à Jules. Celui-ci l'avait prise, pliée sans la lire, et il avait dit, étonné par les mots qu'il s'était entendu prononcer, qu'il allait se rendre à la villa Clarvalle, sur les bords du lac de Côme, dans la propriété de la famille de sa grand-mère. Il savait, son père le lui avait souvent répété, que la villa avait été concédée à la ville de Côme et au village de Bellagio pour en faire un musée, mais toute une aile du bâtiment était restée à la disposition des Forestier, comtes de Bellagio.

Lentin avait paru étonné, rappelant qu'en Italie un exilé était à la fois menacé par la police autrichienne et les agents piémontais puisque le roi, Victor-Emmanuel II, ne voulait rien refuser à Napoléon III dont il sollicitait l'aide pour lutter contre Vienne et ainsi faire l'unité de l'Italie au profit de Turin.

— Je vais à Bellagio, avait répété Jules et, levant la tête, il avait vu la silhouette d'Aurélie, immobile dans le vestibule.

Depuis le salon où il se trouvait, il n'avait pu distinguer son visage, mais il avait été envahi par l'émotion.

Il se souvenait de cette aube, quand il avait marché dans la prairie proche de Sceaux.

Une brume d'un gris bleuté s'accrochait au sol, cachait l'herbe, et à mesure qu'il avait avancé, accompagné de ses témoins, vers Pierre Machecoul qui l'attendait au bout de la prairie en compagnie de deux hommes, cette étoupe s'était dissipée, et des fleurs blanches et jaunes étaient apparues, piquetant la prairie.

Il avait aussitôt pensé à Aurélie, aux circonstances dans lesquelles il l'avait connue, à la manière dont un soir, des semaines plus tard, elle s'était présentée rue de l'Estrapade. Françoise, la domestique, était entrée dans le salon, affolée, afin de lui dire, les deux mains sur sa bouche comme pour étouffer un cri, qu'une malheureuse, une pauvresse, une mendiante, une pauvre petite qui faisait pitié, demandait à le voir. Elle s'appelait Aurélie Méran, avait une carte au nom de Monsieur… Elle avait dit que monsieur Forestier lui avait proposé de l'aider, et qu'elle était donc là.

— Si vous voyiez sa figure, avait murmuré Françoise.

Aurélie avait le visage tuméfié, le corsage déchiré, ses mains tremblaient. Elle avait murmuré :

— Vous m'aviez dit…

Puis elle avait baissé la tête.

— Je ne veux pas mourir dans la rue, ou à la Petite Roquette ou à Saint-Lazare. On raconte…

Elle l'avait regardé.

— … qu'ils donnent les corps pour les médecins, qu'on les montre, qu'on les découpe devant ceux qui étudient.

Ellc avait secoué la tête.

— Je ne veux pas ! Je veux rester en terre, mon corps est à moi ! Je ne suis pas une bête.

Jules avait eu du mal à étouffer un sanglot. Ses yeux s'étaient remplis de larmes et il s'en était voulu de cette émotivité.

Il savait bien ce qu'était ce monde. Pourquoi n'aurait-on pas fait aux morts sans fortune ce qu'on faisait aux vivants misérables ? On les mutilait, on les laissait crever quand ils s'étaient blessés à la tâche, qu'ils étaient usés, élimés. Les quelques mots qu'il avait échangés avec Lamennais, alors qu'il n'était qu'un étudiant enflammé par *Paroles d'un croyant*, lui étaient revenus :

« Si tu ne sais pas aider une personne, avait dit Lamennais, tendre la main à ton semblable dans la misère, alors tu ne peux rien faire de bon et de juste pour la collectivité des hommes. Ne crois jamais, ne suis jamais ceux qui sont généreux pour le peuple et détournent leur regard d'un pauvre qu'ils croisent ou qui meurt devant leur porte. »

Jules avait dit à Françoise de préparer pour Aurélie la chambre du troisième étage. Il fallait la soigner, la nourrir, l'habiller, plus tard elle aiderait au ménage. Voilà.

Il s'était enfermé dans le bureau. Il avait regardé ce tableau d'un paysage biblique où la caravane, au fond sur les dunes, avançant vers les colonnes brisées du temple, était peut-être celle des Rois mages. Et il avait prié.

Aurélie avait donc vécu rue de l'Estrapade, ne sortant en compagnie de Françoise que dans le quartier, pour se rendre rue Saint-Jacques, rue de la Montagne Sainte-Geneviève ou rue Mouffetard. Elle avait semblé vouloir se rendre invisible dans la maison, silencieuse le plus souvent, apprenant vite à lire, et remettant avec solennité et même de la fierté à Jules les livres qu'il lui avait confiés et qu'elle avait terminés.

Il lui disait :

— Vous dévorez !

Elle baissait la tête, comme s'il s'était agi d'un reproche, puis elle répondait doucement :

— Vous ne savez pas ce que c'est que d'avoir eu faim.

Cette réponse et nombre de ses attitudes l'avaient souvent gêné.

Aurélie passait dans le vestibule, droite et grise, alors que Charlotte de Boissier riait aux éclats, étendue sur le canapé du salon, demandant qu'il lui verse une autre coupe de champagne.

Aurélie avait été comme un remords, et parfois il s'était emporté contre elle, claquant une porte, maugréant, lui reprochant ses mines de vierge alors qu'elle avait traîné dans les rues, vécu dans des bouges, et qu'elle devait bien savoir ce qu'on fait aux filles ! Mais elle qui avait été à la Petite Roquette et à Saint-Lazare, on eût dit à la voir qu'elle n'avait vécu qu'au couvent, en sainteté, et que c'était les autres, lui, qui se conduisaient et vivaient comme des mécréants.

Et souvent, il avait pensé qu'elle avait raison, et que la pauvreté et l'humiliation seules rapprochaient du Christ.

Il pensait à tout cela pendant que les témoins se présentaient au bout de la prairie maintenant couverte par la couche dorée du soleil, constellée par les myriades de gouttelettes de la rosée.

Ayant choisi pour l'accompagner cet avocat d'à peine vingt ans, Léon Gambetta, qui avait offert ses services l'avant-veille au café de Madrid, il avait une fois de plus agi par instinct en désignant cet homme au corps déjà lourd, à la voix forte, colorée par un accent du Sud-Ouest.

À Raynal qui s'étonnait de sa décision, il avait répondu qu'il voulait des témoins dont l'arrestation éventuelle n'aurait pas compromis l'organisation de *Marianne* et la mise en œuvre du projet de Biaggi. Il avait donc désigné, aux côtés de Gambetta, Jean Revest, qui avait à peine vingt ans lui aussi.

Raynal avait hoché la tête, puis d'une voix irritée il avait dit que si le souci de Jules avait été de préserver *Marianne*, il eût fallu éviter de souffleter Machecoul, ne pas laisser les sentiments privés entraver l'action politique. On attendait Biaggi d'un jour à l'autre, et voilà qu'il provoquait en duel un journaliste proche du pouvoir pour une affaire de femme et de jalousie, une querelle de littérateurs, risquant ainsi d'attirer l'attention des sbires de Persigny !

— Et vous voudriez, avait conclu Raynal, que les blouses vous fassent confiance et suivent vos redingotes ? Il faut un fou comme moi, à demi-redingote, pour continuer avec vous ! Mais les ouvriers, si vous les voulez à vos côtés, il faudra leur donner des gages de probité et de sérieux, et pas seulement de grands mots !

Jules n'avait rien pu répondre. Il avait cédé à un mouvement d'instinct, une fois de plus...

Et il était là, à dévisager le capitaine Joseph Chrétien de Taurignan qui se tenait raide, présentant la boîte de pistolets, cependant que le second témoin de Machecoul, le banquier Victor-Marie Dussert, restait en retrait, appuyé sur sa canne, avec une expression ennuyée.

Puis on les avait placés au milieu de la prairie, et Jules avait senti contre ses épaules, avant de commencer à marcher, le dos de Machecoul. Il avait compté vingt pas, regardant devant lui ces petites fleurs jaunes et blanches, le bras tendu par le poids du pistolet.

Il s'était retourné, avait levé le bras sans même viser cette forme noire dans le soleil. Il avait entendu un sifflement, comme si l'air se déchirait près de son visage, puis la détonation. Il avait alors appuyé sur la détente et le cri avait jailli avant même qu'il entendît son coup de feu. Mais Machecoul était toujours debout, entouré par ses témoins.

Gambetta s'était avancé vers lui :

— Il faut partir, avait-il dit. Vous avez blessé votre adversaire au bras, c'est sans gravité.

Revest avait couru vers eux, rayonnant d'enthousiasme.

— Bravo, bravo ! Voilà comment chaque républicain devrait traiter les laquais du scélérat...

Jules, tout au long du trajet de retour en calèche, s'était senti las et nauséeux. Qu'est-ce qui valait la mort d'un homme ?

Rue de l'Estrapade, Gambetta et Revest lui avaient donné l'accolade. L'avocat avait parlé de courage républicain, qui devait retrouver l'héroïsme de la Grande Révolution, l'énergie et le patriotisme des combattants de Valmy et de Jemmapes, et même ceux de l'armée de Napoléon lorsqu'elle avait défendu, en 1814, le territoire national.

Il avait voulu que l'on fête cette victoire au café Tabourey, à l'angle de la rue Molière et de la rue de Vaugirard, sur la rive gauche, loin des dandys du café de Madrid. On y retrouverait des peintres, des photographes, Courbet, Nadar, des écrivains, Murger, Daudet, et parfois passait Baudelaire. Mais, Gambetta avait ri, peu de valets du pouvoir, et sûrement pas Machecoul !

— Il soigne son bras…, avait enchaîné Revest.

Et brusquement, Jules avait entendu la voix de Charlotte. La jeune femme descendait d'une calèche, riait, gesticulait.

— Aucun de vous n'est mort ! avait-elle crié. Tout cela était ridicule et superbe !

Elle s'était pendue à son cou :

— Vous avez marché vers la mort, comme Napoléon à Arcole ! Taurignan m'a raconté que vous aviez laissé Machecoul tirer d'abord, que vous aviez eu le sang-froid d'un soldat, d'un officier. Savez-vous ce qu'il m'a dit ? Que vous étiez digne, tout républicain que vous soyez, de votre grand-père, le maréchal Maximilien Forestier. J'ai été très fière de vous !

Jules avait dénoué, malaisément, les mains de Charlotte qui lui entouraient la nuque, murmurant :

— Je vous en prie, je vous en prie, j'ai besoin d'être seul.

Elle avait fait une pirouette et lancé :

— Comme vous voulez, Jules !

Il avait traversé lentement la cour pavée et avait aperçu, derrière l'une des vitres du premier étage, la silhouette d'Aurélie. Et il s'était souvenu des fleurs jaunes et blanches dans la prairie.

Peut-être, peut-être était-ce elle qui l'avait protégé, qui avait permis qu'il ne tue pas un homme, et ne soit pas tué.

Peut-être lui avait-on ainsi rendu ce qu'il lui avait donné…

Le lendemain soir, quand il avait annoncé à Lentin qu'il allait fuir en Italie et qu'il avait aperçu la silhouette d'Aurélie dans le vestibule, il avait ajouté, et c'était encore des paroles qui surgissaient sans qu'il les ait pensées :

— Aurélie part avec moi.

Elle était là, assise en face de lui, dans ce train qui roulait aussi vite que la vie.

14.

“ Ils étaient
de part et d’autre
d’un fossé,
des ennemis si
proches qu’on eût
dit des frères
et que pourtant
un abîme
séparait... ”

Le commandant Joseph Chrétien de Taurignan, avant de quitter l’hôtel Forestier, avait voulu une nouvelle fois entrer dans le petit salon à droite du vestibule. Cette pièce, malgré les deux fenêtres qui donnaient sur la cour pavée et la rue de l’Estrapade, était sombre. Il avait demandé au lieutenant qui l’avait accompagné dans la perquisition d’allumer les deux lampes à gaz, puis d’un simple mouvement de la tête il lui avait donné l’ordre d’aller rejoindre les soldats qui attendaient dans la cour.

Joseph de Taurignan s'était immobilisé devant le tableau qui occupait toute une cloison en face du canapé.

Il n'avait pas imaginé qu'un Jules Forestier pût vivre, méditer, écrire dans ce décor, avec ce paysage biblique sous les yeux – cette caravane, ressemblant à celle des Rois mages, que l'on apercevait au sommet des dunes, s'avançant vers un temple à demi enfoui dans les sables situé au premier plan de la toile.

Il s'était approché de la cheminée qu'encadraient les rayonnages d'une bibliothèque. Il avait passé la main sur les reliures, lisant les titres, les noms des auteurs : Pierre Leroux, Proudhon, Hugo, Karl Marx, Michelet, Charlotte de Boissier… Il avait pris cette *Histoire d'une fille du peuple* avec une expression de dédain, presque de dégoût. Il avait eu la tentation de lire la dédicace que sans aucun doute l'auteur avait écrite sur la page de garde, puisqu'elle avait eu aussi Jules Forestier pour amant. Mais il avait replacé le livre sans l'ouvrir, découvrant avec étonnement Pascal et saint Augustin, l'Ancien et le Nouveau Testament, puis ces *Paroles d'un croyant* de Lamennais, et un peu plus loin *Le Génie du christianisme*. Chateaubriand suivait la littérature chrétienne et précédait des livres consacrés à l'Empire et à la Révolution, *Le Mémorial de Sainte-Hélène*, puis trois volumes de Romain Forestier, le père de Jules, intitulés *Récits d'un maréchal d'Empire*.

Joseph de Taurignan s'était assis sur le canapé. Il avait aperçu dans une petite niche tapissée de velours noir à droite de l'entrée un Christ sur la croix, le corps doré, les côtes saillantes comme autant de traits de lumière car les lampes à gaz faisaient briller le métal.

Taurignan avait pensé, et cela l'avait troublé, qu'il aurait pu vivre dans cette pièce, qu'il s'y sentait bien, qu'elle lui était familière. Et pourtant ce Jules Forestier était un conspirateur, sans doute l'inspirateur de cette société secrète, *Marianne*, dont plusieurs membres étaient soupçonnés d'avoir participé à l'attentat contre Leurs Majestés, trois bombes explosives jetées sur la voiture de Napoléon III et de l'impératrice Eugénie qui étaient sortis indemnes de l'explosion, terrifiante ! La rue Montpensier où les assassins avaient organisé le guet-apens alors que le couple impérial se rendait à l'Opéra avait été jonchée de débris et de corps, plusieurs morts et près de cent cinquante lanciers de l'escorte blessés.

L'empereur avait nommé un nouveau ministre de l'Intérieur, le général Espinasse et, dans les heures qui avaient suivi, celui-ci avait convoqué le commandant Joseph de Taurignan qui avait servi à son état-major en 1856, durant la guerre de Crimée, puis en Algérie.

Taurignan avait étendu les jambes, les yeux perdus dans ce tableau qui était comme une tache solaire entre les deux fenêtres par lesquelles on apercevait le ciel gris et les uniformes bleu sombre des soldats.

C'était la première fois depuis cinq jours, depuis sa rencontre avec le général Espinasse au ministère de l'Intérieur, que Taurignan pouvait un peu penser, et non pas seulement agir.

Il avait su, dès les premiers mots du général, que la mission que le ministre allait lui confier, une traque à l'hommes dans Paris, lui serait difficile à accomplir.

— Taurignan, mon cher comte, vous n'êtes pas ce que j'appelle un bonapartiste de souche, avait commencé Espinasse. Votre famille – et vous avez d'ailleurs, toujours avec orgueil, eu la fierté légitime de la fidélité et rappelé l'histoire des vôtres –, votre famille donc a combattu l'empereur Napoléon Ier, l'usurpateur. C'est ainsi, n'est-ce pas, que vous appeliez Buonaparte ?

Espinasse avait frappé du poing sur son bureau.

— Vieilles histoires ! Vous êtes un soldat. Vous avez montré votre courage et votre valeur en face des Russes, à Sébastopol et sur l'Alma. Vous êtes un homme de devoir et un homme d'ordre, un patriote. Or l'ennemi est parmi nous.

Il avait de nouveau heurté la table.

— L'empereur transforme le pays, avait-il repris. Regardez Paris, les gares, les boulevards. Tout va bien. Le peuple vote pour l'empereur au suffrage universel. L'Europe nous envie. L'Angleterre est notre alliée. Nous pesons sur les affaires du monde, en Afrique, en Asie, comme jamais depuis Napoléon Ier, mais cette fois dans la paix. « L'Empire, c'est la paix », a dit Louis Napoléon. Eh bien, les anarchistes continuent de nous faire la guerre ! Car cent cinquante lanciers couchés sur le pavé de la rue Montpensier, des dizaines de morts, trois bombes explosives, c'est la guerre, mais celle des lâches, Taurignan !

Espinasse s'était levé. L'homme, grand, de forte carrure, avait le corps sanglé dans son uniforme, les cheveux en bataille, la barbe un peu grise. Il avait commencé à marcher dans le bureau, les mains derrière le dos.

— L'empereur nous a donné la mission de préserver l'ordre. Il m'a dit : « C'est à l'armée de jouer un rôle politique dans les moments de crise. »

Il avait tendu le bras vers Taurignan.

— L'armée, ce sont des officiers comme vous, commandant !

Il était retourné à son bureau, avait tout en feuilletant des dossiers annoncé d'une voix saccadée que, par décret, la France était découpée en cinq grandes régions militaires ayant chacune à leur tête un général. Il se réservait celle de Paris, et il désignait le commandant de Taurignan pour commencer la chasse aux assassins, immédiatement. Une loi allait être votée par le Corps législatif pour permettre l'arrestation, la déportation, la relégation, l'exil de tous ceux qui avaient été condamnés ou emprisonnés depuis 1848.

Le général Espinasse avait martelé son bureau.

— Et cela sans procès, commandant ! L'empereur nous donne les moyens d'agir, mettons-les en œuvre.

Il avait tendu un dossier à Taurignan.

— Il est temps que les bons se rassurent et que les méchants tremblent ! Voici le dossier que Persigny avait établi sur cette société secrète, *Marianne*, dont tout laisse à penser qu'elle a aidé les assassins à préparer l'attentat contre l'empereur.

Il s'était levé, raccompagnant Taurignan vers la porte.

— Vous verrez, il y a là un Italien, Biaggi, arrivé récemment de Londres. Or, nous sommes sûrs que les bombes lancées rue Montpensier ont été fabriquées en Angleterre.

Il avait ricané.

— L'Angleterre est notre alliée, mais elle reste un repaire d'assassins. La tête du complot serait un Romagnol, Felice Orsini, un disciple de Mazzini, la police le traque. Biaggi est à l'évidence son complice…

Il avait tendu la main pour que Taurignan lui rende le dossier qu'il avait ouvert, parcourant les feuillets.

— Je veux que vous perquisitionniez chez la comtesse Charlotte de Boissier – il avait eu un grognement. J'aime autant que ce soit vous… Je vous ai aussi choisi pour cela, il faut du doigté. Sa mère Élisabeth de Viéville est de votre monde, Taurignan, et elle est par ailleurs alliée et amie de Victor-Marie Dussert. Vous connaissez le poids de la banque Dussert-Speicher et Fils ! Soyez prudent mais intraitable. Frappez quand il le faut. Voyez aussi ce Lentin, en qui notre baron Haussmann a toute confiance. Un polytechnicien de génie, mathématicien, architecte, visionnaire, me dit-on. Peut-être, mais sans doute aussi anarchiste, comme les autres, cet imprimeur Raynal, et le menu fretin Mercœur, Revest, avec une belle pièce, délicate à saisir, Jules Forestier, le petit-fils du maréchal. On me dit qu'il vit en Italie, sur les bords du lac de Côme, qu'il s'est marié et calmé. J'en doute ! Son père, Romain Forestier, est un intraitable butor. L'empereur l'a sollicité dix fois, nous lui avons tout offert pour qu'il se rapproche de lui, mais il a préféré faire du vin dans son château de Mazenc !

Il avait remis le dossier à Taurignan.

— Commandant, vous avez cinq jours pour me décapiter tout ce beau monde. Bonne chasse !

C'était le cinquième jour et Taurignan se sentait las, comme après une battue décevante, quand le sol est détrempé, les chiens hargneux, et que le gibier a été tué salement, sans qu'on lui donne sa chance.

Ç'avait été ainsi pour Biaggi, surpris au moment où il quittait l'imprimerie Raynal rue de la Croix-

Nivert et qu'un sous-officier avait abattu sans sommation, au moment où il semblait vouloir se rendre après avoir crié :

— Je suis sans arme, je suis Biaggi, le patriote italien !

Taurignan avait dû subir le regard méprisant de Raynal cependant que les soldats fouillaient l'atelier. Et le malaise de Taurignan s'était transformé en gêne. Les soldats avaient renversé les casiers de lettres, dispersé les papiers, brisé à coups de crosse certaines des machines. Taurignan les avait laissés faire, parce qu'ils étaient bien comme des chiens au moment de l'hallali, qu'ils voulaient venger leurs camarades morts et blessés rue Montpensier et qu'ils se méfiaient de tous les faiseurs de livres. Taurignan avait détourné les yeux, sortant même dans la rue pour ne pas entendre le bruit du saccage de l'imprimerie.

Quelques heures plus tard, on avait arrêté Lentin qui avait paru indifférent, demandant simplement à emporter un livre et un cahier rempli de formules mathématiques.

Il l'avait agité devant Chrétien de Taurignan.

— Voilà la vraie force ! Et vous n'êtes pas de ce côté-là, mon commandant. Vous êtes à peine différent d'un centurion. D'ailleurs vous servez un empereur qui écrit une vie de César…

Il avait secoué la tête.

— Réfléchissez à ça, nous sommes dans la deuxième moitié du XIXe siècle, et celui qui prétend nous gouverner rêve à l'Empire romain ! Et en même temps, il favorise l'industrie…

Il avait montré, au moment de monter dans la voiture de police encadré par les soldats, les palissades qui se dressaient autour du chantier de l'Opéra.

— Il tire en même temps à hue et à dia, évidemment ça se déchire ! Et certains veulent résoudre cette contradiction chirurgicalement, avec des bombes et – il s'était incliné vers Taurignan – avec des arrestations, des condamnations et des exécutions.

— Vous êtes du côté des bombes, monsieur l'ingénieur, avait murmuré Taurignan.

Lentin s'était dressé.

— Je suis républicain, commandant ! La République est le régime qui est le plus en harmonie avec la science et le progrès. Voilà tout. L'Empire, c'est une architecture du passé.

Taurignan s'était détourné. Il avait eu le sentiment que cette mission, confiée par le général Espinasse, non seulement ne lui convenait pas mais n'était pas digne d'un officier portant son nom. Elle le troublait. Heureusement, il n'avait pas eu le temps de réfléchir, perquisitionnant, après l'imprimerie Raynal, chez Jean Revest, rue d'Ulm. Des livres… En vrac, les *Fragments des institutions républicaines* de Saint-Just, les discours de Robespierre, l'*Histoire du Consulat et de l'Empire* de Thiers, des ouvrages d'Edgar Quinet et de Michelet, les œuvres de Rousseau et de Voltaire et puis les tragiques grecs, les poètes latins, la *Guerre des Gaules* et les *Sermons* de Bossuet.

Ces anarchistes, ces rouges, avaient d'étranges curiosités.

Mais le directeur de l'École normale supérieure avait confirmé à Taurignan que Revest avait quitté l'École depuis plusieurs jours.

En fouillant sa chambre, l'un des soldats avait trouvé une photographie où l'on voyait deux jeunes gens côte à côte. Taurignan avait reconnu les deux témoins de Forestier lors du duel avec Machecoul, Revest et Gambetta.

Joseph de Taurignan s'était alors souvenu de cette aube passée dans la prairie près de Sceaux, quand Jules Forestier avait laissé Machecoul tirer le premier. Courage, défi, inattention ou tactique ?

Il lui avait semblé que Forestier avait cette grâce qu'est l'indifférence face à la mort et qu'on appelle le courage. Et il avait eu bien plus d'estime pour lui que pour ce Machecoul dont il avait été le témoin, ou Charlotte de Boissier qui avait été à l'origine du duel.

Elle avait toisé Taurignan lorsqu'il était entré, suivi d'un lieutenant et de deux soldats, dans le grand salon de la demeure des Boissier, rue du Bac.

— Comte, comte, quel appareil pour se saisir d'une simple femme ! avait-elle dit en riant. Imaginiez-vous que j'allais résister ? Je suis trop fière de connaître les prisons ou même les bagnes de Napoléon-le-Petit. Vous n'avez sans doute pas lu ce passage de Hugo : « Louis-Bonaparte, entouré de valets et de filles, accommode pour les besoins de sa table et de son alcôve le couronnement, le sacre, la Légion d'honneur, le camp de Boulogne, la colonne Vendôme, Lodi, Arcole, Saint-Jean-d'Acre, Eylau, Friedland, Champaubert… » Quelle envolée n'est-ce pas ! Quel châtiment !

Taurignan avait donné l'ordre de se saisir de Charlotte de Boissier. Mais elle avait écarté les bras, repoussant les soldats intimidés.

— Il est vrai, monsieur de Taurignan, que les vôtres étaient de l'autre côté, dans l'armée des Princes, avec les Anglais. Vous êtes à votre place, auprès de Napoléon-le-Petit !

Il avait eu envie de la gifler. Il avait seulement évité de la regarder, et c'était sans doute pour elle plus difficile à supporter qu'un soufflet.

Ensuite, il s'était rendu passage d'Enfer, au numéro 55, dans ce quartier bouleversé par les chantiers qui s'étendait entre l'hôpital Saint-Vincent-de-Paul et le cimetière Montparnasse. Dans ces deux pièces sombres, au rez-de-chaussée, habitait Auguste Mercœur. Il avait sans surprise trouvé également des livres, Proudhon, Vallès... et un tablier maçonnique, ainsi qu'une attestation d'affiliation au Grand Orient de France, loge Marat. Mercœur avait abandonné sa tanière à la hâte, et Taurignan avait fait saisir des documents qui proclamaient « la gloire du Grand Architecte de l'univers ».

Et le cinquième jour, il était entré dans l'hôtel Forestier, rue de l'Estrapade. La domestique Françoise avait dit d'une voix tremblante que Monsieur était parti avec la jeune fille.

— Qui ?

— Aurélie Méran, une pauvre petite que monsieur Forestier a accueillie – Françoise avait levé les yeux – et qu'il n'a jamais touchée, je le jure devant Dieu. C'est un saint, monsieur Forestier, un saint.

Taurignan avait parcouru les trois étages de l'hôtel. Il s'était attardé dans ce qui avait dû être la chambre du maréchal Maximilien Forestier. Deux sabres étaient accrochés au mur, de part et d'autre d'un drapeau tricolore dont la plupart des franges dorées avaient été arrachées. Le blanc avait jauni, mais le bleu et le rouge étaient restés vifs.

Il était sorti de la chambre à reculons, demandant aux soldats de quitter la maison, de former des faisceaux dans la cour, puis il avait descendu lentement l'escalier, suivi par le lieutenant qu'à la fin, une fois dans le petit salon, il avait renvoyé aussi.

Et il avait médité, assis sur ce canapé sur lequel avaient dû prendre place souvent le maréchal Forestier, son fils Romain, cet homme de lettres républicain, et Jules, républicain lui aussi, sans doute chrétien, et qui savait attendre la mort, immobile, laissant son adversaire tirer le premier, s'en remettant au destin ou à Dieu.

Taurignan avait eu la certitude que peu de chose, et tout en même temps, le séparait de cette famille-là, à laquelle pourtant il avait l'impression que la sienne ressemblait. Ils étaient face à face comme, dans un miroir, l'image pour celui qui se regarde est identique et inversée. Ils étaient de part et d'autre d'un fossé, des ennemis si proches qu'on eût dit des frères et que pourtant un abîme séparait.

Il s'était levé, avait été jusqu'au bureau. Il avait ouvert les tiroirs et découvert une lettre écrite par Jules à son père Romain, au château de Mazenc, sans doute à la veille du duel contre Machecoul.

« Père, Si vous recevez cette lettre, c'est que Dieu, par la main d'un homme, aura décidé de me retirer de la vie.

« Je dois vous le dire, je vous en ai voulu ces dernières années d'avoir abandonné le champ de bataille de la République, où vous aviez été un fier combattant, un courageux précurseur, et où vous manquez encore.

« Je comprends maintenant votre décision et, si je ne l'approuve toujours pas, je vous rends toute mon estime, que de manière sacrilège il m'était arrivé de vous retirer, vous accusant de lâcheté et d'égoïsme.

« Les hommes en politique sont des loups, et à faire partie de leurs meutes, on devient leur semblable. J'essaie, me souvenant de vous, et des temps héroïques qu'a vécu mon grand-père et que vous avez aussi connus, quand les hommes étaient grands, que l'Empereur se nommait Napoléon Ier et les républicains Robespierre et Saint-Just, de rester un homme, même si je dois parfois hurler avec les loups.

« J'ai une grâce à vous demander, père.

« J'ai recueilli dans notre hôtel une jeune fille, Aurélie Méran. Elle a subi la faim et l'humiliation. Elle est restée droite. J'ai de l'estime pour elle et du respect, sans doute aussi de l'affection. Mais rien d'autre ne me lie à elle, que l'obligation de la compassion et de la charité.

« Je vous demande, père, de continuer à l'aider, et si vous le pouvez, de la faire entrer dans notre famille, et d'en faire mon héritière puisque je n'ai ni épouse, ni enfant.

« Je prie pour que vous accédiez à ma demande.

« Je vous embrasse. Votre fils qui vous doit ce qui en lui est bon et généreux.

« Jules Forestier. »

Chrétien de Taurignan avait replié la lettre, l'avait replacée dans le tiroir qu'il avait repoussé.

Dieu avait donc voulu que la vie soit laissée à Jules Forestier. Et Joseph Chrétien de Taurignan, en traversant la cour, s'en était félicité et l'en avait remercié.

Tout en commandant d'une voix distraite aux soldats de se rassembler, il s'était souvenu que, selon les informations du général Espinasse, Jules Forestier avait épousé, à Bellagio, Aurélie Méran. Et il avait souhaité qu'elle donne un fils à Forestier.

Le soir, Joseph de Taurignan avait annoncé à sa mère, la comtesse Émilie de Bergues, qu'il était résolu à se marier afin de continuer la lignée des Taurignan.

Et Émilie de Bergues avait rendu grâce au Seigneur pour la décision si inattendue, si heureuse, de son fils.

15.

“Et elle avait crié que l’enfant en elle avait bougé, qu’il était lourd, remuant et que ce serait donc un fils…”

Jules Forestier s’était assis à même la terre, le dos appuyé à une brouette remplie d’outils que les vignerons avaient entreposés là, dans cette cabane de bois qui s’élevait au milieu des vignes.

Ce matin, Jules l’avait tout de suite repérée. Elle se trouvait à quelques centaines de mètres en contrebas du château de Mazenc.

— On va attendre ici, avait-il dit.

Et il avait pris sa femme par les aisselles, la soulevant et la guidant au milieu des ceps dénudés entre lesquels le vent sifflait.

Il avait poussé la porte d'un coup de pied. Il avait vu le sol de terre battue, les pioches et les pelles, les râteaux, les paniers, ces brouettes, et il avait surtout entendu le vent qui s'infiltrait entre les madriers, glacé, rageur, mordant la peau.

Il s'était tourné vers Aurélie.

Elle s'était adossée à la porte, les mains ouvertes, si blanches, si fines, soutenant son ventre, les yeux fermés, le visage exsangue. Elle était encore plus pâle qu'au premier jour de leur rencontre, la peau du visage tendue, prise dans un rayon de lumière que laissait passer cette petite fenêtre dont les quatre carreaux étaient couverts de terre rougeâtre que le vent lors des bourrasques avait dû projeter là, et que le soleil avait séchée.

— Il va venir cette nuit, avait murmuré Aurélie sans ouvrir les yeux.

Puis, en secouant la tête, elle avait ajouté :

— Ici, je ne veux pas…

Sa petite voix résolue ne portait aucun reproche, mais Jules s'était senti coupable, indigne.

Qu'avait-il fait, au fond, pour Aurélie ?

Il l'avait recueillie, sauvée de la rue, de la misère, et même – sans doute était-ce de cela dont il était le plus fier – de l'ignorance. Elle avait acquis le goût des livres. Avant de s'exprimer, elle serrait les lèvres, plissait les yeux comme si elle avait cherché avec obstination les mots précis qu'elle allait employer. Et il avait été frappé par la sûreté de son jugement.

À la villa Clarvalle, il l'avait vue naître, comme si jour après jour elle s'était dégagée de sa gangue. Elle avait ri, s'était pendue à son cou, elle avait dénoué ses cheveux, et dans la petite église de Bellagio, elle avait pleuré silencieusement quand le prêtre les avait unis. Elle n'avait eu, après, aucune des audaces de Charlotte de Boissier. Mais sa réserve l'avait ému. Un jour, elle avait couru vers lui, vers cette jetée où il se trouvait à l'extrémité du parc. Et elle avait crié que l'enfant en elle avait bougé, qu'il était lourd, remuant et que ce serait donc un fils.

Il avait été stupéfait, partagé entre la joie et la panique, parce que c'était le moment où il avait prévu qu'il fallait quitter Bellagio.

Ce qu'ils avaient fait. Et c'était comme si tout ce qu'il avait cru apporter à Aurélie avait été repris, comme dans un conte cruel !

Elle était là, à nouveau comme une pauvresse, grelottant de froid, soutenant son ventre et regardant cette terre rouge, tout ce que Jules lui avait offert pour mettre son fils au monde.

Elle avait répété :

— Ici, jc nc vcux pas.

Il avait ouvert la porte.

Le vent s'était fait plus aigu. Jules avait eu l'impression qu'un immense chien hurlant s'était précipité sur lui, avait posé sur ses épaules ses pattes griffues, qu'il avait ouvert sa gueule et avait tenté de l'égorger. C'était le froid, le vent qui coupait la respiration, l'angoisse aussi, le remords. Pourquoi avait-il accepté que Aurélie l'accompagne au lieu de demeurer à la villa Clarvalle jusqu'à la naissance de l'enfant ?

Mais elle avait dit :

— Ne nous abandonnez pas.

Il avait d'abord, pour ne pas l'exposer, décidé de ne pas partir.

Les temps depuis l'attentat contre l'empereur avaient changé.

On avait abattu Biaggi et condamné à mort Orsini. La plupart des membres de *Marianne*, Lentin, Raynal et Revest avaient été arrêtés dans les heures et les jours qui avaient suivi l'explosion des bombes de la rue Montpensier. Auguste Mercœur seul était en fuite. Quant à Charlotte de Boissier, elle avait, disait-on, rejoint Hugo à Guernesey, et elle écrivait dans les journaux anglais.

Mais elle avait, quelques mois plus tard, félicité l'empereur lorsqu'il avait envoyé ses troupes en Italie. Et elle avait flétri Victor Hugo parce qu'il ne ralliait pas la foule de ceux qui avaient applaudi les troupes et Napoléon III caracolant à leur tête, se dirigeant vers la gare de Lyon dans un immense défilé le long des Tuileries, cependant que l'assistance chantait *La Marseillaise*.

Parodie ! avait pensé Jules à l'époque.

Il avait fallu quitter une première fois la villa Clarvalle, se réfugier à Côme parce que des agents français étaient venus rôder à Bellagio. Et qu'il fallait craindre, alors que des milliers d'hommes se faisaient tuer dans les vignes, à Magenta, à Solferino, que le ministre de l'Intérieur ne profitât de ces flots de sang pour en finir avec un opposant dont la vie se serait perdue dans le grand fleuve rouge des batailles.

Puis ç'avait été la paix, la rage des Italiens qui s'estimaient abandonnés, trahis par Napoléon III. Ils venaient dire à Jules combien il avait eu raison de s'opposer à ce souverain sans volonté, qui aurait dû au lieu de régner, de tenter d'imiter le Grand Napoléon, passer ses journées à Plombières ou à Vichy à suivre des cures pour essayer de dissoudre les calculs qui lui encombraient les reins et la vessie, et lui donnaient ce teint terreux et cette expression douloureuse qui avaient fait croire qu'il était préoccupé du sort du monde, alors qu'il ne souffrait que de son bas-ventre.

Jules avait ri de ces diatribes.

Ç'avait été quelques mois paisibles, le temps des fleurs, des parfums de lauriers, des promenades en barque, Aurélie laissant traîner ses bras le long de la coque et ses doigts effleurant la surface de l'eau. Il y avait eu cette lettre de Lentin, qui assurait que l'Empire devenait libéral.

Lentin se rengorgeait. Ce qu'il avait prévu depuis les premières années du règne de Louis Napoléon se réalisait. La science, le progrès, l'industrie enfantaient inéluctablement la République.

« Il n'y a plus de place pour César à l'âge du marteau-pilon, de la locomotive et de la photographie, écrivait-il, ou bien César devient une figure de théâtre, un motif de décoration. Et c'est ce qui advient, mon cher Jules. Vous pouvez, avec votre femme, rentrer à Paris. Raynal et Revest ont été libérés, Charlotte de Boissier tient salon rue du Bac depuis la mort de sa mère, et j'y suis invité ! Elle m'a parlé de vous, s'est félicitée de votre mariage. On dit qu'elle a donné naissance à un fils que le père – un peintre ou un poète, bref, ce qu'on appelle un artiste – n'a pas reconnu. Mais elle ne s'en porte pas plus mal et personne n'a déserté sa maison. On y voit les Dussert et les Taurignan. C'est dire le changement de climat, même dans ces milieux. Revenez, Forestier, la révolution des mœurs est celle de notre temps ! Nous avons construit des barricades, tiré des coups de fusil, et certains d'entre nous ont jeté des bombes. C'était peut-être héroïque, mais vain. Les sociétés sont pareilles aux océans. Personne ne peut ni empêcher, ni amplifier le mouvement des marées qui changent les contours des rivages. Ceux qui s'opposent au flux et au reflux sont emportés. Il y a une heure pour avancer et une autre pour se retirer. Malheur à ceux qui anticipent ou s'attardent ! Ne soyez pas l'un de ceux-là, cher Forestier. Nous vous attendons, vous et Mme Forestier. »

Lentin avait joint à sa lettre le texte du décret impérial accordant une « amnistie pleine et entière à tous les individus qui ont été condamnés pour crimes et délits politiques et qui ont été l'objet de mesures de sûreté générale ».

Jules avait hésité. Il avait marché longuement dans le parc de la villa Clarvalle, le long des rives du lac. Il avait rêvé, immobile, sur la jetée, à une vie d'étude, rue de l'Estrapade, Aurélie – Aurélie Forestier ! – élevant des enfants, l'histoire s'apaisant enfin, laissant à chacun le libre choix de sa vie.

Cela avait duré quelques semaines, puis le curé de Bellagio était venu à la nuit annoncer que trois Français étaient arrivés, qu'ils avaient pris pension dans l'une des auberges, que la servante avait vu leurs armes, les avait entendus parler de la villa et de Forestier.

Venait-on l'enlever, le tuer, comme il l'avait déjà craint ? Pouvait-on faire confiance à la police d'un homme qui avait violé son serment de respecter la Constitution et fait ouvrir le feu, un 4 décembre, sur les badauds qui se promenaient sur les grands boulevards ?

Jules s'était souvenu des vers de Hugo qui l'avaient tant ému, jusqu'à lui faire serrer les poings, se mordre les lèvres pour ne pas crier d'indignation. Une grand-mère questionnait, devant le cadavre de son petit-fils tué par les soldats :

Pourquoi l'a-t-on tué ? je veux qu'on me l'explique.
L'enfant n'a pas crié Vive la République…
Monsieur Napoléon, c'est son nom authentique…
Il lui convient d'avoir des chevaux, des valets,
De l'argent pour son jeu, sa table, son alcôve,
Ses chasses ; par la même occasion, il sauve
La famille, l'église et la société ;
Il veut voir Saint-Cloud, plein de roses l'été,
Où viendront l'adorer les préfets et les maires ;
C'est pour cela qu'il faut que les vieilles grand'mères,
De leurs pauvres doigts gris que fait trembler le temps,
Cousent dans le linceul des enfants de sept ans.

Ces mots l'avaient de nouveau bouleversé. Il ne pouvait admettre ce que pensait Lentin, accepter que le sang sèche si vite, que toute trace des crimes commis soit effacée. Il devait continuer à s'opposer même si, en effet, Lentin l'avait sur ce point convaincu, on ne pouvait forcer le rythme du mouvement des choses.

Mais on peut se dresser, crier, pour dire qu'elles doivent changer, et plus vite. Et sans doute la présence à Bellagio de ces trois Français armés prouvait-elle que la police de l'empereur savait quelle décision il avait prise. Jules Forestier était pour les complices du criminel du 2-Décembre toujours un ennemi. Jules en avait éprouvé de la fierté.

Aurélie avait donc dit, quand Jules lui avait annoncé qu'il comptait partir :

— Ne nous abandonnez pas.

Il avait une nouvelle fois hésité, puis il avait appris qu'Auguste Mercœur venait d'être emprisonné et que la censure, si elle était maintenant plus hypocrite, n'en continuait pas moins d'étrangler ceux qui contestaient la politique impériale. L'imprimerie Raynal venait d'être fermée, Revest avait été chassé de l'Université, Jules Vallès traînait sa colère et sa hargne de café de Madrid en café Tabourey.

Et pendant ce temps-là, on annonçait que la banque Dussert-Speicher et Fils avait doublé son capital et que le jeune Olivier Dussert, à peine âgé de dix ans, fils de Victor-Marie Dussert et de Germaine Speicher, avait été présenté à Sa Majesté au cours d'une grande fête offerte par la banque aux personnalités politiques et aux industriels, à l'occasion de la signature du traité de commerce avec l'Angleterre. La banque Dussert-Speicher et Fils s'était à cette occasion associée à des banques londoniennes et, comme l'avait dit l'empereur : « Nous préférons la suppression des frontières au blocus, la paix à la guerre. Nous gagnerons les batailles du commerce. »

Ils avaient donc quitté la villa Clarvalle.

Ils avaient emprunté le navire à vapeur dont deux énormes roues à aubes brassaient l'eau noire. Ils avaient traversé le lac de Côme, de Bellagio à Cadenabbia. Et de là, par les routes que commençait à recouvrir la neige, ils avaient gagné Lugano, puis franchi les cols des Alpes afin d'atteindre le sud de la France. Dans ces berlines qui avançaient en cahotant, les roues mordant sur les bas-côtés de la route, la voiture semblant à chaque instant menacée de verser dans le ravin, Jules avait eu mal pour Aurélie qui se mordait les lèvres pour ne pas vomir.

Pour certaines parties du trajet, ils avaient dû emprunter le train, et Aurélie s'était un peu détendue, mais souvent elle haletait comme si le poids de l'enfant l'avait étouffée.

Jules avait été envahi par un sentiment de culpabilité, de remords, puis de panique. Il n'aurait jamais dû, avait-il pensé, lier sa vie à une femme, désirer et accepter un fils.

Il avait été prisonnier. On le surveillait encore. Il pouvait demain être à nouveau arrêté, déporté, peut-être tué. C'était son affaire personnelle, mais il avait entraîné une femme, et bientôt un enfant, dans cette tourmente obscure et incertaine.

Parler à Aurélie lui était devenu impossible, il n'avait répondu que quelques mots aux questions qu'elle lui posait : « Où allait-on ? Rentrait-on à Paris ? »

Le paysage avait changé, les vignes maintenant s'étendaient à perte de vue sous un ciel bas, lourd de neige. C'était le début du mois de janvier. Ils avaient pris une berline jusqu'à Avignon, puis un train pour Valence et, de là, à nouveau la malle-poste, et enfin ils avaient parcouru ce chemin à pied, avançant au milieu des ceps vers le château de Mazenc.

Peu avant d'arriver, Jules avait aperçu deux gendarmes qui entraient dans le château, droits sur leurs chevaux noirs, côte à côte sous le porche.

Il avait pensé qu'on le recherchait et, lorsqu'il avait vu la cabane, au milieu des vignes, il l'avait montrée à Aurélie puis l'avait aidée à marcher jusque-là.

Le vent glacial s'était levé, faisant tourbillonner les premiers flocons.

Il ne faisait guère moins froid à l'intérieur. Jules avait sur la terre battue, cassant des manches d'outil, ramassant des brindilles, réussi à allumer un feu.

Mais lorsque Aurélie avait dit : « Il va venir cette nuit », et répété « Ici, je ne veux pas », il avait ouvert la porte, regardé le château, et il avait écrit quelques mots à la lueur des flammes en appuyant une feuille de papier sur son genou.

— Mon père t'accueillera, il te protégera, toi et l'enfant, avait-il dit à Aurélie.

Devant son désarroi, il l'avait prise aux épaules, répétant les mots qu'elle avait prononcés :

— Ici, tu ne peux pas…

Il l'avait guidée sur le chemin, jusqu'à quelques dizaines de mètres du château, lui expliquant qu'on devait le rechercher, que les gendarmes étaient passés, qu'elle ne devait confier à personne qu'il l'avait accompagnée, qu'il allait rester caché dans la cabane et attendre la naissance de l'enfant.

— Et après ? avait-elle murmuré.

Il n'avait pas répondu. Elle avait commencé à marcher seule vers le porche, dans la tourmente blanche. Elle ne s'était pas retournée.

Il avait regagné la cabane et, assis sur la terre rouge, les mains ouvertes au-dessus des braises, il avait attendu, songé aux quelques mots qu'il avait adressés à son père, espérant qu'ils suffiraient pour qu'il accueille chez lui Aurélie et leur enfant.

« Père,

« Voici mon épouse. Elle porte notre enfant.

« Je vous les confie. Je voudrais qu'ils vivent avec vous, ici au château. Vous les protégerez et leur donnerez ce que vous m'avez transmis.

« Vous découvrirez la noblesse d'Aurélie.

« Pour de nombreuses raisons qui tiennent aux circonstance – vous venez de recevoir la visite des gendarmes – et à mon caractère, je ne peux prendre soin d'eux.

« Je vous embrasse. Votre fils Jules. »

En guettant derrière les vitres de la petite fenêtre qu'il avait nettoyée, Jules avait vu, malgré la nuit neigeuse, des femmes arriver au château, tenant serrés à deux mains leurs châles qui enveloppaient les tête et leurs épaules.

Il était alors sorti de la cabane, avançant courbé contre le vent, se glissant dans la cour qu'éclairait la lumière de la grande salle du rez-de-chaussée de la tour.

Il s'était approché.

Il avait vu les femmes penchées au-dessus de la grande table sur laquelle on avait étendu un matelas et un drap de lin blanc.

Dans la cheminée, il avait vu les trois énormes souches d'olivier enveloppées de flammes bleutées.

Il avait entendu un pas, un battement de porte, et il avait vu surgir des caves du château son père, un peu titubant, hésitant à s'engager dans la traversée de la cour battue par le vent et la neige.

Jules avait reculé, restant dans l'ombre, craignant que son père ne le voie. Mais celui-ci avait déjà disparu dans la tour et il avait entendu un cri, des voix qui lançaient « C'est un fils, monsieur Forestier, un fils ! ».

Les portes avaient claqué, étouffant les voix.

Jules avait failli entrer. Mais il avait finalement quitté la cour et marché dans la nuit que lacérait le vent.

16.

“ Il est toujours vil d’abandonner sa femme au moment le plus important de sa vie, quand elle met au monde l’enfant qu’on lui a donné… ”

« Jules,

« Ton fils est né hier 6 janvier.

« Puisque tu n’étais pas présent et que sa mère a approuvé mon choix, je l’ai prénommé Antoine, Maximilien, Nicolas, et l’ai déclaré à la mairie de Mazenc en ton nom.

« Il est donc légalement ton fils et celui d’Aurélie.

« Sache que j’ai dû insister et user de l’autorité dont je dispose ici, comme fils du maréchal Maximilien Forestier, pour qu’il en soit ainsi.

« Ton absence pouvait faire de cet enfant un bâtard. Mais tu ne t’en es même pas soucié.

« J'ai choisi Antoine parce que ce prénom évoque pour moi la fidélité. Et que je place haut cette vertu.

« Maximilien rappellera à Antoine l'héroïsme de son arrière grand-père, et je tenais aussi à Nicolas en souvenir de Mercœur, le compagnon d'armes de mon père. Mon père se reprocha jusqu'à la fin de sa vie d'avoir dû abandonner Nicolas sur les berges de la Berezina. Tu as connu Georges, son fils, mon compagnon de jeux et de combats. On me dit que tu es proche d'Auguste, son petit-fils. Ce prénom ne devrait donc pas te déplaire. Mais peut-être tout cela te laisse-t-il indifférent ?

« Comment expliquer autrement ton absence ?

« Aurélie, dont j'ai appris à connaître, en quelques heures à peine, la fierté, le courage, la limpide franchise, ne m'a rien dit de toi ni des raisons de ta décision.

« Tu évoques toi-même, dans les quelques lignes qu'Aurélie m'a remises et qui devaient, dans ton esprit, suffire à me faire accepter ta femme et ton enfant – sur ce point tu ne t'es pas trompé, tu m'as donné en me les confiant une joie inattendue et immense, ternie pourtant, noircie même par ton absence –, les circonstances et ton caractère.

« Il est vrai que les gendarmes que tu as aperçus entrant au château étaient porteurs d'un mandat d'arrêt contre toi. Tu es accusé par le procureur impérial de conspiration et de trahison.

« Que tu veuilles échapper à la prison ou au bagne est légitime. Mais il est toujours vil d'abandonner sa femme au moment le plus important de sa vie, quand elle met au monde l'enfant qu'on lui a donné.

« J'ai eu honte pour toi de ta décision.

« Elle relève, j'en conviens avec toi, de ton caractère. Ta seule excuse est que ce travers te vient peut-être de nous.

« Mon père a, malgré l'amour qu'il portait à ta grand-mère Mariella, toujours choisi le champ de bataille et le service de l'Empereur plutôt que la paix, comme son épouse l'aurait souhaité. Je n'ai pas tout connu de leur vie. Quel fils a pénétré les secrets de ses parents, de leurs émotions, de leurs querelles ? Mais j'ai senti qu'elle a souffert de cela. Et après, j'ai fait de même avec ta mère, je n'ai sans doute pas veillé sur toi comme je l'aurais dû, emporté moi aussi par le désir de changer le cours des choses, de faire entendre ma voix, d'être un citoyen cherchant à faire triompher la République.

« Tu vois ce qu'il en est.

« Je me suis donc retiré ici, à Mazenc, parce qu'il m'a semblé que j'avais dispersé ma vie en actes bruyants et pour la plupart vains. Il fallait que je retrouve, loin de Paris, cette ville où bat sans trêve le tambour de la notoriété, de l'événement, le silence qui permet de savourer chaque instant d'une journée.

« Et j'imagine, tu me l'as fait comprendre plusieurs fois, que tu as considéré cette attitude comme une désertion.

« Mais voilà que par un retournement du destin, tu me confies ce qui devrait être pour toi le plus précieux et que tu sembles considérer comme une charge qui entrave ta marche.

« Vers quoi ?

« N'oublie jamais de te poser cette question.

« Si ta réponse, un jour, te reconduit ici, à Mazenc, tu seras accueilli comme doit l'être un fils.

« Je sais déjà qu'Aurélie t'attendra toute sa vie s'il le faut.

« Quant à Antoine, je ne lui parlerai jamais de toi, cela m'évitera de te condamner ou de mentir. Ton fils te découvrira si tu reviens.

« Mais ne reviens que si tu as décidé de ne pas repartir.

« Ton père,

« Romain Forestier. »

TROISIÈME PARTIE

17.

“Nos corps, Antoine, le corps de ton père, celui de mon fils, ont servi de marches à Thiers, à Gambetta, à Ferry !”

— Il faut l’avoir vécu pour le croire, avait murmuré Georges Mercœur, puis il s’était interrompu.

Il avait pris appui de la main gauche sur l’épaule d’Antoine Forestier, assis près de lui sur le canapé dans ce salon qui se trouvait à droite du vestibule de l’hôtel Forestier. Il avait pu ainsi se relever sans trop de peine, s’accrochant de sa main droite au bras de Jean Revest qui se tenait debout, devant le grand tableau qui occupait toute une cloison.

— Je suis vieux, avait marmonné Mercœur. Ton grand-père et moi, à un an près, avait-il ajouté en se tournant vers Antoine, nous avons le même âge.

Mais lui – il avait souri –, il s'est mis au frais entre ses bouteilles de vin.

Tout en boitillant jusqu'à l'une des fenêtres, il avait lancé :

— Comment est-il, Romain ?

— Il vous attend à Mazenc, avait répondu Antoine en se levant à son tour, faisant un geste pour soutenir Mercœur.

Mais celui-ci l'avait rabroué d'un mouvement de l'épaule.

— Il peut m'attendre ! avait-il dit. On trouve tout le vin qu'on veut à Paris.

Il avait ri, ouvert la fenêtre, regardé droit devant lui en tenant la balustrade.

Cette journée du 23 mai 1880 était radieuse. Le ciel si transparent que le bleu en paraissait presque blanc. La rue de l'Estrapade, au-delà des grilles de la cour pavée, était déserte comme celle d'un village au milieu de l'après-midi. On entendait seulement, de temps à autre, des éclats de voix qui venaient du bout de la rue, sans doute des cafés de la place de la Contrescarpe.

— Qu'est-ce qu'il fait, Romain, qu'est-ce qu'il pense ? avait-il repris, le haut du corps penché hors de la fenêtre. Il doit être satisfait, la fête nationale est fixée au 14 juillet. Il va pouvoir hisser un drapeau tricolore au sommet de la tour du château ! Il va chanter *La Marseillaise*. Il n'aura pas de remords. On va voter la loi d'amnistie pour les communards et, comme dit Gambetta : « Il faut fermer le livre de ces dix années, mettre la pierre tumulaire de l'oubli sur les crimes et les vestiges de la Commune… Il n'y a qu'une France et qu'une République ! »

Il s'était retourné.

— Je le connais bien, Romain ! Je partage avec lui tous mcs souvenirs d'enfance. Est-ce qu'il t'a parlé de moi ?

— Vous avez été blessé pendant la révolution de 1830…, avait dit Antoine. À la poitrine. Vous avez été soigné ici.

Georges Mercœur avait fait la moue. Il s'était appuyé à la balustrade de la fenêtre.

— C'est tout ce dont il se souvient ? Il ne t'a rien dit de nos affrontements ? Vous autres, les Forestier, vous n'avez jamais vraiment été loin du pouvoir. Ton arrière-grand-père Maximilien, un héros c'est vrai, était maréchal d'Empire, et mon père était son ordonnance, sergent-major. Et ma mère, Madeleine, servait ici comme domestique. Tu vois, Antoine, nos familles, elles appartiennent à deux mondes, même si elles ont les mêmes ennemis. À ton grand-père, la République suffit. Il doit applaudir Gambetta ou Jules Ferry. Moi, je veux la Sociale !

— Romain Forestier est conscient…, avait commencé Revest.

— Conscient, conscient, qu'est-ce que cela veut dire ? s'était exclamé Mercœur.

Il s'était avancé, avait pesé des deux mains sur les épaules d'Antoine.

— Je suis sûr qu'il ne t'a pas parlé de ton père ! Moi, je peux t'en parler, et Revest aussi. Mais moi, je l'ai vu, le dernier jour, tu entends, quelques minutes avant qu'on le tue. Tu as vingt ans, tu dois entendre ça. On s'était battu toute une semaine, et il y a neuf ans jour pour jour, le 23 mai 1871, ici, dans ce quartier. J'entends encore le bruit des explosions.

Mercœur s'était à nouveau dirigé vers la fenêtre.

— Nous avons passé la nuit du mardi 23 mai, ici, dans ce salon. Dans la cour, les Fédérés avaient formé les faisceaux. Aucun n'avait voulu entrer dans la maison de Jules Forestier. C'était comme ça. Ces hommes-là, ils pouvaient piller, brûler, fusiller des otages, mais ils avaient aussi pour ceux qu'ils aimaient le sens du respect. Et pourtant, ton père ne les ménageait pas ! Cette nuit-là, il les a empêchés de faire sauter le Panthéon – il avait ri –, c'est ce qu'ils voulaient faire… C'était des jours de folie ! La poudrière du Luxembourg avait explosé. Les obus des Versaillais tombaient dans le quartier. On savait qu'à Passy, le général de Galliffet avait fait fusiller des centaines de prisonniers. Alors chacun avait accepté de mourir. Et les Fédérés avaient sans doute pensé qu'il fallait laisser une nuit de paix, chez lui, à Jules Forestier, et ne pas saccager si peu que ce fût sa demeure. Les mêmes avaient mis le feu aux Tuileries, à l'Hôtel de Ville, à des maisons de la rue Vavin, mais ils s'essuyaient les pieds avant d'entrer ici…

Mercœur avait regagné le canapé où il s'était laissé tomber.

— Il faut l'avoir vécu pour le croire, avait-il murmuré de nouveau.

Il avait longuement regardé Antoine et Revest en hochant la tête. Entre lui et ces deux-là, il y avait un trou béant dans lequel avaient disparu Jules Forestier, qui aurait pu être son fils, et Auguste, qui l'était. Deux enfants du même âge, l'âge maudit, seize ans en 1848, et toute une vie avec le bâillon de la censure sur la bouche, la police et les mouchards aux trousses, la République en tête et l'Empire comme un mur devant soi, contre lequel le front se brise.

Et quand le mur s'effondre, en septembre 1870, que Napoléon-le-Petit est fait prisonnier à Sedan, que la République enfin est proclamée, le 4 septembre, ce sont ces messieurs Thiers, Simon, Favre, Trochu qui capitulent devant les Prussiens !

Et lorsque les communards se révoltent, le 18 mars 1871, on retire toutes les troupes, on abandonne Paris pour quelques semaines, comme on ouvre une trappe, comme on creuse une fosse. Et Jules Forestier et Auguste Mercœur y sont enfouis.

— Quelques minutes avant qu'on le tue..., avait repris Antoine.

— La barricade de la rue Ramponneau, la dernière, venait de tomber, avait murmuré Mercœur. Nous fuyions entre les tombes du Père-Lachaise. On entendait les voix des lignards. J'ai dit à ton père, je me souviens : « Nous avons sauvé la République ! »

Il s'était interrompu.

— Romain Forestier ne peut pas comprendre ça. En nous massacrant, nous les barbares, la racaille, les rouges, les communeux, les communards, ces messieurs Thiers et Favre, et Simon, et le général Trochu, devenaient des républicains respectables. Nos corps, Antoine, le corps de ton père, celui de mon fils, ont servi de marches à Thiers, à Gambetta, à Ferry !

Mercœur avait serré le poing, l'avait brandi :

— Et ton grand-père voudrait que j'aille boire du vin dans son château de Mazenc ? Tu crois que je peux me contenter de cette République-là ? C'est la Sociale qu'on veut. Ou alors – il avait tendu le doigt vers Antoine – ton père, mon fils et les trente mille autres qu'on a tués sont morts pour un mot qui n'est qu'un décor ! La République, mais laquelle ?...

— Avant qu'on le tue... avait une nouvelle fois dit Antoine.

Mercœur s'était levé, refusant l'aide de Revest.

— Je lui ai crié « Il faut vivre ! ». J'ai réussi à me hisser au sommet du mur qui fermait le cimetière.

Chaque respiration compte à ces moments-là. On se dit que c'est la dernière... J'ai aperçu les lignards qui avançaient entre les tombes. J'ai entendu la voix d'un officier qui commandait : « Pas de quartier ! Pas de quartier ! » J'ai lancé à Jules : « Viens, viens ! » Et puis il y a eu une salve. Les lignards m'avaient vu. Une balle m'a touché à l'avant-bras. Ça a été comme si on m'avait poussé. Je suis tombé de l'autre côté du mur, la main couverte de sang. Je le sentais couler le long de mon poignet, de mes doigts. Si des lignards m'avaient trouvé, j'étais bon pour la baïonnette.

Il avait baissé la tête et il était resté ainsi silencieux, puis d'une voix sourde il avait dit :

— J'ai vu, en m'appuyant contre une porte, une fillette de dix ans qu'un coup de baïonnette avait saignée comme un cochon, sans couper un petit ruban rose qui retenait sa médaille de cuivre.

Il avait soupiré, s'était redressé.

— Ton père, ils l'ont pris dans le cimetière et l'ont collé au mur, avec des dizaines d'autres. J'ai entendu les feux du peloton d'exécution.

Il avait secoué la tête.

— C'était beau ce matin, la cérémonie, quand nous nous sommes retrouvés, nous les survivants, devant ce mur. Il a fallu neuf ans pour qu'on puisse simplement déposer des fleurs, là, sur cette fosse, contre ce mur, notre mur, le mur des Fédérés.

Il s'était approché d'Antoine, lui avait pris le bras.

— Pense ce que tu veux de ton père. Tu as sûrement des comptes à régler avec lui.

Il avait fait une grimace tout en secouant la tête.

— Il ne m'a jamais parlé de toi, mais il était devenu différent. Il était un peu comme un automate, il marchait parce qu'il le devait, mais est-ce qu'il le voulait encore ? Peut-être, s'il ne m'a pas rejoint au sommet du mur, le dernier jour, c'est parce qu'il t'avait laissé là-bas. Voilà ce que je crois. Il s'est condamné. Appelle cela du remords, si tu veux.

Mercœur avait haussé les épaules.

— Tu peux dire qu'il a été un mauvais père. Et même pire. Il ne t'a donné que son nom. Mais une famille, une tradition, c'est beaucoup déjà. Tu n'as jamais manqué de rien. Tu as des ancêtres. Et puis, ton père…

Il avait tendu le bras vers Antoine.

— … c'est un homme qui est mort debout, tu entends, debout ! Il a combattu jusqu'au dernier moment. Et ça, tu peux en être fier !

Il avait pris Antoine par la nuque, l'avait attiré contre lui, et tout à coup s'était mis à sangloter.

— Auguste aussi est mort debout. Ils nous ont fusillés debout.

Puis il s'était essuyé le nez et les yeux du revers de la main.

— Je suis vieux, avait-il murmuré. Et ça aussi – soudain il avait ri – il faut l'avoir vécu pour le croire. On devient vieux comme ça, sans même s'en rendre compte…

Puis il s'était appuyé à la fenêtre et, d'une voix grave, il avait commencé à chanter :

J'aimerai toujours le temps des cerises,
C'est de ce temps-là que je garde au cœur
Une plaie ouverte.
Et dame fortune en m'étant offerte
Ne saurait jamais calmer ma douleur.
J'aimerai toujours le temps des cerises
Et le souvenir que je garde au cœur.

18.

“Il avait découvert, dans l’un des tiroirs de la petite table placée à gauche de la cheminée dans le salon, une photo de femme…”

Antoine Forestier était resté un long moment à la fenêtre du salon, regardant s’éloigner Georges Mercœur qui, en claudiquant, avait traversé la cour.

C’était un vieil homme, voûté. Et lorsqu’il s’était retourné, le visage dans le soleil, Antoine avait été si ému qu’il avait fermé à demi les yeux pour ne plus voir cette barbe grise, ces quelques cheveux blancs, trop longs, entourant le crâne chauve. Et tout à coup, une voix forte et claire avait retenti, emplissant la cour et la rue. Mercœur avait recommencé à chanter.

Quand vous en serez au temps des cerises,
Si vous avez peur des chagrins d'amour,
Évitez les belles...

Antoine avait rouvert les yeux. Mais Mercœur avait disparu, sans doute marchait-il vers la place de la Contrescarpe alors la chanson avait continué de retentir, à peine plus faible.

Moi qui ne crains pas les peines cruelles,
Je ne vivrai point sans souffrir un jour...

Antoine avait poussé la fenêtre, bouleversé.

Il avait imaginé son père entonnant ainsi, en ces jours du printemps 1871, un refrain, et la pensée qu'il n'avait jamais entendu la voix de cet homme lui avait été insoutenable. Il ne savait de Jules Forestier que les circonstances de sa mort, mais rien de sa façon de vivre, de marcher, de parler, d'aimer.

Il avait découvert, dans l'un des tiroirs de la petite table placée à gauche de la cheminée dans le salon, une photo de femme.

Elle avait les cheveux noirs dénoués, couvrant ses épaules nues. Un corsage serrait sa poitrine. Elle était allongée dans une pose alanguie, la tête appuyée sur sa main droite. Antoine avait été gêné de découvrir ses hanches, ses jambes, les larges rubans de ses jarretières. Elle avait signé d'une grosse écriture, au coin droit de la photo : « Mathilde, pour J. F. »

Jules Forestier n'avait pas « évité les belles ».

Antoine avait rouvert la fenêtre. C'était à nouveau le silence. Il s'était dirigé vers la petite table, avait sorti la photo et, sans la regarder, il l'avait tendue à Jean Revest.

— Cette femme, avait-il dit, Mathilde…

Revest n'avait pas bougé, tenant la photo par l'un des coins, comme s'il avait craint de se compromettre, de se salir en la touchant.

— Je ne connais vraiment de mon père que ce que vous et Georges Mercœur m'en avez dit, avait ajouté Antoine. Rien ou presque, sinon cette journée du 28 mai.

Il avait commencé à marcher dans le salon, peu à peu saisi par la colère.

Il eût mieux aimé en fin de compte ne rien savoir du tout plutôt que d'entrevoir quelques scènes héroïques d'un homme debout que l'on fusille, de sa lutte contre l'Empire, de ses combats durant la Commune, de ses séjours en prison, à Sainte-Pélagie, comme avait raconté Revest.

Maintenant, Antoine savait que l'on appelait cette prison Pelago, que les journalistes, les écrivains, les conspirateurs qu'on y enfermait bénéficiaient d'un traitement confortable. Revest, qui y avait séjourné, avait décrit cette pièce située au premier étage, éclairée par une large fenêtre ayant vue sur la rue de la Clef. Parfois on y dressait la table pour banqueter à vingt-cinq prisonniers, qui buvaient du chablis en criant « Vive la République ! » et en chantant. Le gardien, en échange d'un verre d'eau-de-vie, devait participer à la fête et se déclarer lui aussi républicain.

Voilà comment il avait vécu, Jules Forestier, laissant sa femme et son fils au château de Mazenc, ne se souciant pas de savoir s'ils vivaient encore.

Revest s'était dressé en agitant la photo.

— Ces accusations étaient injustes, avait-il protesté. À chaque seconde, chaque jour, Jules s'était soucié des siens.

Antoine s'était-il demandé pourquoi lui, Revest, avait quitté Paris, pour s'installer à Mazenc ?

Parce qu'on l'avait chassé de la faculté, sans doute, parce que dans la capitale les mouchards relevaient et rapportaient ses moindres propos pour le faire tomber dans la trappe, non plus de la prison mais du bagne. Mais c'est Jules qui avait insisté, ordonné que Revest gagne Mazenc, qu'il demande à Romain Forestier de se porter garant pour lui, et qu'il devienne précepteur du petit Antoine.

Jules avait presque supplié, et ce n'était pas dans ses habitudes, demandant à Revest de lui prêter serment, de s'engager à transmettre à Antoine, « mon fils, Revest, mon fils que je ne verrai pas », le savoir sans lequel un homme n'est rien.

— J'ai juré, avait poursuivi Revest. Je devais cela à Jules Forestier. Mais cela m'a coûté de quitter Paris, de paraître me retirer pour assurer ma sauvegarde.

Il avait tapoté l'épaule d'Antoine.

— Je ne regrette pas ces années, vous avez été un bon élève. J'écrivais à votre père chaque mois pour rendre compte de votre travail. Il ne me répondait que par quelques mots, toujours les mêmes, « merci », « gratitude ». Moi, je le sentais fier, un peu rassuré, consolé.

Revest s'était touché le menton, se caressant la barbe, drue, taillée en pointe, dans laquelle apparaissait ici et là le gris de la quarantaine.

— Au fond, avait repris Revest, votre père n'attachait d'importance qu'à la pensée, aux livres, et s'il n'a pas écrit, ou si peu, c'est comme pour se punir, faire le sacrifice de ce à quoi il tenait le plus.

Et puis, il n'avait ni assez d'orgueil ou de vanité, ni assez d'égoïsme pour s'enfermer dans une pièce pendant que les autres souffraient. C'était un luxe qu'il ne s'était pas autorisé. Il reprochait à Hugo, à Zola, aux frères Goncourt surtout, et naturellement à tous ces écrivains qui fréquentaient les salons de la cour impériale, ceux de l'Impératrice ou d'une princesse Bonaparte, de vouloir faire une œuvre alors que s'allongeaient des queues devant les marmites où les bonnes âmes puisaient à pleines louches de la soupe pour remplir les bols des miséreux. Il m'a dit une fois : « Plus tard, quand il n'y aura plus un ventre creux, j'écrirai. Mais comment voulez-vous que j'aie la tête à raconter des histoires quand je sais que tous les jours un mineur de charbon est estropié ou tué ? Et que tous les six mois, un coup de grisou en écrase une dizaine ou une centaine ? »

— Un saint, mon père ! avait ricané Antoine, un franciscain de la Révolution et de la République sociale. Et quand il couchait avec Charlotte de Boissier, qu'il se battait en duel pour elle avec Machecoul, qu'est-ce qu'il était ? Vous oubliez que vous m'avez raconté cela, hier !

Revest avait haussé les épaules.

— Autrefois, quand on était comme vous l'êtes élève de l'École normale, avait-il lancé sur un ton méprisant, on savait que l'homme n'est pas tout d'une pièce, qu'il se déchire, qu'il se bat avec lui-même, avec ses rêves, ses croyances et ses doutes ! Votre père, mon cher Antoine, était un homme plein de questions et de souffrances, de désirs et de désespoirs. Il voulait soulever le peuple, et je l'ai entendu cent fois me dire que les esprits étaient tombés trop bas, qu'ils ne se relèveraient plus, que le peuple était avachi, que ceux qu'il appelait « les trembleurs et les vendus » faisaient la loi, corrompaient les âmes. À chaque plébiscite, il se désespérait devant la ruée des électeurs à la servitude :

La cuisine du plébiscite,
Reprit le maître, a du succès,
Faisons donc bouillir la marmite
Avec les bons « oui » des Français !

Voilà ce que votre père chantait, d'une voix éraillée, quand il avait bu. Parce qu'il buvait. Nous buvions tous, pour ne plus voir ce qui nous entourait, pour continuer de croire que l'Empire allait s'effondrer alors qu'il paraissait chaque jour triompher !

— L'Empire s'est aplati comme un château de cartes…

— Vous croyez ça ! avait rugi Revest.

Il marchait à grands pas furieux dans le salon :

— Nous avons vécu autre chose : le prince Pierre Bonaparte, qui avait assassiné un journaliste, Victor Noir – vous aviez dix ans, Antoine ! – et qu'un tribunal acquittait… Les républicains d'un temps, les Émile Ollivier, les Thiers, les Favre qui se ralliaient, qui voulaient faire à l'empereur une vieillesse heureuse… L'enthousiasme patriotique en juillet 1870, le jour de la déclaration de guerre à la Prusse… Et la Commune, que je n'ai pas vécue – j'étais avec vous à Mazenc – qui n'est que le cri pathétique de quelques-uns qu'on étouffe ! J'ai trouvé cela – il avait sorti une feuille de sa poche –, ce sont des vers un peu faciles de Jules Vallès qui était proche des amis de votre père. Mais dès que je les ai lus, j'ai pensé que Jules avait dû vivre quelque chose de semblable.

Vingt-huit mai. La bataille allait être finie.
Les canons fatigués hurlaient notre agonie
Mais il restait encore quelque part, là-bas,
Un drapeau qui saignait sur des pierres en tas.
J'allai de ce côté, chancelant et comme ivre,
Les autres étaient morts, personne pour me suivre.
J'étais seul, épuisé, par ces huit jours d'horreur
Noir de crasse et de poudre, et saoulé de douleur.
[...] *Je vis sur un balcon accoudée et coquette,*
Comme si ce jour-là c'était la fête-Dieu,
Une femme aux cheveux tout blonds, au grand œil bleu.
Elle avait un peignoir avec des nœuds groseille
Et portait en cocarde un œillet sur l'oreille.
[...] *Et je mêle toujours quand je deviens songeur*
Le parfum de la poudre et l'odeur de la fleur...

Revest avait replié la feuille, l'avait glissée dans sa poche.

— Ne jugez pas, avait-il conclu. Mercœur l'a dit, il a parlé de génération maudite. Jules Forestier a eu seize ans en 1848. Il a cru en la naissance, en février, d'une République juste et sociale, puis il a vu les milliers de morts des journées de juin. Les hommes ont dû, pour ne pas s'agenouiller devant l'Empire, avoir chaque jour du courage, une volonté comme en ont seulement les fous. Ils n'étaient qu'une poignée... Et leur Commune est un acte de désespoir, un moment d'illusion. Je suis sûr que votre père n'a jamais imaginé qu'ils allaient l'emporter. Que pouvaient quelques milliers contre deux armées, la versaillaise et celle des Prussiens ? On ne leur a laissé le choix qu'entre mourir debout ou à genoux. Ils ont tenu une semaine ! Ils ont incendié, ils ont tué, comme le font les désespérés. Votre père a essayé d'empêcher les exécutions d'otages, les destructions, Mercœur me l'a dit. Et puis, on les a massacrés. Voilà.

Revest s'était assis sur le canapé.

— Mais la République est là ! Vous êtes normalien. Vous avez vingt ans. À vous de battre les cartes !

Antoine était demeuré silencieux. Puis il avait tendu le bras, pris la photo de cette femme que Revest avait posée sur la table, comme s'il avait voulu ne pas la voir et l'oublier.

— Et cette femme, avait-il murmuré, cette Mathilde ?…

19.

“Monsieur, ce soir, mademoiselle est avec moi, et si vous le contestez, nous réglerons cela demain… ”

Jules Forestier, dès qu'il avait vu cette femme entrer au café Tortoni, boulevard des Italiens, avait été frappé par sa beauté et sa désinvolture.

Elle s'était avancée au milieu des tables comme une souveraine méprisante, laissant sa jupe plissée très large frôler les jambes des hommes, la ramenant contre elle parfois d'un mouvement de tout le corps, brusque, et Jules avait imaginé ses hanches, ses cuisses nerveuses.

Un murmure avait suivi cette femme à mesure qu'elle s'était avancée, le menton levé, une moue dédaigneuse donnant à son visage mince et pâle, aux cernes sombres, un air d'ennui.

Des dîneurs l'avaient appelée d'une voix pressante, voire suppliante, souvent faussement enjouée : « Mademoiselle Mathilde, voulez-vous… »

Elle avait d'un geste de la main refusé ces invitations à s'asseoir, à dîner.

Elle s'était arrêtée auprès de la table de Jules Forestier. Elle l'avait regardé avec insistance et de l'étonnement dans les yeux, comme si elle avait été surprise de le trouver là, au milieu de ces viveurs, de ces dandys en habit, alors qu'il portait comme à son l'habitude un paletot sombre qu'il avait refusé de laisser au vestiaire.

Au bout de quelques minutes, des hommes avaient entouré cette femme, et Jules avait saisi des bribes de phrases.

Serait-elle de la soirée que donnait Victor-Marie Dussert, chez lui, en son hôtel du quai de l'Horloge ?

Puis il y avait eu des chuchotements, et il avait deviné qu'on parlait du baron Haussmann. Jules s'était retourné et avait vu le préfet de la Seine qui suivait une jeune femme, Mlle Sellier, de l'Opéra, avait-il compris.

Le baron avait la stature puissante, le port arrogant, le visage massif encadré de gros favoris, mais son attitude était celle d'un caniche. Il portait l'éventail et le châle de son actrice, à la fois fier et contrit.

Et c'était là l'un des hommes les plus influents de l'Empire, celui qui avait décidé d'éventrer Paris, qui avait fait surgir ce quartier qui s'étendait entre la porte Saint-Denis et la place de la Madeleine, tracé ces boulevards où chaque soir, devant le café de Madrid ou le café Tortoni, s'arrêtaient les voitures de tout ce que la capitale comptait d'hommes puissants.

Les cochers assis à l'arrière des *cabs* attendaient que leurs maîtres trouvent la femme avec laquelle ils allaient passer la nuit.

Jules avait aussi découvert, en surprenant les caquetages des hommes qui entouraient cette Mlle Mathilde, que la femme d'âge déjà mûr dont ils se moquaient, persiflant son visage trop maquillé, assise à une table et entourée de jeunes gens, était l'épouse de l'ancien ministre de l'Intérieur. Ils avaient dit qu'elle couchait en même temps avec tous ces « cocodès ». Et ç'avait été un grand éclat de rire ! Mme de Persigny et ses « cocodès », Mme de Persigny et ses « darlings », serviles et capricieux comme de petits chiens enrubannés, toilettés !

Jules avait éprouvé du dégoût pour cette société rutilante, qui pataugeait dans le plaisir, se vautrait dans la débauche, était prête à toutes les violences pour conserver ce qu'elle possédait afin de pouvoir continuer d'en jouir. Il avait eu le sentiment qu'entre lui et ce monde-là, entre les plus pauvres dont il voulait être le défenseur et ces corrompus, une lutte à mort était engagée.

Il s'était souvenu de ces échoppes, de ces ateliers, ces fabriques, de ces taudis ouvriers où il se rendait souvent, rue Mouffetard, rue de la Clef, rue de la Glacière, le long de cette rivière, la Bièvre, qui avant de se joindre à la Seine traversait ces quartiers de Paris.

Là, il avait pris ses repas dans des gargotes tenues par d'anciens insurgés de 1848. On avait jeté en son honneur un morceau de lard dans la marmite, et il avait été heureux de se trouver parmi ces « débris d'insurrection », décidés à reprendre les armes.

Et il avait pensé que ce serait le dernier combat, la lutte finale. Alors il avait, malgré les mouchards, les arrestations, redonné vie à *Marianne*.

Pour tenter d'échapper à la surveillance de la police aux aguets, Lentin avait eu l'idée de se retrouver ici, au café Tortoni, dans ce que Raynal appelait les « entrailles, les viscères du cadavre ».

Deux ou trois fois par mois, on soupait donc boulevard des Italiens, Lentin ou Jules régalait. Raynal et Auguste Mercœur essayaient de prendre des airs de gandins. On parlait de la Révolution, on regardait ces filles, ces « chairs à plaisir », si jeunes, à peine dix-sept ans, qu'on appelait parfois des « monstres verts », comme des fruits trop tôt cueillis mais dont on devinait, au regard, aux attitudes, qu'elles étaient rouées, déjà gorgées d'absinthe, la liqueur verte précisément.

Comme le faisait remarquer Lentin, les narines un peu frémissantes, « il ne leur manque pas une note, elles jouent de tout le clavier, de toute la lyre ».

Il fermait à demi les yeux.

Et tous, un instant, se laissaient porter par le désir, respiraient ces parfums, ces fumées de cigare, oubliaient qu'ils étaient là pour préparer la révolte, dénombrer les hommes organisés en « colonnes armées » dans chaque quartier de Paris, prêts, le jour où les circonstances le permettraient, à se lancer à l'assaut des mairies, des casernes, de l'Hôtel de Ville. Le vieux Blanqui, de son exil de Bruxelles ou de ses planques parisiennes, et Georges Mercœur, caché lui aussi, étaient prêts à prendre la tête de l'insurrection future. Parce qu'il fallait le feu de la guerre de rues, de la révolution, pour que naisse, sur les ruines de ce monde dont la corruption annonçait la fin proche, la République sociale qui établirait le règne de l'égalité.

Ils avaient conspiré ainsi, au milieu de ces filles, de ces dandys, dans le brouhaha des soirées du café Tortoni. Puis ils avaient marché sur les boulevards vers la place de la Madeleine, ou dans le sens opposé vers la porte Saint-Denis, se faufilant dans la foule des promeneurs, des femmes descendues de Montmartre.

Certains soirs, Lentin avait pris le bras de Jules, l'avait entraîné dans ces petites rues sombres qui étaient comme les coulisses obscures, dissimulées, des grands boulevards. Là des femmes adossées aux façades, la jambe repliée, interpellaient d'une voix goguenarde les viveurs titubants qui, échappant à la lumière des becs de gaz, monnayaient une nuit de plaisir.

Lentin avait ainsi poussé les portes de maisons dont la façade n'était éclairée que par une lanterne rouge, et dont tous les volets étaient clos.

Mais le vestibule franchi, derrière Lentin, Jules s'était retrouvé dans un grand salon rouge, cossu, décoré de tableaux représentant des scènes de débauche. Des femmes dévêtues allaient d'un client à l'autre.

Une fois, Lentin avait serré son bras.

L'un des deux clients en habit, à demi allongé sur un sofa, était – Jules l'avait aussitôt reconnu – Machecoul, son adversaire de duel, et l'autre, qui enlaçait une jeune femme, était le président de la sixième chambre correctionnelle, Delesvaux. Celui-ci, chaque jour, au nom de la morale et de la vertu, enveloppé dans son hermine de juge, condamnait les écrivains, les journalistes, les imprimeurs accusés de corrompre les âmes. Il avait ainsi frappé Raynal d'une nouvelle peine de prison. Et il était là, au bordel, lutinant une putain avant de l'entraîner dans l'une des chambres de la maison !

Lentin et Jules avaient bu, mais n'avaient pas choisi de femmes comme ils l'avaient fait d'autres nuits. Ils étaient rapidement ressortis, retrouvant Auguste Mercœur, rassemblant quelques camarades et faisant le guet toute la nuit, dissimulés dans les porches de la rue. Quand, à l'aube, le président Delesvaux et Pierre Machecoul avaient quitté le bordel, ils s'étaient précipités sur eux, les rouant de coups, les laissant inanimés dans le caniveau, sûrs que ni l'un ni l'autre ne porteraient plainte…

Et l'après-midi même, en effet, le président Delesvaux, le visage tuméfié, siégeait, rendait la justice. Quant à Machecoul, Jules l'avait vu attablé le soir même au café Tortoni, les joues barrées d'ecchymoses.

Il avait repensé à cette correction un peu lâche, à cette vengeance sans risque, en écoutant les quelques hommes qui continuaient de cancaner autour de Mathilde. Il avait respiré son parfum de musc en buvant de l'absinthe, verre après verre, peu à peu grisé.

À un moment donné, peut-être parce qu'elle avait été bousculée, Mathilde s'était appuyée à sa table de la main, et il l'avait instinctivement recouverte, appuyant sa paume sur ces doigts fins.

Mathilde n'avait pas cherché à retirer sa main. Lorsque Jules avait levé la tête, elle l'avait regardé, avec les mêmes yeux surpris que lorsqu'elle l'avait dévisagé la première fois.

Combien de temps cela avait-il duré ?

Quelques secondes, une ou deux minutes ?

Il avait entendu quelqu'un lancer : « Me voilà, ma chère ! » Il y avait eu des protestations, des voix qui répondaient : « Quelle malédiction, le maîtrc réclame son bien ! » « Elle est à vous, Pierre, mais prêtez-la nous, un peu, quelques heures, le temps d'un souper ! Seulement d'un souper ! D'une nuit ! »

Mathilde avait lentement fait glisser sa main, et Jules avait vu Machecoul la prendre par le bras, l'entraîner vers la porte.

Jules les avait suivis des yeux et, brusquement, il s'était levé, jetant plusieurs pièces sur la table, sachant que Lentin, Raynal, Auguste Mercœur et Revest allaient s'étonner de son absence, imaginant qu'on l'avait arrêté.

Mais il avait eu le sentiment que tout cela n'avait plus grande importance, même s'il savait déjà qu'il ne serait pas fier de ce qu'il faisait, qu'il commettait une petite trahison, qu'il choisissait son désir contre la fraternité des camarades.

Pourtant, il avait été incapable de se retenir devant le défi que, sans le vouloir, lui avait lancé une nouvelle fois Machecoul. Trop jeune, trop belle, trop musquée, cette Mathilde !

Il avait marché derrière eux. Et il lui avait semblé que Mathilde se retournait plusieurs fois avec une expression provocante, comme si elle lui avait susurré « vous n'oserez pas ».

Ils avaient remonté le boulevard des Italiens, se faufilant parmi les *cabs* qui stationnaient le long du trottoir, non loin de la place de l'Opéra. Au moment où Machecoul s'était effacé pour laisser Mathilde monter dans l'un de ces cabriolets, Jules s'était avancé, posant ses deux mains sur sa poitrine, le repoussant puis prenant le poignet de Mathilde en disant :

— Monsieur, ce soir, mademoiselle est avec moi, et si vous le contestez, nous réglerons cela demain. Mais cette fois-ci, je tirerai le premier, et je viserai la tête.

Machecoul avait-il répondu ?

Jules avait montré à Mathilde une voiture de place. Elle avait hésité un instant, mais sans jamais le quitter des yeux.

Soulevant sa robe, montrant ses jupons brodés, elle avait mis le pied sur le marchepied, tendant la main à Jules pour l'aider à s'asseoir près d'elle. La tête rejetée en arrière, elle avait éclaté de rire. Il ne se souvenait pas d'avoir rencontré une telle gaieté depuis des années, peut-être même n'avait-il jamais entendu une femme rire ainsi.

Elle lui avait donné un coup de coude, à peine appuyé, sur le flanc, et tout à coup, en lui le rire avait déferlé aussi, comme une vague emportant les tristesses, les culpabilités, les remords, le souvenir même de Lentin, Raynal, Mercœur et Revest, qui devaient attendre au café Tortoni. Submergeant également le château de Mazenc, Aurélie, et ce fils abandonné dont il ne connaissait que le prénom, Antoine.

20.

“ Il avait posé
ses mains
sur ses seins, et
la jeunesse était
montée en lui
comme une
source perdue
enfin
retrouvée… ”

Mathilde n’avait pas vingt ans, le soir où Jules Forestier avait fait arrêter le fiacre rue de l’Estrapade.

Boulevard des Italiens, près de l’Opéra, il avait lancé au cocher :

— Rive gauche, place du Panthéon !

Puis il n’avait plus cessé de rire ou de perdre son souffle, parce que Mathilde lui mordillait les lèvres, l’embrassait à pleine bouche, s’interrompant tout à coup pour dire :

— La tête de ce porc de Machecoul, sa tête de cochon !

Elle s'était renversée en arrière. Il avait posé ses mains sur ses seins, et la jeunesse était montée en lui comme une source perdue enfin retrouvée.

Mathilde avait murmuré :

— Vous alors, vous n'en avez pas la tête, mais…

Elle avait souri :

— … vous en avez les mains, les manières.

Et elle avait gloussé.

— Vous êtes aussi cochon que les autres, malgré vos airs de docteur !

Il avait oublié où il se trouvait. Et cette perte de la mémoire, ç'avait été comme si on avait ouvert les portes de la prison où on le tenait enfermé depuis des années, depuis qu'il avait rompu avec Charlotte de Boissier.

Il n'avait repris conscience qu'au moment où il avait entendu la voix du cocher demander :

— On y est, au Panthéon. On va où maintenant ? Vous descendez ?

Il avait indiqué au cocher la rue à prendre, au bout de la place. La rue de l'Estrapade, comme tout le quartier, était à peine éclairée. C'était le silence, si loin des lueurs bruyantes du boulevard des Italiens.

— Une autre ville, ici, avait dit Mathilde en sautant de la voiture.

Puis, d'une voix où se mêlaient le dépit et l'inquiétude, elle avait lancé :

— Il faudra me ramener chez moi, j'ai rien à foutre ici, moi, c'est le désert !

Jules avait failli rappeler le fiacre, mais la voiture devait déjà avoir atteint la rue Saint-Jacques, et le bruit de ses roues sur les pavés s'était rapidement estompé.

— Vous habitez là ? avait interrogé Mathilde en montrant la façade de l'hôtel Forestier qu'une lanterne placée à la hauteur du premier étage éclairait faiblement.

— Pas gai..., avait-elle murmuré.

Elle avait hésité à s'engager dans la cour, dit d'un ton soupçonneux :

— Vous êtes qui ? Vous m'avez enlevée, comme ça ! C'était amusant de voir ce cochon un peu traité par quelqu'un comme il le mérite... Vous m'aviez déjà vue ? Je vous connais ?

Jules lui avait pris le bras mais elle s'était dégagée, reculant d'un pas.

— C'est un cochon, Machecoul, mais il paie autant que je veux !

Elle l'avait observé avec une expression butée, perdant d'un coup toute sa jeunesse, remplacée par la dureté, l'avidité même.

— Les vieux cochons, il faut qu'ils casquent ! Et qu'est-ce que vous êtes, vous vous croyez différent ?

Jules avait eu du mal à répondre :

— Je vous paierai, ne vous inquiétez pas.

Il avait été étonné par la rapidité avec laquelle à nouveau elle avait changé d'expression, douce maintenant, le visage lisse d'une jeune fille.

Elle avait traversé la cour, curieuse semble-t-il de ce qu'elle allait trouver derrière la porte, ajoutant que ça la changeait d'aller chez quelqu'un. Parce que les autres, et Machecoul le pire de tous, ils étaient fiers de s'afficher avec elle au café Tortoni ou au Madrid, sur les boulevards ou bien à Montmartre, mais jamais ils ne la faisaient entrer dans leur demeure, là où ils couchaient avec leurs saintes épouses, celles qui de leur côté s'envoyaient en l'air, comme Mme Persigny avec ses « darlings » à deux sous.

Il l'avait fait entrer dans le salon, et lorsque les deux lampes à gaz avaient éclairé le tableau, le Christ crucifié dans sa niche tapissée de noir, les livres sur les rayonnages entourant la cheminée, Mathilde avait paru intimidée.

Jules avait pensé que la dureté de ses propos, de ses traits changeants, n'étaient qu'un mince masque que la société avait posé sur elle.

Il avait eu des gestes dont il ne s'était pas imaginé capable.

Il s'était agenouillé, avait posé son visage contre son ventre. Il s'était senti porté par un désir intense et, en même temps, il lui avait semblé qu'il communiait, qu'il adorait une créature de Dieu. Il avait été prêt à lui donner tout ce qu'elle aurait pu demander, mais quand elle avait posé sa main sur ses cheveux et qu'elle avait commencé à le caresser, ses ongles démêlant les mèches, griffant sa peau, il avait su qu'il pouvait être pour elle autre chose que l'un de ses habitués du café Tortoni.

Elle avait chuchoté :

— Vous êtes doux.

Jules Forestier n'avait retrouvé ses esprits qu'au matin, lorsqu'il avait dans le salon croisé Françoise.

— Vous en avez ramené une autre, avait marmonné la domestique. Celle-là – elle avait montré les jupons qui s'étalaient sur le canapé –, c'est pas une pauvresse comme Mademoiselle Aurélie. On voit ce que c'est !

Elle avait secoué la tête, dit qu'elle ne toucherait pas ces vêtements-là, qu'on ne savait pas ce que ces femmes avaient comme maladie.

Elle était sortie, claquant la porte, et Jules avait pensé à Aurélie, à l'enfant, et aussi à Lentin, à Raynal, à Revest, à Mercœur…

S'il avait aussi facilement oublié, ne fût-ce qu'une nuit, ce qu'il avait cru essentiel à sa vie, qu'est-ce qui était vraiment important pour lui ?

Mathilde avait-elle le pouvoir de dissoudre le souvenir de sa femme et de son fils, et même sa volonté de détruire cette société injuste et débauchée, afin que chacun dans un monde nouveau s'avance dans la bonté et la beauté des origines ?

Mais est-ce qu'il n'avait pas lui aussi participé à la fête impériale ? N'avait-il pas fréquenté les mêmes bordels que Machecoul et Victor-Marie Dussert, ou que le président Delesvaux ? Ne venait-il pas de partager une femme avec ce même Machecoul ? Autrefois, il s'était battu avec lui pour Charlotte de Boissier. Aujourd'hui il lui avait simplement arraché, pour une nuit, sa putain favorite. Voilà ce que les années avaient fait de lui !

Il y avait eu un frôlement. Il avait levé la tête et vu Mathilde en jarretière, la taille serrée dans un corset, les cheveux noirs dénoués, les épaules nues. Elle avait montré ses jupons, et sur la pointe des pieds elle avait traversé le salon, s'arrêtant devant les rayonnages, regardant les livres.

— Vous êtes journaliste, comme…

Il avait fait non.

— Tous ces livres, avait-elle murmuré. Écrivain, alors ?

Il n'avait pas répondu.

— J'en ai connu, avait-elle dit en passant ses jupons.

Elle avait semblé intimidée. Sans maquillage, elle lui avait paru encore plus jeune.

— Je m'en vais. Si vous voulez…

Il était sorti avec elle, descendant la rue Soufflot à la recherche d'un fiacre.

— Je suis chaque soir au café Tortoni, avait-elle ajouté au moment de monter dans la voiture.

Il lui avait glissé plusieurs pièces d'or qu'elle avait prises d'un geste vif, les enfouissant dans une petite bourse.

— Machecoul, c'est le jeudi, avait-elle chuchoté avec une expression mutine. Les autres nuits, c'est – elle avait souri – à qui les veut, à qui les paie.

Elle avait hésité, puis elle avait passé sa main dans les cheveux de Jules.

— J'habite rue des Martyrs, au 75, avait-elle dit très vite. Juste au-dessus de la brasserie. Je sais lire, si vous voulez m'écrire pour me voir… On n'est pas obligé de se montrer chez Tortoni, non ?

Il l'avait aidée à monter dans la voiture en la soulevant par la taille, et tenir ainsi le corps de Mathilde, léger, souple, chaud, l'avait ému. Il l'avait serrée contre lui, était resté debout sur le marchepied, attendant qu'elle s'asseye, que le fiacre s'ébranle.

Il avait alors sauté à terre, regardant la voiture s'éloigner. Mais au moment où elle s'engageait dans le boulevard Saint-Michel, il s'était mis à courir pour la rattraper, et d'un bond avait regrimpé sur le marchepied.

Il avait rassuré le cocher, ouvert la porte et, en le voyant, Mathilde avait recommencé à rire.

21.

“ Dès lors qu’on pouvait vendre son corps, on était dans l’air du temps, tout se mesurait en or, la vertu, le vrai, le beau ! ”

— Au début, on s’est méfié de cette femme, avait dit Revest. C’était une putain.

Il s’était interrompu et, s’appuyant à la cheminée, il avait repris après avoir jeté un regard à Antoine Forestier :

— Les dernières années de l’Empire, c’est le temps des putains. Les parents choisissent ce métier-là pour leur fille. Finie la honte… Au contraire, c’est la gloire ! Chacun de ces messieurs, ministres, banquiers, journalistes, procureurs, écrivains à la mode, voulait avoir la sienne et s’affichait avec elle au café Tortoni, à l’Opéra, dans les bals, aux Bouffes-Parisiens, chez Offenbach.

Revest avait fait quelques pas dans le salon.

— Il faut avoir connu ces années-là ! Les pauvresses comme les décrivait Hugo, moquées, battues, méprisées, ça n'existait plus. Dès lors qu'on pouvait vendre son corps, on était dans l'air du temps, tout se mesurait en or, la vertu, le vrai, le beau !

Il avait soupiré.

— Tout est encore ainsi, mais avec quelque chose de moins cynique, de moins tapageur. Nos Ferry, nos Gambetta n'ont pas la débauche ostentatoire des hommes de l'Empire – il avait souri – et de leurs femmes. La République, officiellement tout au moins, se conjugue avec vertu. L'Empire, c'était la loi au service des plaisirs et des vices. Au fond, qu'est-ce qu'un empereur, mon cher Antoine ? Quelqu'un qui peut dire « Je suis la loi ». Même si la République est imparfaite, si elle n'est pas sociale, tant s'en faut, personne n'est au-dessus des lois. Gambetta a eu le mot juste quand il a lancé au maréchal de Mac-Mahon et aux monarchistes : « Il faut se soumettre ou se démettre. » Le peuple est le seul roi. Voilà le principe républicain.

— Vous me parliez de Mathilde, avait murmuré Antoine.

Il avait posé sa photo sur ses genoux et ne la quittait pas des yeux.

— Mathilde, avait soupiré Revest, Mathilde Clamecy. À peine vingt ans. Lentin, qui avait quelques amis au ministère de l'Intérieur, nous a fait part de ce qu'il avait appris sur elle. Elle était née à Montmartre, d'un père vitrier. Il arpentait les rues, avec sur le dos ses outils et ses vitres, toute son échoppe. Des pauvres. Mais Mathilde ne ressemblait ni à Fantine ni à Cosette. Elle avait été arrêtée plusieurs fois pour vagabondage, prostitution, et cela dès l'âge de treize ans. Elle se vendait, sans doute avec l'accord de ses parents. D'ailleurs, le père s'était présenté au bureau des Mœurs, lorsqu'elle a eu seize ans, pour donner son consentement, elle était mineure, à son embauche aux Bouffes-Parisiens comme artiste. Les mouchards dans leur rapport assuraient qu'elle était la protégée de Rodolphe Speicher, beau-père du banquier Victor-Marie Dussert et banquier lui-même. Un homme de soixante-quinze ans ! Elle a donc vite abandonné les Bouffes pour passer de bras en bras. Elle est devenue l'une de ces putains triomphantes, de vraies amazones. Baudelaire a parfaitement décrit ces femmes, avides, souveraines, fières de se louer au meilleur prix à des hommes illustres et fortunés.

Revest s'était immobilisé, la tête baissée, silencieux d'abord, puis il avait lancé :

— Voilà, j'ai retrouvé ce que dit de l'une d'elles Baudelaire : « *Elle s'avance, glisse, danse avec son poids de jupons brodés qui lui sert à la fois de piédestal et de balancier.* » C'était cela, Mathilde ! Vous comprenez que nous nous soyons inquiétés pour votre père… Car ces femmes sont toujours d'une manière ou d'une autre entourées de mouchards du ministère de l'Intérieur. La police les protège. Elles sont des appâts. On se confie dans leurs bras. Et nous, nous étions, avec les amis de Blanqui, en train de préparer une insurrection ! Les premiers temps, nous avons même pensé à écarter votre père de l'organisation de nos colonnes armées, qui se constituaient dans chaque quartier.

Revest avait haussé les épaules.

— Mais nous nous étions trompés sur Mathilde, avait-il dit en souriant, Mathilde Clamecy.

Antoine avait levé la tête.

— Je ne sais pas si elle a aimé votre père… Peut-être le mot « amour » n'avait-il pas pour elle le même sens que pour nous. Mais elle avait l'intuition de ce qu'est l'honneur. Elle a beaucoup appris avec Jules. Et lui l'aimait. Elle aurait pu tout obtenir de lui, elle ne lui a rien demandé. Peut-être au début, les premiers jours, l'a-t-elle traité comme l'un quelconque de ces messieurs qui la couvraient d'or et de flatteries. Elle était réellement belle, mais sa beauté était aussi celle de l'intelligence et du caractère. Je crois qu'elle avait lucidement choisi d'être une putain pour être libre. Je me souviens d'une soirée, ici. Nous la regardions tous, fascinés, et elle a dû sentir que nous ne la respections pas. À l'exception de votre père qui paraissait la vénérer. Alors elle s'est tout à coup dressée. Elle s'est plantée là, devant le canapé, elle nous a regardés les uns après les autres. Il y avait là Raynal, Lentin, Mercœur.

« Vous auriez voulu quoi ? nous a-t-elle crié. Que je vide les pots de chambre chez un bourgeois qui m'aurait engrossée ? Ou bien que j'épouse un homme pour qu'il me batte et me paie une assiette de soupe afin que je trime à son service toute la journée et qu'il me baise à sa guise ? C'est ça, vos principes républicains d'égalité ? Moi, j'ai ça – elle avait mis les mains sous ses seins, les avait soulevés – qui est à moi, et j'en dispose, et j'en fais commerce… Je choisis mes clients, je leur fixe mes prix, et ils se pressent. Ils sont trop nombreux, je ne peux pas les satisfaire tous. Alors j'ai augmenté mes prix, je deviens plus difficile ! On me traite comme une princesse, je connais tous ceux dont on parle, Offenbach et le vieux Rodolphe Speicher, son gendre Dussert, Pierre Machecoul, tant d'autres si je voulais. Et même – elle avait regardé votre père, puis s'était approchée de nous – les républicains, les vertueux s'intéressent à moi, non ? Je ne suis la servante de personne ! Et si une maladie me pourrit, je ne crèverai pas à Saint-Lazare mais chez moi, dans des draps de lin. Et je suis heureuse et fière comme ça. »

— Elle nous a tourné le dos, et savez-vous, Antoine…

Revest avait éclaté de rire.

— … elle a soulevé sa jupe et ses jupons, et nous a montré son cul, ici !

— Et mon père ? avait demandé Antoine d'une voix sombre.

— Je crois qu'il n'a pas apprécié cette saynète ! Cette tirade l'a même désespéré. J'ai quitté Paris peu après, à sa demande, je vous l'ai raconté. Mais Lentin m'a écrit à Mazenc pour me dire qu'il craignait beaucoup que votre père ne commette un acte suicidaire, oh, non pas qu'il ait eu l'intention d'attenter directement à sa vie, mais il y a mille façons de se faire tuer. On peut même imaginer qu'ainsi on se rend utile, qu'on sert la cause, les idées auxquelles on croit. J'ai eu peur moi aussi, sachant combien Jules pouvait être déterminé, courageux. Je suis sûr que le 18 mars 1871, quand les Fédérés ont fusillé les deux généraux Clément et Thomas, et que Thiers a retiré ses troupes pour laisser la Commune s'étendre et pouvoir plus tard la noyer dans le sang, il a été heureux, soulagé. Il a dû se jeter dans la Commune comme on se précipite dans un brasier parce qu'on a froid.

— Et Mathilde Clamecy ?

Revest avait eu un geste de la main.

— Elle s'est bien conduite. Elle a caché Georges Mercœur chez elle, pendant plus d'un mois. Et elle aurait pu être fusillée pour cela. La troupe a voulu à plusieurs reprises perquisitionner chez elle. Elle a toujours réussi à les en empêcher. Il fallait de la bravoure et de l'intelligence ! Et sa beauté… Lorsque vous parlez de Mathilde à Georges, il est transfiguré. Il nous a dit une fois, il est excessif, mais il avait l'air de le penser : « Mathilde, c'est une femme qui a les vertus de l'avenir. » Nous avons ri, et Georges s'est précipité sur nous en nous insultant.

Revest avait hoché la tête.

— Ce qui est sûr, c'est qu'elle lui a sauvé la vie. Elle l'a caché, lui a donné des vêtements, de l'argent, un passeport, et il a pu gagner Bruxelles, puis Londres. Elle l'aurait fait pour votre père. Et croyez-moi, ils ont été peu nombreux ceux qui ont aidé les vaincus de la Semaine sanglante. Savez-vous, Antoine, que dans les semaines qui ont suivi, la police et l'armée ont reçu des centaines de milliers de lettres de dénonciation ?

— Qu'est-elle devenue ? avait ajouté Antoine en rangeant la photo dans le tiroir de la petite table.

Revest n'avait pas répondu à la question. Peut-être ne l'avait-il pas entendue.

[illegible]

[illegible]

[illegible] dans [illegible] de la [illegible]

QUATRIÈME PARTIE

22.

“ La peau d’un nouveau-né, c’est de la soie. Ça a une odeur particulière, ça sent le lait, c’est doux comme un pétale de rose, velouté… ”

Dix années plus tard, à quelques jours près puisqu’on était le 17 mai 1890, Antoine Forestier avait pensé que ces heures passées en compagnie de Georges Mercœur et de Jean Revest, dans le salon de l’hôtel Forestier, avaient peut-être décidé du cours de sa vie.

Et au château de Mazenc, dans cette grande salle du rez-de-chaussée de la tour alors que l’aube se levait, Antoine avait eu froid, comme si un vent glacial venu de cet abîme de dix années l’avait enveloppé.

Il s'était accroupi devant la cheminée où toute la nuit, bien qu'on fût au printemps, il avait entretenu le feu, incapable de dormir.

Il était monté plusieurs fois dans la chambre où reposaient Marguerite et le nouveau-né, s'allongeant même auprès d'elle. Mais saisi aussitôt par l'angoisse, il était chaque fois redescendu après quelques minutes, jetant une nouvelle bûche dans la cheminée, regardant les flammes, se répétant qu'il était né dans ce château, dans cette pièce, sur cette table, et que son fils, vieux de quelques heures seulement, était né dans la même tour, trente ans après lui.

Il avait donc ouvert les mains au-dessus des braises, mais le froid ne l'avait pas quitté et il avait éprouvé la sensation de tomber en avant, dans le foyer, comme s'il avait été pris de vertige. Il s'était redressé en s'accrochant au manteau de la cheminée, et s'était rassuré, pensant que l'émotion, et la fatigue surtout, étaient la cause de ce malaise, de ce trouble.

Il n'avait pas dormi depuis près de deux jours.

On lui avait apporté le télégramme lui annonçant que Marguerite avait accouché d'un fils.

« Henri est né, ce 15 mai, à 17 heures. Marguerite et Henri t'attendent. Ton grand-père, Romain Forestier. »

Il était dans la salle de rédaction, composant la première page du journal, relisant l'éditorial de Clemenceau qui souffletait une fois de plus les « opportunistes, ces républicains sans âme, ces valets de Jules Ferry », et Clemenceau terminait son article par l'une de ses formules martelées : « Nous sommes des fils de la Révolution, nous ne sommes pas des bâtards. »

Brusquement, il avait eu la gorge serrée. Ce télégramme-là, petit rectangle de papier bleu, couvrait les lettres noires de *La Justice*, le titre du journal.

Antoine avait eu la certitude que la naissance de ce fils allait le contraindre à vivre à Mazenc avec Marguerite. C'en était donc terminé des ambitions politiques, de la rédaction en chef de *La Justice*. Il avait fait glisser le télégramme. Il avait regardé le titre du journal, et avait pensé que ce changement de vie n'était que justice, en effet.

Il avait tant de fois condamné son propre père de les avoir abandonnés au château, lui et sa mère, qu'il devait maintenant prendre le parti inverse.

Et ç'avait été un déchirement, si bien qu'il avait hésité plusieurs dizaines de minutes, le télégramme à la main, se dirigeant vers le petit bureau où se tenait Clemenceau, enfoncé dans son fauteuil, en habit noir, se préparant sans doute à aller dîner, ou à courir au foyer de l'Opéra-Comique où l'on murmurait qu'il retrouvait une jeune cantatrice.

Clemenceau était sorti du bureau, avait plissé le visage, montrant par sa grimace qu'il avait remarqué le télégramme qu'Antoine tenait entre ses doigts. Et il avait bien fallu lui avouer qu'un fils était né au château de Mazenc, et que…

Clemenceau avait ri en l'interrompant, puis l'avait poussé vers la salle de rédaction :

— Foutez le camp, mon cher ! Foutez le camp immédiatement, allez voir ce petit bout de chair, Forestier, prenez-le entre vos mains, respirez-le. Vous verrez, la peau d'un nouveau-né, c'est de la soie. Ça a une odeur particulière, ça sent le lait, c'est doux comme un pétale de rose, velouté… Prenez une semaine, Forestier, *La Justice* continuera à paraître. Croyez-moi, tout continue sans nous, les cimetières, Forestier, sont pleins de gens irremplaçables.

Le train de nuit, le vent aigrelet de l'aube et le soleil éclairant de sa pâleur bleutée les terres rouges du vignoble, les feuilles fragiles, pas plus larges parfois que l'ongle d'un pouce, et d'autres au contraire vigoureuses, cachant déjà le bois noir des ceps, toutes mêlées, tissant entre les villages autour du château de Mazenc une trame verte que la brise matinale faisait onduler telle une étoffe légère. Antoine avait sauté de la calèche, qui avait roulé si lentement depuis Valence.

Il avait couru vers la tour, bousculé ces femmes qui descendaient en riant l'escalier et qui lui criaient : « Allez, il est beau, votre fils ! Il vous ressemble. Celui-là, on sait qui est le père ! »

À ce mot de père, Antoine avait eu les larmes aux yeux, comme si tout cet amour dont il avait été privé l'envahissait. Il avait eu envie de tomber à genoux pour se faire pardonner de ne pas avoir été là, auprès de Marguerite, au moment de l'accouchement.

Il avait vu d'abord dans la pénombre la silhouette tassée de son grand-père.

Romain Forestier avait les deux mains accrochées au pommeau d'argent de sa canne, et la lumière qui filtrait à travers les volets éclairait les grosses veines, des nervures à fleur de peau, et les doigts noueux et déformés. Puis Antoine avait aperçu le berceau, placé à droite du lit. La tête de l'enfant était une boule noire sur l'oreiller bleu.

C'était son fils.

Et à nouveau Antoine avait eu un sanglot, comme s'il s'était imaginé, lui, la nuit de sa naissance, au cœur de l'hiver, sa mère Aurélie allongée sur la table dans la salle du rez-de-chaussée. Sa pauvre mère qui, après 1871, n'avait plus porté que des vêtements noirs, comme si elle avait voulu proclamer que sa vie avait été un long deuil, celui du mari Jules Forestier, parti, fusillé, deuil du fils, parti lui aussi, étudiant à Lyon, à Paris, journaliste – tous ces mots qui avaient dévoré ceux qu'elle aimait.

Alors Aurélie était morte, un jour de 1885 en septembre, attendant que les vendanges soient terminées pour ne pas gêner Romain qu'elle n'avait jamais appelé Père bien qu'il le lui eût demandé, sans doute pour montrer qu'on ne l'avait pas vraiment admise dans la famille Forestier, puisque son mari l'avait abandonnée, elle et leur fils.

Antoine avait caressé le front de Marguerite. Sa femme avait ouvert les yeux, lui avait pris la main. Elle avait murmuré :

— Il est sain, un garçon.

Puis elle avait interrogé :

— Tu restes combien de jours ?

Il n'avait pas répondu, et elle avait ajouté avant de tourner la tête.

— Comme tu veux, comme tu veux…

Elle avait semblé s'endormir et il avait quitté la chambre, sans s'apercevoir que Romain Forestier était déjà sorti de la pièce, qu'il se tenait debout sur le palier, vieil homme voûté, ayant de plus en plus de mal à redresser la tête, comme si quelqu'un, le Maître impitoyable du Temps, avait pesé sur lui, l'écrasant, le forçant à se courber, à entrer dans la terre.

Antoine l'avait embrassé, et son grand-père avait commencé à marmonner, les mots se brisant sur ces chicots noirs qu'on apercevait parfois derrière la moustache blanche, mal taillée.

— Toi, ton fils, je suis toujours là pour voir naître un Forestier ! Mais – il avait secoué la tête – ce sont les pères qui devraient être là.

Il avait repoussé Antoine, dit qu'il allait se coucher, mais qu'à son âge on ne dormait plus. On attendait pour ne pas être surpris. On essayait de tenir la dernière barricade, mais – il avait toussé, et c'était comme si on avait déchiré la poitrine d'Antoine – les barricades ne résistaient jamais longtemps.

Romain s'était redressé.

— Ton père est mort il y a dix-neuf ans. Maintenant, on dit qu'il a combattu jusqu'à la dernière minute, qu'on l'a fusillé contre ce mur au Père-Lachaise. Georges Mercœur m'a écrit tout cela. Son fils est mort aussi cette semaine-là. Qui sait ? Jules et Auguste se sont peut-être vus, juste avant !

Il avait commencé à descendre l'escalier, s'arrêtant à chaque marche.

— Est-ce que tu sais, toi, pourquoi Georges s'est tué ?

C'était en 1885, à la fin du mois de juin, et quelques mois plus tard Aurélie mourait.

Tous avaient été surpris quand on avait découvert le corps de Georges Mercœur dans son petit appartement, au numéro 7 de la rue de la Pierre Levée. Il avait laissé un mot sur la table de la cuisine :

« Je décide de partir. En conscience, je ne crois plus être utile ici. Adieu, camarades. Vive la République sociale ! »

Il avait semblé pourtant, tout au long de ces années, depuis l'amnistie de 1880, déborder de projets et d'énergie. Il avait été élu député du XXe arrondissement de Paris et, deux jours avant de se fracasser la tête d'un coup de fusil, on l'avait vu présider les cérémonies du quatorzième anniversaire de la Commune, marchant en tête du cortège des survivants dans les allées du Père-Lachaise, la poitrine barrée par l'écharpe tricolore et portant, lui l'ancien, le drapeau rouge. Il avait chanté à pleine voix :

C'est la lutte finale,
Groupons-nous et demain,
L'Internationale
Sera le genre humain.

Devant le mur des Fédérés, il avait tenu par la main son petit-fils Vincent, né en 1871, six mois après la mort de son père Auguste, avait-il raconté à Antoine.

Ceux – une dizaine – qui, le 1er juillet, avaient assisté à son inhumation, avaient murmuré que cette année 1885 était l'année de la mort. Vallès avait été porté en terre, et l'on s'était battu boulevard Saint-Michel autour de son cercueil.

Victor Hugo était mort lui aussi. Comme l'insurgé, le proscrit s'en allait au mois de mai de cette même année, et des centaines de milliers d'hommes et de femmes avaient salué sa dépouille, sous l'Arc de Triomphe, où l'on avait répété les vers écrits pour Vallès :

Le Paris des Grandes Journées
Avec la parole de feu
Qui sort des foules spontanées
Fait la conduite à l'Insurgé.

Georges Mercœur avait-il été poussé vers la fosse par cette succession de deuils ? On l'avait vu à chacun de ces cortège funèbres, vieil homme marchant droit, et maintenant, ce 1er juillet, c'était sur sa caisse qu'on jetait des poignées de terre.

Antoine avait vu ces quelques hommes baisser la tête, pleurer comme des enfants, puis lever le poing de la révolte contre l'injustice et contre la mort. L'un d'eux s'était détaché du groupe. Antoine avait reconnu Raynal, l'imprimeur, si vieil homme lui aussi. Il avait récité les quelques vers qui avaient célébré la mémoire de Blanqui et de Vallès et qui s'ajustaient si bien à celle de Mercœur.

Le candidat de la misère
Le député des fusillés
D'idéal n'ayant pas changé
[…] Contre une classe sans entrailles
Luttant pour le peuple sans pain
Il eut, vivant, quatre murailles
Mort, quatre planches de sapin.

Antoine ce jour-là, dans la chaleur de juillet, avait pensé que Georges s'était tué parce qu'une époque, commencée en 1848, venait de s'achever. À d'autres de rêver, de marcher vers ce qu'il avait appelé ces derniers mois « le Grand Soir ». Pour lui, c'était la fin du chemin. Son petit-fils Vincent avait l'âge de Gavroche, quatorze ans. Alors, en homme libre, Georges Mercœur avait pris de vitesse la Camarde.

— Pourquoi il s'est tué, Georges ? avait répété Romain Forestier.

Mais il n'avait pas attendu qu'Antoine lui réponde, continuant de descendre lentement l'escalier, secouant la tête comme s'il se parlait à lui-même. Sans doute cette question l'avait-elle hanté durant ces cinq années qui séparaient le suicide de Georges Mercœur de ce mois de mai 1890.

Antoine avait été soulagé de ne pas avoir à donner de raisons, se souvenant de son propre désarroi quand il avait appris la mort de Mercœur, et de sa peine, quand il avait vu, autour de la fosse, ces hommes vieux découvrir que l'un des leurs, celui dont ils étaient si fiers, peut-être le plus énergique et le plus gai d'entre eux, venait de décider de les abandonner pour toujours.

— Ton Henri aussi, c'est moi qui l'ai déclaré à la mairie de Mazenc, comme je l'avais fait pour toi, avait ajouté son grand-père, qui s'était arrêté sur le seuil de la grande pièce du rez-de-chaussée.

— Maintenant… maintenant moi aussi je peux mourir, comme Georges.

Et traînant les pieds, Romain Forestier avait disparu dans la pénombre de cette cage d'escalier que seules éclairaient d'étroites meurtrières.

Antoine s'était retrouvé seul, grelottant malgré le feu qu'il alimentait, enfournant dans la cheminée de grosses branches d'olivier, dures et lentes à brûler. Et alors que l'aube se levait, il avait compris que la fatigue et l'émotion n'étaient pas à l'origine de ce qu'il ressentait, de cette angoisse, comme lorsque l'on se retrouve au bord d'une falaise et que, voyant l'abîme, on craint d'y basculer.

Il avait devant lui ces dix années de sa vie, et il voyait au fond, loin, le jeune normalien de vingt ans qu'il avait été, obsédé par le souvenir de ce père qu'il n'avait pas connu, interrogeant dès qu'il le pouvait ceux qui avaient été ses camarades.

Lentin était devenu maintenant un personnage officiel, inspecteur général des constructions et des bâtiments auprès du président du Conseil. Raynal, l'imprimeur, avait été désigné par Georges Mercœur pour être le tuteur de son petit-fils Vincent. Jean Revest enseignait à l'École normale supérieure, il était aussi journaliste et membre de l'un de ces partis qui tous s'appelaient socialistes et s'opposaient les uns aux autres. Antoine s'était souvent moqué de ces querelles entre gens qui se prétendaient amis et paraissaient se haïr, s'excommuniant malgré les appels à l'unité, s'accusant d'être des « capucins marxistes » et invoquant tous, avec emphase, le « prolétariat » et le « socialisme ».

Il s'était souvenu de la colère de Revest lorsqu'il avait lu cet article du vieux Pierre Machecoul qui, dans *Le Figaro*, s'était moqué de ces « sectes » et de la mode du socialisme. « Le pape est socialiste, avait-il écrit, Guillaume II est socialiste, Maurice Barrès est socialiste, Mimi-pattes-en-l'air est socialiste. Plus on a de rentes, plus on ne fait rien, plus on joue au poker, plus on five o'clock, plus on s'habille chez Redferm, plus on se coiffe chez Lenthéric, plus on est socialiste ! »

Antoine avait ajouté, d'une voix goguenarde :

— Et je ne le suis pas.

Qu'était-il alors ? avait lancé Revest sur un ton où se mêlaient le défi et l'indignation.

Antoine avait-il oublié que son père s'était battu en duel contre Pierre Machecoul ? Que ce dernier, aux yeux de Jules Forestier, avait incarné durant tout l'Empire la corruption, la servilité, la haine de la République ? Qu'il avait été dans les années qui avaient suivi la Commune un adversaire de l'amnistie des communards, un partisan du rétablissement de la monarchie ? On l'avait vu soutenir le comte de Chambord, le maréchal de Mac-Mahon, calomnier Gambetta, et maintenant il s'en prenait aux socialistes parce que, avait martelé Revest, le socialisme était la pointe avancée de la République ! Revest avait cité Jules Guesde, l'un de ces jeunes hommes qui se réclamaient de Marx : « Nous ne sommes ni des pillards, ni des émeutiers, nous voulons établir la République dans l'économie. »

Parce qu'il n'obtenait pas de réponse, Revest avait encore une fois parlé de ce père, fusillé un 28 mai 1871 sous l'étendard rouge de la Commune.

Antoine avait eu, il s'en souvenait, une réaction de colère.

Ce père inconnu l'écrasait. Quand donc en aurait-il fini avec lui ? Il lui était arrivé à deux ou trois reprises, dans le salon de l'hôtel Forestier, d'avoir la tentation de lacérer le grand tableau, de déchirer cette photo de Mathilde que, de temps à autre, presque malgré lui, il ressortait du tiroir et regardait. Peut-être sans cette femme-là son père serait-il revenu à Mazenc ?

Puis il se calmait, et dès qu'il rencontrait l'un de ses proches, il le harcelait de questions.

Lentin s'était montré le moins loquace, avec quelque chose de brusque, d'irrité même dans les réponses.

— Le passé, le passé…, avait-il dit, les souvenirs, ce sont des sables mouvants.

Il était assis, très droit, dans le petit bureau qu'il occupait rue de Varennes, non loin de la présidence du Conseil.

— Nous n'allons pas sans fin ressasser, commémorer, avait-il repris. Vous avez vingt ans, vous êtes normalien, agrégé d'histoire. D'après Revest, vous avez l'esprit agile, et je fais confiance à son jugement. Jetez-vous dans l'avenir ! Moi, j'ai construit, et quand je regarde le Paris d'aujourd'hui et que je me souviens de ces ruelles que nous avons détruites, de ce passé que nous avons enfoui, je suis fier de moi. Qu'aurait-il fallu faire, conserver la rue Transnonain parce qu'il y avait eu là une barricade, je ne sais plus quand, en 1832 ou 1834 ? Et parce que les cuirassiers de Louis-Philippe avaient tué des gens dans leur lit ! Non, nous avons détruit la rue, ouvert le boulevard Sébastopol, créé la place du Châtelet. Laissons les souvenirs dans les livres.

Lentin s'était levé. Il était maigre, la poitrine serrée dans un veston noir, le col blanc cassé. Il avait croisé les bras en face d'Antoine.

— La Commune, on la célèbre mais c'est le passé, un passé héroïque. J'y ai participé, votre père aussi, mais il savait comme moi que ce n'était que le dernier épisode d'une longue chaîne de révolutions, commencée en 1789. Et il y avait quelque chose de tragique à entendre, à voir ces communards s'imaginer qu'ils recommençaient 1793. J'ai entendu votre père s'emporter contre ceux qui voulaient singer Robespierre ou Marat. Savez-vous comment il avait appelé ce dernier, devant moi ? J'ai encore les mots dans l'oreille : « Le galérien du soupçon, l'hystérique de la terreur, le névrosé d'une époque sanguinaire ! »

Lentin s'était remis à marcher.

— Nous traînons le passé comme un boulet. Alors quand je lis ce Karl Marx qui nous raconte que les communards annoncent l'avenir, je ris et je m'indigne ! Je regrette que cet Allemand n'ait pas vécu avec nous ces semaines sanglantes. La Commune était la pierre tombale de l'époque des révolutions. Ne vous enfermez pas là-dedans, Antoine, c'est un tombeau. Organisons la République, faisons de bonnes lois pour l'école, et je le répète, essayons de ne pas rester prisonniers du passé.

Il avait soupiré.

— Les hommes ont tant de mal à inventer, avec les matériaux immuables dont ils disposent, des formes nouvelles !

— Mon père…

— Laissez votre père ! s'était exclamé Lentin. Il n'a rien voulu vous léguer. Rien. Et j'aimerais vous faire sortir de ce milieu où vous êtes confiné. Venez avec moi. Vous connaissez le baron Salomon de Wiener ? Il reçoit avec sa femme tous les dimanches. On rencontre dans leur salon tous les républicains qui comptent, Clemenceau, Freycinet, et même quelques jeunes socialistes comme Millerand, et naturellement les écrivains à la mode, France, Dumas. Il y a là des gens qui peuvent vous ouvrir des portes. Pourquoi n'écririez-vous pas dans lc journal de Clemenceau, *La Justice* ? La République a besoin de jeunes talents. Ne vous enterrez pas dans le passé, Antoine, je vous en prie.

Mais qui peut jamais savoir où le destin a creusé sa fosse ?

23.

“ Le passé nous engloutit parce que nous refusons de le voir pour ce qu’il était. Nous le reconstruisons, il devient imaginaire… ”

Antoine Forestier se souvenait de l’ivresse qui l’avait saisi quand il avait quitté l’hôtel particulier du baron Salomon de Wiener.

Il avait hésité, restant un instant sous l’auvent, découvrant l’avenue de la Reine-Hortense couverte d’une mince couche de neige. Au fond de cette vallée blanche se dressait le massif sombre de l’Arc de Triomphe.

Il avait fait quelques pas, glissant, chancelant, marchant vers le monument auquel parfois la lumière des becs de gaz donnait des reflets jaunes.

Il s’était retourné.

La chaussée était déserte. Un fiacre passait au loin, au bas de l'avenue.

Il avait regardé la façade massive de l'hôtel particulier, décorée de petites statues de marbre enfoncées dans des niches, et il avait eu le sentiment que l'immeuble se mettait à osciller.

Il avait eu envie de vomir, comme s'il avait voulu rejeter ces quelques heures passées dans ces salons en enfilade tapissés de velours rouge.

Des tableaux étaient accrochés cadre contre cadre, tant ils étaient nombreux, formant une décoration baroque qui, déjà, lui avait fait tourner la tête.

Peut-être avait-il craint aussi cette foule en habits, ces femmes aux épaules nues, ces rires, ces voix aux éclats aigus.

On l'avait bousculé, dévisagé. On lui avait souri ou bien on avait détourné le regard avec une expression de dédain.

Il s'était approché d'un groupe de quelques invités qui commentaient un tableau. La toile l'avait étonné. Des touches de couleurs composaient un paysage inattendu, un pont de chemin de fer pris dans les fumées et la lumière du soir.

Il avait écouté un homme petit, chauve, qui parlait avec un accent allemand, toussotait, reprenait, disant qu'il admirait ce peintre, Claude Monet, que la critique avait voulu assassiner. L'homme hochait la tête, avait répété « assassiner ». Mais lui, avait-il repris, brandissant le poing, avait acheté cette toile, parce que les critiques n'avaient rien compris à l'émotion et à l'intuition d'un artiste comme Monet, un inventeur, un révolutionnaire de l'art. On avait écrit que c'était de l'impressionnisme, et pourquoi pas ! Il trouvait le mot juste, beau, et ceux qui l'avaient employé comme une insulte étaient des idiots. Et tout à coup la voix du baron de Wiener s'était faite dure, méprisante, « *idioten, idioten* », avait-il répété.

Un homme s'était avancé, s'approchant du bar. Lui aussi était chauve, avec une tête ronde, une moustache broussailleuse qui couvrait les coins des lèvres.

— Idiot, vous avez raison, monsieur ! Monet est mon ami. Vous et moi, nous devons essayer – il s'était interrompu – de le « démisanthropiser ». Il se sent seul, mal aimé, incompris. C'est un être d'une sensibilité à vif, qui se décourage, un scrupuleux qui travaille comme un forçat.

On avait saisi le bras d'Antoine qui s'était retourné, reconnaissant Lentin qu'il avait perdu dans la foule des invités depuis qu'ils étaient arrivés dans les salons.

— C'est Clemenceau, avait-il dit. Venez, je vous présente.

Mais Antoine avait retiré son bras. Il avait secoué la tête :

— Plus tard, plus tard…

Et il s'était éloigné de Lentin dont l'expression inquiète et soupçonneuse l'avait étonné.

Il s'était dirigé vers le buffet, avait pris une flûte de champagne et s'était appuyé à l'une des colonnes de porphyre qui, placées le long du vestibule, s'élevaient jusqu'à une verrière. Les salons se trouvaient au premier étage, en arrière d'une loggia qui donnait ainsi sur le hall d'entrée.

Antoine avait bu à petites gorgées, légèrement penché au-dessus de la balustrade, fasciné par la statue de Vénus qui se trouvait au centre du vestibule.

Elle l'avait frappé, dès qu'il avait franchi avec Lentin le seuil de l'hôtel particulier.

— Je vous l'ai dit, avait murmuré Lentin, Salomon de Wiener a trois obsessions, les femmes, la peinture, l'argent. Et il veut qu'on le sache.

La statue était impudique, avec ses cuisses écartées, ses bras ouverts, ses cheveux dénoués et ses formes lascives, le marbre suggérant, à ses pieds, les plis d'une tunique qu'elle venait de laisser glisser le long de son dos cambré.

Vue de la loggia, elle était apparue à Antoine encore plus provocante. Et il avait plusieurs fois détourné la tête, comme s'il avait craint qu'on ne le surprît tel un voyeur aux aguets.

Il s'était écarté de la balustrade, avait fait quelques pas le long de la loggia. Le brouhaha venu des salons résonnait sous la verrière, dominé parfois par le rire d'une femme, et c'était comme si brusquement des oiseaux s'envolaient d'une cage tout à coup ouverte. Le rire s'était prolongé, toujours le même, aigu d'abord puis plus ample, et il avait imaginé la poitrine de cette femme, aussi généreuse que celle de la Vénus de marbre.

Il avait eu la tentation de quitter la réception, de fuir. Déjà, depuis qu'il était monté place du Châtelet dans le fiacre où Lentin l'attendait pour le conduire ici, chez le baron, il avait dû se raisonner pour ne pas bondir hors de la voiture et renoncer à cette visite, parce qu'il avait eu le pressentiment qu'elle était pleine de dangers.

L'attitude même de Lentin lui avait paru étrange.

Lentin, toujours si maître de lui, affectant même l'indifférence, une sorte de flegme ironique, avait semblé nerveux, inquiet, ne lui jetant que de brefs coups d'œil, comme s'il avait voulu éviter son regard et ses questions.

Il avait, dans le fiacre, tapoté le genou d'Antoine d'un geste qu'il voulait rassurant et s'était engagé dans une réflexion hésitante et confuse sur le passé, répétant ce qu'il lui avait déjà dit plusieurs fois. Il fallait tenir les souvenirs loin de soi, n'est-ce pas, mais en même temps, avait-il ajouté, on ne pouvait effacer de la mémoire ce qui avait eu lieu.

— Vous saisissez, Antoine ? Il faut sans complaisance vous confronter à ce passé. J'espère que je ne me trompe pas. Revest et Raynal…

Il avait haussé les épaules.

— Mais ils ont tant de préjugés ! Revest est un rigoriste, un ultramontain, un vrai capucin du marxisme, enfermé dans ses livres, croyant que la vie est une suite de méditations métaphysiques, et Raynal est devenu antisémite, persuadé qu'on doit combattre le capital en chassant les juifs. Comment voulez-vous que je parle à l'un et à l'autre de Salomon de Wiener ?

Lentin avait à nouveau posé sa main sur le genou d'Antoine.

— Le passé nous engloutit parce que nous refusons de le voir pour ce qu'il était. Nous le reconstruisons, il devient imaginaire. Moi, je veux que le passé serve à l'avenir, et pour cela, il faut le regarder en face, n'est-ce pas ? Vous verrez, vous verrez…

Antoine avait dû par une mimique exprimer son incompréhension devant ces propos obscurs, d'autant plus étonnants que Lentin s'efforçait toujours de parler avec la précision d'un mathématicien, concluant souvent son raisonnement par une formule un peu ridicule, « Voilà ce qu'il fallait démontrer ».

Mais tout au long du parcours, qui avait emprunté la nouvelle rue de Rivoli, puis les Champs-Élysées et la place de l'Étoile avant de descendre l'avenue de la Reine-Hortense, Lentin avait semblé incapable d'ordonner ses pensées, comme s'il avait été à la fois impatient et gêné.

— Vous verrez sûrement Clemenceau, avait-il continué, c'est un habitué des lieux. Le baron a financé le lancement de *La Justice* et il en paie régulièrement les dettes. Mais Wiener fait de même avec *La République française*, là c'est plus simple, c'est son frère Joseph qui est à la tête du journal, et Gambetta s'en accommode fort bien. Wiener joue de toutes les notes républicaines, Clemenceau, Gambetta, et même Ferry !

Lentin avait secoué la tête.

— Gambetta va mal. Il s'est blessé avec un pistolet. On dit même qu'il agonise. Et vous savez ce qu'écrit cette canaille de Machecoul dans *L'Intransigeant* ?

Lentin avait déplié le journal, lu : « Dans tout ce qui concerne Gambetta le Génois, néfaste comme le pire ennemi de la République, il y a quelque chose de louche. On dit encore que le dictateur en retrait d'emploi aurait été la victime d'une vengeance intime du caractère le plus délicat. »

— Machecoul suggère que sa maîtresse, Léonie Léon, lui a tiré dessus, avait repris Lentin. Parfois je me demande si la calomnie et la haine ne sont pas, bien plus que la vertu, les vrais ressorts de la République.

Il avait soupiré.

— Elles emportent tout, la raison, le sens de l'intérêt national. Nous connaissions les vices de l'Empire, nous découvrons ceux de la République ! Elle était belle, pure, parce que nous la rêvions. Mais – il avait pris Antoine par l'épaule – les hommes sont ce qu'ils sont. C'est ce qui me sépare de nos bons socialistes comme Revest. Ils imaginent que la nature humaine est perfectible ou que l'homme est naturellement bon, moi, je crois au progrès des sciences et des machines, mais pas à celui de l'homme, ni à sa bonté.

Lentin s'était appuyé à la portière.

— La politique juste est une alchimie entre le pessimisme et l'optimisme, le cynisme et le réalisme. Il va neiger..., avait-il ajouté après un silence. Si Gambetta meurt, Clemenceau va se déchaîner pour que Jules Ferry ne puisse occuper le fauteuil de président de la Chambre. Il déteste Ferry, l'accuse d'oublier de préparer la revanche contre l'Allemagne et de préférer envoyer nos troupes se perdre au Tonkin ou au Congo, de gaspiller notre or dans ces conquêtes coloniales qui, pense-t-il, sont une sorte d'alibi commode à notre lâcheté qui se transformera un jour en cauchemar.

Lentin avait étendu les jambes.

— On ne sait plus, on ne sait plus, avait-il répété.

Antoine avait été surpris par ce désarroi si inhabituel, cette sollicitude aussi que Lentin lui avait manifestée durant le trajet, l'interrogeant.

— Vous allez bien, Antoine ? Si j'ai pris la décision de vous entraîner chez Wiener, c'est naturellement dans votre intérêt. N'oubliez jamais cela, quoi qu'il arrive, n'est-ce pas, quoi que vous pensiez. Ne me jugez qu'après, quand vous serez en mesure d'évaluer les bénéfices de cette soirée, qui seront fertiles, j'en suis sûr.

Lorsque le fiacre avait traversé la place de l'Étoile, Lentin s'était redressé, tirant sur sa redingote, le visage préoccupé.

— On veut changer le nom de l'avenue de la Reine-Hortense en avenue Hoche, pourquoi pas ? Mais ça n'est pas en effaçant un patronyme qu'on bâtira la République ! Elle vient à peine de naître, mais si vous saviez, Antoine…

Il s'était penché vers lui.

— Notre baron Salomon de Wiener, ce grand amateur d'art, ce républicain généreux, tout le monde connaît à Paris l'origine de sa fortune. Wiener était le prêteur sur gages de l'Empire. C'est un corrompu et un corrupteur. Aujourd'hui, il n'est pas de plus grand républicain que lui ! Il donne des leçons et nous allons tous, chaque semaine, à ses réceptions admirer sa collection de tableaux, boire son champagne, côtoyer les plus jolies femmes de Paris et rencontrer les députés, les journalistes qui comptent, c'est admirable, n'est-ce pas ? Wiener n'est français que depuis 1871, avant ce n'était qu'un juif viennois servant d'intermédiaire entre les membres de la famille impériale et tel ou tel financier. Il s'est acoquiné avec la banque Dussert-Speicher et Fils, et pour lui Sedan a été Austerlitz ! Il avait acheté à Londres des fonds prussiens dont notre défaite a décuplé la valeur… À ce prix-là, on peut se permettre de devenir républicain, de soutenir Gambetta, Clemenceau, et de financer leurs journaux !

Lentin avait allumé un cigare et fermé à demi les yeux, se laissant maintenant bercer par le balancement du fiacre.

— S'il ne s'agissait que de morale ! Après tout, la putréfaction fait partie de la vie. Mais Wiener est une bombe qui explosera un jour.

Lentin s'était tourné vers Antoine, les yeux entrouverts.

— Évidemment, vous ne savez rien. Si je vous dis ces noms, Cornelius Herz, Arton, Joseph de Wiener, vous faites la grimace. Ces braves gens-là tiennent entre leurs mains la réputation de centaines de personnes. Herz et Arton les ont achetées. Joseph de Wiener, le frère de notre Salomon, je vous l'ai dit, possède *La République française*, le journal de Gambetta. Et tous ces Messieurs sont des rapaces qui dépensent les économies de leurs épargnants sous prétexte de permettre à ce fou de Lesseps de creuser l'isthme de Panamá. Ils ont moissonné des milliers de francs ! Et c'est Salomon qui tient la faux. Il a suffisamment engrangé pour acheter un Rembrandt et un Claude Monet chaque jour !

Lentin avait fermé à nouveau les yeux.

— Tous ces messieurs sont juifs. Vous imaginez ce que vont écrire et dire les antisémites, les Drumont, Machecoul, Barrès ou Déroulède ! Ceux-là, c'est la banque Dussert-Speicher et Fils qui les finance, parce que les Wiener sont les concurrents de nos banquiers catholiques et protestants, qu'ils sont malins et avides. Et qu'Olivier Dussert n'aime pas partager la récolte.

Lentin avait soupiré.

— Creuser l'isthme de Panamá, pourquoi pas ? Mais l'entreprise est mal engagée. Lesseps s'est entouré d'aigrefins. J'ai dit à tous les ministres de ne pas lui verser un sou ! Je n'imaginais pas que Wiener allait se tourner vers les fonds privés.

Il s'était étiré.

— Quand vous lisez un article sur le futur canal de Panamá, sachez qu'il a été payé par les frères Wiener, et très cher. Clemenceau ou Gambetta font ainsi vivre leurs journaux. Mais ce n'est pas le plus grave. Arton, Cornelius Herz, les Wiener peuvent faire chanceler la République ! Les sommes en jeu sont énormes, les personnalités impliquées de premier plan. Une bombe ! Le baron de Wiener peut bien se déclarer républicain le soir, le matin il creuse la tombe du régime !

Lentin avait pris Antoine par le bras.

— Je ne suis pas amer, avait-il poursuivi. Je souhaite que des jeunes gens comme vous, talentueux, choisissent autre chose que de s'enfermer dans l'érudition ou bien de rêver à une nouvelle révolution. Entrez dans la danse, Antoine, il faut une nouvelle génération de républicains, c'est la vôtre ! Gambetta, peut-être Clemenceau, vont être emportés. On ne peut pas laisser mourir la République parce que M. Léon Gambetta agonise et que M. Georges Clemenceau a des amitiés douteuses ! Pensez à l'engagement des Forestier dans la chose publique, Antoine.

Le fiacre s'était arrêté devant le numéro 12 de l'avenue, mais avant de descendre, Lentin s'était retourné. Antoine ne l'avait jamais vu aussi grave, presque tourmenté.

— Faites face, n'est-ce pas, Antoine. Je ne veux que vous prévenir, c'est à vous de découvrir, mais restez maître de vous.

Lentin avait sauté du fiacre et Antoine l'avait suivi dans ce vestibule pompéien surmonté de cette verrière qui laissait filtrer une lumière un peu pâle éclairant le hall, la loggia et la statue d'une Vénus équivoque.

— Wiener est amoureux de l'Antiquité, avait murmuré Lentin. C'est pour lui la seule époque de liberté. Jugement curieux, n'est-ce pas, pour un républicain qui prétend se réclamer de l'égalité, et exalte les temps de l'esclavage ! Mais ce juif est hostile aux religions du livre, et d'abord au christianisme qui aurait transformé l'homme en une créature soumise, lâche, médiocre, pleurnicharde, sensible à la charité, à la compassion plutôt qu'aux vertus guerrières. *Ainsi parlait Zarathoustra !* Vous devez avoir lu Nietzsche à votre École normale ? Monsieur le baron a le culte de la réussite et de l'énergie. Il a séduit Clemenceau. Et puis, il y a tout cela.

Lentin avait montré, en levant à peine la main, les colonnes, le grand escalier de marbre blanc, les salons qui se succédaient, le rouge du velours adouci par la lumière dorée des lampes à gaz qui, au fur et à mesure que la nuit tombait, transformait le vestibule en une grande nef dont la statue aurait été la figure de proue.

— Ainsi, vous êtes le fils de Jules Forestier, avait dit Clemenceau en tendant la main à Antoine, cependant que Lentin, ayant enfin réussi les présentations, souriait et s'éloignait.

La main de Clemenceau était sèche et ferme, son visage exprimait une résolution soupçonneuse, presque de l'aigreur. La moustache semblait dessiner deux longues rides noires d'amertume à chaque coin de la bouche.

— Lentin m'assure que vous n'êtes pas seulement un normalien brillant, ils le sont tous, n'est-ce pas ? mais que vous avez du caractère et donc un style. Je veux des jeunes gens comme vous à *La Justice* pour me seconder, pour écrire. La République a besoin d'hommes courageux, capables de s'opposer à tous les présidents, qu'ils soient de la République ou de la Chambre des députés. Dans la République, la vérité doit l'emporter toujours sur le respect qu'on doit aux institutions. Voulez-vous essayer, Antoine Forestier ?

Clemenceau s'était écarté pour dévisager Antoine.

— Vous ressemblez à votre père, avait-il repris. Je l'ai rencontré pour la première fois au moment de l'assassinat de Victor Noir, mais surtout après le 18 mars 1871. J'étais maire de Montmartre, il y a eu ce drame, cet enchaînement tragique, la décision provocatrice de Thiers de reprendre les canons aux Parisiens, puis d'évacuer Paris. Votre père a été lucide et courageux. Il n'est pire situation morale quand on sait, qu'on comprend et qu'on se sent contraint de suivre ceux qui agissent en aveugles mais dont on veut rester solidaire. C'est durant ces jours-là que j'ai pensé qu'à chaque instant de la vie il fallait décider seul, pour soi, sans accepter aucune compromission, et ne jamais céder aux choix d'un groupe, sous aucun prétexte. Si vous venez avec moi, Forestier, vous serez libre, parce que pour moi, la liberté de l'individu est ce qu'il y a de plus grand, et c'est ce qui m'oppose aux esprits religieux, qu'ils soient adeptes du catholicisme ou du socialisme ! Je suis un anticlérical et je découvre partout des cléricatures, dans l'Église naturellement, mais aussi dans ces petites sectes qu'on appelle les partis. Lentin me dit que vous n'êtes pas socialiste, et tel que je vous sens, vous n'avez guère de sympathie pour l'anarchisme. Donc vous êtes un républicain. Mais il faut l'être de manière radicale, et accepter tout l'héritage de 1789. La Révolution est un bloc, Forestier !

Clemenceau avait entraîné Antoine dans l'un des salons, le tenant par le bras, saluant les uns et les autres, s'attardant quelques minutes avec un général à moustache blonde, aux yeux bleus, un visage énergique corrigé par une expression goguenarde et quelque chose d'indécis, de presque tendre dans les traits.

— Boulanger est l'un des rares officiers vraiment républicains, avait affirmé Clemenceau en s'éloignant. Depuis qu'il est directeur de l'Infanterie, il s'occupe réellement du sort du soldat, il n'oublie pas que le troupier est un citoyen. Il a été plusieurs fois blessé, c'est un homme courageux, croyez-vous qu'on puisse en dire autant de tous nos généraux ?

Il s'était arrêté, s'était tourné vers Antoine.

— Votre arrière-grand-père était bien maréchal d'Empire, n'est-ce pas, soldat de la Révolution ? Vous êtes donc patriote républicain, voilà ce qu'il faut à notre pays en ce moment s'il veut échapper à cette langueur née de Sedan, de la défaite. Il faudra écrire dans *La Justice*. Je vous attends, Forestier !

Mais il avait depuis peu cessé de le regarder, parlant d'une voix plus basse comme si son attention, son intérêt s'amenuisaient, et à la fin il avait murmuré :

— Voici la baronne de Wiener…

Au même moment, Antoine avait entendu ce rire, tout proche. Il s'était retourné et il avait presque aussitôt reconnu la jeune femme qui avait signé « Mathilde », Mathilde Clamecy.

C'est à cet instant-là qu'il avait commencé à se sentir vraiment mal, entraîné dans un tourbillon, tombant comme si une fosse s'était ouverte.

Il avait voulu s'éloigner, mais Mathilde, tout en continuant à rire, à frapper à petits coups d'éventail les deux hommes qui l'accompagnaient, s'était arrêtée devant Clemenceau tout en l'observant attentivement.

Elle avait brusquement cessé de rire, dit d'une voix grave :

— Cher monsieur Clemenceau, vous n'aimez pas Gambetta, mais vous n'allez pas reprendre dans *La Justice* – elle avait hésité, puis changé de ton – cette saleté que ce porc de Machecoul répand ! Il ose dire que Léonie aurait tiré sur Gambetta… Je les ai reçus ici cent fois, demandez à Salomon, elle l'aimait, ça se voyait comme les yeux au milieu de la figure.

Antoine l'avait écoutée tout en la regardant fixement. Le ton qu'elle employait, les mots qu'elle choisissait, son accent tranchaient avec son élégance, la finesse de ses traits. Elle portait une robe qui laissait les bras et les épaules nus. Elle avait des attaches fines, des gestes légers de la main. Il avait eu l'impression que chaque fois qu'elle bougeait, qu'elle se déplaçait, elle était pareille à une ballerine avançant sur ses pointes. Et puis il y avait ce rire, cette voix un peu rocailleuse, gouailleuse, comme l'aveu provocant de ses origines.

— Qui est-ce ? avait-elle demandé en le désignant de son éventail tout en s'adressant à Clemenceau.

— Un jeune homme qui n'a pas vingt-cinq ans, avait répondu en souriant son interlocuteur, une tête bien pleine et un corps bien fait, n'est-ce pas, chère Mathilde ?

Elle avait encore ri, la tête un peu rejetée en arrière, ne cessant de fixer Antoine, le prenant par le bras d'un geste décidé.

— Laissez-le-moi quelques minutes, Georges, que je le confesse.

— Voulez-vous que je me convertisse ? J'y suis prêt ! avait répondu Clemenceau en s'inclinant. Si vous me recevez en confession, je m'agenouille aussitôt devant vous.

Elle avait eu un mouvement de la main pour le faire taire, entraînant Antoine sur la loggia, loin de la foule des invités.

— C'est la première fois que je vous vois, il faudra revenir. Vous êtes qui ? Vous faites quoi ?

Elle s'était appuyée sur son bras et il avait senti la chaleur de cette femme contre sa hanche. Il avait respiré son parfum.

Il avait frissonné avec la sensation étrange qu'il vivait ce que son père avait vécu. Il l'imaginait au café Tortoni, sur le boulevard des Italiens, au bras de cette même femme. Antoine avait eu l'impression qu'il quittait son propre corps pour regarder ce couple, lui qui n'était plus lui mais Jules Forestier, et elle, toujours la même… Comme si son père lui demandait de revenir, de rentrer en lui, lui murmurant « Tu es moi et tu es toi, tu as pris ma place, je suis en toi comme tu es en moi. »

— Vous êtes muet ? avait-elle lancé.

Elle avait ri mais pour lui seulement, d'un rire étouffé restant dans sa gorge, s'échappant à peine des lèvres, comme un oiseau qui hésite à quitter la cage, battant faiblement des ailes avant de prendre son envol.

— Je vous intimide ?

Elle avait serré son bras, et il avait eu le sentiment qu'elle le retenait sur le bord de ce gouffre où sans elle il serait tombé.

Elle avait recommencé à rire un peu plus fort.

— Vous êtes un ami de Clemenceau, vous écrivez dans *La Justice* ? avait-elle interrogé.

Il avait secoué la tête, incapable de parler.

— Vous savez que c'est mon mari qui paie pour le journal, celui-là et quelques autres. Vous connaissez le baron de Wiener ? Tenez…

Elle avait pressé le bras d'Antoine contre elle, et il avait frôlé son sein. Elle avait du bout de l'éventail montré le baron qui, les mains derrière le dos, entouré de plusieurs jeunes femmes, pérorait devant l'un des tableaux.

— À son âge, avait-elle chuchoté, on aime avec les yeux, c'est commode pour tout le monde, vous me comprenez…

Elle avait ri plus fort encore.

Ils étaient arrivés au bout de la loggia, devant l'escalier qui conduisait au vestibule.

— Je ne sais toujours rien de vous, je n'ai même pas entendu votre voix, avait-elle ajouté.

Il l'avait longuement regardée.

Elle était plus belle que sur la photo, le visage affiné. Il avait eu les larmes aux yeux, envahi par le désespoir à l'idée que son père avait tant aimé cette femme et ne la voyait plus, qu'il l'avait perdue. Il avait ressenti cela comme une injustice et, comme s'il avait été le voleur, privant son père de Mathilde, il avait retiré son bras. Il avait dit :

— Je suis le fils de Jules Forestier, que vous avez connu, je le sais.

Et il s'était enfui, descendant l'escalier en courant, bousculant les domestiques, leur arrachant son paletot, se précipitant sur l'avenue.

Il avait commencé à marcher difficilement, comme un homme ivre sous la neige qui tombait drue, enveloppant d'un voile blanc l'Arc de Triomphe.

24. “Quand on a été pauvre, on sait ce qu’il y a dans la tête d’un homme en livrée ou d’une femme en tablier… ”

Mathilde de Wiener avait fait arrêter la calèche à l’extrémité du quai d’Orléans, à la pointe de l’île Saint-Louis.

Elle avait entrouvert la porte de la voiture et le vent froid lui avait serré la gorge et frappé la poitrine si fort qu’elle en avait perdu le souffle, ayant du mal à répondre au cocher qui l’interrogeait, le chapeau à la main, les pans de sa houppelande verte battant ses flancs. Le vent que l’île déchirait en deux avait couvert la fin de sa phrase.

— Madame la baronne veut…

Mathilde lui avait donné une pièce. Qu'il aille boire un verre de vin chaud dans l'un des cafés de l'île, avait-elle dit, et qu'il revienne après dix heures voir si elle avait besoin de lui.

Il avait balbutié, hochant la tête, hésitant, partagé entre l'indifférence, l'obéissance, le sens du devoir et l'étonnement puis, haussant imperceptiblement les épaules, il en avait pris son parti.

Mathilde l'avait vu s'éloigner, courbé, tenant à deux mains le rebord de son chapeau, remontant le long du quai d'Orléans.

Elle l'avait suivi des yeux. Elle les connaissait bien, les domestiques. Quand on a été pauvre, on sait ce qu'il y a dans la tête d'un homme en livrée ou d'une femme en tablier.

Mathilde avait été persuadée que le cocher marmonnait, en pestant contre le vent, les maîtres et leurs lubies :

« Qu'elle crève, cette garce, c'est pas mon affaire ! »

Ellc l'avait vu sc rctourner, regarder autour de lui. C'était la première fois qu'il la conduisait quai d'Orléans, et il devait chercher qui elle attendait, dans ce matin à peine levé, avec ce vent glacial chargé de neige et de pluie.

Elle l'avait vu disparaître et elle avait fermé la porte de la voiture.

Elle avait éprouvé aussitôt un sentiment de paix, comme si elle était arrivée au bout d'un voyage commencé il y avait si longtemps.

Elle avait cru entendre un cri aigu, qui s'était répété. Et elle s'était souvenu, recroquevillée sur le siège, du cri qu'autrefois lançait son père dans les ruelles, une sorte de hurlement qu'il poussait, avançant sa mâchoire, les veines de son cou gonflées pour faire vibrer ce *Hi Hi Hi* que les façades renvoyaient. Alors il s'arrêtait pour en saisir l'écho, gonflant sa poitrine, baissant un peu la tête, les lèvres formant comme une protubérance sur le visage, et Mathilde guettait le moment où le son grave « *Trier*, *Trie*, *Trier* » allait s'accrocher au *Hi* : *Hitrier, Hitrier, Vitrier* !

Mais c'était seulement le vent balayant la pointe de l'île Saint-Louis qui semblait répéter le son lointain de l'enfance.

Elle avait enveloppé ses jambes dans la couverture que le cocher disposait sur l'un des sièges. Elle s'était calée entre les coussins, avait ouvert son sac et vu la crosse en nacre qui dépassait du mouchoir. Sortant le pistolet, elle l'avait placé près d'elle sur la banquette. Puis elle avait regardé cette porte cochère noire vers laquelle il lui faudrait marcher vite quand elle s'ouvrirait. On lui avait dit que Pierre Machecoul quittait son hôtel particulier du 55 quai d'Orléans chaque matin, à neuf heures et demie, pour se rendre à la rédaction de l'un des journaux auxquels il collaborait, *Le Figaro, L'Intransigeant, Le Gaulois*. Il allait à pied jusqu'au parvis de Notre-Dame, et là, il prenait un fiacre.

Elle avait regardé sa montre, il n'était pas neuf heures.

Mathilde avait fermé les yeux, étonnée de ne ressentir aucune inquiétude, aucune impatience. Elle avait à trois ou quatre reprises, peut-être était-ce déjà beaucoup pour une vie, connu une telle sérénité.

La dernière fois, c'était en décembre. Il avait neigé toute la nuit, et elle avait attendu dans cette même calèche devant l'hôtel Forestier, rue de l'Estrapade. Elle n'était pas revenue depuis des années, avant cette nuit-là, dans le quartier de la place du Panthéon, et même sur la rive gauche. Depuis qu'elle avait rompu avec Jules Forestier et qu'il l'avait – avec dédain et mépris, avait-elle cru – renvoyée au café Tortoni et à Pierre Machecoul, elle n'avait plus franchi la Seine.

Mais peut-être s'était-elle trompée, peut-être Jules l'avait-il quittée alors qu'il l'aimait encore. C'est ce qu'avait prétendu Georges Mercœur, durant tout ce mois de juin 1871 où elle l'avait caché chez elle, rue des Martyrs, pendant que les patrouilles de l'armée versaillaise perquisitionnaient chaque appartement et fracassaient les portes des caves à coups de crosse.

Les soldats étaient venus à plusieurs reprises, demandant à visiter l'appartement, soupçonneux, mais ils n'avaient jamais découvert Mercœur et l'un des officiers, un jeune homme qui rougissait chaque fois qu'elle le regardait, lui avait dit qu'il devait y avoir des gens qui la haïssaient, parce que chaque jour des lettres de dénonciation arrivaient, assurant qu'elle cachait des communards chez elle, ou bien qu'elle avait pris part à l'insurrection.

Elle avait ri, aussi fort qu'elle avait pu, le corps ployé, cambré, si bien que sa robe de chambre s'était entrouverte, laissant voir ses bas, ses jarretières, son corset, et l'officier avait reculé, murmurant qu'elle n'aurait plus rien à craindre, qu'il prenait sur lui de ne plus donner suite aux dénonciations. Même si, avait-il ajouté en baissant la tête, il avait reçu des ordres de l'état-major la concernant, parce que des personnalités influentes avaient assuré qu'elle ne pouvait être que la complice des criminels de la Commune.

Elle avait ri plus fort.

— Revenez quand vous voulez, lieutenant, vous êtes le bienvenu, revenez…

Puis, la porte fermée, elle avait tremblé durant plusieurs minutes, claquant des dents, et lorsqu'elle avait fait sortir Georges Mercœur de sa cachette – un vide dans une cloison contre laquelle était poussé le lit – elle lui avait dit :

— C'est Machecoul qui veut ma peau, ce porc. Mais il ne l'aura pas, je vous le jure !

Il n'avait pas suffi à Machecoul de savoir qu'on avait fusillé Jules Forestier, il avait voulu aussi en finir avec elle, et cela – dont Mathilde n'avait d'abord eu que l'intuition – était devenu certitude quand, au mois de janvier 1872, elle l'avait, pour la première fois depuis un an, croisé au foyer de l'Opéra-Comique.

Il avait tenté de l'éviter, n'osant même pas la regarder, mais elle s'était avancée vers lui, fendant la foule.

Le temps n'était plus aux exécutions sommaires. Machecoul n'avait plus à son service une armée de soixante mille hommes pour assouvir sa petite vengeance personnelle, effacer l'humiliation subie, et faire déporter en Nouvelle-Calédonie, ou pourquoi pas condamner à mort, Mathilde. Il n'était plus qu'un journaliste que l'on craignait parce qu'il plongeait sa plume dans la jalousie et la rancœur, la peur et la haine.

Mais Mathilde s'était sentie assez forte pour l'affronter.

Elle s'était approchée. Elle avait mis les poings sur ses hanches, comme une harengère, et se renversant un peu en arrière puis balançant son buste, elle lui avait craché en plein visage, bruyamment.

Autour d'eux, le silence s'était établi, gagnant de groupe en groupe, jusqu'à figer tous les invités.

Alors elle avait ri, et elle lui avait tourné le dos, sachant qu'il n'oserait pas, comme il l'aurait dû s'il avait eu un peu de courage, s'il n'avait pas été ce dénonciateur, la saisir par les épaules, la souffleter.

Ensuite elle avait traversé le foyer, ne regardant même pas devant elle, la tête haute, et elle s'était tout à coup heurtée à un homme, si petit qu'elle n'avait d'abord vu que sa calvitie. Il avait des favoris blancs, de grosses chaînes d'or sur son gilet noir et une épingle à tête de diamant fichée dans le revers de la veste de son habit de soirée. Mathilde était restée quelques secondes contre lui, et elle avait eu l'impression qu'il était parfumé. Son visage était large, creusé de rides profondes, le nez épaté, les paupières lourdes, les oreilles décollées dont s'échappaient des touffes de poil gris. Mais la peau était rose, couverte d'une couche de poudre.

— Vous êtes une panthère, avait-il murmuré.

Sa voix était rauque, son accent étranger fracassait brutalement les mots.

Sans qu'elle ait pu faire un geste, il lui avait posé les mains sur la taille.

— J'aime, je prends, avait-il chuchoté.

Il était si petit qu'elle avait senti le souffle de l'homme à la hauteur de ses seins.

— J'aime, avait-il répété.

Elle l'avait repoussé, et regardé avec assurance. Il avait éveillé en elle de la curiosité, de la gaieté et aussi de la compassion.

— On n'a rien pour rien, avait-elle dit doucement.

Il lui avait serré la taille :

— J'adore les enchères !

Il l'avait entraînée.

Quelques semaines plus tard, Mathilde Clamecy avait épousé civilement, Clemenceau et Joseph de Wiener étant les témoins, le baron Salomon de Wiener. Après un voyage de noces à Londres, où le baron avait des intérêts, Mathilde s'était installée dans l'hôtel particulier que venait d'acheter son mari, au numéro 12 de l'avenue de la Reine-Hortense.

Des années plus tard, un dimanche de la fin décembre, Mathilde avait cherché Antoine sur cette même avenue, demandant au cocher d'aller au pas. La neige tombait si épaisse que Mathilde, tout en restant penchée hors de la voiture, avait eu du mal à distinguer le visage des quelques passants qui remontaient l'avenue vers l'Arc de Triomphe. Alors elle avait dit au cocher de rejoindre la rue de l'Estrapade, le plus vite qu'il pouvait, afin d'arriver avant le fils de Jules.

Quand il avait dit qui il était, Mathilde avait eu une bouffée de chaleur, les joues tout à coup brûlantes, la respiration coupée. Le fils de Jules Forestier était donc cet homme, jeune sans doute, de haute taille, au visage mince, rasé, barré seulement par une courte moustache. Elle l'avait remarqué alors qu'il parlait avec Clemenceau et elle s'était dirigée vers lui, parce qu'il était le seul homme attirant de la soirée, avec quelque chose de fragile qui émanait de lui, peut-être parce qu'il se tenait un peu voûté. Elle avait aimé sa timidité, dont elle avait enfin compris la raison.

Au moment où il s'était précipité dans l'escalier, elle avait su qu'elle allait le suivre, qu'il fallait qu'elle le revoie, cette nuit même. Mais elle avait perdu plusieurs minutes, à cause de Lentin qui était accouru, qui l'avait interrogée.

— Comment a-t-il réagi ?

Lentin avait expliqué qu'il avait prévu et souhaité ce choc, qu'il n'avait pas voulu avertir Antoine parce que celui-ci se serait sûrement dérobé, n'aurait pas accepté l'invitation. Or, il fallait qu'un homme comme lui participe à la vie publique et ne soit pas seulement l'homme des livres !

— Et c'est chez vous, Mathilde, qu'il pouvait rencontrer ceux qui lui seront utiles. Il a vu Clemenceau. J'espère que vous ne lui condamnerez pas votre porte, il ne le mérite pas.

Elle avait tourné le dos à Lentin. Elle n'avait jamais aimé cet homme trop froid qui n'avait qu'une tête et une voix, pas de corps. Est-ce qu'il transpirait seulement ?

Elle avait traversé les salons, écartant avec vivacité les invités qui s'approchaient d'elle.

Elle avait lancé à Clemenceau :

— Georges, vous allez donner sa chance à ce garçon, n'est-ce pas ?

Il avait souri en s'inclinant :

— Vous êtes toujours la belle, la redoutable plante carnivore !

Elle avait haussé les épaules, repoussé de la pointe de son éventail le général Boulanger qui tentait de lui barrer le passage.

— Ma chère baronne, très chère Mathilde, je ne peux jamais vous parler…

— Mais si… Mais si…

Elle s'était arrêtée à quelques pas de Wiener qui ressemblait à un gros chat ronronnant, se frottant aux jambes de trois jeunes femmes qui l'entouraient.

Mathilde lui avait fait un signe.

— Ne vous inquiétez pas, Salomon, avait-elle lancé, je rentrerai tard.

Il lui avait souri, avec unc bicnveillance attendrie et indulgente.

— Allez, allez, Mathilde…

Il l'avait menacée du doigt.

— Mais revenez !

— Je reviens toujours, avait-elle chuchoté en se penchant vers lui.

— Je tiens à mes tableaux, avait-il repris en se haussant sur la pointe des pieds, mais vous êtes la plus précieuse de toutes mes œuvres d'art.

Et tout à coup, il avait froncé ses sourcils gris.

— Malheur à ceux qui essaient de me voler !

Il avait fermé les poings, les avait frappés l'un contre l'autre.

— Je les écrase !

Elle avait haussé les épaules, et murmuré :

— Un jeune homme, le fils de mon ancien amant, mort. Que pouvez-vous craindre ?

— Les choses les plus terribles, avait-il répondu en lui prenant le bras. L'émotion, le souvenir, peut-être le remords ou les regrets. Méfiez-vous, Mathilde, je ne vous revendrai jamais ! Dites à ce jeune homme de ne pas rêver.

Mathilde, dans sa calèche arrêtée rue de l'Estrapade, devant les grilles, avait attendu Antoine Forestier. Elle avait, le front appuyé contre la vitre de la portière, regardé la cour, la façade de l'hôtel.

Elle s'était souvenue de quelques-unes des soirées passées là, dans le petit salon.

Parfois elle arrivait alors que Lentin, Auguste Mercœur, Raynal, Revest se trouvaient encore avec Jules. Elle sentait qu'elle les dérangeait, et elle était humiliée par la manière dont ces hommes, qui se proclamaient républicains, partisans de la justice et de l'égalité, l'a regardaient, la jaugeaient, la jugeait. Et une fois, elle leur avait montré son cul.

Sans doute était-ce ce soir-là que Jules Forestier avait décidé de cesser de la voir, comme s'il n'avait plus osé affronter le regard de ses proches, ou bien avait-il cessé d'avoir confiance en elle, découvrant qui elle était. Comme s'il ne l'avait pas su !

Mais Mercœur, lorsqu'il était resté caché chez elle, après la Semaine sanglante, avait expliqué que Jules avait cherché toute sa vie à se punir d'avoir abandonné sa femme et son enfant, poussant la folie jusqu'à ne jamais vouloir rencontrer ce fils dont pourtant le destin le préoccupait. Mercœur avait tenté de la persuader que Jules ne s'était séparé d'elle que parce qu'il était heureux à ses côtés. Et qu'il ne pouvait l'accepter.

Mathilde n'avait pas su si Mercœur l'avait convaincue. Longtemps elle en avait voulu à Jules, puis elle avait appris les circonstances de sa mort et elle lui avait pardonné. Enfin, elle l'avait oublié.

Et cette nuit de décembre, elle avait attendu son fils sans inquiétude et sans impatience. Le cocher ayant été s'abriter sous l'auvent de la maison car la neige continuait de tomber, elle avait vu s'avancer un homme qui marchait lentement, un peu voûté, perdant souvent l'équilibre. Il s'était arrêté à quelques pas de la voiture.

Elle avait ouvert la porte. Elle s'était penchée. Elle lui avait tendu la main. Il avait vacillé.

Elle avait dit sans réfléchir :

— Venez, fils de Jules Forestier.

Il s'était approché. Son paletot et son chapeau étaient entièrement blancs. L'air était doux et soyeux.

25.

“ Ce matin flottait dans la Seine, entraîné par un vif courant, un cheval noir décapité. J’y ai vu un signe… ”

Pierre Machecoul s’était approché de la fenêtre de son bureau qui, au troisième étage de l’hôtel particulier qu’il possédait quai d’Orléans, au numéro 55, ouvrait sur la Seine.

Les eaux du fleuve étaient terreuses, le courant rapide.

Machecoul avait aperçu une sorte de gros sac noir, que les remous et les tourbillons entraînaient vers les hautes herbes qui poussaient le long de la berge de l’île Saint-Louis.

Il avait ouvert la fenêtre. La forme noire flottait à quelques mètres. C’était le cadavre d’un animal mutilé. On n'avait laissé que le tronc. Peut-être s'agissait-il d'un cheval ou d'un bœuf ? Le ventre gonflé, parsemé de taches blanches, était démesuré.

Machecoul s'était penché, fasciné.

Après quelques minutes, le corps s'était éloigné, emporté par le courant. Machecoul l'avait suivi des yeux jusqu'à ce qu'il disparaisse derrière la pointe de l'île.

C'est alors que Machecoul avait remarqué cette calèche arrêtée à l'extrémité du quai, sous les arbres que le vent ployait. La voiture paraissait abandonnée, masse sombre enveloppée par la lumière grise de ce début de matinée.

Il n'était pas neuf heures.

Machecoul avait fermé la fenêtre.

Il avait pensé à ces corps que tout au long du mois de mai 1871, il y avait vingt ans déjà, la Seine avait charriés. La dernière semaine, elle avait coulé rouge de sang.

Il avait vu des soldats tirer sur la berge ces cadavres avec leurs baïonnettes, les visages étaient le plus souvent méconnaissables, les uns fracassés par une décharge, les autres rendus difformes par le séjour dans l'eau.

Les soldats les avaient couchés les uns près des autres sur le quai d'Orléans, et avaient forcé les habitants de l'île à défiler devant cette rangée de corps.

L'eau et le sang avaient suinté, formant des traînées brunâtres sur les pavés de granit.

La plupart des gens étaient passés vite, détournant la tête. Mais Machecoul avait voulu dévisager chacun de ces morts.

Il avait espéré reconnaître l'un de ceux qui depuis le début de l'insurrection, le 18 mars, l'avaient persécuté, terrorisé.

Les communards s'étaient présentés à plusieurs reprises pour perquisitionner chez lui, renversant les livres, forçant les portes des armoires, menaçant de revenir pour l'arrêter, parce que la Commune avait besoin d'otages qu'elle voulait échanger contre les Fédérés, prisonniers des Versaillais.

— Machecoul, vous, avait dit l'un des Fédérés, vous êtes une pièce de choix ! Voilà des années que vous salissez les républicains. La roue tourne... Vos insultes, on va vous les faire payer, vous les ruminerez une à une !

Machecoul s'était tu, accablé, prenant le visage du coupable repenti, puis il avait prétendu que la défaite de Sedan l'avait éclairé. Il était pour la poursuite des combats aux côtés de Gambetta. Il était prêt à le déclarer publiquement à tous les journaux de Paris, et à demander à Thiers et au gouvernement de Versailles de renoncer à prendre la capitale d'assaut. Il était partisan de la négociation, comme le maire de Montmartre, ce médecin, Georges Clemenceau. Il pouvait servir d'intermédiaire, quitter Paris malgré l'encerclement des Prussiens, en ballon s'il le fallait. Il avait juré de revenir dans la capitale, sa mission accomplie.

Les Fédérés avaient ricané.

— On vous connaît bien, citoyen Machecoul ! avaient-ils répété.

Lorsqu'ils avaient indiqué que Jules Forestier siégeait au Comité central de la Commune, Machecoul avait compris qu'il n'avait aucune chance de les convaincre.

On allait le tuer, comme les généraux Clément et Thomas, comme Mgr Darboy ! Jules Forestier, sans doute aussi Mathilde Clamecy et tous ceux, écrivains, auteurs dramatiques, qui cachaient leur médiocrité en prétendant que l'Empire les persécutait, allaient se venger de leurs échecs, de leurs humiliations – et des articles qu'il avait écrits –, en le faisant exécuter.

Une nuit, le 20 mai, quand le canon avait commencé à retentir, annonçant l'assaut des troupes versaillaises, Machecoul s'était réfugié dans les combles, laissant les portes des appartements ouvertes pour faire croire qu'il avait quitté l'île.

Il avait peu après entendu les Fédérés hurler que ce porc de Machecoul s'était enfui.

Porc, c'est ainsi que Mathilde Clamecy l'avait traité ! Elle était sûrement avec ces assassins, qui ne rêvaient que d'incendier, piller, égorger, fusiller.

Machecoul s'était recroquevillé dans le coin le plus sombre des combles, cependant que les Fédérés brisaient ses meubles.

Puis la fusillade s'était rapprochée et ils avaient quitté en courant l'hôtel particulier.

Peu après, Machecoul avait vu par l'œil-de-bœuf les troupes versaillaises, venant de la rive gauche, franchir le pont, et il était descendu à leur rencontre, se présentant au lieutenant qui, revolver au poing à la tête de sa patrouille, avançait le long du quai.

Il avait voulu voir le général, ou bien le colonel commandant le bataillon de ligne. Il pouvait donner des informations sur les communards, avait-il expliqué, sur ces criminels qui avaient voulu le tuer, qui avaient saccagé sa demeure.

On l'avait conduit auprès du commandant Joseph Chrétien de Taurignan, mais l'officier l'avait à peine écouté. Il avait ses troupes à faire passer sur la rive droite. La résistance était encore forte autour du Père-Lachaise, et dans les petites rues de Belleville les barricades résistaient encore.

— Écrivez, monsieur, écrivez vos dénonciations, avait répliqué le commandant. C'est votre métier d'écrire, n'est-ce pas ?

Machecoul n'avait pas aimé le ton dédaigneux, presque méprisant, de Taurignan. Et peut-être était-ce une conséquence de toute l'angoisse accumulée durant des semaines, mais il s'était écrié qu'en effet il allait écrire, dénoncer, parce que c'était le devoir d'un honnête Français ! Il fallait nettoyer la France de cette moisissure qui l'avait recouverte…

Il avait montré les fumées qui s'élevaient au-dessus de la Seine. Les communards avaient mis le feu à l'Hôtel de Ville, aux Tuileries, à des dizaines d'immeubles. Les explosions continuaient de se produire.

— Il faut en finir, commandant, c'est votre devoir.

Le commandant Chrétien de Taurignan lui avait tourné le dos. Machecoul s'était alors souvenu qu'à Sceaux, pendant son duel avec Jules Forestier, Taurignan avait eu à son égard la même attitude, prétentieuse, hautaine. C'était à cause d'aristocrates bornés comme lui que les malheurs s'abattaient sur la France !

Machecoul s'était assis à sa table.

Il avait songé à toutes les années qui s'étaient écoulées depuis ce mois de mai 1871. Qui se souvenait encore de ce qu'avait été vraiment la Commune ? Une bande de pillards, de criminels, d'incendiaires, de ratés ! Les survivants, les Lentin, les Mercœur, étaient revenus, amnistiés par la République. Et c'est lui qu'on avait accusé d'être un dénonciateur ! Mathilde Clamecy, cette garce, cette putain qu'il avait payée, lui avait craché au visage, et personne n'avait pris parti pour lui ! On allait toujours du côté du pouvoir. Lentin était désormais conseiller du président du Conseil, et le fils de Jules Forestier, Antoine, écrivait les éditoriaux du journal de Clemenceau ! Ce quotidien qui osait s'appeler *La Justice* !

Justice pour qui ? Pour Mathilde, la garce qui était devenue baronne Salomon de Wiener ? Elle recevait chez elle, en son hôtel particulier de l'avenue de la Reine-Hortense, rebaptisée Hoche puisque la mode était à la République, et les journalistes, les députés, les ministres, les écrivains et les peintres en vogue. Et naturellement Clemenceau et ses affidés se retrouvaient dans ses salons. Tous ceux que les juifs payaient, et dont Machecoul avait lu les noms sur les talons des chèques que l'un ou l'autre des Wiener, Salomon ou Joseph, et l'un ou l'autre des escrocs qui avaient pris la fuite en Angleterre, Cornelius Herz ou Arton, leur avaient distribués, se rendaient aux invitations de madame la baronne ! La moisissure était plus épaisse que jamais sur le corps de la patrie. Elle avait pénétré partout, comme une gale.

Wilson, le gendre du président de la République, vendait les croix d'honneur dans une arrière-boutique, en se servant d'un général et d'une pute pour intermédiaires ! Et quand Jules Grévy avait été contraint de quitter l'Élysée, on avait élu un Sadi Carnot pour la seule raison qu'il portait le nom d'un républicain, membre du Comité de salut public !

Voilà ce qu'était l'esprit du temps. De plus en plus rouge, de plus en plus juif !

Le symbole, c'était cette putain devenue baronne et qui s'affichait avec Antoine Forestier, le fils de ce médiocre, de cet envieux, ce prétentieux dont souvent on faisait l'éloge. Il avait été l'un des martyrs de la Commune de Paris, et l'on allait en cortège célébrer sa mémoire au mur des Fédérés !

Machecoul avait eu un geste de colère, attirant à lui le dossier qui se trouvait au milieu de la table, le frappant de son poing. Il avait marmonné qu'il aurait fallu laisser les survivants de la Commune au bagne, à Cayenne ou à Nouméa. Mais tout ce beau monde prospérait, se congratulait, se gavait d'or juif !

Et comment soigner cette maladie qui contaminait tout ! Rien ne semblait pouvoir arrêter la contagion. C'était la gale et la gangrène. Tous ceux qui s'opposaient semblaient voués à l'impuissance ou au ridicule. Les monarchistes s'étaient divisés. Cette République, pourquoi gagnait-elle chaque fois ? D'où tirait-elle sa force ? Pourquoi attirait-elle les nouvelles générations, ces « nouvelles couches » dont avait parlé Gambetta ? Gambetta était mort, mais cent l'avaient remplacé, pires que lui, ce Clemenceau et les jeunes gens qui l'entouraient, cet Antoine Forestier à la plume acérée. On disait qu'il avait épouse et fils en province, mais il plastronnait dans les soirées de Mathilde de Wiener. C'était ça, les nouvelles mœurs, loi sur le divorce et laïcité ! Et pourtant.

Machecoul avait ouvert le dossier. Il y avait là de quoi faire sombrer la République, cette gueuse encanaillée qui se donnait à ceux qui la payaient, les Wiener, Arton, Herz, tous juifs, venant souvent d'Allemagne, comme si les Prussiens s'en débarrassaient pour que ces fils de Sion inoculent à la

France les maladies qui la rendraient impuissante, incapable de prendre sa revanche, de retrouver les provinces perdues, l'Alsace et la Lorraine, auxquelles on pensait de moins en moins.

On préférait s'en aller conquérir le Tonkin ou le Congo ! Ou bien se donner l'illusion de la force en dressant une tour métallique au-dessus de Paris au lieu de construire des canons. On célébrait le génie de monsieur Eiffel, et on laissait les Prussiens nous humilier, les juifs nous corrompre !

Machecoul avait repris les pièces du dossier. Toutes les preuves étaient là de la conspiration. Il disposait de la liste des cent quatre « chéquards », députés, ministres, qui avaient touché des centaines de milliers de francs pour permettre à messieurs Wiener, Herz, et compagnie de s'enrichir, prenant dans le gousset des Français leurs économies sous prétexte de financer le percement de l'isthme de Panamá et d'assurer ainsi la gloire de la France, et la fortune des épargnants naïfs !

Il avait tourné les pages. Les noms, les dates des versements, les talons des chèques ne permettaient aucun doute. Mais serait-ce suffisant pour détruire ce régime ?

Machecoul fut une fois de plus saisi par un mélange de colère et d'amertume, presque de rage, en se souvenant de la manière dont Joseph de Taurignan l'avait reçu lorsqu'il lui avait présenté ce dossier.

Il lui avait pourtant rappelé toutes leurs précédentes rencontres, dans les années 1860, puis lors de cette journée de mai 1871, aux dernières heures de la Commune, et plusieurs fois ensuite, dans l'entourage du comte de Chambord quand on avait cru, en 1876, que l'héritier des Bourbons pourrait devenir roi de France. Mais le comte avait refusé de faire les concessions nécessaires, d'accepter le drapeau tricolore. Et Machecoul s'était demandé à ce moment-là si Taurignan n'avait pas été l'un de ceux qui lui avaient conseillé l'intransigeance, et donc l'avaient voué à l'impuissance.

Joseph de Taurignan avait reçu Machecoul chez lui, rue de Varennes, une dizaine de jours auparavant, à la fin de la journée. Les fenêtres du salon donnaient sur un vaste parc, et Taurignan s'était levé, lui avait montré les bâtiments situés derrière un bouquet d'arbres, l'hôtel de Matignon où siégeait le gouvernement.

— Précisément, avait dit Machecoul, j'ai les moyens de renverser ce gouvernement, et même la République !

Taurignan l'avait regardé avec scepticisme, puis s'était assis.

La pièce avait été peu à peu envahie par la pénombre, mais Taurignan avait semblé souhaiter rester ainsi, à demi dissimulé, pendant que Machecoul s'indignait, expliquait comment les juifs avaient acheté cent quatre députés, comment Cornelius Herz, par défi, par mépris pour ces hommes qu'il avait payés, avait livré les talons de ces cent quatre chèques, et comment le baron de Wiener, et donc Clemenceau, se trouvaient l'un et l'autre au centre de cette toile d'araignée qui couvrait le pays.

— Accepterez-vous cela, mon général ? avait demandé Machecoul. N'est-ce pas le moment pour l'armée d'agir ? Vous êtes gouverneur militaire de Paris, vous pouvez avec l'autorité qui est la vôtre, en vous adressant aux unités que vous commandez…

D'un geste, Taurignan l'avait interrompu.

— Mon cher Machecoul, cela fait plusieurs fois que vous et vos amis, Rochefort, Déroulède, rêvez de vous servir de l'armée comme d'un bélier, pour enfoncer les portes de l'Élysée ! Ce pauvre général Boulanger s'y est fracassé la tête, mais…

Taurignan avait eu une moue de dédain.

— … mais Boulanger était en réalité devenu un homme politique, le jouet de ses protecteurs. On l'avait nommé directeur de l'Infanterie, ministre de la Guerre, alors qu'il n'avait jamais commandé un corps d'armée ! Il en a eu la tête tournée. Il s'est imaginé qu'il pouvait remplacer ces Messieurs. Il s'est présenté aux élections… J'ai suivi son aventure avec beaucoup de commisération, presque de la compassion. Boulanger s'est pris à la fois pour le premier Buonaparte et pour le second. Il a voulu faire Brumaire et le 2-Décembre, et en même temps être élu au suffrage universel ! Bref, un pauvre homme !

Taurignan s'était levé, avait été jusqu'à la fenêtre. Maintenant, la nuit était presque tombée.

— Vous savez, Machecoul, les Français ont, en 1793, tranché le lien qui unissait le royaume de France à la Providence. C'était notre amarre et depuis nous dérivons. Et personne n'a pu rétablir ce lien, ni nos deux Buonaparte, ni nos Bourbons, ni nos Orléans. Sacre à Notre-Dame ou couronnement à Reims n'ont servi à rien ! Ni à Napoléon Ier, ni à Charles X… Peut-être la République est-elle ce qui convient le mieux à un pays qui a contesté l'ordre divin. Il en paie le prix, désordre, et même anarchie, décadence, mais il a l'ivresse et l'illusion de la liberté. Il défie Dieu chaque jour. La France en somme, Machecoul, répète la faute. Elle a été la fille aînée de l'Église, elle est maintenant le pays de l'État sans Dieu, de l'homme qui refuse Dieu.

— Mon général, mon général, avait répété Machecoul. Vous vous situez à une telle hauteur que l'on ne voit plus la réalité du moment. Moi, je possède les cent quatre coupons de chèques nominatifs qui attestent que nos députés et nos ministres se sont vendus, comme des putains, pardonnez-moi, à des banquiers, à des escrocs juifs. L'armée, mon général, est le dernier corps sain de ce pays. Elle doit agir !

Taurignan était retourné s'asseoir. Machecoul ne le distinguait plus, la pénombre était devenue obscurité.

— L'armée, bien sûr, Machecoul. Mais je suis moins sévère que vous ! Les Français, même les pires, ont en eux un rêve, comme le souvenir du paradis qui hante Adam et Ève. C'est une sorte de remords. Ils ont péché, mais ils le savent et il y a en eux, même dans la faute, le regret de leur foi, de leur obéissance à Dieu.

Il s'était interrompu, puis d'une voix plus grave il avait ajouté :

— J'ai pris d'assaut avec mes hommes les dernières barricades de la Commune. J'ai fusillé les insurgés au coin des rues, au Père-Lachaise. Ces gens-là, je les ai vus mourir, Machecoul. Ils étaient courageux, dignes, aveuglés par une passion maléfique, mais la passion était là ! L'idéal, perverti j'en conviens, brûlait en eux. Un grand roi, Machecoul, les aurait compris et pardonnés. Mais monsieur Thiers était un nain, un homme pour qui la France n'était qu'une boutique. Il a eu peur pour sa caisse, alors il a clamé « Fusillez-moi tout ça ! ». J'ai exécuté les ordres, mais je n'en suis pas fier. J'ai eu beaucoup de compassion pour nombre de communards, pour Rossel, un officier admirable qui a rejoint les Fédérés par patriotisme et que nous avons condamné à mort, exécuté. Un homme brave, généreux.

Machecoul avait secoué la tête, murmuré qu'on n'y voyait plus rien. Le général avait paru ne pas l'avoir entendu. Il n'avait pas répondu lorsque Machecoul avait répété que l'armée était le recours dont disposait le pays… Que si elle n'intervenait pas dans les semaines qui allaient suivre, en profitant du scandale qui allait secouer le régime, cette affaire de Panamá qui dévoilait la puissance des juifs, leur rôle néfaste, alors une occasion, peut-être la dernière, serait perdue.

— Si vous n'agissez pas, général, avait-il martelé, si l'armée reste dans ses casernes, les juifs vont dépecer le pays comme s'il s'agissait d'une pièce de viande. Après cela, comment voudriez-vous que les Français songent à la revanche et soient prêts à se battre pour Strasbourg et Metz ?

Machecoul s'était levé, s'était approché de Taurignan.

— Les Prussiens nous inoculent la gangrène juive. Elle nous paralyse. Elle nous détruit. Je vous en conjure, mon général, pensez à cela.

Taurignan avait, toujours dans l'obscurité, raccompagné Machecoul.

— L'époque des coups d'État militaires est révolue, Machecoul. Voyez le général Boulanger. Son aventure s'est terminée comme une farce. Les républicains ont retenu la leçon des deux Buonaparte. On ne leur refera plus le coup du 18-Brumaire ou du 2-Décembre. Ils dressent les généraux. Ils les paient, ils en font des domestiques. La seule manière de préserver le glaive dont toute nation a besoin, c'est de ne pas mêler l'armée à la politique.

— Mais les politiciens s'occupent de vous, général. Ils veulent briser le glaive.

— Peut-être, peut-être, avait murmuré Taurignan.

Ils étaient passés dans le vestibule, brillamment éclairé par quatre lampes à gaz.

— Il faut être patient, Machecoul, avait repris le général. Savez-vous que le premier de notre lignée, Geoffroy Chrétien de Taurignan, a participé à la première croisade et est entré dans Jérusalem, en 1099 ? Cela fait huit siècles ! Et nous sommes toujours là ! Mais je vous l'accorde, Machecoul…

Taurignan s'était interrompu. Un domestique avait ouvert la porte, puis s'était effacé.

— … le XXe siècle sera peut-être le dernier siècle des Taurignan. Tout change, j'en conviens. Mon fils Maurice, un brillant saint-cyrien, n'a pas voulu servir l'État républicain, laïc, il a voulu être avocat. Nous voici gens de robe ! Mais j'apprends à mon petit-fils, Robert, le maniement d'armes.

Taurignan avait souri.

— Car les choses vont et viennent, mon cher Machecoul. Même si vos ancêtres n'ont pas participé à la prise de Jérusalem, vous devez comprendre cela. Les paysans connaissent la succession des saisons. Le printemps suit l'hiver. Mes petits-fils seront peut-être à nouveau des chevaliers, qui sait ? Et les vôtres – il avait ri – des paysans !

Machecoul avait regardé le dossier. Le souvenir de son entrevue avec le général de Taurignan l'avait irrité. Quelle suffisance, quel mépris ! Et quelle indifférence ! Comme si cette vieille noblesse avait renoncé à peser sur le destin de la patrie, se contentant d'observer de loin ce qu'il advenait, et en fait acceptant le régime. Un Maurice de Taurignan était donc avocat à la cour, demain, il serait peut-être député ! Les parlementaires étaient tous avocat ou professeur !

Il avait pensé à son propre fils qui, au lieu de préparer l'École normale supérieure, avait choisi de devenir médecin. Mais un père pouvait-il jamais influencer son fils ? Peut-être, comme l'avait dit Taurignan, les petits-fils seraient-ils plus fidèles à la tradition familiale. Mais quelle France leur laisserait-on ? Humiliée par les Prussiens, vendue morceau par morceau aux juifs ? Gouvernée par des Clemenceau et des Wiener. Peut-être d'ailleurs le plus dangereux n'était-il pas le baron Salomon de Wiener, mais son frère Joseph qui possédait son journal, *La République française,* et dont on murmurait qu'il avait l'intention d'être candidat aux prochaines élections législatives. Peut-être un jour, qui sait, ce juif serait-il ministre ? À moins que ce ne soit un Antoine Forestier ! Voilà ce qu'était la République !

Mais pour parvenir à leurs fins, il faudrait d'abord qu'ils réussissent à échapper au scandale, à la tempête que depuis plusieurs semaines déjà Machecoul faisait souffler sur eux, article après article. Drumont s'y était mis aussi dans *La Libre Parole*, frappant à coups redoublés, dénonçant « la France juive ».

Machecoul avait feuilleté rapidement les journaux de la semaine écoulée, reprenant les chroniques qu'il avait publiées, sous le titre général de « Le scandale de Panamá : la vie et les comptes extraordinaires de Salomon de Wiener, baron et escroc juif ».

Il devait aller plus loin, maintenant qu'il possédait les preuves accablantes de la corruption. Il ne pouvait pas se contenter, comme il l'avait fait, d'allusions au rôle d'« entremetteuse » que tenait Mathilde de Wiener, servant d'intermédiaire entre son époux et Georges Clemenceau.

« Sa rémunération, avait écrit Machecoul, s'appelle Antoine Forestier, un jeune homme qui a de nombreux talents. »

Mathilde avait dû se sentir souffletée, la garce ! Elle allait avoir mieux.

Machecoul avait commencé à écrire. « On imagine que le baron Salomon de Wiener et son épouse sont encore vivants. Ils offrent des réceptions. Ils couchent avec celui-ci ou celle-là. Ils achètent des tableaux. Ils donnent des ordres à leurs domestiques et aux cent quatre députés dont ils ont loué les services. Mais en fait, ils sont déjà semblables à ces cadavres d'animaux morts que les fleuves charrient. Ce matin flottait dans la Seine, entraîné par un vif courant, un cheval noir décapité. J'y ai vu un signe. Son gros ventre gonflé m'a fait aussitôt songer à celui du baron de Wiener. Et, pensant à la France, j'ai devant ce corps sans tête tressailli de plaisir. »

Machecoul avait relu, puis corrigé son texte. Cet article était l'estocade. Salomon de Wiener et sa garce, mais aussi Antoine Forestier et Clemenceau en crèveraient, les tripes à l'air ! Il allait porter immédiatement son article au *Gaulois*.

Il avait regardé sa montre. Il allait être neuf heures et demie.

26.

« Un bon avocat peut plaider l'acte d'une femme qui va, comme une héroïne de tragédie ou d'opéra, venger son mari que l'on persécute... »

— Maintenant, il faut sortir notre Mathilde de là, avait dit Georges Clemenceau en prenant le bras d'Antoine Forestier.

Ils avaient fait quelques pas dans le couloir du quatrième étage de l'Hôtel-Dieu, dont les murs, peut-être à l'origine, il y avait des siècles, avaient dû être blancs, mais n'étaient plus que des surfaces écaillées, grises et noirâtres, avec parfois des traces rougeâtres, comme des traînées de sang.

On s'était battu là aussi, pendant la Commune. On avait embroché les blessés, on les avait poussés contre ces murs et on les avait abattus.

Antoine s'était arc-bouté, refusant d'avancer.

C'était comme s'il avait entendu les détonations, celles des fusils des soldats, fédérés ou versaillais, celles du revolver de Mathilde, deux claquements que le vent, qui ce matin-là balayait le quai d'Orléans et enveloppait de tourbillons l'île Saint-Louis, avait portés loin, jusqu'à la rive gauche. Une balle dans la tête de Pierre Machecoul. Son corps s'était affaissé, les jambes sur la chaussée, le buste et la tête sous le porche de son hôtel particulier. Et la deuxième balle, Mathilde l'avait tirée contre elle, appuyant l'orifice du canon entre ses seins. On l'avait retrouvée renversée, les jambes repliées, son chapeau ayant roulé, et une grande fleur rouge décorant son corsage blanc.

Elle aurait dû mourir, avaient répété les médecins à Clemenceau, mais la balle avait heurté un médaillon en or, lourd, large, épais. Elle avait glissé sur le métal, déchirant les chairs, traversant le sein droit mais ne s'enfonçant pas. La blessure était profonde, la balle avait creusé un sillon, cependant aucun organe vital n'avait été atteint. Elle avait transpercé le bras et s'en était allée se perdre loin dans la Seine, au-delà de l'île.

— Mathilde de Wiener a eu de la chance !

C'était les premiers mots que Clemenceau avait dits à Antoine quand il était entré dans la salle de rédaction de *La Justice*.

Il avait l'invité à le suivre dans le bureau. Il s'était laissé tomber dans son fauteuil, si vaste qu'il avait semblé devoir y disparaître. Il avait retiré lentement ses gants de cuir gris, sans quitter Antoine des yeux.

— Elle a voulu se tuer, avait-il murmuré. Elle s'est manquée. Elle a eu de la chance, Forestier. On meurt toujours trop tôt, avait-il ajouté d'un air furibond.

Puis il avait jeté ses gants sur la table, loin, d'un geste rageur.

— Qu'avait-elle besoin de faire ça ? Il y a la justice, il y a les duels. Je m'apprêtais à tuer ce Machecoul dans les règles, et…

Clemenceau s'était levé, avait posé ses deux mains sur les épaules d'Antoine, l'avait contraint à s'asseoir.

— Nous allons vivre quelques semaines, peut-être quelques mois, ou des années difficiles. Et votre Mathilde vient de frapper les deux coups. Le rideau se lève ! Vous et moi sommes sur la scène, tragédie ou opéra, la vie toute bête… Mathilde a tué Machecoul. Tir parfaitement ajusté, en pleine tête. On ne peut même pas le montrer à la famille. La balle tirée à bout portant a fait éclater le visage. Mathilde n'est que blessée. Elle y perdra sans doute la perfection de sa poitrine. Belle, n'est-ce pas, Antoine ?

Antoine avait voulu parler, s'indigner. Le ton acerbe de Clemenceau l'avait choqué. Chaque mot était comme un de ces soufflets qu'on donne pour réveiller quelqu'un qui a perdu conscience.

— Je viens d'apprendre, avait ajouté Clemenceau en retournant s'asseoir, que l'on a retrouvé le corps de Salomon de Wiener, chez lui.

Il avait secoué la tête.

— Mathilde n'a pas pu le tuer. La police pense qu'il s'est donné la mort en apprenant – comment ? c'est la question – qu'elle avait assassiné Machecoul. Peut-être a-t-il cru qu'elle s'était suicidée, qu'elle était morte ? À moins que…

Clemenceau avait tambouriné nerveusement sur son bureau.

— … à moins que Wiener n'ait pensé, en se tuant, faciliter la défense de Mathilde. Un bon avocat – et nous le trouverons, Antoine – peut plaider l'acte d'une femme, d'une épouse qui va, comme une héroïne de tragédie ou d'opéra, c'est bien cela, venger son mari que l'on persécute, qui pense à se tuer. Et il le fait. Qu'elle ait tenté de se suicider convaincra les jurés de sa bonne foi.

Il s'était levé brutalement, il avait repris ses gants, dit qu'elle était à l'Hôtel-Dieu et qu'il avait obtenu du préfet de police une autorisation exceptionnelle de visite.

— Il faut la sortir de là…

Antoine l'avait suivi, avec la sensation de devoir à chaque pas soulever une masse qui l'écrasait, pesant sur son cou, l'obligeant à avancer tête baissée comme un coupable qui marche vers l'échafaud.

Il avait pensé, alors qu'il se rencognait dans le fiacre qui les conduisait de la place des Victoires, où se trouvaient les bureaux de *La Justice*, à l'Hôtel-Dieu, qu'il avait toujours su, pressenti, qu'un jour on les châtierait, elle et lui, pour le sacrilège qu'ils avaient perpétré en s'aimant, elle en trahissant ainsi son amant mort, lui en volant celle qui avait été la maîtresse de son père. Chaque fois qu'il s'était retrouvé seul avec elle, il avait eu peur, mais peut-être avait-il trouvé dans cette sensation de violer un interdit un plaisir double, plus aigu, à la lisière de la douleur.

Il en avait eu l'intuition dès le premier moment, dans cette nuit de décembre, quand Mathilde lui avait tendu la main et qu'il l'avait prise, montant dans la calèche arrêtée rue de l'Estrapade.

Il avait murmuré aussitôt « je ne veux pas, il ne faut pas », alors qu'il ne s'était encore rien produit entre eux. C'était comme l'aveu de ce qu'il désirait. Il la voulait. Il le fallait.

Elle lui avait d'abord caressé les lèvres du bout de ses doigts gantés. Puis elle avait enlevé ses gants et placé sa main sur la bouche d'Antoine. C'était si tiède, si velouté qu'il l'avait aussitôt embrassée, léchée, comme un chien.

Et il avait été cela, un animal, qu'elle avait su dresser, qu'elle avait conduit dès cette première nuit là où elle voulait, au fond de cet abîme qui était aussi une cime où il n'avait plus ni mémoire, ni pensée. Où il n'avait plus été qu'un corps, où il lui avait suffi de la toucher, de la voir se rhabiller en chantonnant, entourer sa taille, son buste, ses cuisses de ce qu'elle avait appelé « mes fanfreluches » pour qu'il se sente joyeux, avec l'envie lui aussi de fredonner et de rire. Et elle lui avait dit, chaque fois, au moment où elle le quittait :

— Ne pense pas à moi. Laisse-moi faire. Ne t'occupe pas de moi, continue ta vie, écris tes articles ou file dans ton château. Oublie-moi… Et puis quand je serai là, parce que je reviendrai, efface tout le reste. C'est comme ça qu'on va vivre, toi et moi.

Il avait essayé. Il était retourné à Mazenc, avait épousé Marguerite Novera, la cadette de petits viticulteurs qui n'auraient jamais osé rêver qu'une de leurs filles pût un jour s'appeler Marguerite Forestier, comtesse de Bellagio, et qu'elle fût la propriétaire du château de Mazenc et des vingt-sept hectares de vignes qui allaient avec !

Alors, quand elle avait paru malheureuse parce qu'Antoine était retenu par ses obligations à Paris, ils l'avaient sermonnée. Est-ce qu'elle se rendait compte de la chance qu'elle avait ? Elle était la patronne. Le vieux Romain, c'était un brave homme, et depuis qu'elle lui avait donné un petit-fils, Henri, il la traitait comme une sainte. Quand elle avait accouché du second, Charles, il n'était déjà plus qu'une forme noire et silencieuse qu'on apercevait dans un grand fauteuil placé devant la cheminée.

Marguerite s'était donc contentée de voir Antoine cinq ou six jours par mois. Mais à chacun de ses séjours, Antoine l'avait irritée par les questions qu'il ne cessait de lui poser.

— Êtes-vous heureuse, Marguerite, dites-moi la vérité ? Voulez-vous que je m'installe au château ? J'écrirais des livres, le journalisme n'est qu'une agitation vaine. Cela ne me manquerait pas. Je pourrais me faire élire maire de Mazenc, qu'en pensez-vous ? Nous pourrions vivre tous ensemble, Henri et Charles ont besoin de ma présence, non ? Répondez-moi franchement.

Il l'avait humiliée en lui parlant ainsi, en la harcelant pour qu'elle décide à sa place. Elle lui avait chaque fois tourné le dos, lui lançant :

— Faites ce que vous voulez, Antoine, c'est vous que cela regarde !

Alors, selon un rituel immuable, il s'emportait, s'indignait. Tout cela la concernait, elle et les enfants, disait-il. Il ne posait ces questions que parce qu'il était un homme de devoir, qu'il ne voulait pas se comporter comme son père qui l'avait abandonné ici, qu'il n'avait jamais vu. Non, il ne serait jamais comme Jules Forestier, cet inconnu, cet égoïste.

— Vous venez souvent, avait murmuré Marguerite, alors qu'il continuait de gesticuler. Je vous vois, les enfants vous voient. Il n'y a rien de comparable avec l'attitude de votre père. Vous ne nous avez pas abandonnés, Antoine. Nous sommes heureux ici. Nous savons que vous devez être à Paris. Monsieur Clemenceau, tous ceux qui dirigent le pays sont à Paris, que feriez-vous ici ?

Elle avait ri.

— Vous deviendriez de la piquette, Antoine. Moi, j'ai épousé un château-mazenc, d'une bonne cuvée. Je veux que vous restiez ce que vous êtes.

Il l'avait serrée contre lui, il avait répété :

— Vous êtes une femme admirable, Marguerite, ma vraie compagne.

Lorsqu'il avait dit cela la première fois, elle avait eu l'impression qu'il lui arrachait le cœur. Connaissait-il des femmes qui n'étaient pas admirables, qui n'étaient pas de vraies compagnes, pour parler ainsi ? Mais il avait répété la même phrase à chaque départ, et elle s'était habituée, ne l'avait même plus écouté.

Antoine Forestier avait eu ainsi plusieurs vies en des lieux différents.

Mathilde avait loué, non loin de la rue de l'Estrapade, dans la rue de Médicis qui longe le jardin du Luxembourg, un petit appartement au dernier étage. Avant de s'y rendre, elle passait par l'hôtel Forestier, laissant un mot, et parfois l'hiver, quand il avait neigé, il suffisait à Antoine de voir ses traces de pas dans le tapis blanc pour savoir qu'elle l'attendait.

Il se dirigeait aussitôt vers la rue de Médicis, marchant vite, mais au bas de la rue Soufflot, ou même plus loin encore, devant le porche de l'immeuble de Mathilde, il lui arrivait d'être paralysé par l'angoisse, le remords et le scrupule, et d'hésiter à aller plus loin.

Alors il hélait un fiacre, se faisait conduire place des Victoires.

Dès qu'il entrait dans la salle de rédaction de *La Justice*, qu'il respirait cette odeur d'encre, de tabac, de sueur et de café, il oubliait Mathilde. Il y avait toujours un article à relire, un bon à tirer à signer, une nouvelle qui venait de tomber, qu'il fallait commenter alors que Clemenceau était introuvable, passant sans doute la nuit avec une chanteuse ou une ballerine.

L'aube se levait en même temps que le premier exemplaire du journal. On le respirait en le feuilletant.

Et les titres, les éditoriaux s'étaient succédé.

Au fil des années, il avait condamné Jules Ferry « le Tonkinois », Boulanger « le général de coup d'État » ou bien « la République de la bassesse et de la médiocrité » lorsque, après Panamá, les plus corrompus s'étaient ligués pour écarter Clemenceau, le gêneur au verbe haut, aux phrases acides, le tombeur de ministères. Puis il s'était indigné contre les attentats anarchistes, Auguste Vaillant qui jetait une bombe dans l'hémicycle du Palais-Bourbon, Caserio qui assassinait à Lyon le président de la République Sadi Carnot, Ravachol qui tuait pour voler, prétendant agir au nom de la justice, ou Henry, l'imprimeur, qui plaçait des bombes dans les cafés à l'heure de l'affluence. Et la guillotine avait dressé ses bois devant la porte des prisons pour trancher la tête des anarchistes.

Une nuit, Antoine avait appris qu'on avait arrêté un vieil imprimeur, Raynal, et son ouvrier, Vincent

Mercœur. Lors d'une perquisition, on avait découvert dans leur atelier, rue de la Croix-Nivert, des opuscules anarchistes, et notamment *La Voie libertaire* qui appelait à la destruction de la société injuste.

« Les pauvres crèveront de misère dans les bagnes industriels aussi bien sous la République radicale que sous la Républiquc modéréc », avait écrit Vincent Mercœur dans l'un des numéros, où l'on invitait les lecteurs à pratiquer « la propagande par le fait » – l'attentat à la bombe – et la « reprise individuelle », c'est-à-dire le vol.

Raynal, Mercœur, des noms qui dataient de l'époque de son père. Vincent Mercœur, le petit-fils de Georges, le communard qui avait choisi le suicide plutôt que la déchéance.

Et il suffisait de ce nom, de ces souvenirs surgis parfois par hasard, pour qu'Antoine soit envahi par le désir de revoir Mathilde. Il enfilait son paletot, se heurtait à Clemenceau qui arrivait au journal, sentant le parfum, les traits tirés, la peau pâle. Clemenceau qui s'étonnait :

— Vous avez passé la nuit là, Antoine ! Vous êtes donc revenu, vous avez eu peur de Mathilde, une fois de plus ! Vous êtes un imbécile. J'espère pour vous qu'elle s'est endormie en vous attendant, et que vous allez la réveiller. Je ne veux pas vous voir avant quatre heures cet après-midi.

Le plus souvent, Mathilde l'avait attendu, couchée nue, ses cheveux défaits. En la voyant si juvénile, si abandonnée, Antoine ne pensait plus qu'à s'allonger près d'elle, à enfouir son visage entre ses seins.

Alors elle le pressait contre sa poitrine, et ordonnait :

— Ne pense plus à rien, laisse-toi faire.

Parfois, quand il la quittait, au lieu de rentrer chez lui ou de retourner au journal, Antoine remontait la rue d'Ulm jusqu'à l'École normale supérieure.

Il savait trouver Jean Revest dans son petit bureau qui donnait sur la cour principale. Et Revest disait en montrant les colonnades, le bassin :

— L'École normale, c'est un cloître laïc. Nous sommes les prophètes, les célébrants et les prêtres de la République.

Lorsque le temps était clément, il entraînait Antoine dans une promenade autour du bassin. Et c'était en effet un prêche ou bien des excommunications et des anathèmes qu'entendait ce dernier.

Revest se passait d'un geste nerveux la main dans les cheveux, dénonçait Clemenceau, ce républicain conservateur et cynique qui ne prononçait jamais les mots *égalité* ni *fraternité*, et dont la référence à la *liberté* servait à masquer l'égoïsme.

Il s'emportait vite, accusait Clemenceau d'être lui aussi, malgré sa raideur apparente, corrompu, payé par Salomon de Wiener ou Cornelius Herz. À l'entendre, il en était de même pour la plupart des « politicards », des cent quatre « chéquards » ! Et peu importe que ce soit l'escroc qui livre le nom de ses complices ! ajoutait Revest. Il y en a cent quatre ! Le vol et la prostitution, les concussionnaires, les pots-de-viniers, les trafiquants de mandats sont au pouvoir ! Le gendre de Grévy vend les croix d'honneur, Salomon de Wiener et son frère achètent les hommes politiques et les journaux. Vous appelez ça la République, Antoine ! Il faut une révolution sociale, d'autres élites, issues du prolétariat. Ce régime ne connaît plus que la politique rabaissée, la littérature rapetissée, l'art galvaudé.

Revest avait présenté Antoine à Lucien Herr, le bibliothécaire de l'École normale, à Jaurès, un ancien élève, député depuis 1885, à quelques autres jeunes gens, poètes, écrivains ou étudiants, Charles Péguy, Léon Blum…

Antoine accompagnait quelquefois Herr et Revest dans leur longue promenade à bicyclette au bois de Boulogne. Antoine avait appris à pédaler dans la cour de l'hôtel Forestier. Les passants s'étaient arrêtés devant les grilles, étonnés par cette étrange machine.

Les jours de promenade, on se laissait glisser le long de la rue Saint-Jacques jusqu'à la Seine, qu'on longeait, puis on passait sur la rive droite, remontant les Champs-Élysées ou l'avenue Marceau, et souvent Antoine, essoufflé, mettait pied à terre alors que Herr et Revest avaient déjà atteint l'Arc de Triomphe, descendant l'avenue de la Grande-Armée vers le bois de Boulogne.

On s'arrêtait au bord du lac, on s'asseyait sur l'herbe. On évoquait Vincent Mercœur et Raynal, qui venaient d'être condamnés à sept ans de bagne pour activités anarchistes, recel d'explosifs, menaces contre l'ordre public, tentative de chantage.

Les juges avaient été sévères, mais la société doit se défendre, disait Antoine. Mercœur avait bénéficié de toutes les garanties de la loi.

Revest estimait que la justice ne pouvait pas se cantonner dans l'enceinte des tribunaux, elle devait se répandre dans la société. Où était la justice quand la troupe, comme à Fourmies, tirait sur les grévistes un 1er mai, le jour choisi pour réclamer la limitation à huit heures de la durée quotidienne du travail ?

— Le gouvernement, avait ajouté Revest, a voulu essayer le nouveau fusil, le Lebel. C'est horrible ! Des adolescents abattus, troués de part en part. Vous acceptez cela, Antoine ? On ne peut pas être que républicain, comme Clemenceau. Le socialisme, Antoine, est la condition nécessaire de l'existence d'une vraie République, sinon nous n'avons que des simulacres, la liberté certes, mais celle du renard libre, dans le poulailler libre. Rejoignez-nous, Antoine ! Vous ne pouvez pas rester à l'écart de ce grand soulèvement qui commence, qui est l'aboutissement d'une démarche séculaire millénaire, de Spartacus à Saint-Just, des esclaves en révolte aux prolétaires d'aujourd'hui. La lutte des classes, c'est le ressort de l'Histoire.

La conversation s'était poursuivie durant le trajet de retour et Antoine, aux nouvelles sollicitations de Revest, avait répondu qu'il croyait à la liberté de l'individu, et non à « votre grand soulèvement collectif. Le socialisme n'est qu'une nouvelle façon de dire le christianisme, mais sans Dieu. Si vous l'emportez, vous ne ferez pas mieux que Jésus, c'est-à-dire pas grand-chose sur cette terre ! Et comme vous renoncez à l'au-delà, qu'est-ce qui vous restera ? Souhaitons que le socialisme ne soit pas une faillite morale plus grande que celle du christianisme ».

En descendant de bicyclette, devant la porte de l'École normale, Revest s'était exclamé d'une voix un peu méprisante :

— Vous êtes devenu le perroquet de Clemenceau, mon cher Antoine. Que l'homme, par son cynisme et son énergie, sa pugnacité, soit fascinant, j'en conviens. Mais où est le souffle sans lequel on ne peut soulever les peuples ? Pensez à 1792, Antoine, à votre arrière-grand-père, à l'enthousiasme des patriotes, des républicains. Pensez à votre père. Nous avons besoin de cela aujourd'hui, et c'est le socialisme, c'est-à-dire l'égalité et la justice, qui peut donner cet élan. Notre société est désemparée. Elle est la proie des passions les plus obscures. Voyez l'antisémitisme d'un Drumont et de sa *Libre Parole*, d'un Pierre Machecoul. Bientôt, ils dresseront des bûchers, ils lapideront les juifs ! Et pour finir, nous nous égorgerons entre peuples. Le socialisme peut seul éviter ça.

Revest avait pris Antoine par l'épaule.

— Ne vous laissez pas pervertir par la lucidité myope de Clemenceau. Convertissez-le, c'est un homme de talent. S'il rejoint le socialisme, il peut en devenir le chef, pourquoi pas ? D'ailleurs il a compris l'intérêt de cette évolution, il commence à se dire radical-socialiste ! Mais expliquez-lui qu'il doit se hâter d'être pour la justice, et ça n'est pas qu'un titre de journal. Autrement, la terre s'ouvrira, et les nations s'engloutiront dans un des plus effroyables bouleversements de l'Histoire.

Antoine avait eu plusieurs fois le sentiment que Revest ne se trompait pas quand il annonçait, comme il disait, une « nuée rouge », la guerre, la « grande saignée » ou bien quand, avec une sorte de lassitude, il ajoutait :

— Notre siècle vieillit tristement ! Avant quelle tragédie sociale ? Qui le dira ?

Mais il n'avait pu croire aux solutions que Revest avançait, l'Internationale ouvrière, le socialisme, l'entente entre les prolétaires. Revest souvent, et Herr et Jaurès aussi, lui étaient apparu comme des êtres généreux mais enfermés dans leur cloître de la rue d'Ulm, dans leurs croyances.

Pouvaient-ils imaginer ce qu'étaient les passions humaines, la haine et la jalousie d'un Pierre Machecoul, dont Mathilde souffrait, non pour elle-même, disait-elle, « Machecoul, c'est un porc, je le sais depuis longtemps », mais parce qu'elle devinait qu'il voulait détruire le baron de Wiener.

— Salomon est un homme bon, ajoutait-elle. C'est peut-être un escroc, mais une femme qui a couché avec un homme sait ce qu'il vaut, ce qu'il est. Un homme quand il est nu – elle riait – ne peut plus rien cacher ! Machecoul est un porc, Salomon est doux comme un oiseau.

Que pouvait le socialisme contre les passions ? Contre le fait que Machecoul avait été humilié d'avoir perdu Mathilde et qu'il la poursuivait de sa vindicte ? Elle avait dit une fois, après que Machecoul eut écrit toute une semaine des articles quotidiens pour dénoncer « le baron escroc, Salomon le corrupteur juif », qu'elle le tuerait.

Puis elle avait éclaté de rire, dit qu'elle se tuerait après, qu'elle débarrasserait la terre d'un porc et d'une fille qui n'avait pas été capable de rencontrer un homme qui ait désiré lui faire un enfant.

Antoine avait voulu s'approcher d'elle, tout à coup ému, mais elle l'avait repoussé, riant encore plus fort, puis s'arrêtant brusquement comme un cristal qui se brise, disant :

— Je m'en vais.

Il ne l'avait pas revue.

Et il avait craint, quand Clemenceau avait poussé la porte de la chambre, au fond de ce couloir de l'Hôtel-Dieu, l'instant où il la retrouverait blessée, prisonnière, coupable.

Mathilde avait essayé de se redresser, mais elle avait grimacé, montrant de sa main gauche le pansement qui serrait sa poitrine et le haut du bras. Puis elle avait sorti de sous les draps son poing droit, et elle l'avait ouvert lentement. Elle tenait, serrée au creux de sa paume, la médaille d'or, tordue, qui avait dévié la balle.

— Salomon, avait-elle murmuré.

Elle avait fermé les yeux.

Antoine avait détourné la tête, aperçu les barreaux derrière les vitres poussiéreuses de la fenêtre.

Il s'était penché vers Mathilde. Voulait-elle quelque chose ? Elle avait à peine remué la tête, gardant les yeux clos.

— Ce porc, avait-elle chuchoté, j'aurais dû le tuer avant.

— On va vous tirer de là, ma chère Mathilde, avait dit Clemenceau. J'en fais le serment, et je suis têtu comme un Vendéen !

Elle avait souri, ouvert les yeux.

— Vous ne croyez pas en Dieu, Georges, mais vous êtes bon. Salomon disait qu'il y avait deux sortes d'hommes, ceux qui savaient aimer et les autres. Moi je dis, les hommes et les porcs.

Son visage s'était crispé, comme si tout à coup elle avait eu très mal.

— Longtemps, avait-elle ajouté, je n'ai connu que des porcs.

Un infirmier leur avait demandé de sortir.

Clemenceau l'avait embrassée.

— À la fin, ce sont les hommes qui gagnent, avait-il dit en se redressant.

Elle avait tendu à Antoine le médaillon :

— Garde-le.

Antoine était resté un long moment, le visage dans les cheveux de Mathilde, respirant cette odeur un peu douceâtre et écœurante d'iode et de camphre, puis il était sorti à reculons, restant immobile devant la porte que l'infirmier avait refermée.

Clemenceau lui avait pris le bras et l'avait entraîné dans le couloir aux murs écaillés.

Après quelques pas, Antoine s'était retourné, résistant à Clemenceau qui répétait encore qu'il fallait organiser la défense de Mathilde afin de la sortir de là au plus vite.

Il avait regardé la porte de cette chambre, devant laquelle allait et venait, les mains derrière le dos, un gardien de la paix au visage couperosé, enflé, aux traits grossiers qui exprimaient la vulgarité, la bêtise et l'ennui. Son uniforme était froissé et son ceinturon n'était pas serré.

Antoine avait eu l'impression d'abandonner Mathilde pendant qu'elle se noyait dans l'eau sale de la douleur et de la laideur, de la misère et de la crasse.

Il s'était arc-bouté. Mais la main de Clemenceau était un étau, il l'avait tiré, l'obligeant à marcher plus vite, à s'éloigner de ce fond de couloir, de cette porte, de Mathilde.

— Pas d'enfantillages, Forestier ! Qu'est-ce que vous voulez ? Qu'est-ce que vous imaginez ? Vous croyez qu'on va vous laisser coucher dans sa chambre ? Ou bien qu'on va la libérer et que vous la reconduirez chez elle ou chez vous, ou rue de Médicis ?

Il avait haussé les épaules devant le visage étonné d'Antoine.

— Bien sûr, je sais que vous la rencontriez là. La police le sait. C'est comme cela que je l'ai appris. Nous sommes surveillés, vous, moi, elle, Salomon de Wiener… Machecoul devait l'être. Pourquoi la Sûreté générale l'a-t-elle laissé tuer ? C'est une question qu'il faut se poser. Sa mort, celle de Wiener n'ont pas dû mécontenter, ni surprendre tout le monde. Après tout, le baron de Wiener dérangeait. Machecoul aussi, avec ses articles hystériques. Les modérés qui nous gouvernent aiment le secret, les atmosphères feutrées, les accords discrets. Et puis les concurrents de Wiener doivent être satisfaits de sa disparition. Je suis sûr que les actions dc la banque Dussert-Speicher et Fils ont fait un bond à la cote ! Olivier Dussert va pouvoir regagner le terrain perdu, et peut-être va-t-il racheter du Panamá maintenant que ses rivaux sont liquidés. Quant à ces Messieurs qui me haïssent, qui m'accusent d'être un trouble-fête, ils estiment sans doute que je suis foutu, mort politiquement.

Clemenceau avait cessé de tenir le bras d'Antoine alors qu'ils descendaient l'escalier de l'hôpital.

— Nous ferons du journalisme, nous écrirons des romans, avait-il repris, des pièces de théâtre. Nous allons fonder un nouveau journal, Antoine, *L'Aurore*. Ça claque, ça annonce l'avenir !

Il s'était arrêté dans le hall.

— Les hôpitaux sont toujours des prisons. C'est le médecin qui vous le dit. Mais l'aile du bâtiment où ils ont placé Mathilde est d'abord une prison. Et puis, mettez-vous cela dans la tête, Forestier, on ne libère pas une femme qui a tué de sang-froid, avec préméditation. Même si elle a tenté de se suicider, même si son mari est mort. On ne peut accepter que chaque citoyen prononce lui-même un verdict et l'exécute. Allons, venez, Forestier.

Il avait poussé Antoine dehors.

Le temps était gris, mais doux. Sur le parvis de Notre-Dame, des badauds entouraient une de ces voitures automobiles que l'on commençait à apercevoir dans les rues, bruyantes, avec leur conducteur et leurs passagers enveloppés de houppelandes, les yeux dissimulés par de grosses lunettes et la casquette ou le bonnet enfoncé jusqu'aux sourcils.

Clemenceau avait haussé les épaules.

— On renoncera peut-être aux chevaux, mais je le regretterai. Monter est une école de volonté et de sang-froid. Vous n'êtes pas cavalier, Antoine ? Dommage. La manière dont un homme monte et se bat en duel révèle ce qu'il est. Quand j'ai affronté ce paltoquet de Deschanel, qui a de grandes ambitions politiques, et que je l'ai vu reculer, pâle comme un linge, j'ai su qu'il n'était rien qu'un pantin, une figure de mode.

Ils avaient commencé à marcher le long du quai de l'Horloge, vers le Pont-Neuf.

— L'hôtel de Mirmande, avait murmuré Clemenceau en montrant l'un des hôtels particuliers qui surplombaient la Seine. C'est là que les Dussert ont fait leur nid, dans une famille de bonne noblesse, les Boissier. Voilà comment la France s'est transformée, par les contrats de mariage ! C'est peut-être la conséquence majeure de la Révolution.

Il avait soupiré.

— Nous allons trouver un avocat à Mathilde.

Il parlait maintenant comme s'il dictait, avec précision et sécheresse :

— Il faut un avocat qui ne soit pas un ténor du barreau, qu'on ne puisse soupçonner d'avoir un engagement politique proche du nôtre, du vôtre. Donc pas un républicain affirmé. Un honnête homme qui plaidera l'affaire privée, le drame intime d'une femme qui veut défendre l'honneur de son époux. Pas de politique, Forestier ! Les jurés n'auraient de cesse de condamner Mathilde pour, à travers elle, flétrir les députés, les « chéquards » et les juifs. Ils se vengeraient sur elle de ne pouvoir nous trancher la tête. Ils la lui couperaient volontiers !

Ils s'étaient arrêtés à l'entrée du Pont-Neuf.

— Vous, vous serez le fils de l'amant de cœur, ce sera votre rôle. Vous expliquerez que vous n'avez pas connu votre père. Vous serez Œdipe – il avait souri – et Mathilde, une héroïne de Hugo, Fantine, Cosette, ou bien l'une de ces braves filles de Flaubert ou de Maupassant, « un cœur simple », Boule-de-Suif, mais une femme n'ayant pas accepté de n'être que cela, une figure tragique, issue du peuple, victime des puissants et du destin.

Il s'était remis à marcher, s'engageant sur le Pont-Neuf vers la rive droite.

— Nous la ferons acquitter, Antoine, avait-il dit. Et ce sera justice !

27.

“Le peuple criait ‘à mort !’, on lui aurait laissé Dreyfus qu’il l’aurait lapidé, écharpé...”

— Maître, puis-je vous avouer ma surprise ? avait commencé Charlotte de Boissier.

Elle s’était interrompue, avait regardé tour à tour son fils Léon qui se tenait debout, adossé à l’une des fenêtres du grand salon, puis Olivier Dussert, mais l’un comme l’autre avaient détourné la tête, évitant de regarder Maurice Chrétien de Taurignan vers qui, après quelques secondes d’hésitation, Charlotte de Boissier s’était penchée, toussotant, disant enfin :

— Vous, un Taurignan, le fils du général de Taurignan qui était proche de Pierre Machecoul, défendre Mathilde de Wiener !

Sa voix avait tremblé d'émotion et d'indignation, et son visage ridé, un peu blafard, s'était légèrement affaissé.

— Je revois votre père, ici, dans ce salon, à votre place, maître. Ma mère Élisabeth de Viéville recevait chaque semaine Pierre Machecoul, Joseph de Taurignan, en compagnie de vos parents, cher Dussert… C'était il y a des années. Je venais – elle avait hoché la tête – de rencontrer Victor Hugo. Il était en exil à Guernesey. J'étais si jeune, mais je n'aurais jamais imaginé qu'un Taurignan pût un jour défendre une Mathilde de Wiener, une catin, maître, et vous le savez…

Elle avait à nouveau cherché l'approbation de son fils et d'Olivier Dussert, mais ils avaient semblé gênés et étaient restés silencieux.

— … et obtenir son acquittement !

Charlotte de Boissier s'était appuyée au dossier du fauteuil, comme pour maîtriser le tremblement qui l'avait saisie.

— Bravo, maître ! Quel talent ! avait-elle dit, mais tout cela est incroyable, il me semble.

— Chacun a le droit d'être défendu, madame la comtesse, avait répondu Maurice de Taurignan.

C'était un homme d'une quarantaine d'années, qui se tenait assis droit sur le bord de son siège comme s'il avait été sur le point de se lever.

— Racontez-nous, comment est-elle ? avait demandé Charlotte de Boissier. Pour moi, c'est une catin mais surtout une anarchiste, un Ravachol ou un Vaillant en jupons. On leur a tranché la tête à l'un et à l'autre, mais une femme comme elle est d'une espèce encore plus dangereuse !

— Une femme, Mère, une femme, cela suscite toujours l'indulgence, avait dit Léon de Boissier à voix basse.

Il devait avoir le même âge que Maurice de Taurignan, mais tout les opposait. Léon de Boissier avait le visage fin, presque féminin, les cheveux plaqués soigneusement sur le crâne et les tempes, partagés par une large raie. Il portait une veste gris clair à quatre boutons, qui serrait son torse étroit. Les pantalons taillés dans le même tissu gris moulaient la jambe et couvraient le haut des bottines. Les pointes du col blanc cassé encadraient un menton fuyant.

Maurice de Taurignan avait au contraire un visage énergique, des cheveux taillés court, une petite moustache en brosse qui soulignait les lèvres charnues, la grande bouche. Son costume noir ressemblait à un uniforme auquel il aurait manqué les galons. Tout en lui révélait l'ancien officier, qui avait gardé de son passage à Saint-Cyr la raideur de l'allure et l'austérité un peu hautaine des manières.

— Mon cher député, que dit-on à la Chambre de toutes ces affaires judiciaires ? avait interrogé Dussert en se tournant vers Léon de Boissier. Vous arrive-t-il d'échanger quelques mots avec votre collègue Joseph de Wiener ? Je sais bien qu'il siège à l'autre bout de l'hémicycle, mais on dit qu'à la buvette les députés bavardent en bons camarades.

Léon de Boissier avait pris une expression ennuyée et avait haussé les épaules.

— Ces temps-ci, Joseph de Wiener ne vient guère à la Chambre, avait-il dit en souriant.

— On peut le comprendre ! Être à la fois le beau-frère de Mathilde de Wiener et donc juif, comme ce capitaine Dreyfus, cela fait peut-être beaucoup !

Il avait ri.

— Les Français ont un comportement de plus en plus étrange. Ce peuple n'en finit pas de m'étonner.

Il fait la Révolution, et accepte l'Empire. La Commune embrase Paris, et il y aurait eu un peu plus de trois cent mille lettres de dénonciation contre les communards.

Il s'était tourné vers Maurice de Taurignan.

— Vous avez lu vous-même au procès la lettre qu'avait écrite Machecoul, en juin 1871, dénonçant cette Mathilde de Wicncr.

— Comment vous êtes-vous procuré ce document, maître ? avait demandé Léon de Boissier.

Taurignan s'était contenté de pencher la tête.

— Bref, les Français sont incompréhensibles, avait enchaîné Dussert. Ils condamnent les « chéquards » et les juifs, mais ils élisent le frère du baron de Wiener, ce Joseph, un juif. Comment voulez-vous gouverner ce pays ? Heureusement, je ne suis que banquier, et les Français ne sont constants que sur un point, ils épargnent.

— Et les juifs les grugent et les dépouillent, avait lancé Léon de Boissier, ou bien les trahissent, comme ce capitaine Dreyfus auquel, avec une naïveté bien française, nos bons généraux avaient ouvert le saint des saints, les secrets de l'état-major, en toute confiance. Et notre Dreyfus recopiait, apportait ses petits papiers rue de Lille, à l'ambassade d'Allemagne !

— L'auriez-vous défendu, maître ? avait demandé d'une voix tendue Charlotte de Boissier. Un espion mérite-t-il un avocat ?

— On ne plaide pas devant le conseil de guerre, avait murmuré Taurignan.

— Mais vous, fils de général, vous étiez officier, vous avez une opinion ?

— Je n'ai pas vu le dossier…

— Accablant, accablant ! s'était exclamé Léon de Boissier. Le ministre de la Guerre, le général

Mercier, a essayé d'étouffer l'affaire, mais ce que nous avons appris, parce qu'un certain nombre d'officiers ont voulu courageusement crever l'abcès, c'est que Dreyfus a agi par vengeance et naturellement par esprit de lucre. L'entreprise familiale que les Dreyfus possédaient a fait faillite il y a quelques années, lui-même, bien que polytechnicien et breveté d'état-major, a jugé qu'on ne l'appréciait pas à sa juste valeur parce qu'il était juif. Mélangez ces deux mobiles, l'argent et l'envie, et vous avez les causes de sa trahison.

— Le général Mercier prétend, avait commencé Olivier Dussert, que les renseignements transmis par Dreyfus aux Allemand sont anodins.

— Mercier, avait répliqué Charlotte de Boissier, mais c'est une « moule » ! Vous savez que j'ai soutenu, et je n'en ai pas honte, le général Boulanger, j'étais proche de lui. C'était un homme de courage. Ce qu'il m'a dit de Mercier et des autres généraux, valets des juifs et des politicards, m'avait effrayée. Que peut-on attendre de Mercier ? Le mensonge, la faiblesse, la lâcheté.

— Chère comtesse, avait dit Taurignan, Dreyfus a été démasqué, jugé.

— Grâce à la presse, maître ! avait lancé Léon de Boissier en s'avançant. Sans *La Libre Parole* et notre ami Drumont, Mercier étouffait l'affaire, et cédait aux pressions de Joseph de Wiener et du clan juif. Leur intention était de garder la condamnation de Dreyfus secrète, mais heureusement il y a des Français qui ont le sens des intérêts de la patrie et qui ne sont pas vendus aux juifs !

— Que pense de tout cela le général de Taurignan ? avait demandé Olivier Dussert.

Maurice de Taurignan avait fait la moue, fermé à demi les yeux.

— Ne me dites pas que votre père doute de la culpabilité de Dreyfus ! s'était écriée Charlotte de Boissier.

Elle avait répété :

— Mon Dieu, mon Dieu…

— J'ai observé Dreyfus, le jour de la dégradation, place de Fontenoy, avait repris Léon de Boissier. Avez-vous lu cet article admirable de Léon Daudet dans *Le Figaro* ? Sa description de Dreyfus est impitoyable. J'étais au premier rang. J'ai vu Dreyfus, pendant que le cuirassier, l'exécuteur, arrachait ses galons, brisait son sabre d'un seul coup. Ce cuirassier était une sorte de géant, l'incarnation même de la justice. J'avais des jumelles, Dreyfus avait une mine chafouine et blafarde, un corps, un visage de menteur, celui de sa race, quelque chose de sordide et de répugnant. Quand il s'est mis à marcher, parce qu'il a été contraint de passer devant le front des troupes, on aurait dit un automate, une bête hideuse de trahison, comme écrit Daudet. C'était horrible, mais cela ne suscitait en rien la pitié. Au contraire. Le peuple criait « à mort ! », on lui aurait laissé Dreyfus qu'il l'aurait lapidé, écharpé. À aucun moment, il n'a trébuché, donné le moindre signe de remords ! Une machine à corrompre, à se parjurer. Le symbole de sa race, qui ne peut être sensible au malheur de la patrie. Il y a quelque chose qui relève de la Providence dans le fait qu'il a été déporté à l'île du Diable. Les juifs ont toujours pactisé, depuis la crucifixion, avec les puissances maléfiques.

Maurice de Taurignan n'avait pas bougé, mais son visage s'était, pendant que Léon de Boissier parlait, contracté plusieurs fois.

— Je sais, avait-il dit d'une voix dure, que pendant toute cette cérémonie sinistre, Dreyfus n'a cessé de crier : « Je suis innocent, je jure que je suis innocent ! On dégrade un innocent. »

— Quelle impudence ! avait murmuré Charlotte de Boissier.

— Mon père, avait repris Taurignan sans prêter attention à la comtesse, était à quelques mètres de lui, au côté du général commandant les troupes. Il a entendu Dreyfus répéter sans fin « Vive la France ! » et ajouter : « Sur la tête de ma femme et de mes enfants, je jure que je suis innocent. »

— Qu'en déduisez-vous ? avait demandé Dussert.

— Qu'un juif peut mentir, quels que soient les faits ! avait lancé Charlotte de Boissier.

Taurignan s'était levé, avait été jusqu'à l'une des fenêtres. Il avait regardé le parc qui s'étendait de la rue du Bac au boulevard Saint-Germain. La nuit tombait. Derrière les arbres, on apercevait la façade de l'hôtel de Taurignan.

Il eut un sentiment de nostalgie en pensant à ses arrière-grands-parents qui, avant le cataclysme de 1789, avaient vécu là, dans cette demeure dont les Dussert étaient devenus les propriétaires et qu'ils avaient transformée en siège de la banque Dussert-Speicher et Fils ! Maurice de Taurignan eut une bouffée d'amertume en songeant à ces traditions détruites. Ceux qui étaient morts, ces années-là, décapités comme son ancêtre Philippe Chrétien de Taurignan, avaient peut-être connu le destin le plus doux. Ils n'avaient pas eu à subir la bassesse des âmes et la vulgarité des mœurs qui étaient les ressorts de ce nouveau monde où tout s'achetait et se vendait.

— Comment vont vos affaires, monsieur ? avait dit Maurice de Taurignan en se tournant vers

Dussert. Vous ne songez pas à déménager le siège de votre banque ?

Dussert avait hoché la tête, les yeux étonnés.

— Mes ancêtres ne vous hantent-ils pas ? avait repris Taurignan. Je suis prêt à racheter notre hôtel, si vous le quittez.

— Je n'en ai pas l'intention, avait murmuré Olivier Dussert. Et les banquiers ne craignent pas les fantômes.

Taurignan était revenu vers le centre du salon :

— Voyez-vous, on injurie Dreyfus parce qu'il a marché d'un pas ferme tout au long de cette abominable promenade devant les troupes, place de Fontenoy, mais on l'aurait injurié de même si son pas avait été hésitant.

Il s'était retourné vers Charlotte de Boissier.

— Il faudrait empêcher les sauvages de se mêler de l'appareil de justice, avait-il ajouté d'une voix douce, avant de se rasseoir.

— Maître, maître, avait répété Charlotte de Boissier, seriez-vous pour Dreyfus ? Sans doute avez-vous été séduit par cette criminelle. Ces femmes... Que fait-elle maintenant ?

— Mathilde de Wiener écrit ses Mémoires. Elle a acheté un château, du côté de Barbizon. Elle raconte, ce sera passionnant, qu'elle a eu beaucoup d'amants. Je crois que vous avez connu certains d'entre eux. Vous étiez proche de Jules Forestier ?

Il avait souri.

— Vous, comtesse, et Mathilde, baronne de Wiener, avez de nombreux points communs...

Charlotte de Boissier s'était redressée, les lèvres tremblantes.

— C'est une fille du peuple et vous avez écrit autrefois *Histoire d'une fille du peuple*, n'est-ce pas ? Ce serait amusant de comparer l'original – il avait fait mine d'hésiter – et la copie.

Il s'était levé, s'était incliné, les talons joints.

— Mes respects, madame la comtesse, avait-il dit cérémonieusement.

Sur le seuil, il s'était retourné.

— Vous savez que je défends n'importe qui. Je suis donc à votre disposition, madame.

Léon de Boissier avait fait un pas, comme s'il avait voulu répondre à Taurignan, peut-être même le défier, mais celui-ci l'avait toisé, et Boissier avait baissé la tête.

28.

“N’oubliez jamais, mon fils, les Taurignan ont toujours agi avec droiture. Ils ont pu se tromper, mais ils n’ont jamais été lâches…”

Mathilde de Wiener avait pris le bras de Maurice Chrétien de Taurignan et ils avaient marché à pas lents vers la lisière du parc. L’air, en ce début d’après-midi de janvier 1899, était si sec et si froid, si immobile aussi, comme figé par un soleil blanc, qu’il semblait se casser comme une branche morte quand les talons frappaient la terre gelée de l’allée.

— Vous êtes courageux, Maurice, avait dit Mathilde de Wiener.

Taurignan avait un peu haussé l’épaule gauche, pour marquer que cela était sans importance.

— Tant de lâches, Maurice…

Mathilde s'était arrêtée, se tournant vers lui.

— J'ai connu si peu d'hommes qui vous ressemblent.

Elle avait souri.

— Quelques-uns quand même, mais j'en ai rencontrés beaucoup, vous le savez, je ne vous ai rien caché.

Elle s'était remise à marcher vers la petite colline couverte d'arbres qui occupait le bout du parc. De là, on apercevait les terres à blé, qui semblaient rouges sous ce soleil d'hiver, et au bout, la houle sombre de la forêt de Fontainebleau dont ces quelques arbres rappelaient qu'elle s'était étendue jusqu'ici autrefois, avant les grands défrichements.

— Cette terre de France, avait dit Maurice de Taurignan, c'est comme un ossuaire, au-dessous de chaque motte il y a un corps d'homme, une trace humaine. Nous devrions être unis par cette communauté des morts, et nous nous déchirons.

Il avait retiré son bras, et gravi seul le chemin qui conduisait au sommet de la colline. Le clocher de l'église de Barbizon s'élevait au-dessus de la cime des arbres nus.

Taurignan avait regardé Mathilde de Wiener qui s'était arrêtée à mi-pente. La buée de son haleine enveloppait son visage d'une brume blanche. Avec son foulard noué sous le menton, serré autour des joues, elle ressemblait à une jeune paysanne, simple et belle. C'était déjà une femme d'une cinquantaine d'années mais, il l'avait senti dès qu'il l'avait rencontrée pour la première fois dans le parloir de la prison de la Petite Roquette, la vie semblait avoir glissé sur elle sans réussir à la griffer, à la salir.

Mathilde avait le visage lisse. Et pourtant, comme elle l'avait dit dès cette première rencontre :

— Maître, ma vie n'est pas propre, je le sais, j'ai été une vraie truie. J'ai vécu avec les porcs. J'ai couché dans la souillure pendant la plus grande partie de ma vie. Et c'est pour ça que j'ai tué Machecoul, parce que j'avais réussi, grâce à quelques hommes, à ne plus me vautrer dans la merde. Grâce à Jules Forestier, à Salomon de Wiener, à Antoine. Oui, je sais que ça vous choque, c'est lc fils de Jules. Mais ces hommes-là, ils m'ont montré qu'il y avait autre chose que les pourceaux sur la terre. Alors, quand Machecoul a commencé à tout déchirer, à salir de boue Salomon, chaque jour, je me suis dit que ce n'était pas juste. Salomon avait peut-être payé des députés, pris l'argent des épargnants – mais ils étaient d'accord, il ne leur a pas volé dans la poche ! Ils voulaient gagner beaucoup, mais ces lâches, ils voulaient avoir des bénéfices sans risque. Avec moi, Salomon a été propre. Il m'a nettoyée, et Jules avant lui. Antoine aussi. Ils se sont conduits comme des hommes. Alors, j'ai décidé de tuer Machecoul et de me tuer après, parce que je sais que je ne vaux pas grand-chose. Mais je suis là… Georges Clemenceau et Antoine m'ont dit que vous étiez l'avocat qu'il me fallait, que vous étiez capable de comprendre pourquoi j'avais tiré. Et même, m'a dit Georges, que vous pouviez écouter tout, tout de ma vie, et pourtant vous n'êtes pas de mon monde, ni de celui de Salomon. Antoine m'a expliqué. Votre père est général, il a fusillé des gens au Père-Lachaise pendant la Commune, peut-être Jules lui-même. Moi, j'ai caché un communard, voilà. Faites ce que vous voulez.

Elle avait grimacé parce que son bras gauche et sa poitrine, à ce moment-là, la faisaient encore souffrir.

Maurice de Taurignan avait peu parlé ce jour-là, se contentant de prendre des notes, mais en regagnant son cabinet, place Dauphine, il n'avait pu penser à autre chose qu'à cette femme, devinant déjà comment il allait bâtir sa plaidoirie, pris par une sorte d'exaltation et d'enthousiasme. Et quand il avait rencontré Antoine Forestier et Georges Clemenceau, venus s'enquérir de sa décision, il avait simplement dit :

— Je ferai tout ce qui est en mon pouvoir pour la défendre.

— Alors vous la sauverez, avait affirmé Clemenceau en lui serrant longuement la main.

Et Antoine avait murmuré :

— Merci de votre réponse, maître. Elle vous honore. Elle honore votre nom !

Il s'était ainsi noué entre Mathilde de Wiener, Clemenceau, Antoine Forestier et lui, sans qu'il le veuille, ce qui n'avait d'abord été qu'une alliance puis, très vite, une amitié et une confiance partagée.

Il n'y avait jamais rien eu d'équivoque entre lui et Mathilde. D'ailleurs, à entendre Clemenceau et Antoinc Forestier, son crime et sa tentative de suicide, le long séjour à l'Hôtel-Dieu puis en prison, l'avaient transformée.

Lorsque Antoine l'avait revue, au lendemain du procès, dans cette maison qu'elle avait achetée à Barbizon, qu'on appelait le château parce qu'elle était flanquée de deux tours hexagonales, il avait été si surpris qu'il en avait balbutié :

— Vous êtes une petite fille…

Elle avait souri, et Maurice de Taurignan avait été très ému quand, tournée vers lui, elle avait murmuré :

— Je suis lavée, je me sens propre. Maître Taurignan m'a faite, avec tout ce qu'il a dit de moi, une femme propre. Petite fille ? – elle avait souri à nouveau – peut-être que je n'ai jamais été une petite fille et que maintenant je peux l'être, mais c'est tard. Je suis une vieille petite fille.

C'est dès son installation à Barbizon qu'elle avait commencé à écrire.

— J'en ai besoin, avait-elle dit, je veux m'entendre, me voir, savoir qui j'étais. Ce que j'ai vécu, je n'y ai jamais pensé. Je n'avais pas le temps. Je fourrais tout ce que je pouvais dans ma bouche, j'avalais vite. C'était comme ça quand, enfant, on trouvait un morceau de pain. On se jetait dessus, et il vous restait dans la gorge. On étouffait mais on avait l'impression de ne plus avoir faim. Je veux recommencer ma vie.

Maurice de Taurignan s'était demandé si elle avait à nouveau des relations amoureuses avec Antoine. Il les avait observés avec inquiétude, peut-être même avec une pointe de jalousie. Et il avait été heureux, bêtement, il en convenait, quand elle lui avait confié :

— Je ne veux plus d'homme dans ma vie, seulement des amis. Vous êtes mes amis.

Et elle avait pris leurs bras, les entraînant dans le parc.

Taurignan s'était plusieurs fois rendu à Barbizon avec celle qui n'était d'abord que sa fiancée, Natacha Wassilief, la fille d'un diplomate russe. Puis il était revenu après son mariage et la naissance de Robert. Souvent, le dimanche, il partait avec son automobile, tôt le matin, et après trois heures de route, parfois dans le brouillard, ils arrivaient à

Barbizon, transis mais joyeux. Robert courait dans le parc, clamant qu'il montait à l'assaut, qu'il serait général comme son grand-père, comme devait l'être un Taurignan ! Et souvent, à voix basse, Mathilde avouait que son seul regret était de ne pas avoir eu d'enfant, mais que c'était peut-être là le châtiment que Dieu lui avait infligé pour la manière dont elle avait vécu.

Après cette confidence, elle s'en allait seule vers les arbres, s'asseyait sur le banc qu'elle avait installé au milieu de la futaie, et regardait droit devant elle.

Mais il faisait trop froid, en ce début d'après-midi de janvier ensoleillé, et la lumière semblait ajouter au froid une rigidité de métal, pour que Maurice et Mathilde s'asseyent entre les troncs noirs, sur le banc, face aux terres rouges.

— Je vous disais, Maurice, avait-elle commencé, en arrivant essoufflée au sommet de la colline, que vous étiez un homme courageux.

Elle lui avait à nouveau pris le bras et ils avaient marché sur le bord de la futaie afin de rester au soleil.

— Je l'ai su quand vous avez accepté de me défendre.

— Mon devoir d'avocat, avait-il murmuré.

Elle avait secoué la tête.

— Et défendre Émile Zola, se faire cracher dessus, appeler traître, complice du pornographe vénitien ? J'ai lu tous les journaux, Maurice. Je sais ce que vous avez subi.

Il avait répété :

— Mais non, mais non.

Mais son arrivée au Palais de Justice, il y avait près d'un an maintenant, en février, au côté de Zola le jour de l'ouverture de son procès, était l'un des souvenirs les plus pénibles de sa vie.

Les cris « Taurignan, vendu ! », « Zola, à mort ! », « À bas le syndicat juif ! », « À bas Zola ! », « Mort aux crapules ! », « Dehors le syndicat juif ! », « Taurignan, Clemenceau, vendus, chéquards ! »... il les entendait encore.

Les insultes avaient fusé, cependant que les gardiens de la paix avaient tenté de repousser les manifestants hostiles. « Zola, gorgonzola », « Zola, l'immonde », « Taurignan, tu pues le gorgonzola », « Taurignan, le Prussien », et cette chanson de Bruant, reprise à pleine voix, s'adressant autant à Zola qu'à lui :

Cher maître, vous vous surmenez
Depuis quelque temps vous prenez
Le torche-cul pour la serviette
Et votre pot pour une assiette

Tant de haine, tant de vulgarité !

Taurignan n'avait pas regretté le choix qu'il avait fait d'être présent au côté de Clemenceau pour assurer la défense de l'écrivain.

Et cependant il avait hésité, quand Antoine Forestier lui avait apporté le texte que Zola allait faire paraître dans *L'Aurore*. Il avait lu, marchant dans son cabinet, cette lettre au président de la République Félix Faure, et il avait reçu chacune des phrases de Zola comme une gifle.

« *J'accuse le lieutenant colonel du Paty de Clam d'avoir été l'ouvrier diabolique de l'erreur judiciaire... J'accuse le général Mercier... J'accuse le général Billot... J'accuse le général de Boisdeffre... J'accuse le général de Pellieux et le commandant Ravary... J'accuse le premier conseil de guerre... Je n'ai qu'une passion, celle de la lumière au nom de l'humanité qui a tant souffert et qui a droit au bonheur. Ma protestation enflammée n'est que le cri de mon âme. Qu'on ose donc me traduire en cour d'assises, et que l'enquête ait lieu au grand jour. J'attends...* »

— Que voulez-vous ? avait demandé Taurignan d'un ton rogue à Antoine.

— Que vous soyez aux côtés de Georges Clemenceau, de son frère Albert, qui est avocat, pour assurer avec eux la défense de Zola. Car nous en sommes sûrs, il y aura procès.

Taurignan s'était appuyé à la bibliothèque, il avait croisé les bras et avait regardé par la fenêtre ces arbres plantés en quinconce qui donnaient à la place Dauphine l'aspect d'un grand jeu de quilles triangulaire, avec à son extrémité cet étranglement par où les jours de vent roulaient les bourrasques.

Il avait repris la lettre de Zola.

Il avait connu chacun de ces officiers, qui dînaient souvent rue de Varennes chez leur camarade le général Joseph Chrétien de Taurignan, commandant militaire de la place de Paris. Tous l'avaient félicité lorsqu'il avait été reçu à Saint-Cyr, et ils avaient tenté, les uns après les autres, de le dissuader de quitter l'armée. Du Paty de Clam, Boisdeffre, Pellieux avaient répété que la République n'était qu'une « gueuse » en effet, que le principe de laïcité rompait avec la tradition française, mais l'armée était la France, elle avait en charge toute l'histoire de la patrie, depuis les origines. Et un Chrétien de Taurignan qui avait pour ancêtre un chevalier de la première croisade se devait d'oublier la « gueuse », et de suivre l'exemple de son père.

Curieusement, c'était ce père qui avait accepté le plus facilement sa démission. Il y avait eu des moines, des prêtres chez les Taurignan, avait-il dit. Ils avaient été aussi héroïques que les chevaliers. Pendant la Révolution, un arrière-grand-oncle, Pierre-Marie Chrétien de Taurignan, n'avait jamais voulu prêter serment à la Constitution civile du clergé. Il avait été tout aussi valeureux que son frère Philippe, l'arrière-grand-père, guillotiné sur cette place qui aujourd'hui s'appelle place de la Concorde mais où tant de sang, et d'abord celui du roi Louis XVI, avait coulé.

Donc, si Maurice de Taurignan voulait être avocat, pourquoi pas ! Un homme de robe, un robin, pouvait aussi se montrer courageux.

Le général avait même semblé fier lorsque son fils avait accepté de défendre Mathilde de Wiener, et peu avant le procès il était venu, une fin d'après-midi, dans le cabinet de la place Dauphine, arpentant les quatre petites pièces sombres situées au rez-de-chaussée, les murs tapissés de bibliothèques.

Il avait interrogé Maurice sur les chances qu'avait Mathilde de Wiener d'être acquittée et, au moment de partir, il avait posé sur le bureau une feuille, disant :

— C'est la copie d'une lettre de délateur, mais exacte à la virgule près. Monsieur Machecoul appartenait à une famille où l'on a l'habitude de dénoncer. L'un de ses ancêtres a été Conventionnel et régicide puis, les temps ayant changé, il s'est rallié à Buonaparte. Ses descendants n'ont pas fait mieux. Je ne reproche rien à ces gens-là. Mais qu'ils ne s'étonnent pas s'ils suscitent la haine, et en ce qui me concerne le mépris. Vous pourrez peut-être faire quelque chose de cette lettre-là. Mais c'est à vous de juger si cette femme doit être sauvée, si elle mérite votre compassion et votre aide.

Il s'était retourné avant de franchir le seuil du bureau.

— N'oubliez jamais, mon fils, les Taurignan ont toujours agi avec droiture. Ils ont pu se tromper, mais ils n'ont jamais été lâches. Ils ont regardé loin et haut. Que vous ayez abandonné le métier des armes ne change rien à cette exigence.

Il avait souri.

— D'ailleurs, la justice tient le glaive et porte le casque du chevalier.

Maurice de Taurignan avait regardé son père s'éloigner entre les arbres de la place Dauphine. Il avait attendu que sa silhouette disparaisse pour lire ce feuillet, la copie de la lettre qu'avait adressée Pierre Machecoul à l'autorité militaire de Paris pour dénoncer « Clamecy Mathilde, demeurant 75 rue des Martyrs, prostituée. Je la connais. Elle a participé à l'insurrection. Elle cache sûrement des Fédérés. Elle a été la maîtresse de Jules Forestier, journaliste, membre du comité central de la Commune. Cet homme a, dit-on, péri pendant les combats du Père-Lachaise. Sa maîtresse mérite un châtiment exemplaire. Elle est de ces femmes qui infectent toute une société ».

La lettre n'était pas signée Pierre Machecoul, mais « un bon Français qui a eu à souffrir des exactions de la Commune ». En haut et à droite, quelqu'un avait écrit « Pierre Machecoul, journaliste connu, a été l'amant de Clamecy Mathilde ».

Peut-être cette lettre écrite pour obtenir la condamnation de Mathilde avait-elle, des années plus tard, lorsque Maurice de Taurignan l'avait lue au cours de sa plaidoirie malgré les protestations du président des assises contre l'utilisation de cette pièce nouvelle qui n'avait pas été placée dans le dossier, favorisé l'acquittement de Mathilde de Wiener…

Taurignan avait senti pendant sa lecture comme un frisson de dégoût parcourir les jurés. Et l'affaire avait définitivement perdu tout aspect politique pour ne plus être que l'épilogue tragique des tentatives sordides d'un homme jaloux qui voulait nuire de toutes les façons possibles à la femme qui l'avait humilié et abandonné, et à Salomon de Wiener qui l'avait épousée.

Cet acquittement, le général Joseph Chrétien de Taurignan ne l'avait jamais évoqué. Il avait simplement envoyé un pneumatique que Maurice avait ouvert avec inquiétude, le lendemain du verdict. Le message comportait une simple phrase : « Tu as toute mon estime. Ton père. »

Et ce tutoiement inhabituel l'avait ému aux larmes. Il avait glissé dans son portefeuille le pneumatique et parfois, au cours d'une audience, quand les débats s'enlisaient ou que le greffier lisait d'une voix monocorde les pièces du dossier, il sortait le message, le relisait et le lissait de la paume, comme s'il le caressait.

Maurice avait eu la tentation, en écoutant Antoine lui indiquer combien il était important, peut-être capital, qu'il acceptât de plaider pour Zola, de relire ce message froissé. Il avait touché son portefeuille comme on le fait d'un talisman.

Antoine avait parlé avec fougue. Les preuves de l'innocence de Dreyfus étaient désormais évidentes, avait-il dit, la machination avérée. On avait, lors du procès en conseil de guerre, condamné Dreyfus sur des pièces secrètes, un bordereau dont on avait toute raison de penser qu'il était un faux grossier. En revanche, le lieutenant-colonel Picquart, chef du service de renseignement, avait découvert une correspondance édifiante entre un officier d'origine hongroise, le commandant Esterhazy, et l'attaché militaire allemand Schwartzkoppen. La culpabilité d'Esterhazy était flagrante mais un conseil de guerre venait de prononcer son acquittement, ce qui avait suscité la lettre ouverte de Zola, que Clemenceau était décidé à publier. Le procès qui allait suivre serait un événement historique.

— Je connais tous ces officiers, avait dit Maurice de Taurignan. Ce sont des camarades de mon père.

Antoine s'était approché.

— Voyez votre père. Le général de Taurignan a suivi l'affaire. Un homme comme lui ne peut être indifférent à ce qui se passe, au dévoiement du patriotisme et des valeurs militaires, par antisémitisme, esprit de clan, parce qu'on s'enferre dans le mensonge, qu'on imagine que reconnaître l'innocence de Dreyfus, c'est affaiblir le prestige de l'Armée. Mais – il avait élevé la voix – il ne peut y avoir de force sans justice, de France sans respect du droit. L'honneur de l'armée, c'est Picquart qui l'incarne, et on le menace d'arrestation !

Antoine avait respiré après cette longue tirade.

— Je m'en remets à la décision de votre père, avait-il conclu. Il nous faut une réponse rapide. Nous allons publier le texte demain. Zola sera inculpé, et nous voulons annoncer la liste de ses défenseurs.

Taurignan était resté seul, mais il avait eu l'impression d'étouffer dans les petites pièces sombres de son cabinet.

Il était sorti sur la place Dauphine et avait commencé à marcher, allant d'une extrémité à l'autre, du Pont-Neuf au Palais de Justice, luttant contre le vent, puis poussé par lui. La nuit commençait à tomber, humide et bruyante. Le vent en s'engouffrant hurlait comme s'il avait souffert d'être contraint à se faufiler entre les vieilles façades.

Maurice avait cru, tout le temps de ces allers et retours, ne penser à rien, être incapable donc de prendre une décision. Mais lorsqu'il avait poussé la porte de son cabinet, il avait demandé à sa secrétaire de se rendre au siège de *L'Aurore* et de dire à Antoine Forestier ou à Georges Clemenceau qu'il serait au banc de la défense, si le procès Zola avait lieu.

Puis il avait attendu le retour de la jeune femme, se demandant si son père allait, cette fois-ci, comprendre le choix qu'il avait fait.

La secrétaire était revenue deux heures plus tard, lui tendant une lettre d'Antoine Forestier.

« Cher Maître,

« L'armée, grâce à des hommes comme le lieutenant-colonel Picquart, comme le général Joseph de Taurignan et vous-même, sauve son honneur. Elle sera donc, si un jour elle doit défendre la nation, victorieuse. Car la bassesse et le mensonge engendre la lâcheté. Et la vertu, le courage. Nous avons à nos côtés tout ce qui fait la France que vous et moi aimons. Jean Revest, un professeur de mes amis qui s'est beaucoup dépensé aux côtés de quelques autres jeunes "intellectuels" – c'est le mot qu'ils utilisent pour se désigner –, me citait il y a peu ces vers de Joachim du Bellay :

France, mère des arts, des armes et des lois...

« C'est pour elle, cette France-là, que nous défendons Dreyfus. Georges Clemenceau a choisi pour titre de la lettre de Zola "*J'accuse... !*". *L'Aurore* la publiera en première page. Je ne doute pas de l'effet révolutionnaire de ce texte.

« Clemenceau a rencontré votre père, il y a moins d'une heure. Il lui a fait part de votre décision. Le général de Taurignan lui a indiqué qu'à votre place, il aurait agi de même et qu'il allait pour sa part faire savoir qu'il apportait tout son soutien au lieutenant-colonel Picquart, un officier qu'il avait eu sous ses ordres et dont il avait apprécié le courage, le patriotisme et la probité.

« La vérité est en marche, plus rien ne l'arrêtera.

« Votre dévoué Antoine Forestier. »

Maurice de Taurignan s'était assis. Il avait donc agi comme il le devait, et il s'était rendu compte que, à aucun moment, il n'avait vraiment pensé que son père pouvait lui donner tort.

Mais quel déchaînement de haine depuis ces jours-là ! Une année de violence, l'opinion partagée, les cris au moment où Taurignan était descendu de voiture en compagnie de Clemenceau et de Zola devant le Palais de Justice, puis les chants orduriers contre le romancier de *Nana*.

Ah ! Mince alors ce sale mec-là
S'y entend à ramasser la thune
Qu'son amie la môme Nana
Gagne au raccroc sur le bitume.

Les insultes, les lettres anonymes à son cabinet : « Taurignan qui baise la putain des juifs », « Taurignan qui a fait acquitter une criminclle », « Taurignan, vendu à Wiener et à Rothschild »... Et ce trouble, ces déchirements qui n'en finissaient pas, ce suicide aussi du commandant Henry, dont on avait découvert qu'il avait écrit le bordereau, pièce maîtresse de l'accusation contre Dreyfus. Et la condamnation de Zola, contraint de s'exiler en Angleterre.

Il s'est carapaté
Avec sa société
Avec ses bons copains
Les écraseurs et les youpins.

Maurice avait vécu cette année avec un sentiment de dégoût et de tristesse. On avait plusieurs fois jeté des pierres contre les fenêtres de son cabinet. Des avocats se détournaient de lui pour ne pas le saluer quand il parcourait les couloirs du Palais de Justice.

Il n'avait retrouvé la paix que chez lui, ou bien rue de Varennes chez son père, qui enseignait à Robert, l'aîné de ses petits-fils, le maniement d'armes. Et l'enfant, fier, martelait le parquet de son talon.

Mais c'est à Barbizon, chez Mathilde de Wiener, que Taurignan avait eu la sensation qu'enfin tous ses muscles tendus à faire mal se relâchaient, qu'il pouvait se laisser aller à la mélancolie, à la méditation, et sur la colline, dans ce pan de forêt, un vestige des temps de l'ancienne France, celle qu'avaient connue ses aïeux au XIe siècle, il lui arrivait de réciter les vers d'un jeune poète, Charles Péguy, un ami de Forestier dont il aimait le style ample et l'inspiration. Péguy parlait de la France, de son peuple si divers.

Singulier peuple toute eau leur est une source vive.
[...] *Les eaux mauvaises les rendent souvent malades.*
Les eaux mauvaises ne les empoisonnent jamais.
Ils boivent impunément de tout.
Par cette accointance qu'ils ont avec cette petite Espérance.

[illegible] sur le même [illegible]

[illegible]

[illegible]

[illegible]

CINQUIÈME PARTIE

29.

“Les jeunes
iront au front,
les plus vieux
crèveront de faim
et de malheur.
C’est comme ça,
la guerre… ”

— Je les ai vus, avait murmuré Antoine Forestier quand Mathilde de Wiener s’était approchée de lui, dans le vestibule de l’hôtel de Wiener, au 12 de l’avenue Hoche, ce 3 août 1914.

— Mes deux fils…, avait-il ajouté.

Mathilde lui avait pris le bras et il s’était appuyé sur elle, qui l’avait guidé vers l’escalier de marbre conduisant à la loggia et aux salons.

La lumière qui tombait de la verrière donnait à la statue de Vénus et au porphyre des colonnes des couleurs fauves.

Antoine avait baissé la tête, fermé à demi les yeux. Il avait aussi serré les épaules, comme pour réunir les deux lèvres de cette plaie qui s'était ouverte au milieu de sa poitrine quand il avait vu ses fils, Henri et Charles, s'éloigner sur le quai de la gare de Meaux, s'enfoncer et se perdre dans la foule des réservistes.

Ils avaient disparu au milieu de ces grappes de jeunes gens qui portaient des musettes, de ces hommes déjà mûrs entourés de femmes en jupes noires qui leur tendaient des paniers d'osier d'où dépassaient des goulots de bouteilles, de gros pains enveloppés dans des serviettes à carreaux. Un peu à l'écart se tenaient des hommes voûtés par le travail de la terre, qui s'essuyaient les yeux et le nez du revers de la main, qui parfois cachaient leur visage sous leur coude replié et l'on ne voyait plus que leur menton mal rasé, gris, et le velours noir de la manche de leur veste.

Antoine avait eu si mal, avec la sensation qu'on lui déchirait la poitrine, qu'il était resté immobile quelques minutes, terrassé par cette douleur inattendue qui lui avait coupé le souffle. Puis il s'était jeté en avant, il avait couru.

La gare de Meaux était pleine de voix brisées qui s'interpellaient, de sanglots retenus, de sifflements de vapeur, du choc des wagons, du claquement des portières et du halètement des locomotives qui couvrait, par à-coups, tous les autres bruits.

Antoine avait continué d'avancer, s'ouvrant un chemin des mains et des épaules dans cette foule qui n'était qu'une masse grumeleuse d'émotions repliées sur elles-mêmes.

Au bout du quai, il avait enfin vu ses fils, marchant côte à côte dans cet air que la chaleur des premiers jours d'août 1914 faisait déjà trembler.

Henri et Charles avançaient sur le ballast vers les trains chargés de troupes qui stationnaient sur les voies de garage, loin de la gare, attendant de repartir vers l'est, sans doute vers Châlons-sur-Marne selon ce qu'Antoine avait appris au cabinet du ministre de la Guerre.

Il avait fait intervenir Clemenceau, Maurice de Taurignan, dont le fils, le capitaine Robert de Taurignan, était attaché à l'état-major général des armées.

Enfin, il avait appris que le 52e régiment d'infanterie de Valence, auquel Henri était affecté, passerait par Meaux en début d'après-midi, le 3 août. Et que le 22e régiment de chasseurs alpins, en provenance de Grenoble et de Digne, se trouverait dans la même gare, qui servait donc de centre de regroupement des troupes venues du sud-est de la France.

Et Clemenceau avait lancé d'un ton froid :

— On va les jeter sur l'Alsace et la Lorraine. Les généraux veulent un coup de clairon pour commencer la guerre. Soit.

Puis, avec une grimace, le menton en avant, comme pour exprimer sa colère et son mépris, il avait ajouté :

— Nous ne sommes pas gouvernés. Poincaré et Viviani naviguent du côté de Saint-Pétersbourg. Avait-on besoin d'envoyer chez les Russes, même s'ils sont nos précieux alliés, le président de la République et le président du Conseil ? Les Allemands ont le temps de pousser des patrouilles de uhlans jusque du côté de Reims, s'ils le veulent !

Antoine l'avait regardé avec une sorte d'effroi.

Il avait découvert ce jour-là – on était le 30 juillet – que Clemenceau était un vieillard, un homme de soixante-treize ans rabougri, la moustache blanche, le visage creusé, et ç'avait été tout à coup la mesure du temps qui avait passé ! Henri avait vingt-quatre ans, Charles, vingt, et lui, Antoine, plus de cinquante, comme Marguerite qui avait télégraphié de Mazenc. Elle n'avait plus de nouvelles des enfants. Elle était folle d'inquiétude parce que tout le monde parlait de guerre. Autour d'elle, les vignerons du Cercle républicain avaient commenté l'article de Georges Clemenceau dans *L'Homme libre*. Il avait écrit, n'est-ce pas, que la France n'était ni défendue, ni gouvernée, qu'on était au bord du gouffre, qu'une seule idée devait habiter les hommes politiques, « l'idée de la patrie ». « Nous avons été vaincus en 1870 mais, cramponnés à ce qui nous reste de France, nous ne voulons pas, nous ne pouvons pas subir la même épreuve une seconde fois. Nous ferons tout pour l'apaisement dans l'intérêt de la paix de l'Europe mais, si on ne nous laisse d'autre ressource que le recours à la force, nous serons au rendez-vous. Mais il ne suffit pas d'être des héros. Nous voulons être des vainqueurs. »

Marguerite avait ajouté :

— Que vont devenir nos fils ?

— On va les jeter sur l'Alsace et la Lorraine, avait répété Clemenceau.

Ce mot « jeter » avait étouffé Antoine. Il voulait revoir Henri et Charles. Il avait eu l'impression que s'il réussissait à leur parler, il les protégerait, que ce serait un signe de la clémence et de la bienveillance du destin.

Il avait écouté plusieurs minutes encore Clemenceau qui allait et venait dans le bureau, les mains enfoncées dans les poches de sa veste noire, froissée, maculée ici et là de taches de poudre, ou de poussière. Mais la chemise blanche était lisse, éclatante, et faisait ressortir le teint un peu cireux du visage.

— Vous voyez, disait-il, le préfet de police nous annonçait une révolution dans les trois heures. Je n'y ai jamais cru ! L'assassinat de Jaurès a bouleversé, révolté, mais tout compte fait, il a rassemblé. L'assassin est à l'évidence l'un de ces fous qui croient ce qu'on écrit dans les journaux. Il a lu Maurras ou Daudet. Il a vraiment pensé que Jaurès était Herr Jaurès, un espion du Kaiser. Mais ce criminel – a-t-on idée de s'appeler Raoul Villain ! avait-il ricané – est un isolé. Il n'exprime pas plus l'état d'esprit des monarchistes ou des ligueurs extrémistes que les anarchistes ne représentaient le socialisme. Le sang de Jaûrès va réunir, Forestier. Barrès s'est incliné devant sa dépouille. On va faire des funérailles émouvantes, et même les antimilitaristes les plus enragés s'engageront. L'amour de la France va tout emporter ! L'assassinat de Jaurès, croyez-moi, Forestier, c'est la preuve que la paix est morte, mais c'est aussi l'annonce de l'unité de la nation.

Clemenceau s'était assis.

— Je vais écrire cela, avait-il repris, sous le titre « La patrie en danger ». Ça sentira 1793. Et nous publierons, en première page, ce poème que vient de m'envoyer Anna de Noailles.

Il avait commencé à lire, d'une voix un peu trop forte :

J'ai vu ce mort puissant le soir d'un jour d'été
Un gisant solennel. Une table à côté :
La gloire qui dormait près de la pauvreté
J'ai vu ce mort auguste et sa chambre économe
La chambre s'emplissait du silence de l'homme
L'atmosphère songeuse entourait de respect
Ce dormeur grave en qui s'engloutissait la paix.

Antoine avait serré les poings pour s'empêcher de trembler. Il avait dit à mi-voix :

— Je vais à Meaux essayer de voir mes fils, avant qu'on les jette…

Clemenceau avait levé la tête et l'avait fixé, les yeux mi-clos, les sourcils broussailleux semblant vouloir les recouvrir.

Il s'était contenté de hocher la tête, de le saluer de la main, puis quand Antoine était sorti du bureau, il avait lancé de sa voix étonnamment juvénile :

— Embrassez-les, Forestier, serrez-les contre vous pour moi !

Antoine s'était précipité, traversant la salle de rédaction de *L'Homme libre*, disant qu'il ne serait sans doute pas là pour le « bouclage ». Il avait couru tout au long de la rue Taitbout jusqu'au boulevard des Italiens. Il avait arrêté un taxi qui, après quelques instants d'hésitation, avait accepté de le conduire jusqu'à Meaux et d'attendre là-bas le temps qu'il faudrait.

— Je vais rencontrer mes fils. Ils sont à l'armée.

L'homme s'était contenté de hocher la tête, de répéter à mi-voix le prix qu'il avait fixé pour cette course. Et Antoine lui avait donné deux billets qui représentaient le double de ce que l'homme demandait.

Mais le chauffeur avait fait non, rendu l'un des billets.

— Le juste prix, avait-il dit.

Puis d'une voix basse, il avait ajouté :

— Ça va être la saignée, et c'est le meilleur sang qui coulera.

Antoine s'était tassé, peu à peu étourdi par le bruit du moteur et par celui du vent qui, s'engouffrant sous la capote de la voiture, tourbillonnait, lui souffletait le visage.

Il faisait beau et chaud. Au-dessus des blés roux flottait une brume bleutée. Les champs étaient vides jusqu'à l'horizon, mais lorsqu'on traversait les bourgs et les villages, les rues étaient encombrées par des charrettes, des calèches, et même quelques automobiles. Il avait fallu donner des coups de klaxon pour que la foule, qui avait envahi la chaussée devant les mairies pavoisées, s'entrouvre et laisse ainsi voir les affiches blanches, barrées de tricolore, annonçant la mobilisation générale.

— On va tous en être, avait dit le chauffeur de taxi. Les jeunes iront au front, les plus vieux crèveront de faim et de malheur. C'est comme ça, la guerre, ma grand-mère m'a raconté 70.

Antoine n'avait pas répondu. Dans l'un des salons de l'hôtel de Wiener où Mathilde, quand elle était lasse de résider dans son château de Barbizon, recevait les gens avertis, officiers chamarrés, députés et même ministres, il avait entendu assurer que si la guerre éclatait, elle serait courte, quelques semaines. Elle commencerait avec l'été et finirait pour les vendanges.

Il s'en voulait de s'être tu, de n'avoir pas essayé là où il était d'empêcher l'engrenage de tourner, broyant les hommes qui voulaient la paix, Caillaux, le radical, Jaurès dont il n'avait pas aimé l'éloquence prophétique, trop grasse. Mais c'est Jaurès qui avait dit, avec ses grands mots de visionnaire, ses bras qu'il levait comme un prêcheur, un Christ énorme et tonitruant : « Il faut refuser le jeu de hasard de la guerre, ce coup de dé sanglant. Si la guerre européenne éclate, il peut en sortir pour une longue période des crises de contre-révolution, de réaction furieuse, de nationalisme exaspéré, de dictature étouffante, de militarisme monstrueux, de violences rétrogrades et de haines basses, de représailles et de servitudes ! »

Lorsque Antoine avait rapporté ces propos à Clemenceau, celui-ci avait haussé les épaules, ne contestant pas les prédictions de Jaurès mais disant seulement, la bouche cernée par des rides d'ironie amère :

— Quand l'avalanche a commencé de rouler, elle emporte tout. Il faut sauver les siens des blocs qui tombent. Je ne veux pas que la France soit écrasée une seconde fois.

Il avait secoué la tête, serrant les dents, menton prognathe, ajoutant :

— Malheur à ceux qui continueront à bêler qu'ils veulent la paix quand les premières pierres se détacheront, quelque part en Europe, peut-être en Russie, et qu'elles dégringoleront sur nous !

Antoine s'était souvenu des sarcasmes mêlés de colère avec lesquels Clemenceau avait accueilli l'opposition des socialistes à la loi, votée en 1913, portant la durée du service militaire à trois ans. Dans *L'Homme libre*, Antoine avait lui-même condamné la réunion qui s'était tenue à Berne entre parlementaires français et allemands, puis le congrès de l'Internationale, à Bâle. Clemenceau l'avait incité à écrire un article impitoyable, lisant à voix haute le discours de Jaurès qui avait cité Schiller : « J'appelle les vivants, je pleure les morts, je brise la foudre… Je pleure sur les morts innombrables, avait repris Jaurès, couchés là-bas vers l'Orient, et dont la puanteur arrive jusqu'à nous comme un remords. Je briserai les foudres de la guerre qui menace les nuées. »

— Écoutez-le, Forestier, s'était écrié Clemenceau, écoutez notre prédicateur ! Je l'ai su dès que je l'ai entendu la première fois, c'est un esprit religieux et il ne voit pas qu'aucune religion n'a pu arrêter les massacres, les guerres. D'ailleurs quel symbole ! Leur congrès de l'Internationale se tient dans la cathédrale de Bâle ! Qu'ils célèbrent leur messe, mais qu'ils n'empêchent pas les Français de se défendre. Soyez sévère, Forestier, Il y va du salut de la France !

Puis, jour après jour, la paix s'était fissurée, ébréchée, et les blocs avaient commencé d'osciller.

Le 28 juin 1914 à Sarajevo, l'archiduc François-Ferdinand avait été assassiné par des Serbes. Et quelques jours plus tard, Clemenceau avait tendu à Antoine l'article qu'il venait d'écrire pour commenter l'événement, et qu'il avait intitulé « Vers l'inconnu ».

Antoine s'était souvenu de ces jours de la fin juin 1914, alors que le taxi venait de traverser Corbeil, longeait la Seine, puis la voie ferrée. Des trains passaient avec, aux fenêtres des wagons, des jeunes hommes qui faisaient de grands signes, riaient aux éclats, chantaient, agitant leurs calots, et sur certains wagons, des mains maladroites avaient tracé en grosses lettres blanches « À Berlin ! ».

Il avait imaginé Henri et Charles dont les trains, si les informations données par le cabinet du ministère de la Guerre étaient exactes, devaient être déjà arrivés en gare de Meaux, et il avait été saisi d'angoisse à la pensée qu'il pouvait ne pas revoir ses deux fils.

Il avait demandé au chauffeur de tenter d'aller plus vite, mais l'homme, après avoir bougonné, lui avait lancé un coup d'œil et avait dit :

— On va essayer, puisque c'est pour vos enfants. Moi, c'est la première fois que je suis content de n'avoir eu que des filles, trois, parce que je serais fou à l'idée qu'ils aillent risquer leur peau, pour quoi, monsieur ? Et pire, qu'ils aillent en tuer d'autres pareils à eux, qui ne sont ni pires ni meilleurs que nous.

Le vent était vif, l'horizon s'était élargi et sur le plateau, peu avant Meaux, sur la route bordée d'arbres, on avait croisé des colonnes d'artilleurs se dirigeant vers Paris. Le chauffeur avait été contraint de ralentir, disant que ces canons-là, c'était les « 75 », ceux que le juif Dreyfus avait vendus aux Allemands.

Antoine avait été accablé. Dreyfus, gracié, acquitté, son innocence démontrée, proclamée, les coupables de la trahison et du faux, cet Esterhazy et ce commandant Henry, démasqués, et ce brave chauffeur, qui peut-être lisait *L'Humanité* et vénérait Jaurès, continuait de croire ce que les antidreyfusards, les Drumont, les Barrès, avaient répandu durant des années !

Confusion, ignorance, aveuglement. Qui voulait savoir vraiment ? Chacun s'enfermait dans ses illusions.

C'est pour la lucidité de Clemenceau qu'Antoine lui était resté fidèle durant toutes ces années de disgrâce, quand Clemenceau n'était plus qu'un journaliste, un homme politique que l'on disait « brisé », enterré, parce qu'on avait prétendu qu'il avait touché – et qu'importe que ce ne fût là que calomnie – de l'argent de Salomon de Wiener. Et ses ennemis avaient ajouté que sa défense de Dreyfus n'était que la dette qu'il payait à ses amis juifs !

Ce n'est qu'après des années, en 1906, que Clemenceau était enfin devenu ministre de l'Intérieur, puis président du Conseil, avant d'être renversé.

Mais jamais, même au sommet du pouvoir, il n'avait perdu son indépendance d'esprit, son regard impitoyable, capable de percer tous les mensonges et de dire, alors que chacun vantait en ce mois de juillet 1914 la force de l'armée française : « Nous ne sommes ni défendus, ni gouvernés. »

Antoine, dans ce premier étage de l'immeuble modeste de la rue Taitbout où se trouvait les bureaux de la rédaction de *L'Homme libre*, ce journal créé précisément pour pouvoir clamer ce qu'était la vérité, avait eu presque chaque jour de ce mois de juillet-là une sensation d'angoisse.

Chaque mot, la guerre, l'incurie, l'incompétence, l'irresponsabilité des généraux et des hommes politiques, tout ce que dénonçait Clemenceau lui avait semblé autant de menaces sur la vie de Henri et de Charles.

L'aîné avait choisi la carrière des armes, par fidélité, disait-il, au souvenir de Maximilien Forestier, soldat de l'an II et maréchal d'Empire. Il avait réussi le concours de Saint-Cyr, fait l'année de service militaire qu'il devait accomplir avant Saint-Cyr, au 52e régiment d'infanterie de Valence, et à la sortie de l'école, septième de toute sa promotion, il était retourné dans cette même unité au lieu d'entrer dans une arme noble, la cavalerie ou les chasseurs.

Quant à Charles, il avait interrompu ses études de droit pour accomplir son service militaire – trois ans maintenant ! – au 22e régiment de chasseurs alpins, à Barcelonnette. Mais il rêvait de vie civile, de marcher dans les vignes, de goûter son vin. Il avait adoré son arrière-grand-père Romain, il était proche de ses grands-parents maternels et, il le disait en riant : « Henri est d'abord un Forestier, moi, je suis un Novera, l'un le sabre, l'autre la vigne ! »

Il prenait sa mère par la taille, il la faisait valser. Il était joyeux. Il chantait en provençal. Il disait que, son service terminé, il ne quitterait plus jamais le château de Mazenc. Il trouverait une femme du pays, comme l'était sa mère.

Mais on l'avait lui aussi poussé dans la guerre. Et c'est pour lui qu'Antoine avait peur, lui qu'il avait cherché d'abord en entrant sur ce quai de la gare de Meaux, noir d'une foule où ne s'élevait aucun chant, aucune protestation, aucune plainte, mais un murmure qui lui avait serré le cœur, comme une lamentation sourde, l'expression d'un effroi et d'une impuissance.

Ses deux fils étaient là, de chaque côté de l'entrée du quai. Henri plus grand, plus maigre que son frère Charles. Ils avaient ri en le voyant, ils avaient étendu leurs bras, l'arrachant au flot des gens qui allaient et venaient, passant du hall au quai.

Ils s'étaient étonnés qu'il ait pu connaître le jour et l'heure de leur arrivée à Meaux, qu'il ait réussi à les faire prévenir qu'ils étaient dans des trains qui se suivaient. Antoine avait été tout à coup si heureux, si apaisé, si fier d'avoir obtenu ce qu'il avait souhaité si ardemment, les voir, leur parler, les toucher, sentir leurs regards admiratifs et tendres, qu'il avait ri comme jamais depuis des mois.

Puis ils s'étaient mis à parler et l'inquiétude était revenue.

Charles avait raconté l'entrevue qu'il avait eue avec le commandant du bataillon de chasseurs.

L'officier avait paru hésiter à lui accorder la permission de s'éloigner du train. Il avait agité le télégramme du ministère de la Guerre concernant le sergent Charles Forestier.

— Votre père, avait-il dit, c'est le collaborateur de Clemenceau, n'est-ce pas ? L'ami de Zola. Dites-lui, puisqu'il est introduit au ministère de la Guerre, qu'il connaît mieux que moi la feuille de route du bataillon, qu'il ne la confie pas à un Italien ou à un juif ! Qu'il se souvienne qu'il est l'arrière-petit-fils du maréchal Forestier. Rompez, sergent, et sachez que si vous avez une minute de retard, le train ne vous attendra pas. Je vous porterai déserteur.

Charles avait haussé les épaules avec indifférence, mais Antoine s'était inquiété. L'hostilité d'un officier pouvait être pour son fils une condamnation à mort. On désigne des hommes pour des missions de sacrifice, on ne les choisit jamais au hasard.

Il s'était souvenu de la haine qui avait déferlé, durant des années, après le procès de Zola et jusqu'à ce que la Cour de cassation innocente Dreyfus, en 1906. Il avait dû affronter les quolibets, les accusations, les injures, entendre chaque jour chanter devant les bureaux de *L'Aurore*, puis plus tard de *L'Homme libre* :

À mort les juifs, à mort les juifs !
Il faut les pendre
Sans plus attendre
Il faut les pendre
par le pif !

Et peut-être avait-on assassiné Zola en bouchant les cheminées de son immeuble, Zola haï, qu'on poursuivait de refrains homicides.

Zola, c'est un gros cochon
Quand on l'attrapera, nous le flamberons...

Dures années qui avaient laissé des cicatrices. Les républicains avaient été haïs, méprisés, ne défendaient-ils pas un régime dont le président, Félix Faure, était mort dans les bras d'une courtisane à l'Élysée ? Et l'on avait découvert la femme, une Mme Steinheil, s'enfuyant à demi vêtue par les jardins du palais présidentiel ! La haine était si grande que, quelques années plus tard, Antoine avait été assailli à coups de canne par des membres de la Ligue des patriotes, des Camelots du roi de l'Action française.

Et maintenant, sur ce quai de la gare de Meaux, il s'était demandé si ses fils n'allaient pas subir la vengeance d'un officier ligueur et antidreyfusard. Mais ni Charles ni Henri n'avaient paru s'en soucier.

Ils parlaient de leur mère. Ils demandaient à Antoine de veiller sur elle, de ne pas la laisser seule au château de Mazenc. Certes, la famille Novera se serrerait autour d'elle, l'aiderait au moment des vendanges, mais avait dit Henri – et Charles l'avait approuvé en hochant la tête :

— C'est de vous qu'elle a besoin, père.

Ils l'avaient embrassé, ils avaient ri encore. Ils devaient se dépêcher de rejoindre leurs bataillons. Il ne fallait pas qu'ils soient portés déserteurs, eux les fils d'un dreyfusard ! Et ils avaient été ensevelis par la foule qui, chaque fois qu'un train partait, semblait drossée par un brusque coup de vent vers les wagons dont les portières battaient.

Antoine avait couru jusqu'au bout du quai, commencé à descendre la pente de ciment qui conduisait aux hangars et aux entrepôts. Au-delà s'étendait la trame, brillante sous le soleil, des aiguillages et des voies de triage.

Il avait vu Henri et Charles se diriger vers les trains de troupe aux portières ouvertes, les hommes assis sur les marchepieds, la plupart dépoitraillés tant la chaleur était déjà forte. Des chevaux hennissaient. Des relents de sueur, de paille, de crottin et d'urine étaient portés jusqu'à Antoine par une brise légère. Il avait entendu des éclats de voix, les notes d'un harmonica.

Il s'était avancé jusqu'au moment où il avait vu Henri et Charles s'arrêter. Ils s'étaient regardés quelques secondes et ils s'étaient étreints, restant longtemps l'un contre l'autre. Puis ils s'étaient séparés lentement, comme s'ils avaient été matériellement attachés l'un à l'autre, et au fur et à mesure qu'ils s'écartaient, Antoine avait eu la sensation que sa poitrine se fendait, que les bords de cette blessure s'écartaient.

Il n'avait pas pu, il n'avait pas osé crier « Henri, Charles, attendez-moi ! », il les avait suivis des yeux, l'un, Charles, qui partait vers le train arrêté sur la voie la plus éloignée, l'autre, Henri, qui remontait le convoi le plus proche à grands pas.

Et tout à coup deux brefs coups de sifflet, si aigus, avaient déchiré la rumeur confuse qui enveloppait la gare de Meaux. Les soldats avaient commencé à courir vers les wagons cependant que déjà les trains s'ébranlaient.

Antoine avait pensé à ces quelques mots du chauffeur de taxi. L'homme avait parlé de saignée, de meilleur sang… Peut-être avait-il dit « dans la saignée, c'est le meilleur sang qu'on prend ».

Antoine avait décidé qu'en rentrant à Paris, il demanderait à servir. Il exigerait qu'on l'incorpore dans un régiment de première ligne, parce qu'un père doit subir ce qu'il impose à ses fils. Car cette guerre, cette guerre attendue, qu'on sentait venir depuis cinq ou six ans, eux tous, les pères, et donc lui en premier, ils n'avaient pas pu l'empêcher. Certains d'entre eux l'avaient même désirée. Il avait entendu ces cris de « Vive l'armée ! À Berlin ! » qu'avaient poussés ces derniers jours, sur les grands boulevards, des hommes en chapeau et gantés, brandissant leur canne à pommeau d'argent. Il avait lu, dans *L'Action française* et dans *L'Écho de Paris*, ces appels au meurtre de Jaurès : « Dites-moi, à la veille de la guerre, le général qui commanderait à quatre hommes et à un caporal de coller au mur le citoyen Jaurès et de lui mettre à bout portant le plomb qui lui manque dans la cervelle, pensez-vous que ce général n'aurait pas fait son plus élémentaire devoir ? Si, et je l'y aiderais », avait conclu Maurice de Waleffe.

Antoine avait rencontré ce chroniqueur plusieurs fois. Il lui avait serré la main. Mais l'approche et l'attente de la guerre avaient transformé les hommes. Ils avaient troqué leurs bonnes manières et leurs sourires pour des rictus de haine. Bientôt, ils seraient des tueurs.

Et Henri et Charles allaient vivre cela. Et peut-être mourir.

Antoine avait quitté la gare de Meaux comme on s'enfuit, et il s'était précipité dans le taxi.

— Vous les avez vus ? avait demandé le chauffeur en démarrant.

Antoine s'était contenté de baisser la tête.

— On sait jamais ce qu'il faut faire, avait repris le chauffeur. Qu'est-ce qui vaut mieux, voir une dernière fois ceux qui s'en vont, ou…

Il avait haussé les épaules.

— Mais ils vont revenir, avait-il ajouté. Cette guerre, on dit qu'elle va durer trois mois. Il y en a qui disent qu'elle finira le 15 septembre, que c'est prévu entre les gouvernements.

Antoine avait fait semblant de somnoler. Il s'était recroquevillé autour de sa douleur

Il avait eu honte des sanglots qui emplissaient sa gorge, et il avait désiré s'appuyer contre une épaule pour y cacher son visage et pleurer sans qu'on le juge.

Alors il avait donné l'adresse de Mathilde de Wiener, 12 avenue Hoche.

30.

“Fraternité soit, mais malheur aux vaincus ! La vie ne se maintient que par la mort. Pour vivre, il faut manger, tuer pour manger !”

Mathilde de Wiener était restée assise dans la pénombre de ce petit salon qu'éclairait à peine une frange de lumière tombant de la verrière. Il faisait chaud, ce 3 août 1914.

Elle avait écouté les plaintes et les regrets d'Antoine. Il s'était accusé de n'avoir pas su, à sa place, aux côtés de Clemenceau quand celui-ci – et cela avait duré trois ans – avait été président du Conseil, empêcher la France et l'Europe de marcher au suicide, de pousser des générations entières vers l'abattoir, et parmi ces hommes jeunes qui commençaient à s'égorger se trouvaient Henri et

Charles, ses fils qu'il avait vus s'éloigner côte à côte sur le ballast de la gare de Meaux et rejoindre ces trains où s'entassaient, comme du bétail, les soldats, cette chair à canon.

Mathilde l'avait laissé parler.

Quand il s'était interrompu, qu'il avait quêté une approbation, elle s'était contentée de murmurer, comme autrefois, il y avait plus de dix ans, lorsqu'ils étaient amants :

— Je suis là, je vais m'occuper de vous, parlez-moi, parlez, Antoine, je vous comprends.

Mais elle avait eu, en prononçant ces mots, la nausée. Elle avait eu honte.

Elle avait eu envie de se lever, de saisir Antoine par les revers de sa veste, de le secouer, de lui crier :

« Comment peux-tu t'étonner de cette guerre qui commence ? Moi, une femme venue de rien, qui le tiers de sa vie n'a été qu'une putain, j'ai su que viendrait le temps des massacres, parce que je vous ai écoutés, parce que je vous ai vus tous, si fiers de vous, persuadés que vous aviez raison.

« Je vous ai reçus ici, dans mes salons ou à Barbizon. J'ai marché près de vous dans les allées du parc, jusqu'à la colline, cette île de forêt au milieu de la plaine. Et tous, même ceux pour qui j'ai de l'estime, de la tendresse, toi Antoine, et Georges Clemenceau, vous étiez si vaniteux que j'en ai été humiliée pour vous, qui prétendiez tous être lucides. C'était votre grand mot. Quant aux autres, les bons, les purs, les belles et larges âmes, Jaurès, Revest, ils transpiraient d'optimisme, de générosité.

« Te souviens-tu de Jaurès, ici, nous disant "Je ne crois pas à la guerre. Je ne crois pas Guillaume au fond si belliqueux" ?

« Et moi, la femme qu'on regardait avec commisération, avec ce mélange de mépris et de considération, et même d'effroi parce que j'avais été une femme entretenue, une meurtrière, mais que j'étais aussi la baronne de Wiener et que je possédais un petit château à Barbizon et un hôtel particulier avenue Hoche, j'avais dit : "Mais vous vous faites presque la guerre déjà, à propos du Maroc, à propos de l'Afrique, et j'entends presque chaque jour crier sous mes fenêtres des jeunes gens qui veulent la revanche, qui rêvent de se battre. Vous ne le savez pas ?"

« Tous, vous aviez haussé les épaules. Et quand j'avais rapporté les propos de Natacha Wassilief, l'épouse de Maurice de Taurignan qui m'avait dit, en 1905, "La révolution qui vient d'éclater en Russie, mon père en est persuadé, c'est l'annonce de la guerre ; le tsar va choisir la guerre pour noyer dans le sang patriote le sang révolutionnaire", vous m'avez regardée avec étonnement. De quoi je me mêlais ? J'étais le trouble-fête !

« Jaurès arrivait de la Chambre des députés en fiacre et en frac. Qu'il était reluisant, son plastron blanc de vice-président de la Chambre ! Et, en écoutant Jaurès pérorer, la poitrine comme une chambre d'écho, répétant qu'il avait dit à Clemenceau "Votre doctrine de l'individualisme absolu, c'est la négation de tous les vastes mouvements de progrès qui ont déterminé l'histoire", j'avais envie de lui chanter ce couplet dont je me régalais, seule, couchée dans ma chambre, feuilletant ce journal sacrilège, *L'Assiette au beurre*, me repaissant de ces caricatures qui vous démasquaient :

Qu'importe une abjuration
Mon trône vaut bien un sermon
Qu'importe ce que dit la presse
J'ai mon fauteuil de souverain
Je sui un roi républicain.

« L'un, Jaurès, était vice-président de la Chambre, et l'autre, mon cher Clemenceau, ton maître, Antoine, était devenu ministre de l'Intérieur, "premier flic de France" comme écrivait *L'Assiette au beurre*, puis président du Conseil. Et je l'ai entendu dire, ici, que "le pays saurait qu'il est commandé".

« Ce que j'ai vu, ce sont les viticulteurs qui occupaient Narbonne, et des régiments qu'on envoyait pour rétablir l'ordre, et les soldats du 17e à Béziers mettaient la crosse en l'air.

Soldats, notre conscience est nette
On ne se tue pas entre Français
Refusons de rougir nos baïonnettes
Petits soldats, oui, vous avez bien fait
Salut, salut à vous
Braves soldats du 17e
Salut, braves pioupiou
Chacun vous admire et vous aime
Salut, salut à vous
À votre geste magnifique.
Vous auriez en tirant sur nous
Assassiné la République.

« Et je t'ai entendu, ici, Antoine, féliciter Clemenceau qui se frottait les mains, disant qu'il avait berné ce Marcellin Albert qui se prenait pour le chef et la voix des viticulteurs. Il lui avait donné cent francs pour lui permettre de rentrer chez lui se constituer prisonnier, et c'en était fini de cette rébellion des pauvres ! Clemenceau l'avait pourrie, comme quelques années auparavant il avait brisé les grèves de fonctionnaires, de cheminots.

« Tous, vous m'avez donné envie de vomir…

« Je n'avais rien à vous opposer, que mon sentiment de révolte, le plaisir que j'éprouvais à entendre les voix les plus féroces vous condamner, à regarder ce dessin qui représentait mon ami Georges en médecin à tête de mort en train d'avorter Marianne, et lui chuchotant, ce faiseur d'anges : "Bien sûr que tu es enceinte d'une nouvelle société ! Mais tu avorteras, ça me connaît !"

« Comment aurais-je pu croire à ce rêve ? Une nouvelle société ?

« Je vous ai écoutés l'imaginer. Jean Revest était le plus éloquent ! Il s'approchait d'une fenêtre. Il montrait les voitures automobiles qui circulaient sur l'avenue. Il disait que la course Paris-Madrid s'était déroulée à plus de cent kilomètres de moyenne, qu'un jour chacun posséderait sa voiture, que le métro qu'on venait d'inaugurer allait étendre son réseau à toutes les villes !

« J'ai la nausée. Toi, Antoine, comme les autres, tu t'es cru un roi républicain, tu as imaginé que tu pouvais ordonner la vie des hommes et des choses.

« Je n'ai jamais été dupe. Heureuse d'avoir découvert seulement, et cela peut-être est une grâce de Dieu, que tous les hommes n'étaient pas des porcs ! Et que quelques-uns savaient aimer ! Mais si peu nombreux. Et les meilleurs, vous, Antoine, Clemenceau, Jaurès, Revest, je vous ai vus, prétentieux comme des enfants égoïstes !

« Un jour, c'était il y a deux ans, quand la guerre a commencé au flanc de l'Europe, si loin, seul Jaurès s'était inquiété de cette puanteur qui montait de l'abattoir oriental. Mais aussitôt après, il avait élevé la voix, prenant toute l'assistance à témoin : "Les hommes sont frères, et ils comprendront que la justice est au bout de la route, même si celle-ci est bordée de tombeaux."

« Alors, souvenez-vous, Antoine, je me suis levée, je me suis placée au centre du salon et j'ai dit : "Oui, tous les hommes sont frères, tous les animaux sont frères, mais être frère n'est pas de nature à empêcher qu'on se mange ! Fraternité soit, mais malheur aux vaincus ! La vie ne se maintient que par la mort. Pour vivre, il faut manger, tuer pour manger !"

« Vous vous êtes tous récriés. Seul Clemenceau m'a souri, en complice. Mais Revest, de sa voix indignée de professeur, m'a dit que je répétais sans le savoir les propos tenus à la faculté de médecine par Jacques Machecoul, oui, le fils de Pierre Machecoul, celui que… Revest n'a pas osé poursuivre, il a simplement dit que Jacques Machecoul, dans son cours, prétendait en effet que l'homme n'était qu'un mammifère, que l'idée même de droit n'était qu'une fiction, qu'il n'existait que des rapports de force, comme dans la nature entre les animaux.

« "Voici la philosophie la plus pernicieuse, avait dit Jaurès, la cruauté et la guerre justifiées."

« Jaurès s'était borné à ces quelques mots, s'excusant. Il avait promis de répondre à l'invitation de la marquise Arconati-Visconti, républicaine bien sûr, qui tenait salon, non loin d'ici, avenue Marceau.

« Il m'avait baisé cérémonieusement la main.

« Puis Clemenceau s'était approché de moi, me confiant qu'il avait retrouvé dans mes propos l'esprit de mon livre qu'il avait beaucoup aimé, que son titre *Une femme libre* était un programme magnifique mais ambitieux et surtout redoutable, pas seulement pour les femmes, mais pour les hommes aussi. Chacun de nous, avait-il dit, veut enfoncer sa tête dans les illusions, quelles se nomment christianisme, socialisme ou collectivisme. Notre bon taureau Jaurès est de cette espèce-là. Vous, non, chère Mathilde, et moi non plus ! Je ne crois ni à l'État-pape, ni à l'État-roi, ni à l'État-Dieu, je ne crois qu'au libre développement de l'individu. Votre livre m'a donné une idée, je vais appeler mon journal *L'Homme libre* ! Nous serons frère et sœur vous et moi, mais nous ne nous dévorerons pas. »

Mathilde n'avait rien rappelé de cela à Antoine. Elle l'avait observé cependant qu'il parlait à voix basse, se reprochant son aveuglement ou bien sa lâcheté, parce que dans *L'Homme libre* il n'avait pas dénoncé les pressions, le chantage exercé par l'ambassadeur de Russie à Paris, Isvolsky, qui payait bon nombre de journalistes et avait acheté des journaux pour qu'ils répandent l'idée d'une guerre nécessaire aux côtés de la Russie.

Il avait eu des preuves de la corruption entre les mains, mais il ne les avait pas publiées par crainte de servir la cause de l'Allemagne…

Car si la guerre était horrible, la défaite et la capitulation de la France ne le seraient pas moins.

Il fallait donc se battre ! Il avait décidé de s'engager, pour que les fils ne soient pas seuls à payer le tribut du sang.

Mathilde de Wiener s'était levée.

— Allons, allons, Antoine, avait-elle commencé en l'invitant à quitter le salon, à rentrer chez lui.

Chacun devait tenir son rôle à sa place, avait-elle ajouté. Lui aux côtés de Clemenceau. C'était une manière de combattre, de protéger ses fils, en surveillant la politique du gouvernement, et peut-être un jour en le dirigeant.

Mais elle n'était qu'une femme, qui n'avait que de pauvres intuitions.

Mathilde avait raccompagné Antoine jusqu'au seuil.

Il s'était serré contre elle.

Elle l'avait vu s'éloigner le long de l'avenue Hoche. Elle n'avait pas refermé immédiatement la porte.

La nuit était si claire, en ces premiers jours d'août 1914.

31.

“ Si je tente de filer, j’aurai le choix entre recevoir une balle par-devant, des Allemands, ou une par-derrière, des gendarmes… ”

Plus tard, au milieu de cette même nuit du 3 août 1914, alors qu’autour de l’Arc de Triomphe des bandes de jeunes gens scandaient « À Berlin ! À Berlin ! » avant de descendre en cortège les Champs-Élysées, Mathilde de Wiener avait arrêté son automobile au coin de la rue du faubourg Saint-Honoré, inquiète à l’idée que le moteur pouvait s’arrêter alors qu’elle avait eu tant de mal à le mettre en route, peinant à tourner la manivelle mais décidée à ne pas faire appel à Marcel Notain, le chauffeur, qui se serait étonné de la voir, à cette heure, sortir de chez elle, se rendre au garage voisin et décider de prendre la route pour Barbizon.

Elle s'était félicitée d'avoir, au moment des premiers salons de l'automobile, une dizaine d'années plus tôt, décidé d'acheter l'une de ces voitures et d'apprendre à conduire. Que pouvait-elle faire de la fortune que lui avait léguée Salomon, sinon acheter des émotions et de la liberté !

Elle avait pris l'habitude de se rendre en automobile à Barbizon, mais Marcel, en blouse grise, était assis à l'arrière cependant qu'elle conduisait, un foulard noué sous le menton retenant son chapeau, une grande écharpe enroulée autour de son cou.

Mais cette nuit, il fallait qu'elle soit seule.

Elle s'était penchée pour guetter les passants qui remontaient l'avenue Hoche ou s'engageaient dans la rue du faubourg Saint-Honoré.

Elle avait craint d'avoir donné une mauvaise indication. Peut-être cet homme ne la trouverait-il pas.

Elle s'était retournée et l'avait vu, marchant le long des façades, veillant à se tenir dans la partie sombre du trottoir, celle qu'effleuraient seulement les lumières des becs de gaz.

Elle lui avait fait un signe de la main, et il s'était aussitôt arrêté, regardant autour de lui comme s'il avait eu peur d'être suivi, surpris. Puis il s'était élancé. Elle avait ouvert la portière et il s'était assis à côté d'elle.

— Partez vite, avait-il chuchoté.

Dès que la voiture avait commencé à rouler, il avait relevé le col de sa veste et elle avait été émue par ce geste. En quelques coups d'œil, tout en conduisant, elle l'avait observé. Elle avait été si surprise la première fois qu'elle l'avait vu qu'elle n'avait pas su le regarder.

C'était il y avait quelques heures à peine. Antoine Forestier s'éloignait. Elle lui avait proposé de le faire raccompagner en voiture par Marcel, mais il avait dit qu'il allait rentrer en métro. Depuis l'inauguration de la première station, il ne l'avait emprunté que rarement, et – il avait souri pour la première fois de toute la soirée – c'était l'occasion !

Elle avait tardé à fermer la porte, regardant ce ciel brillant d'un été généreux, et au moment où elle allait repousser le battant, un homme s'était précipité, glissant son pied dans l'entrebâillement, murmurant :

— Ne criez pas, je vous guettais. Je suis le petit-fils de Georges Mercœur, que vous avez caché après la Commune. Je m'appelle Vincent. Mon grand-père m'a toujours dit que vous lui aviez sauvé la vie et que, si un jour j'avais besoin d'aide, je devais m'adresser à vous, qu'on pouvait en toute occasion vous faire confiance.

Il avait ainsi, en quelques phrases, déterré le passé, ce souvenir de Georges Mercœur, des soldats qui venaient perquisitionner l'appartement de la rue des Martyrs, et de la dénonciation de Pierre Machecoul.

— Qu'est-ce que vous voulez ? avait-elle répondu tout en se retournant.

Mais le vestibule était vide, les domestiques couchés.

— Il faut que vous me cachiez, je ne veux pas partir à l'armée. Ils m'enverront tuer, tout de suite. On me versera dans un bataillon disciplinaire. J'ai fait sept ans de bagne. Vous avez connu Raynal, l'imprimeur. Il est mort là-bas, à Cayenne. On l'a libéré, mais il est resté à Saint-Laurent-du-Maroni, il n'a pas eu la force de rentrer.

Elle avait ouvert le battant, mais Vincent Mercœur n'était pas entré.

— Les gendarmes, avait-il repris, sont passés aujourd'hui chez moi, rue de la Pierre-Levée. C'est là qu'habitait mon grand-père. Ils ont laissé l'ordre de mobilisation. Je n'irai pas. Je les connais ! Pour eux, les gens comme moi, c'est moins que des animaux, tout juste bon à crever ! Ils nous mettront debout comme des cibles, pour repérer les tireurs ennemis. Je le sais, on me l'a dit. Ils ont fait comme ça avec les régiments disciplinaires en Algérie et en Tunisie. Et moi, comme anarchiste, comme bagnard, j'aurai le choix entre recevoir une balle par-devant, des Allemands, ou une par-derrière, des gendarmes, si je tente de filer. Où je peux aller ? J'ai pensé à vous.

Elle n'avait pas eu le temps de s'interroger, de mesurer les risques. Elle avait dit :

— Attendez-moi au coin de l'avenue Hoche et de la rue du faubourg Saint-Honoré.

Ici, dans l'hôtel particulier, elle ne pouvait dissimuler sa présence aux domestiques, mais à Barbizon, Vincent Mercœur pourrait passer pour le gardien du château, ou bien se cacher dans l'une des ailes qui restaient fermées.

Mathilde avait roulé lentement vers l'Étoile. En approchant de la place, elle avait entendu les cris et les chants patriotiques, et Vincent Mercœur avait dit d'une voix morne :

— Nous étions plus de cent mille, peut-être deux cents, à crier le 27 juillet, pendant plus de trois heures, sur les boulevards : « À bas la guerre ! Vive la paix ! » Mais personne pour nous soutenir. *L'Humanité* de monsieur Jaurès a consacré une demi-colonne en troisième page à la manifestation ! Et dans les autres journaux, on nous a couverts de boue, on a appelé au meurtre, contre les « manifestants impies ». Et finalement, ça n'a servi à rien à Jaurès d'être prudent, ils l'ont tué quand même. Alors quelqu'un comme moi, vous pensez !

Il avait le visage imberbe et émacié, les tempes rasées, les cheveux courts, et deux rides profondes d'amertume au coin de la bouche.

Il s'était retourné, regardant la place de l'Étoile sur laquelle des jeunes gens continuaient de brandir le drapeau tricolore.

— C'est ça qu'on retiendra, avait-il dit. Nous, on nous oubliera. Ou bien on nous accusera d'avoir trahi la patrie, de mériter le conseil de guerre et douze balles dans la peau.

Il s'était penché vers Mathilde.

— Je dois vous dire, ils pourront vous arrêter pour complicité, s'ils me trouvent chez vous.

Mathilde avait souri. En mai 1871, on ne jugeait même pas, on fusillait ceux qui avaient, selon tel ou tel officier, l'apparence d'un insurgé. Quarante-trois ans plus tard, alors qu'elle était devenue une vieille peau, qu'est-ce qu'elle risquait ?

— Je suis une femme libre ! avait-elle dit.

Et elle avait respiré à pleins poumons cette brise de nuit qui sentait les blés.

SIXIÈME PARTIE

32.

« Elle avait marché à côté d'une charrette sur laquelle des soldats, les pieds nus et en sang, étaient allongés... »

Mathilde de Wiener avait vu la voiture longer le mur du parc. C'était le début de l'après-midi, et le temps de ce dernier jour du mois d'août 1914 était orageux. Parfois, à l'horizon, un trait blanc partageait le ciel gris, et les blés se courbaient sous un souffle chaud qui poussait devant lui une rumeur sourde.

— Peut-être le canon ? avait dit Vincent Mercœur.

Ils étaient assis côte à côte sur le banc, au sommet de la colline plantée d'arbres.

Mathilde avait posé la main sur le genou de Vincent et avait murmuré :

— Mais non...

Puis elle avait haussé les épaules et avait ajouté :

— On s'en fout !

Mais elle avait chuchoté :

— Cache-toi derrière les arbres.

Vincent avait replié son journal et d'un bond avait sauté par-dessus le dossier du banc. Ce mouvement si leste, puis la démarche souple avec laquelle il s'était enfoncé dans la futaie, écartant les branches les plus basses, avaient fasciné Mathilde.

Elle avait éprouvé en suivant des yeux sa silhouette mince un sentiment de bonheur, de plénitude, et elle n'avait plus pensé à la voiture.

Rien ne pouvait détruire, ni même menacer ce qu'elle avait en elle depuis cette nuit où elle était arrivée au château de Barbizon avec lui. Presque un mois s'était écoulé depuis.

Elle l'avait installé dans une petite chambre, au dernier étage. Elle l'avait observé pendant qu'il enlevait sa veste. Il avait les épaules osseuses, des bras courts.

Il avait retroussé les manches de sa chemise et elle avait aperçu un tatouage sur son avant-bras droit.

Il avait devancé sa question. Il s'était approché, lui avait montré cette femme, bras dressés au-dessus de la tête, brisant les chaînes qui lui nouaient les poignets, et cette phrase bleue qui la couronnait, « Ni Dieu ni Maître ».

— À Cayenne, les nuits étaient longues. On ne dormait pas, trop chaud, les moustiques carnassiers, les bagnards qui hurlaient, les gardiens qui frappaient.

Mathilde avaient eu envie de toucher ce bras, de caresser cette peau, mais c'était seulement quelques heures après leur rencontre, et elle avait dit, la gorge un peu serrée :

— Vous ne sortirez pas pendant le jour. Seulement quand il fera nuit.

Elle avait attendu l'aube, sommeillant sur ce banc qui dominait le paysage. Cela faisait des années qu'elle ne s'était sentie aussi calme, aussi joyeuse, aussi résolue.

Au début de la matinée, elle était allée au village. Elle avait pour s'y rendre pris la route qui, venant de Paris, contourne Barbizon et se dirige vers Fontainebleau.

Elle avait croisé des régiments qui marchaient vers l'est. Les hommes étaient, sous le soleil encore voilé mais déjà brûlant, couverts de sueur. Leurs visages étaient aussi empourprés que leurs pantalons rouges. Ils respiraient bruyamment, le corps serré dans leur vareuse de laine bleue. La poussière blanche collait à leur front, à leurs lèvres, à leur uniforme. Ils avançaient, le dos et les épaules courbés, cisaillés par les bretelles du sac et du fusil. Et pourtant, ils l'avaient sifflée, ils s'étaient redressés. Et la joie qui couvait en elle avait tout à coup débordé.

Elle portait ce matin-là une robe à volants de couleur claire et un chapeau de paille.

Elle avait acheté le journal et du pain, du lait, du vin, des cigarettes, et elle avait été surprise par le silence dans les boutiques. Les femmes chuchotaient, comme quand on visite un mort. Et Mathilde avait envie de chantonner. La buraliste pleurait silencieusement et répétait sans que personne ne lui réponde :

— Je ne sais pas où il est, on se bat partout.

Elle avait saisi les poignets de Mathilde.

— Madame la baronne, combien ça va durer ? avait-elle demandé.

Mathilde n'avait pas osé répondre « Je n'en sais rien, je m'en fous ». Et elle avait même pensé : « Cet homme, je vais le garder pour moi, aussi longtemps qu'il y aura la guerre. »

En revenant, elle avait marché à côté d'une charrette sur laquelle des soldats, les pieds nus et en sang, étaient allongés. Ils ressemblaient déjà à des morts.

Au château, elle avait déplié le journal sur la table de la cuisine.

Un grand titre barrait toute la largeur de la première page : « Les cosaques à cinq étapes de Berlin ! »

Mathilde s'était assise. Elle avait pensé : c'est fini. Et cette gaieté, cette sensation de jeunesse qu'elle avait ressenties, s'étaient dissipées. Elle avait voulu se convaincre que si la guerre se terminait, c'était pour des millions de gens, cette buraliste, Antoine Forestier, la fin de la peur, et qu'on ne pouvait pas, sans être une criminelle, se réjouir de ce qui provoquait le malheur des autres.

La guerre, c'était des centaines de milliers de jeunes hommes éventrés, crevant dans des charrettes comme celle qu'elle avait vue ce matin, ou bien les blessés pourrissant dans les blés sous ce soleil de feu.

Elle s'était répété tout cela et cependant elle était abattue, comme si l'accablement, la vieillesse, un instant oubliés, étaient revenus.

Mais tout à coup, elle l'avait senti près d'elle.

Vincent s'était appuyé des deux mains à la table, les bras tendus. Le col de sa chemise était largement ouvert, laissant voir sa poitrine brune.

Il avait dit :

— Bobards, mensonges ! Les Russes n'ont même pas été capables de vaincre les Japonais, en 1905, leur régime va tomber en poussière.

Il avait repoussé le journal.

— Cette guerre, elle va durer des années. C'est Jaurès qui avait raison ! Elle va tout saccager. C'est pour cela qu'ils l'ont tué ! Les autres socialistes, Guesde, Sembat, ils ont eu si peur qu'ils sont tous entrés au gouvernement. Union sacrée ? Tu parles ! Sacrée union ! Celle des lâches et des sanguinaires. Ah, elle est belle leur Internationale des prolétaires, crosse en l'air ! Tous en grève contre la saignée ! Tu parles, à la soupe !

Mathilde avait pris une cigarette.

— S'ils me trouvent, ils me fusilleront. Déserteur, anarchiste, bagnard. Je suis bon pour le peloton ! avait-il lancé.

Il avait commencé à marcher dans la cuisine plongée dans la pénombre, car Mathilde en l'écoutant avait fermé les volets.

Il s'en moquait de mourir, avait-il dit. Mais il avait un fils, qu'il n'avait jamais vu, qu'il avait reconnu, Roland, auquel il aurait aimé apprendre ce qu'il avait compris pour lui éviter de tomber dans les mêmes trappes et de se retrouver avec un boulet au pied, à couper des arbres en Guyane ou à creuser des trous dans les bataillons disciplinaires, à Gabès ou à Oujda !

Il s'était assis, et elle avait commencé à l'interroger.

Ce gosse devait avoir une dizaine d'années. Il était né à la veille de son arrestation. Sa mère, une pauvre femme, un peu putain, l'avait placé chez des paysans.

Mathilde avait murmuré :

— Je l'ai été aussi, putain. Parfois, on ne peut pas l'éviter.

Il l'avait regardée longuement et elle avait aimé ses lèvres épaisses, son front large et ses yeux d'un bleu tirant sur le vert, d'autant plus clairs que la peau du visage était mate.

Elle avait dit :

— Je n'ai jamais eu d'enfant.

Elle avait éprouvé une sensation inattendue, comme si elle avait retrouvé la légèreté de sa jeunesse, ou bien comme si une couche épaisse, durcie et qui l'emprisonnait, s'était peu à peu craquelée.

Elle n'avait plus été la parvenue, la femme entretenue maquillée en baronne de Wiener mais, elle l'avait dit dans la voiture hier soir, « une femme libre ». Et c'est la présence de Vincent Mercœur qui l'avait libérée.

Elle était riche à ne savoir que faire de cet argent, de ces biens, l'hôtel Wiener avenue Hoche, ce château de Barbizon, la collection de tableaux, les titres déposés dans une banque anglaise.

C'était Joseph de Wiener, le frère de Salomon, qui gérait sa fortune. Il lui avait fait vendre, en 1910, tous les emprunts russes que Salomon avait souscrits.

« Il faut s'en débarrasser, avait-il expliqué. L'accalmie en Russie ne va pas durer. La révolution de 1905, c'est le début de la fin. Nos braves rentiers ne peuvent même pas imaginer que l'Empire russe va s'effondrer. Ils le croient éternel, et eux s'imaginent immortels. Il faut être juif pour savoir que seules la pensée et la foi résistent au temps. Il est vrai qu'ils font confiance aux journaux qu'ils lisent. Ils ignorent que l'ambassade russe fait écrire ce qu'elle veut. Il faut que les Français souscrivent ! Alors, on paie les journalistes. Londres, chère Mathilde, sera la dernière place à résister. Les Anglais ont fait la révolution avant tout le monde. Ils ont coupé la tête de leur roi cent cinquante ans avant les Français, et ils ont réinstallé la monarchie, mais domestiquée. C'est une solution de sagesse ! Sur le continent, de Saint-Pétersbourg à Paris, nous sommes restés des barbares. Vous avez vécu la Commune, Mathilde, vous savez de quoi je parle. »

Elle était donc riche, et pourquoi ne léguerait-elle pas sa fortune à un enfant qui ne possédait rien ? Pourquoi ne serait-elle pas la bonne fée pour ce Roland Mercœur qui, en sabots, devait comme Cosette nettoyer la porcherie et l'étable des paysans qui l'avaient accueilli ?

La nuit tombée, ils s'étaient installés dans le parc. Il faisait chaud. L'air était si moite qu'il collait.

Mathilde avait apporté une bouteille de marc et deux verres, qu'elle avait posés entre les deux fauteuils d'osier.

Lorsque Vincent allumait une cigarette, la flamme éclairait quelques secondes le bas de son visage et cette femme tatouée sur son avant-bras.

Mathilde avait dû résister à la tentation de toucher cette femme. Elle avait pensé qu'elle aurait aimé être ainsi, en lui, sur lui, pour toujours. Et elle avait voulu que la guerre dure longtemps pour qu'il reste là, à Barbizon, dépendant d'elle.

À plusieurs reprises, Vincent s'était frappé le visage et les avant-bras pour tenter de chasser ces moustiques dont le bruissement les entourait. Il s'était étonné de l'immobilité de Mathilde, les insectes ne la piquaient donc pas ?

Elle avait ri.

— Je suis une vieille peau, avait-elle dit.

Ils étaient restés silencieux. Elle avait écouté le coassement des grenouilles, une voix au loin, des aboiements, puis le froissement des feuilles parce qu'une brise tiède avait commencé à souffler. Mais tous ces bruits avaient été recouverts par les battements de tambour de son cœur, si forts qu'elle avait eu l'impression que tout son corps allait se déchirer. Elle avait pensé que c'était la dernière fois que son sang frappait si violemment dans son ventre, dans ses tempes, qu'après ce serait le silence, et son corps deviendrait un cercueil où elle serait enfermée.

Elle avait tendu la main, et elle avait d'abord touché l'osier du fauteuil. Elle avait tendu ses doigts, rencontré enfin le bras de Vincent qu'elle avait commencé à caresser.

— Une vieille peau, avait-elle murmuré.

Mais peut-être avait-elle parlé si bas qu'il n'avait pas entendu. Alors elle s'était levée, puis agenouillée devant lui qui écartait ses cuisses. Elle s'était serrée contre lui, touchant sa poitrine, ses doigts glissant le long des côtes saillantes.

Vincent l'avait enlacée brutalement. Elle s'était sentie si jeune… Ils avaient roulé sur l'herbe.

Après, au milieu de la nuit, quand elle avait encore dit, mais joyeusement « ma vieille peau… », il lui avait mis la main sur la bouche, et il avait murmuré :

— Une femme, un être humain, ce n'est pas seulement la peau – il avait ri – c'est aussi ça. La peau, ça compte, mais la tienne n'est pas si vieille que ça ! Des femmes comme toi, on se serait battu pour pouvoir les toucher.

Il lui avait caressé les cheveux.

— Un être humain, avait-il repris, une femme ou un homme, c'est ce qu'il a dans la tête, dans le cœur qui compte. Je suis venu vers toi parce que mon grand-père, Georges, m'a dit comment tu l'avais accueilli… Il m'a dit aussi que ta peau…

C'est Mathilde qui avait ri.

– Il ne l'a pas touchée.

Le mois d'août 14 avait passé. Chaque matin, Mathilde avait croisé, en se rendant à Barbizon, des troupes qui marchaient d'un pas de plus en plus lourd. Et aucun soldat n'avait paru la voir. Les hommes lui avaient semblé épuisés.

Le journal qu'elle rapportait à Vincent ne parlait plus des cosaques mais de Mulhouse, qui retrouvait enfin la mère patrie après quarante années. Puis on avait cessé d'évoquer la libération de l'Alsace et de la Lorraine. Et Vincent s'était emporté, jetant le journal à terre quand il avait lu les noms d'Arras, d'Amiens, de Compiègne, au détour d'un communiqué de l'état-major.

Il avait injurié ces généraux, aussi incapables que ceux de 70, et ce gouvernement plus mensonger que celui de Napoléon III. Les boches allaient à nouveau venir jusqu'à Paris, et ce serait comme pendant la Commune… Les traîneurs de sabre de la République passeraient un accord avec les généraux du Kaiser pour noyer toute révolution dans le sang.

Et il aurait fallu se faire tuer pour ça ! Pour de vieilles badernes ou des politiciens corrompus qui n'avaient que le patriotisme à la bouche mais qui étaient prêts à trahir, à capituler, ou à s'enfuir !

Une nuit, de grandes secousses blanches avaient éclairé l'horizon, et le lendemain, des convois d'artillerie avaient traversé Barbizon. Mathilde avait entendu des femmes chuchoter que des aéroplanes allemands avaient bombardé Paris, que les boches étaient déjà en Champagne, qu'ils allaient peut-être d'un jour à l'autre arriver jusqu'ici.

Quelques familles, celles du notaire et du médecin, avaient quitté Barbizon en voiture pour se réfugier dans le Sud, du côté d'Angoulême et de La Rochelle.

Mathilde était rentrée lentement. Des groupes de soldats se traînaient sur la route, houspillés par quelques sous-officiers qui hurlaient qu'il fallait rejoindre et vite.

Elle s'était arrêtée, les regardant disparaître, taches rouges au milieu des blés.

Elle avait dit à Vincent qu'ils pouvaient s'installer sur le banc, à l'abri des arbres. Cette guerre que l'on perdait, cette guerre qui ne la concernait pas parce qu'elle lui avait donné cet homme jeune qui chaque soir l'aimait, lui faisant croire ainsi que la vie était encore devant elle, la rassurait.

Qui viendrait, en ces jours de défaite, chercher ici Vincent ?

Puis elle avait vu la voiture s'approcher, s'arrêter devant l'entrée du parc.

Alors elle lui avait dit de se cacher derrière les arbres.

33.

“ Je n’en ai rien
à foutre de votre
guerre !
Les soldats ne
me font pas peur,
français
ou allemands.
Ce ne sont que
des hommes… ”

Antoine Forestier n’avait pu oublier la façon dont, le 31 août 1914, Mathilde l’avait accueilli au moment où il sortait de la voiture devant l’entrée du parc de son château de Barbizon.

Il s’était élancé vers elle qui descendait de la colline. Il lui avait crié qu’il fallait rentrer à Paris. Les Allemands avançaient rapidement. Les premières batailles avaient été perdues, la Belgique forcée, occupée. Mulhouse, un instant libéré, avait été abandonné. Joffre était décidé à ne s’opposer à l’avance allemande que dans le Morvan, et Paris serait laissé sans défense. Le gouvernement s'apprêtait à quitter la capitale pour se réfugier à Bordeaux avec les députés et les sénateurs. Clemenceau lui-même allait être contraint, alors qu'il s'y refusait jusqu'à ce matin, de suivre les autorités politiques. Mais il comptait partir en voiture, et Antoine avait pensé que Mathilde ne pouvait rester seule à Paris.

Il s'était donc précipité avenue Hoche, mais Marcel Notain, le chauffeur, qui venait de recevoir sa feuille de route, avait indiqué que madame la baronne résidait dans son château de Barbizon depuis le début du mois d'août. Elle était partie sans domestique, le lendemain de la déclaration de guerre.

Voilà pourquoi Antoine était venu, pour la reconduire à Paris, pour organiser ensuite son départ pour Bordeaux, avec eux.

Tout en parlant, il l'avait regardée. Jamais il ne l'avait vue ainsi. Elle lui avait paru plus jeune qu'au temps où ils s'aimaient, rue de l'Estrapade. Elle avait une insouciance, une gaieté, et en même temps un air de défi qu'il ne lui avait jamais connus.

Il avait continué à lui expliquer quelle était la situation militaire.

Il avait vu Maurice de Taurignan, qui avait été affecté à l'état-major du général Gallieni, gouverneur militaire de Paris. Taurignan lui avait révélé que Joffre refusait d'envoyer des troupes pour défendre la capitale, et que Gallieni ne disposait que d'une petite armée. Les forts ne possédaient même pas d'artillerie. Et chaque jour, des aéroplanes allemands, les *Taube*, les bombardaient ou lâchaient leurs bombes sur des quartiers de la ville pour affoler la population.

— Vous ne pouvez rester à Paris, Mathilde, avait conclu Antoine.

Il s'était étonné. Elle avait semblé ne pas l'écouter, ne l'invitant même pas à entrer dans le château, restant là, devant lui, comme pour lui interdire d'avancer, lui signifier qu'elle ne voulait pas l'accueillir.

Il avait ajouté.

— Ce serait pire, ici.

Le château pouvait être pillé par des soldats français isolés, débandés. Une femme seule était à la merci de n'importe quel soudard. La guerre transformait les hommes, elle le savait. Elle l'avait vu pendant la Commune ! Ou bien, elle serait victime des uhlans. Ils occuperaient le château, le brûleraient.

Antoine avait fait quelques pas vers la demeure, sans que Mathilde ne bouge.

Elle avait seulement haussé les épaules, secoué la tête. Elle avait les cheveux dénoués, les bras nus, une robe si légère et si courte que l'on voyait ses mollets, nus aussi. Elle avait le corps et le visage rajeunis.

— Vous ne vous rendez pas compte, avait-il dit en s'approchant d'elle, en tendant les bras comme pour lui saisir les épaules.

Le visage de Mathilde s'était fermé.

— Nc mc touchc pas.

Le tutoiement n'était pas l'expression de leur ancienne intimité, mais une manifestation de mépris.

— Je n'en ai rien à foutre de votre guerre ! Les soldats ne me font pas peur, français ou allemands. Ce ne sont que des hommes, et je n'ai jamais craint les hommes. J'en ai vu de toutes sortes, vous le savez ! Je reste.

Elle avait esquissé un pas de danse.

— Je suis heureuse, ici, avait-elle conclu tout à coup détendue. Ça ne se voit pas ?

Elle avait pris le bras d'Antoine.

— Nous sommes amis, Antoine, j'ai confiance en vous. On est liés, tous les deux, par bien autre chose que des histoires de lit. On rencontre n'importe qui dans un lit…

Elle avait ri, puis l'avait entraîné vers le château. En entrant dans le vestibule, Antoine avait vu une veste d'homme accrochée à la rampe de l'escalier.

Mathilde avait fait oui de la tête, et Antoine s'était senti désemparé et ridicule.

— C'est quelqu'un qui nous est proche, de vous, de moi, avait-elle murmuré. Il doit se cacher. Je reste avec lui.

Antoine s'était souvenu de ces articles qui incitaient les citoyens à dénoncer tout ce qui paraissait suspect. On devait à Barbizon haïr Mathilde, cette baronne de Wiener au nom allemand, cette putain des juifs qui avait autrefois assassiné un bon Français. Si le front s'approchait et si l'on découvrait qu'elle hébergeait un homme recherché, un insoumis ou un déserteur, on l'écharperait avant même que les gendarmes ne l'arrêtent.

Antoine avait murmuré :

— Mathilde, c'est la guerre. Vous n'imaginez pas ce que vous risquez.

Plus bas encore, il avait demandé :

— Qui est-ce ?

Mathilde s'était assise et avait commencé à écrire, lentement, formant avec soin chaque lettre. Elle lui avait remis le feuillet, mais l'avait repris à l'instant où Antoine allait commencer à le lire. Elle avait cherché une enveloppe et, après y avoir glissé le texte, elle avait regardé Antoine, lui tendant l'enveloppe ouverte :

— Tu peux lire, mais après, quand tu seras parti.

Le tutoiement, cette fois-ci, était un signe d'affection.

Elle l'avait raccompagné en lui tenant le bras jusqu'à la voiture, elle s'était un instant suspendue à son cou.

Il avait senti son corps léger et souple contre lui, et il en avait été ému, stupéfait de tant de jeunesse et de grâce alors que toutes ces années étaient passées. Il avait eu l'impression, alors qu'il était plus jeune qu'elle, d'être vieux, engoncé dans une vie lourde d'inquiétude.

Et il l'avait envié quand il l'avait vue remonter en courant le chemin qui, entre des haies, conduisait à ce lambeau de forêt dominant la plaine.

Après avoir traversé Barbizon, Antoine avait arrêté la voiture sur le bord de la route de Paris.

Le ciel était comme un toit effondré, couleur d'ardoise. Il écrasait les blés et, de temps à autre, un pan entier se brisait dans un claquement sec prolongé par un grondement sourd. L'horizon s'illuminait, puis la grisaille bleutée l'envahissait à nouveau. Était-ce l'orage ou le canon ? Des troupes passaient en marchant vers ces lointains sombres.

Il avait commencé à lire ces lignes, à l'écriture régulière, posée, réfléchie.

« Moi, Mathilde de Wiener, née Clamecy, ce 31 août 1914, déclare que je charge Antoine Forestier de transmettre mes dernières volontés à maître Maurice Chrétien de Taurignan, qui fut mon défenseur, afin qu'il prenne toutes les dispositions nécessaires à leur exécution.

« Je veux que tous mes biens, en actions et immeubles, soient donnés à Roland Mercœur, fils de Vincent Mercœur.

« Maurice Chrétien de Taurignan devra rechercher cet enfant, qui doit être aujourd'hui âgé d'une dizaine d'années.

« Si on ne pouvait, pour une raison ou une autre, exécuter cette volonté, je veux qu'à ma disparition, mes biens soient légués à un orphelinat, que je charge maître Maurice Chrétien de Taurignan de choisir.

« Dans tous les cas, ma collection de tableaux sera partagée entre Antoine Forestier et maître Maurice Chrétien de Taurignan. Ils trouveront, je l'espère, un accord entre eux pour que ce partage soit juste.

« Mathilde de Wiener. »

Antoine avait relu deux fois cette page et il avait été bouleversé, comme si déjà Mathilde était morte alors qu'il venait de la voir, gaie, insouciante.

Mais il avait eu la conviction qu'elle courait vers la colline, sachant que l'ombre de la mort avançait vite, couvrant déjà tout le paysage, cette plaine que le ciel d'orage endeuillait, et ces soldats à l'uniforme poussiéreux qui portaient leurs fusils le canon vers le sol, parce que tombaient les premières gouttes de pluie.

Elles avaient frappé la capote de la voiture avec un bruit de mitraille.

34.

“S’ils nous censurent, nous changerons de titre. Fini *L’Homme libre*, nous nous appellerons *L’Homme enchaîné*... ”

Lorsque, moins d’un mois plus tard, dans la nuit du 27 septembre 1914, Antoine Forestier s’était avancé sur le quai de la gare de Bordeaux, qu’il avait vu les soldats blessés, il avait pensé que l’ombre de la mort qui le suivait depuis sa rencontre avec Mathilde l’avait rejoint.

Il l’avait côtoyée rue Taitbout, à la mi-août, quand une bombe lâchée par un *Taube* avait éventré l’immeuble voisin de celui où se trouvait, au numéro 13, la rédaction de *L’Homme libre*. Il avait su que des corps étaient ensevelis sous les gravats. Puis, gare de l’Est, il avait rendu visite en compagnie de Clemenceau aux premiers blessés de la guerre. Mais c'étaient des hommes légèrement atteints et qu'on avait sans doute choisis à dessein pour ne pas impressionner les journalistes et les milieux politiques.

Mais ce 27 septembre, l'ombre de la mort l'avait submergé.

Antoine s'était immobilisé au milieu du quai, et il avait regardé ces hommes qu'on commençait à déposer dans des brancards.

Quand le halètement de la locomotive avait cessé, leurs plaintes avaient aussitôt envahi la gare. C'était comme un murmure. Et brusquement il avait eu la certitude que l'un de ses fils, Henri ou Charles, se trouvait parmi ces blessés.

Il s'était approché, ne répondant même pas à Clemenceau qui l'avait interpellé.

— Mais où allez-vous, Forestier ?

Il avait écarté les infirmières, bousculé le médecin-major et les brancardiers. Il avait commencé à marcher entre les corps qu'on avait maintenant placés sur les quais, à même le ciment, et il avait entendu le major crier :

— Sortez-les vite, vous ne voyez pas qu'ils pourrissent là-dedans !

Il avait alors senti cette odeur de chair purulente, de paille putréfiée, d'excréments. C'était l'odeur de la mort.

Il s'était appuyé à un wagon des deux mains, la tête penchée, commençant à vomir sur le ballast.

Et pour la première fois depuis un mois, il avait pensé avec une sorte de rage et de mépris à Mathilde et à ce déserteur de Vincent Mercœur qu'elle cachait. Finis l'étonnement et la compassion ! Il les avait imaginés, enfermés dans leur chambre, vautrés sur le lit, elle, la vieille qui s'accrochait une dernière fois à un corps d'homme jeune, lui, le gigolo qui se donnait de belles et bonnes raisons, révolutionnaires, anarchistes, généreuses, pour refuser de participer à la défense de la patrie !

Qu'ils viennent ici, sur ce quai, qu'ils osent regarder, entendre, sentir ces hommes dont les pansements étaient maculés de taches noires, rouge sombre et bistre de sang et de pus séchés.

Ceux-là s'étaient fait embrocher, mutiler, labourer par l'acier à l'horizon de cette plaine à blé que l'on voyait depuis les fenêtres du château de Barbizon.

Est-ce qu'ils avaient perçu leurs cris, deviné leurs souffrances, imaginé leur courage et leur abnégation, ceux qui se claquemuraient dans leur égoïsme et leur plaisir !

Et il n'y avait pas que Mathilde et Vincent Mercœur ! Au moins, ces deux-là ne proclamaient pas leur patriotisme !

Mais tous les autres, ces députés, ces sénateurs qu'Antoine avait vus, le 2 septembre, se bousculer dans l'hôtel des Invalides où siégeait l'état-major de Gallieni pour obtenir des autorités militaires le sauf-conduit qui leur permettrait de quitter Paris pour Bordeaux dans un train ou une voiture officiels !

Il avait croisé là Léon de Boissier qui, hautain, répétait en exhibant son coupe-file de député :

— Je dois passer, je suis attaché au cabinet du ministre de la Guerre. Monsieur Millerand m'attend à Bordeaux.

Antoine avait quitté l'hôtel des Invalides et retrouvé Clemenceau dans le bureau de *L'Homme libre*.

— Alors ? avait-il demandé.

Il avait les traits creusés par l'amertume. Il n'avait pas attendu la réponse, dit qu'il avait vu Maurice de Taurignan chez le général Gallieni. Taurignan avait raconté comment Millerand, Joffre, Viviani, le président du Conseil, avaient voulu livrer Paris sans combat. « C'est Jules Guesde, a assuré Taurignan, qui s'est indigné ! »

Clemenceau avait hoché la tête.

— Ces gens-là sont tous des Versaillais ! Il n'y a même plus un Gambetta. Et il faut que ce soit Jules Guesde, le socialiste antimilitariste, qui leur enseigne le patriotisme !

Il avait haussé les épaules.

— D'ailleurs, vous savez ce qu'il leur a dit ? Vous allez abandonner Paris parce que vous croyez que vous éviterez le pillage. Vous voulez protéger les maisons des riches. Vous vous en remettez à l'armée ennemie. Mais le jour où les troupes allemandes défileront dans les faubourgs, de toutes les fenêtres d'ouvriers partiront des coups de fusil. Je vais vous dire ce qui arrivera : votre Paris sera brûlé ! En somme, avait continué Clemenceau, Guesde leur a parlé argent plutôt que patrie ! Et ces Messieurs ont vite compris. Gallieni a la mission de défendre la capitale à outrance. Taurignan m'assure qu'il est prêt à faire sauter tous les ponts sur la Seine et même les monuments !

Clemenceau avait commencé à écrire, puis demandé à Antoine ce qui se passait à l'hôtel des Invalides pour le départ des députés et des sénateurs.

— La panique, la veulerie, la lâcheté, avait-il répondu.

Ils avaient donc décidé de partir en voiture, pour ne pas se mêler à cette cohue de la médiocrité, comme disait Clemenceau.

Mais il avait fallu trouver de l'essence, la payer quatre fois son prix. Puis, arrivés à Bordeaux, découvrir que les hôtels étaient combles, qu'on banquetait dans tous les restaurants, qu'on se pavanait au café de la Comédie, sous le péristyle du Grand Théâtre, au café Cardinal.

Olivier Dussert tenait table ouverte dans la salle à manger de l'hôtel des Ambassadeurs, cours de l'Intendance. Boissier s'était installé à l'hôtel des Princes et de la Paix, cours du Chapeau-Rouge. Jamais les boutiques de la place Richelieu, des allées de Tourny, de la rue Sainte-Catherine ou de la place des Quinconces n'avaient été aussi fréquentées !

On se pressait sur les trottoirs. Les chaussées étaient encombrées par les automobiles venues de Paris, les fiacres et les calèches. On ne pouvait approcher, tant la foule était dense, de l'hôtel de ville où s'était installé le président du Conseil Viviani. Le président de la République Poincaré résidait à la préfecture.

Antoine avait, après plusieurs heures de recherches, trouvé deux chambres à l'hôtel Richelieu, rue des Fossés-de-l'Intendance. Il avait réussi à joindre par téléphone Maurice de Taurignan. La communication avait été plusieurs fois interrompue, mais à l'état-major de Gallieni, on estimait que la bataille sur la Marne était gagnée. Gallieni avait requis les taxis de Paris, qui avaient transporté jusqu'au front les renforts qu'on avait pu rassembler.

Les Allemands attaqués par surprise sur leur flanc, alors qu'ils faisaient mouvement vers le sud à la poursuite des troupes de Joffre, avaient dû reculer de quelques kilomètres. Paris était sans doute sauvé !

Clemenceau avait bougonné :

— Cela va durer des mois, maintenant. Peut-être des années. Il va falloir les surveiller, les empêcher de céder parce que, alors, à quoi auraient servi ces morts ? Il faut aller jusqu'au bout, Forestier. Mais on ne pourra l'emporter qu'après avoir remis de l'ordre, châtié les lâches, les avoir contraints au courage en leur piquant le bas du dos avec la pointe d'une baïonnette.

Mais jour après jour, dans ce mois de septembre moite de 1914, avec des brouillards blancs couvrant le fleuve, débordant sur les quais, étouffant les rumeurs, déposant sur la peau une humidité poisseuse, Antoine avait eu l'impression de s'enliser.

Il avait harcelé Marguerite, expédiant à Mazenc plusieurs télégrammes afin qu'elle lui dise si elle avait reçu des nouvelles de Charles et de Henri. Mais sa femme avait répondu par un simple mot, écrit au milieu d'une page blanche : « Rien. »

Il avait interrogé Maurice de Taurignan, puis le fils de celui-ci, le capitaine Robert de Taurignan qui servait à l'état-major de Joffre. Mais ni l'un ni l'autre n'avaient pu retrouver Henri et Charles, perdus parmi les centaines de milliers d'hommes sous les armes.

Il avait donc fallu vivre avec cette angoisse, au milieu de ces députés et de leurs femmes, leurs maîtresses le plus souvent, de ces personnalités parisiennes, d'Olivier Dussert au professeur Machecoul, qui sablaient le champagne pour célébrer la victoire de la Marne, les contre-offensives ou la stabilisation du front.

Tout devenait prétexte à fête. On félicitait Joffre et on oubliait Gallieni, auquel on devait la victoire de la Marne, parce qu'il avait été témoin de la panique du début septembre et de la décision prise d'abandonner Paris.

On se congratulait. Léon de Boissier félicitait Olivier Dussert pour la contribution de la banque Dussert-Speicher et Fils à l'effort de guerre. Dussert louait Jacques Machecoul qui, aux côtés du président du Conseil, organisait le service de santé de la nation en guerre.

Antoine éprouvait un permanent malaise en entendant ces propos satisfaits alors que, dans les demi-silences des communiqués de guerre, résonnaient l'horreur des combats, l'échec des offensives, l'ensevelissement des soldats dans les tranchées de la mer du Nord à l'Argonne, et l'immense part du territoire national tombée entre les mains de l'ennemi.

Ces mensonges lui étaient chaque jour plus insupportables.

Clemenceau heureusement se tenait à l'écart, hargneux, décidé à écrire quotidiennement un éditorial pour secouer ce gouvernement d'incapables !

L'Homme libre était désormais imprimé sur les presses de *La Dépêche de Toulouse,* et à plusieurs reprises déjà Antoine avait été convoqué au siège du gouvernement.

— Dites à votre Clemenceau qu'il réfléchisse avant d'écrire, lui avaient répété les conseillers du ministre de l'Intérieur. La censure existe et nous la lui appliquerons, comme à n'importe qui ! Qu'il se taise, à son âge ! Et cesse de donner des leçons ! Il a fait assez de mal.

Clemenceau avait sabré l'air de sa canne.

— S'ils nous censurent, nous changerons de titre. Fini *L'Homme libre*, nous nous appellerons *L'Homme enchaîné* !

Il avait tout à coup fixé Antoine.

— Et notre baronne de Wiener ? C'est elle qui avec son livre m'avait donné l'idée du titre du journal. Elle n'a pas quitté Paris ? Essayez donc de savoir ce qu'elle devient, Forestier.

Antoine le savait, et l'avait tu.

Il avait rencontré, au café de la Comédie, Joseph de Wiener qui l'avait pris à part, lui demandant s'il avait des renseignements sur ce gosse, Roland Mercœur, auquel Mathilde voulait laisser tout son patrimoine.

— Sauf la collection de tableaux qu'elle vous lègue, mon cher, vous le savez, ainsi qu'à maître Maurice de Taurignan.

Joseph de Wiener avait paru préoccupé.

— Je crains que Mathilde ne soit tombée entre les mains d'un aigrefin, d'un gigolo qui la dépouille au profit d'un proche, avait-il repris. Et quand on la trouvera morte, personne ne s'en étonnera. Dans une guerre, un cadavre de plus ou de moins, c'est peu de chose !

Joseph de Wiener avait l'intention de demander une enquête de police sur sa belle-sœur afin de la protéger. Elle n'habitait plus l'hôtel de l'avenue Hoche, mais le château de Barbizon. Il allait en parler à Malvy, le ministre de l'Intérieur.

Antoine avait été tenté de confier à Wiener ce qu'il savait, mais il avait seulement murmuré que la baronne était une personnalité singulière et forte, capable de se défendre.

Il n'avait pas été au-delà, avec le sentiment qu'il laissait le destin et les circonstances décider du sort de Mathilde et de Vincent Mercœur. C'était ainsi qu'étaient choisis parmi les combattants ceux qui devaient mourir !

Dans cette même nuit du 27 septembre, alors qu'il se trouvait encore en compagnie de Clemenceau dans le salon de l'hôtel Richelieu, une femme d'une cinquantaine d'années, grande, ses cheveux blonds noués en chignon, s'était approchée d'eux. Elle avait aperçu plusieurs fois, avait-elle dit, en compagnie de son mari, au château de Barbizon, Antoine Forestier. Ne se souvenait-il pas d'elle ? Elle était la femme de Maurice Chrétien de Taurignan.

Était-il possible que la jeune Russe aux longs cheveux, la silencieuse et timide Natacha Wassilief, soit devenue cette femme décidée qui portait une cape bleue, qui disait qu'elle voulait que monsieur Clemenceau l'accompagne jusqu'à la gare parce qu'un train de blessés venait d'arriver, et qu'elle était bouleversée, révoltée, par la manière dont on traitait ces hommes, couchés sur de la paille pourrie, voyageant depuis plusieurs jours dans cette chaleur humide de fin d'été, ne recevant que des soins rudimentaires lors des haltes, manquant d'eau, de moyens de satisfaire leurs besoins, placés dans des wagons qui avaient servi aux transports des chevaux et qu'on n'avait même pas dû désinfecter, la paille n'ayant même pas été changée.

— J'ai un fils au front. Il était à l'état-major de Joffre, mais il a demandé à servir en première ligne. S'il est blessé, je ne veux pas qu'il soit traité ainsi, je ne veux pas !

Antoine avait alors répondu à voix basse qu'il avait, lui, deux fils, l'un officier dans l'infanterie de ligne, l'autre dans les chasseurs, et qu'il n'avait aucune nouvelle d'eux depuis le début de la guerre. Ils s'étaient rendus à la gare en voiture, une pluie d'averse martelant la capote.

Antoine s'était souvenu de cet orage qui l'avait accompagné de son bruit de canon et de mitraille, sur la route entre Barbizon et Paris, après qu'il avait quitté Mathilde. Et il avait en roulant croisé des soldats qui avançaient sur le bord de la route, la pluie dégringolant de la visière de leur képi.

Combien de ceux-là, n'ayant même plus la force de lever la tête pour regarder cette voiture qui passait et qui, tant le ciel était sombre, les avait éclairés de ses lanternes, combien parmi eux avaient survécu ? Sans doute certains se trouvaient-ils maintenant parmi ces corps, allongés sur la paille à même le ciment du quai, ou bien qu'on emportait dans des brancards. Il avait entendu ces plaintes, respiré cette odeur de mort.

Et il avait été étreint par le désespoir à l'idée que Henri ou Charles était peut-être là, ou bien traité comme ces blessés dans une autre gare, à Angoulême ou à Clermont-Ferrand. Il avait ressenti de la haine pour tous ces patriotes de terrasses, de cafés, d'antichambres ministérielles, ces journalistes qui envoyaient les autres à l'assaut, ces écrivains qui chantaient le courage sans quitter leur robe de chambre.

Pour un Charles Péguy, tué à la tête de sa section d'une balle en plein front le 5 septembre, combien de héros en pantoufles ?

Et ce mépris, qu'il avait éprouvé pour la première fois, en pensant à Mathilde et à Vincent Mercœur !

Il avait vomi. Il s'était redressé. Il avait regardé ces corps blessés. Il avait murmuré ce vers du poète :

Mère, voici tes fils qui se sont tant battus...

Antoine avait rejoint Clemenceau, dont tout le bas du visage tremblait et qui mordillait sa moustache blanche.

— On les a laissés mourir, avait-il marmonné. On a laissé la gangrène les dévorer. On les a jetés sur de la paille sale, putréfiée. Ils vont mourir non pas de leurs blessures, mais du tétanos. Je vais dénoncer ce crime, cette incompétence !

Clemenceau s'était éloigné, brandissant sa canne comme une épée, interpellant le médecin-major, répétant « scandale, incurie, crime contre la patrie ».

Antoine s'était approché de chaque blessé, cherchant à voir son visage, croyant chaque fois qu'il allait reconnaître Henri ou Charles, heureux et désespéré de ne rencontrer que des regards inconnus, de voir des traits anonymes, d'entendre des murmures et des plaintes, des voix qu'il ne connaissait pas.

Il avait pris des mains qui se tendaient. Il avait accompagné des brancards jusqu'à ces voitures où on les enfournait. Et avant de les mettre ainsi à l'abri, ces blessés, malgré les parapluies avec lesquels on essayait de les protéger, avaient été martelés par ces grosses gouttes qui s'écrasaient sur leur visage, sur leur poitrine, avec un bruit mat.

Il avait hurlé :

— Dépêchez-vous !

Son corps s'était couvert de sueur, et il avait levé la tête pour que la pluie le lave. Mais c'était des gouttes visqueuses, tièdes, qui semblaient s'accrocher à la peau comme des sangsues.

À la fin, après que tous les blessés avaient été déchargés, transportés, embarqués, Antoine était resté seul devant la gare, sous l'averse.

Il avait regardé ses mains souillées, avait eu l'impression que l'odeur de mort collait à ses doigts, à ses cheveux.

Il avait alors senti une présence.

Il s'était retourné. Il avait vu à nouveau cette grande femme blonde, Natacha de Taurignan. Son chignon s'était défait, ses cheveux blonds couvraient ses épaules.

Ils s'étaient rapprochés. Ils étaient seuls devant cette gare silencieuse.

Et soudain, sans réfléchir, ils s'étaient enlacés, se serrant à s'étouffer, comme pour se persuader l'un l'autre par l'étreinte qu'ils échangeaient que la mort n'était pas la seule souveraine du monde.

35.

“ Ceux qui se débandent, même s’ils ont des excuses, ne sont pas excusables, c’est ainsi ! J’ai dit : Je fais la guerre ! ”

Antoine Forestier s’était avancé dans l’église Saint-Étienne-du-Mont, et il avait aperçu, agenouillés au pied du cercueil de Natacha, Maurice et Robert de Taurignan.

Le père et le fils étaient en uniforme, tête baissée, le front reposant sur les mains nouées, appuyées au prie-Dieu.

Ils avaient la même taille, mais Maurice était plus massif alors que Robert donnait une impression de faiblesse.

Et cependant, depuis plus d'un an que Robert Chrétien de Taurignan occupait les fonctions de chargé des affaires militaires au cabinet de Georges Clemenceau, il s'était montré d'une résistance morale et physique exceptionnelle, analysant pour le président du Conseil la situation militaire, ne cédant pas à la panique qui, en ce début d'année 1918, avait saisi bien des généraux surpris par les attaques allemandes, désorientés de voir, après presque quatre années de guerre, les « boches » réussir à rompre le front, avancer encore vers Paris. Certains députés, tel Léon de Boissier, des personnalités parisiennes influentes, comme Olivier Dussert ou le professeur Machecoul, avaient suggéré à Clemenceau et au président de la République de transférer le gouvernement à Bordeaux, comme en septembre 1914.

Mais Clemenceau et Poincaré s'y étaient refusés.

— On ne cède pas, on fait la guerre, on serre les dents, on tient ! avait martelé Clemenceau. Je continue de faire la guerre et je continuerai jusqu'au dernier quart d'heure. Bordeaux ! Le gouvernement que je préside ne quittera jamais Paris pour Bordeaux. Nous crèverons sur place, s'il le faut !

Cette semaine-là, comme chaque jeudi, Antoine avait retrouvé Natacha de Taurignan rue de l'Estrapade.

Elle arrivait de l'hôpital du Val-de-Grâce. Elle s'asseyait sur le canapé et regardait longuement cette grande toile représentant le désert des temps bibliques. Elle murmurait comme chaque fois :

— Trop de souffrances, trop de malheurs, pourquoi, s'il y a un Dieu ?

Antoine s'asseyait près d'elle, et ils s'étreignaient, chacun tenant l'autre par les épaules comme la première nuit devant la gare de Bordeaux, quand il pleuvait si fort.

Ils ne s'étaient quittés qu'au matin, dans le brouillard qui recouvrait la Gironde et cachait la façade de l'hôtel des Quais où ils avaient passé la nuit. Les sirènes des bateaux à vapeur qui traversaient le fleuve les avaient fait frissonner. Ils s'étaient collés l'un contre l'autre, sans parler, puis ils avaient pris des rues opposées, disparaissant après quelques pas dans le brouillard qui, montant des berges, inondait toute la ville.

Ils n'avaient échangé que quelques mots, à propos de la mort qui guettait leurs fils, se caressant lentement comme pour s'assurer qu'il existait encore des corps sans blessure, que la jeunesse avait certes quittés mais que le désir d'aimer habitait encore.

Ce n'était qu'au début de 1918 qu'ils s'étaient retrouvés.

Les premiers jours, à chaque fois qu'il croisait Robert de Taurignan, Antoine était troublé. La ressemblance entre le fils et la mère était criante. Robert était blond, le bas de son visage avait la même rondeur un peu lourde. Mais c'étaient surtout les yeux, bleus, le regard doux et résolu qui l'impressionnaient.

Il avait renoncé à demander à Robert si sa mère était restée à Bordeaux ou bien si elle avait regagné Paris, dès le mois de décembre 1914, avec le gouvernement et les personnalités. C'était il y a quatre ans. Et quel prétexte donner pour l'interroger ?

Antoine avait osé pourtant demander où se trouvait Maurice de Taurignan, apprenant ainsi qu'il avait été affecté, après le décès du général Gallieni, à l'état-major du général Pétain avec le grade de colonel. Il fallait un juriste pour surveiller le fonctionnement des conseils de guerre qui siégeaient en permanence, parce que depuis six mois les mutineries s'étaient multipliées. Des centaines de soldats avaient crié : « Vive la paix ! Assez de tués ! » Dans de nombreuses unités, on avait insulté les officiers, brandi ici et là des chiffons rouges pour saluer la révolution russe.

On traquait les déserteurs. Antoine avait pensé à Mathilde et à Vincent Mercœur, avec des sentiments mêlés.

Il avait téléphoné à Barbizon, et lorsqu'il avait entendu la voix joyeuse de Mathilde, il avait raccroché, envahi quelques instants par la colère, saisi en fait par une sorte d'indifférence accablée.

Ni Mathilde ni Vincent Mercœur ne pesaient sur le sort de la guerre. Ils sauvaient leur peau et Antoine ne s'était pas senti le courage de les juger, de les dénoncer.

Mais quand il avait appris, en consultant les listes de condamnés pour rébellion que l'état-major envoyait chaque jour à la présidence du Conseil, qu'on avait fusillé le caporal Marcel Notain, du 128e régiment d'infanterie, chauffeur de maître dans le civil, il avait eu le cœur broyé devant tant d'injustice.

Marcel, le chauffeur de Mathilde de Wiener, châtié, et Mathilde qui se gavait d'amour, d'un surplus de jeunesse, alors que tant de jeunes hommes étaient mutilés, tués ! Il avait été sur le point de demander à Robert de Taurignan d'alerter la gendarmerie de Fontainebleau de la présence d'un déserteur au château de Barbizon.

Et il avait été convoqué dans le bureau de Clemenceau.

Le président du Conseil donnait des coups de poing sur la table. Il serrait les dents tout en s'exclamant :

— Il y a un général qui est fou ! Ce qui s'appelle fou, Forestier. Il jette les gens sur l'ennemi sans préparation d'artillerie ! On lui a demandé : Pourquoi faites-vous ça ? Réponse : « Ça entretient le moral de la troupe… » C'est lui qu'il faudrait fusiller ! Il veut quoi ? Recommencer une offensive à la Nivelle, avec des dizaines de milliers de morts inutiles, et les mutineries, et les désertions ?

Clemenceau avait saisi un feuillet.

— Voilà ce qu'on chante dans les tranchées, quand on est mené à l'abattoir de cette manière.

Antoine avait lu :

Adieu la vie, adieu l'amour
Adieu toutes les femmes
C'est pas fini, c'est pour toujours
De cette guerre infâme
C'est à Craonne, sur le plateau,
Que nous devons laisser notre peau !

Il avait appelé Robert de Taurignan.

— Faites-moi sauter ce criminel, avait-il lancé en écrivant le nom du général sur un bout de papier. Faites-en ce que vous voulez. Mais pour autant, dites à Pétain que je ne veux pas de pitié pour les déserteurs, les mutins. La justice doit passer. On ne peut pas gagner une guerre avec des troupes qui flanchent ! Et ceux qui se débandent, même s'ils ont des excuses, ne sont pas excusables, c'est ainsi ! J'ai dit : Je fais la guerre !

Clemenceau avait voulu se rendre sur le front, « flairer le boche », comme il disait.

Antoine l'avait suivi dans ces galeries boisées qui s'enfonçaient dans la terre de Verdun. Là était le Mort-Homme, le tunnel du Kronprinz. Le sol autour des forts n'était plus qu'un désert noir, creusé de cratères où l'on apercevait des fusils brisés, des casques bosselés et percés, et parfois dépassant de la terre des lambeaux d'uniformes.

Puis il y avait eu les tranchées, ces couloirs de boue, les hommes qui se déplaçaient courbés parce que dans les lignes allemandes, situées à moins de cent mètres, les tireurs étaient à l'affût.

Clemenceau s'était emporté, voulant monter sur un tertre. Il avait fallu le retenir, alors qu'il lançait en direction des lignes allemandes :

— Ah, mes gaillards, attendez un peu ! On va vous avoir ! Oui, on vous aura !

Antoine avait été fasciné par ce vieillard énergique qui s'exaltait et voulait s'exposer au feu ennemi. Il aurait pu tomber là, en première ligne, comme ces centaines de milliers d'hommes jeunes sacrifiés de part et d'autre.

Les poilus l'avaient entouré, assurant qu'ils avaient besoin de lui, qu'il ne fallait pas que le Tigre se laisse tuer comme ça, pour rien.

Antoine avait dévisagé ces têtes hirsutes, qui surgissaient des trous de mitrailleuses creusés dans la craie champenoise ou dans la boue de l'Argonne. Et il avait été brusquement ému aux larmes en pensant à ses fils.

Henri et Charles ne s'étaient jamais plaints de leurs conditions de vie, veillant donc à ne pas l'inquiéter, à cacher leurs souffrances, leur fatigue, la mort qui les guettait et abattait sa faux à chaque seconde, cisaillant celui qui avait oublié de baisser la tête, ou bien cet autre qui s'était cru à l'abri au fond de sa cagna et qu'un obus ensevelissait sous la terre éboulée.

Après ce serait sur son corps le grouillement des rats.

Car il les avait vus par le créneau d'un guetteur, ces gros rongeurs noirâtres qui trottinaient entre les barbelés et disparaissaient dans les pantalons d'un mort qui, bras en croix, était resté accroché dans les épines d'acier.

Il avait observé Clemenceau, dans la voiture qui les ramenait vers Paris. Le président du Conseil paraissait somnoler. Puis tout à coup, il s'était redressé, il avait dit, les poings crispés :

— Confiance, confiance, vous avez vu, Forestier, cette race, nos soldats, dans leur case de boue au milieu des morts ? Ils montrent une volonté, une unanimité qui nous obligent à nous dépasser, nous qui sommes en charge du destin du pays dans cette guerre. Quelle tâche terrible ! Mais ils nous imposent d'être grands et de ne pas fléchir. Alors…

Il avait ricané.

— … les injures, les menaces, qu'est-ce que ça pèse ? Vous avez vu ces lettres où l'on me traite de vieillard sanguinaire ? Mais rien ne me fera céder, ni les boches, ni les défaitistes, ni les habiles, tous ceux qui parlent de paix négociée. L'Allemagne nous a déclaré la guerre… La décision militaire, l'Allemagne l'a donc voulue !

Antoine avait approuvé, mais il n'avait plus eu le cœur de jeter Mathilde et son amant dans cette fournaise.

Ces deux-là avaient choisi de ne pas partager le sort du peuple auquel ils appartenaient, qu'ils s'arrangent avec leur conscience ! Et que Dieu, ou le destin, ou le hasard décide de leur sort !

Puis, à la fin du mois de novembre 1917, Antoine avait appris que Henri avait été blessé et évacué sur Lyon. Quelques jours plus tard, Henri lui écrivait, lui annonçant qu'il se rétablissait vite et qu'il avait hâte de rejoindre ses camarades.

Que dire ? Antoine avait eu le désir de prier, de supplier même qu'on lui laisse ses fils. Mais il avait pensé en même temps qu'il n'avait aucun droit, aucun pouvoir pour espérer obtenir ce privilège de Dieu, du destin ou du hasard…

Il avait commencé à ne plus pouvoir maîtriser son angoisse. Et il avait craint qu'elle ne soit un pressentiment.

Ainsi il n'avait même pas été surpris quand, le 17 décembre, le colonel Robert de Taurignan lui avait donné ce télégramme qui annonçait la disparition du lieutenant Charles Forestier.

Et c'est à ce moment que Clemenceau, d'une voix qui tremblait un peu, avait dit :

— Votre fils restera vivant si vous le laissez vous habiter. Il faut garder les morts à l'intérieur de soi. Ne jamais les chasser, vivre avec eux. C'est notre chair, Forestier. Combien de temps, de secondes, de minutes plus que d'heures, peut-on consacrer à un fils mort quand des centaines d'autres jeunes gens sont tués, disparaissent d'un bout à l'autre du front à chaque battement de la pendule ?

Clemenceau s'était déjà penché vers la carte déployée sur son bureau. Il avait une dernière fois levé la tête pour inviter Antoine à demander au colonel de Taurignan d'envoyer le capitaine Henri Forestier, le fils aîné blessé, en convalescence à Mazenc afin qu'il soit auprès de sa mère dans ces moments difficiles, quand la vie tout à coup s'effondre et qu'on tombe dans la fosse ouverte par la mort d'un enfant.

Mais que pouvait-on faire de plus quand on était le président du Conseil d'une France saignée depuis près de quatre années, et comment Antoine Forestier, le collaborateur le plus proche de cet homme au teint cireux, aurait-il cessé de rester à ses côtés parce que le jeune Charles, du 22e régiment de chasseurs, avait disparu quelque part en Argonne ?

Ce mois de décembre 1917, Clemenceau n'avait cessé de le répéter, avait été le début de la période la plus difficile de la guerre, comme un retour aux premiers jours du conflit, à ce mois d'août 14 quand il avait fallu un miracle, celui de la Marne, pour sauver Paris de l'invasion.

Les Allemands concentraient leurs soldats pour une nouvelle offensive. Ils ne craignaient plus ni la Russie, en proie à la révolution, ni l'Italie, battue en octobre, son armée en déroute, à Caporetto, dans les terres du Nord noyées par le froid et la pluie, ni les États-Unis, entrés en guerre en avril 1917 mais dont les troupes n'avaient pu encore rejoindre l'Europe.

Il fallait donc tenir, et se servir du corps des jeunes hommes comme d'un parapet.

Alors, adieu Charles Forestier.

Le 17 décembre 1917 n'avait été, à ces quelques minutes près, qu'une journée ordinaire.

Les messages de l'état-major répétaient que le général Pétain voulait attendre, avant de prendre une initiative, « les Américains et les tanks ».

— Celui-là va faiblir, avait murmuré Clemenceau. Il a tenu à Verdun, mais il est vidé. Il nous faut Foch.

Puis le colonel Robert de Taurignan avait transmis des rapports de gendarmerie sur l'arrestation de suspects ici et là, des comptes rendus de l'exécution dans les fossés de Vincennes de deux déserteurs qui avaient tiré sur les hommes venus les arrêter.

C'était Antoine qui avait parcouru ces feuillets. Et il avait vu, au milieu d'une page, ce nom dont chaque lettre lui avait paru se détacher, s'enfoncer en lui : « La baronne Mathilde de Wiener... »

Les gendarmes de Fontainebleau annonçaient qu'ils avaient reçu plusieurs lettres dénonçant la baronne de Wiener comme une espionne qui aurait abrité chez elle des soldats déserteurs, peut-être même des Allemands. Le capitaine de gendarmerie, compte tenu de la notoriété de la suspecte, demandait l'autorisation à sa hiérarchie avant de mener une opération de perquisition au château de Mme de Wiener, à Barbizon.

On avait transmis à monsieur le président du Conseil, pour « décision ».

Antoine avait retiré la feuille du dossier.

Pas aujourd'hui, pas le jour de la disparition de Charles !

Il avait regagné le petit bureau qu'il occupait à droite de celui de Clemenceau. Il s'était étonné de connaître encore le numéro de téléphone du château. Les chiffres surgissaient de sa mémoire, comme ces objets qu'on aperçoit parmi les ruines, préservés de l'explosion de l'obus qui a détruit toute la maison.

Il avait reconnu aussitôt la voix de Mathilde, un peu voilée, inquiète. Sans doute devait-on la harceler, la menacer.

Il avait simplement dit, sans se nommer :

— Mon fils Charles est mort.

Antoine avait, dans le long silence qui avait suivi, entendu la respiration saccadée, le sanglot étouffé de Mathilde.

Il avait ajouté :

— Partez aujourd'hui, dans la nuit. Allez à Mazenc, chez moi, et de là en Italie, à Bellagio.

Il avait donné en quelques phrases toutes les indications pour que Mathilde puisse se faire ouvrir la villa Clarvallc.

Peut-être serait-elle là-bas, pour quelques mois, à l'abri.

— Je ne suis pas seule, avait-elle dit.

Il s'était contenté de répondre :

— Dépêchez-vous, dans quelques heures vous serez arrêtée.

Puis il avait raccroché et placé le rapport du capitaine de gendarmerie de Fontainebleau dans le tiroir de son bureau.

Demain, il glisserait ce feuillet dans le dossier que chaque jour lui remettait pour le président du Conseil le colonel de Taurignan.

Car Clemenceau voulait être tenu personnellement au courant des affaires d'espionnage, de désertion, de propagande révolutionnaire, de défaitisme. Il voulait savoir qui étaient ces hommes et ces femmes qui, disait-il, trahissaient les intérêts de la France, tiraient dans le dos des poilus, les incitaient à la désobéissance, à la révolte, pour désarmer la nation au moment où elle devait au contraire accomplir l'effort le plus difficile, parce que cela faisait près de quatre ans qu'elle envoyait les meilleurs de ses fils à l'abattoir.

Clemenceau, Antoine le savait, arrêterait un instant la pointe de son crayon sur le nom de la baronne de Wiener, puis il écrirait en marge « poursuivre ».

Et peut-être même, parce qu'il la connaissait, qu'elle avait été son amie, celle qu'il appelait « la petite baronne », pour laquelle il avait déployé tant d'énergie afin de l'arracher à la prison, convainquant Maurice de Taurignan d'assurer sa défense, peut-être pour toutes ces raisons brandirait-il le feuillet devant Antoine.

« Vous avez vu, dirait-il, même Mathilde de Wiener ! Il faut être impitoyable avec elle, elle nous trahit, nous, vous, moi... ! Qu'on ne lui passe rien. Je veux être tenu jour après jour informé de ce que l'on a trouvé chez elle, et des suites qui seront données. Il n'y a pas de fumée sans feu, Forestier ! Les gens comme elle, ils font plus de mal que les aéroplanes ou la grosse Bertha. »

Chaque jour, des avions allemands lâchaient quelques bombes sur Paris. Des maisons s'étaient effondrées, en flammes, rue de la Michodière, boulevard Voltaire, au cours de Vincennes, à Belleville. C'était de gros aéroplanes à croix noire, qui passaient au ras des toits et qu'on appelait des *Gothas*. Les chansonniers s'en amusaient :

Encore un'maison d'brûlée
V'là l'Gotha qui passe
Encore un'maison d'brûlée,
V'là l'Gotha passé !

Antoine s'était rendu plusieurs fois sur les lieux bombardés. Il représentait le président du Conseil.

On lui avait montré ces morts couchés, ensevelis dans les gravats, leur visage et leur corps gonflés par les effets du souffle de l'explosion.

Puis les bombardements s'étaient faits plus nombreux et l'on avait découvert que les Allemands avaient installé, dans les collines de Montjoie près de Crépy-en-Valois, à plus de cent kilomètres de Paris, un énorme canon dont les obus pouvaient atteindre Paris dans un sifflement déchirant, comme celui d'un papier ou d'un tissu qu'on lacère. Cette pièce d'artillerie avait été fabriquée par les usines Krupp, propriété de Bertha Krupp.

C'est au retour de l'une de ces visites aux victimes des bombardements qu'Antoine avait reçu un appel de l'hôpital du Val-de-Grâce. La téléphoniste avait seulement dit « Madame l'infirmière-chef ». Il avait d'abord pensé à Henri, mais celui-ci était à Mazenc. Qui donc avait été tué, blessé ? Puis cette voix, qu'il n'avait pas reconnue.

— J'ai appris, pour votre fils Charles. C'est Robert qui me l'a dit. Je devais vous appeler. Voilà…

Il avait donc retrouvé, au milieu de la nuit, Natacha de Taurignan chez lui, rue de l'Estrapade.

Le petit salon, à droite du vestibule, était plongé dans la pénombre. Il avait à peine distingué le visage de Natacha. Il ne savait pas si, en quelques années de guerre, elle avait vieilli, marquée par toutes les blessures qu'elle avait vues, les morts dont elle avait fermé les yeux. Mais le corps de Natacha de Taurignan était plein de compassion, comme lors de leur première nuit à Bordeaux, le 27 septembre 1914.

Et il avait compris, à l'occasion de leurs retrouvailles, qu'au sein du malheur collectif il faut pour survivre et rester humain que quelqu'un vous embrasse, vous caresse, ouvre ces poings fermés que sont la haine et la cruauté.

À cet instant, il avait eu de la pitié pour Mathilde et Vincent Mercœur, et il avait été heureux d'avoir tenté de les protéger. Il avait souhaité qu'ils puissent gagner Bellagio et y attendre la fin de la tuerie. Leur amour était comme un surgeon poussant sur la souche d'un arbre abattu.

Antoine et Natacha avaient passé la nuit côte à côte, sur le canapé du salon, face à ce grand tableau où passaient les Rois mages.

Au matin, ils avaient décidé de se revoir chaque jeudi. Et il avait donné à Natacha une clé de l'hôtel Forestier.

Antoine avait eu plusieurs fois le sentiment que s'il avait pu survivre à la mort de Charles, puis de Marguerite, son épouse, s'il avait pu supporter le retour au front de Henri, c'est à elle qu'il le devait.

Après une semaine passée à patauger dans le sang, qu'il voyait se répandre sur les cartes déployées à même le sol du bureau de Clemenceau, chaque flèche noire d'une poussée allemande, puis chaque réponse rouge de la contre-offensive française représentant des dizaines de milliers de morts, il la retrouvait, le jeudi rue de l'Estrapade, et c'était comme s'il redécouvrait la bonté.

Natacha pressait le visage d'Antoine contre sa poitrine, et parfois il se mettait à pleurer. Alors elle lui caressait les cheveux. Et lui, qui transmettait au général Pétain l'ordre de colmater la brèche ouverte par les Allemands au sud d'Amiens et qui criait « Le président du Conseil exige qu'on y jette toutes les troupes disponibles ! », lui qui était un rouage de la machine à broyer les hommes, il s'abandonnait comme un enfant.

Elle lui avait murmuré :

— Ici, j'oublie ce que je vois, ce que j'entends, ce que je sens.

Lorsqu'elle parlait ainsi, il imaginait les mutilés, les plaies ouvertes, les gueules cassées, les poumons et les yeux rongés par les gaz toxiques. Pour survivre, il fallait s'enfermer quelques heures dans les bras de l'autre.

Ils partaient ensemble, se séparant devant les grilles. Souvent, elle lui confiait dans un sourire :

— Vous allez voir mon fils toute la journée, cela me rassure, me rend heureuse.

Quand Antoine observait le visage du colonel de Taurignan, il retrouvait les traits de Natacha, et, le temps de ce regard, la mort s'éloignait.

Ce vendredi, Robert de Taurignan s'était avancé vers lui, le visage blafard. Il avait porté ses doigts à son col comme pour le desserrer, ses mains tremblaient. Il avait murmuré :

— Dites à monsieur le président du Conseil que je suis contraint de m'absenter pour une heure. Je dois reconnaître le corps de ma mère.

Il avait claqué les talons. Il était parti.

Antoine avait commencé à balbutier en tentant de ne pas montrer son trouble. Puis il s'était levé d'un bond pour se rendre dans le bureau de Robert, interrogeant son adjoint.

On était le 29 mars 1918, au milieu de l'après-midi. Un obus tiré par la grosse Bertha avait frappé de plein fouet l'église Saint-Gervais-Saint-Protais, à quelques rues de l'Hôtel de Ville. Il avait percuté, brisé l'un des piliers qui soutenaient les arcs-boutants, et les demi-voûtes s'étaient effritées sur les fidèles rassemblés pour écouter le chœur des chanteurs de Saint-Gervais.

Madame l'infirmière-chef du Val-de-Grâce s'était rendue sur les lieux avec les premiers secours.

Elle avait marché dans les décombres, vu les cadavres défigurés. Elle s'était penchée sur un enfant blessé, et un bloc s'était détaché de la voûte et l'avait écrasée. Son corps avait protégé l'enfant qui avait survécu.

Antoine avait averti Clemenceau, qui était déjà debout après avoir lu la dépêche faisant état d'une centaine de morts et d'autant de blessés. Il voulait se rendre sur place, où le président de la République se trouvait.

Ils avaient marché dans les décombres, au milieu des blocs dont certains avaient leurs arêtes rougies par le sang.

Mais on avait retiré les corps.

L'archevêque de Paris s'était précipité au-devant de Clemenceau et de Poincaré, lançant :

— Les misérables, ils ont choisi la journée anniversaire de la mort du Christ pour commettre ce crime !

Clemenceau lui avait tourné le dos. Son visage, encore plus cireux que de coutume, s'était contracté en une grimace de mépris, et penché vers Antoine il avait maugréé :

— *Gott mit uns*...

Puis, plus haut :

— Dieu n’est avec personne. Les hommes sont seuls.

SEPTIÈME PARTIE

36.

“ ‘Clemenceau à l’Élysée, ce serait un péril national !’ On prêtait cette déclaration à Foch. Il avait démenti. Quelle importance ? Le mal était fait !… ”

Antoine Forestier s’était arrêté au bord de la pièce d’eau qui, au centre du jardin du Luxembourg, faisait face à l’entrée du Sénat. Il s’était retourné, et il avait su, à cet instant, qu’il regardait une partie accomplie de sa vie. Elle se terminait là, aujourd’hui, ce vendredi 16 janvier 1920, un jour froid et limpide.

Il avait vu cette foule de députés et de sénateurs qui pénétraient dans le bâtiment.

Il y a quelques minutes encore, Antoine était parmi eux, arpentant la grande galerie illuminée qui conduisait à la salle de Brosse où allait se dérouler un vote préparatoire, « indicatif » comme on disait dans le jargon parlementaire, pour départager les candidatures à la présidence de la République dont l'élection se tiendrait le lendemain, le 17 janvier à Versailles où se réunirait le Congrès.

Il avait presque aussitôt senti, dès les premiers mots échangés avec les parlementaires, que Clemenceau serait battu.

Les députés élus le 16 novembre lui préféraient Paul Deschanel, cette gravure de mode faite pour les singeries de salon, comme avait dit Paul Morand. Mais Deschanel était un homme inoffensif, qui se contenterait de s'asseoir bien droit dans les calèches, de sourire lors des inaugurations, et de laisser les Briand ou les Millerand gouverner à leur guise.

Antoine avait entendu Jacques Machecoul, le nouveau député de Neuilly, répéter avec son autorité de professeur à la faculté de médecine qu'on ne pouvait élire un vieux Tigre de soixante-dix-neuf ans, perclus de rhumatismes, qui ne sentait plus ni ses pieds ni ses mains, et qui portait des gants parce que ses doigts étaient rongés par l'eczéma. Clemenceau, avait-il martelé au petit groupe de députés qui l'entouraient, était guetté par la paralysie, la sénilité, le gâtisme pour tout dire. Ou bien, mais était-ce contradictoire, il serait le jouet de son entourage. Il obéissait au petit juif Mandel, et – on avait rapporté le propos à Antoine – à cet anarchiste de Forestier qui avait, durant toute la guerre, protégé une putain qui, avait ajouté Machecoul en baissant la tête, avait assassiné son père – que Clemenceau et Forestier avaient fait acquitter parce qu'elle en savait trop sur les versements de fonds que les juifs leur avaient accordés au temps où l'un et l'autre animaient ces petits journaux troués de dettes, *La Justice, L'Aurore* ou *L'Homme libre*.

Antoine avait pressenti que ces calomnies, ces accusations portaient, parce que cette masse de nouveaux députés voulaient les entendre.

Il avait lu le matin même, dans *La Voix nationale*, le quotidien créé par Olivier Dussert pour son fils Michel, le député de la Drôme, qu'on suspectait Clemenceau de vouloir, s'il était élu, établir une sorte de dictature.

« Clemenceau à l'Élysée, ce serait un péril national ! » On prêtait cette déclaration à Foch. Il avait démenti. Quelle importance ? Le mal était fait !

La Voix nationale, qui se donnait comme l'organe du Bloc national, la majorité élue en novembre, avait recueilli des déclarations allant toutes dans le même sens : « Il faut voter Deschanel... » « Nous n'avons pas le droit de tuer le pays sous une légende... » « Clemenceau n'a pas adouci son orgueil et éclairci son entourage inquiétant : son chef de cabinet militaire, le colonel Robert de Taurignan, est un officier de valeur, blessé trois fois, mais il est le fils de maître Maurice Chrétien de Taurignan qui autrefois a défendu et sauvé la meurtrière du critique Pierre Machecoul, Mathilde de Wiener, épouse du corrupteur baron de Wiener. Qu'est-elle devenue depuis 1914 ? Pourquoi, alors qu'elle était suspectée d'abriter des espions allemands dans son château de Barbizon, a-t-elle pu, au moment où les gendarmes s'apprêtaient à l'arrêter, s'enfuir ? Qui l'a avertie ? Pourquoi Clemenceau protège-t-il Antoine Forestier qui a été autrefois l'amant de cette personne de petite vertu ? »

Et l'article concluait qu'on ne pouvait « choisir Clemenceau. L'élire, c'était entrer dans l'inconnu, risquer une politique d'à-coups, une politique de cour et d'intrigues ».

À lire ces articles de *La Voix nationale*, puis à écouter et à deviner les propos de Jacques Machecoul et ceux, encore plus pervers, de Léon de Boissier qui avait, en se tenant à l'entrée de la salle de Brosse, dit comme s'il plaisantait : « Votons Deschanel aux cris de vive Clemenceau ! », Antoine avait éprouvé un sentiment de désespoir, mêlé de colère et de dégoût.

Il s'était souvenu, en voyant les sourires complices des députés et des sénateurs lorsqu'ils serraient la main de Machecoul ou de Boissier, du 11 novembre 1918. Il y avait à peine plus de deux ans. La Chambre, alors unanime, avait acclamé Clemenceau au moment où, après avoir annoncé l'armistice, il s'était écrié : « Et puis, honneur à nos grands morts qui nous ont fait cette victoire ! Quant aux vivants, que nous accueillerons quand ils passeront sur nos boulevards vers l'Arc de Triomphe, qu'ils soient salués d'avance ! Nous les attendons pour la grande œuvre de reconstruction sociale. Grâce à eux, la France, hier soldat de Dieu, aujourd'hui soldat de l'humanité, sera toujours le soldat de l'Idéal… »

Ç'avait été la liesse devant la Chambre. La foule s'était précipitée, avait rompu tous les barrages de police, entourant l'automobile où Antoine se trouvait au côté de Clemenceau.

Celui-ci avait posé sa main gantée de gris sur le genou d'Antoine. Il avait hoché la tête, et il avait murmuré : « Je pense à Charles, à tous les fils. »

Antoine avait eu les larmes aux yeux.

Mais, si vite après, qui se souciait encore de l'unanimité ?

La négociation du traité de paix, à Versailles, déchaînait les oppositions. Les rumeurs, les accusations contre Clemenceau que l'on soupçonnait de trop céder, ou au contraire de vouloir, au risque de la tuer, imposer un diktat insupportable à l'Allemagne.

Souvent, au cours de cette année 1919, Antoine avait été saisi par le doute, le sentiment qu'il approchait de la fin de cette partie active de la vie. Il aurait soixante ans le 6 janvier 1920. Et lorsqu'il entendait Clemenceau lui dire « mais vous êtes si jeune, Forestier, soixante ans, vous n'êtes pas entré dans l'âge des vraies passions », il éprouvait une sorte d'accablement.

Charles était mort, Marguerite était morte, et Henri avait demandé à servir dans la mission militaire française qui aidait à la constitution de la nouvelle armée polonaise.

Ç'avait été une souffrance presque insupportable pour lui lorsque Henri, au soir de ce défilé enthousiaste du 14 juillet 1919, quelques jours après la signature du traité de paix, était venu rue de l'Estrapade lui annoncer qu'il avait obtenu son affectation à Rembertow en Pologne.

Pourquoi fallait-il que Henri prenne encore des risques, alors qu'il avait échappé à la tuerie ?

Mais Antoine n'avait pu lui dire ce qu'il aurait souhaité, qu'il quitte l'armée, qu'il s'installe à

Mazenc, qu'il s'occupe des vignes, qu'il fonde une famille. Il s'était contenté de le serrer contre lui, de murmurer : « Reste vivant. »

Après, il y avait eu l'attente des lettres, et l'angoisse, qui ne naissait pas seulement de cette inquiétude à propos de Henri, puisque la guerre avait commencé là-bas, contre les bolcheviks, mais de la sensation qu'on entrait dans une autre époque. Les hommes comme Clemenceau – et donc comme Antoine qui était resté trente ans à ses côtés – seraient poussés hors de la scène. Et les nouveaux députés, Michel Dussert, Jacques Machecoul, n'accepteraient pas de se soumettre à un homme dont la gloire était telle qu'il saurait gouverner.

Ils choisiraient une marionnette poudrée. Deschanel ? Pourquoi pas ? Un jeune homme de soixante-cinq ans !

Antoine avait pourtant tout tenté pour rassembler des voix en faveur de Clemenceau.

Il avait rendu visite à Jean Revest dans son appartement de la rue Maître-Albert, à quelques pas de la Seine. Son vieux précepteur venait d'être élu député socialiste. Revest était alerte, presque juvénile, présentant à Antoine une jeune camarade, Louise Véran, étudiante, qui lui servait de secrétaire parlementaire. Antoine avait observé ce couple étrange, elle qui devait avoir vingt-cinq ans à peine, lui qui approchait des quatre-vingts et qui la prenait par l'épaule, l'attirait vers lui sous prétexte de lui faire lire le discours qu'il venait d'achever.

— Je sais que votre fils est parti en Pologne jouer les gendarmes contre-révolutionnaires, avait dit Revest. Comment pouvez-vous accepter cette politique ? On veut nouer autour de la Russie soviétique un cordon sanitaire, on veut l'étrangler, empêcher la révolution de s'étendre !

Revest s'était levé, entraînant Louise Véran dont les longs cheveux, un peu roux, tombaient sur les épaules.

— Mais la jeunesse, avait continué Revest en plaçant sa main sur les reins de Louise, est toujours du côté du mouvement, de la révolution. On ne peut pas tuer l'espérance dans plus de justice, d'égalité. Le communisme est l'avenir du XXe siècle. Et votre Clemenceau…

À la manière dont Revest avait prononcé ce nom, Antoine avait deviné que les socialistes voteraient en bloc contre. Ils préféraient élire n'importe qui d'autre à la présidence de la République.

— Clemenceau, c'est la guerre, avait repris Revest, une politique aveugle, la réaction. Vous avez vu comment il a fait disperser les manifestations du 1er mai ? Ses agents ont chargé les mutilés qui étaient en tête du cortège. C'est honteux ! Vous ne pouvez plus rester avec lui. Vous n'auriez jamais dû d'ailleurs passer toute votre vie avec ce politicien, ce faux homme d'État.

Antoine avait ressenti un certain malaise en quittant Revest, non à cause des positions politiques du professeur, de cette volonté qu'il avait manifestée de voir naître en France un parti communiste puisque le parti socialiste était sorti tout sanglant de l'union sacrée. Cela, il s'y attendait. Mais il avait découvert tant d'hypocrisie dans les relations entre Revest et cette jeune Louise qu'il en avait été révolté. Un vieil homme se servait de ses convictions comme d'un moyen de séduction pour enjôler celle qu'il appelait, avec une emphase sucrée, « ma jeune camarade ».

Ce jour-là, il avait marché le long de la Seine, puis jusqu'à la rue Saint-Dominique vers le ministère de la Guerre où Clemenceau continuait, en attendant l'élection du 17 janvier, de diriger le gouvernement.

Mais à chaque pas, il s'était persuadé un peu plus que Clemenceau n'avait aucune chance. L'hostilité et même la haine des uns se mêlaient à ce désir de revanche des médiocres, à cette peur qui les habitait d'élire un homme plus grand qu'eux.

Il y avait ceux qui, comme Revest, lui reprochaient d'être un « réactionnaire » et le rendaient responsable de la guerre, de la répression, des inégalités et même des décisions de justice. À leur grand scandale, une cour d'assises venait d'acquitter Robert Villain, l'assassin de Jaurès, et de condamner la famille à payer les frais du procès. Cent mille personnes avaient manifesté aux cris de « À bas Clemenceau ! Vive Jaurès ! Justice ! ».

Et puis il y avait les Boissier, Machecoul, Dussert qui craignaient son intransigeance républicaine. Le bruit courait que le vieil Olivier Dussert avait ouvert dans sa banque un crédit sans limite pour financer *La Voix nationale* afin que ceux qu'il appelait les hommes raisonnables, les modérés, les nationaux, puissent gouverner le pays, et qu'on en finisse avec les excès de ce Clemenceau, de ce républicain jacobin qui n'était plus de son temps.

Léon de Boissier avait rameuté contre le Tigre tous les députés catholiques. Pouvait-on accepter un athée, un anticlérical, un Antéchrist même, à la présidence de la République ? Ce Clemenceau n'avait-il pas refusé d'assister au *Te Deum* célébré à Notre-Dame, pour remercier le Ciel de la victoire des armées françaises ? Intolérable, scandaleux, presque révolutionnaire ! Et l'on rappelait qu'il avait eu de l'indulgence pour les communards... Antoine Forestier n'était-il pas le fils de ce Jules Forestier fusillé au Père-Lachaise ?

Lorsque Antoine était entré dans son bureau, celui-ci l'avait observé, une moue d'amertume creusant ses joues.

— Revest vous a dit que les socialistes voteraient contre moi, n'est-ce pas ? Tant mieux ! Je ne veux pas de ces voix molles ! Ces gens se disent antimilitaristes et puis deviennent ministre de l'Armement et se prétendent pacifistes quand le vent tourne. Maintenant, ils rêvent d'être communistes comme les Russes ! Mais, dites-moi, Forestier, qu'est-ce que ces gens-là ? Méprisables, médiocres, veules !

Puis il s'était levé.

— D'ailleurs, je ne suis candidat à rien, sauf à la retraite, avait-il ajouté.

Il s'était esclaffé.

— Ce serait le plus beau couronnement de ma vie que d'être battu par un Deschanel !

Antoine s'était assis sur l'une des terrasses du jardin du Luxembourg, qui dominait la pièce d'eau. La lumière était si vive en ce début d'après-midi du 16 janvier qu'elle l'avait ébloui.

Clemenceau serait battu, il en était sûr. Il avait jeté un coup d'œil vers le Sénat, l'entrée du bâtiment était vide. Les députés et les sénateurs devaient participer, salle de Brosse, au vote préparatoire à l'élection à la présidence. Deschanel allait l'emporter. Et demain, à Versailles, Clemenceau interdirait à ses amis de voter pour lui.

Les jeux étaient faits.

Il avait longuement observé les enfants qui, penchés sur le bord du bassin, poussaient avec de longues cannes des voiliers vers le centre de la pièce d'eau, là où la brise était la plus forte. Les jets de la fontaine qui scintillaient dans le soleil venaient parfois coucher un bateau sur le flanc.

Antoine s'était levé et s'était rapproché du bassin.

Il avait besoin de voir ces enfants, d'écouter leurs voix aiguës et joyeuses. Il avait suivi des yeux les voiliers qui sillonnaient la surface noire dans des parcours incertains que parfois le vent, la poussée de la canne d'un enfant ou la fontaine venaient changer ou interrompre.

Il avait soixante ans.

Il avait pensé à ce long sillage qu'avait été sa vie. À cet aveuglement, à ce désir d'agir qui l'avaient conduit à s'éloigner des siens, de Henri et de Charles, de Marguerite. Il avait préféré les rumeurs et les chaos de l'action à la douceur de l'affection.

Folie !

Il avait rêvé que peut-être, bientôt, Henri lui donnerait des petits-fils, qu'il pourrait avec eux tenir le rôle qu'avait joué pour lui Romain Forestier.

Puis il avait vu, bondissant au bord du bassin, se disputant quelques miettes, d'énormes carpes à la bouche avide, aux écailles noires et luisantes. Et il avait fermé les yeux, pour entendre seulement les cris insouciants des enfants.

HUITIÈME PARTIE

37.

“Et la grimace
qui tordait le coin
droit de sa
bouche était
ce que la guerre
avait laissé
de ce sourire qui
autrefois éclairait
un visage
de jeune
homme… ”

Antoine Forestier avait regardé derrière lui.

Il avait vu, en cette fin de matinée du 2 février 1920, ces femmes en noir qui, un jour, lorsque leurs maris, leurs fils ou leurs fiancés étaient encore vivants, avaient dû elles aussi porter les vêtements clairs de la fête, les couleurs de la confiance et de la gaieté, ce bleu qui n’était plus que dans le ciel, ce rouge des terres du vignoble, ce jaune et ce vert qui mariaient le soleil et la forêt sur les pentes des massifs fermant l’horizon.

Les hommes, nu-tête, se tenaient derrière elles. Et parmi eux, Antoine avait reconnu Gustave Novera, son beau-frère.

Lorsqu'il était arrivé à Mazenc, douze jours auparavant, c'était la première personne qu'il avait rencontrée.

Gustave avait le visage bandé, et les pansements ne laissaient voir que l'œil droit.

— J'ai eu de la chance, avait-il dit. La dernière année de la guerre, je l'ai passée à l'hôpital. Pas un de ceux qui étaient avec moi, dans ma compagnie, n'a survécu. Et moi, je suis là ! Ils m'ont opéré cinq fois, et je dois aller à Lyon la semaine prochaine. Ils m'enlèveront tout. Et il faudra que je m'habitue à ma gueule.

Il parlait du fond de la gorge et la voix passait sourde, râpeuse, entre les plis et les couches de gaze et de bandage.

Ce 2 février, en cette matinée ensoleillée, chaude déjà, dans le cimetière de Mazenc, alors qu'un seul nuage blanc, comme un accent, surmontait le Ventoux, Gustave Novera avait le visage nu.

Tout le côté gauche de la face, la tempe, le front, l'œil, la joue, le menton avaient été enfoncés par le poing de fer de l'éclat d'obus. Et la grimace qui tordait le coin droit de sa bouche était ce que la guerre avait laissé de ce sourire qui autrefois éclairait un visage de jeune homme.

Antoine avait regardé au loin, au-delà des grilles, au-delà des charrettes arrêtées sur le bord du chemin. Mais les rangées de ceps de vigne étaient comme les alignements de croix dans l'un de ces cimetières qu'on avait ouverts en plein champ, de l'Yser au Chemin des Dames, de Verdun aux Vosges, tout au long de cette plaie qu'on avait appelée le front. Il restait une cicatrice purulente, à vif, arbres fauchés, sol retourné, villages détruits, sillons des tranchées, et ces ossuaires dont on n'osait même pas s'approcher. Les os étaient à peine blancs. Les casques troués s'entassaient, leurs jugulaires fermées sur le vide, les tombes étaient encore ouvertes et les noms manquaient. Tout au long de l'année 1919, en compagnie de Clemenceau, Antoine était allé de l'un de ces cimetières à l'autre, au milieu de ces personnalités dont le contact souvent lui avait donné la nausée. Il les avait dévisagés, ces officiers bedonnants, au teint rose, la poitrine barrée par les décorations. Il les avait écoutés, ces députés, ces ministres, ces embusqués qui venaient lancer quelques tirades patriotiques sur l'héroïsme des jeunes morts, eux qui avaient banqueté durant ces quatre années, qui parfois s'étaient enrichis, et qui maintenant ne songeaient plus qu'aux élections prochaines, à ce scrutin du 16 novembre 1919, au renouvellement de la Chambre. Tous souhaitaient retrouver leur siège, ou conquérir leur premier mandat de député.

Las de ces visites, Antoine se tenait à l'écart, ne se montrant que lorsqu'il devinait que Clemenceau le cherchait.

Il s'approchait alors du président du Conseil, qui le prenait par le bras et lui confiait :

— Je sais, Forestier, je sais, c'est une souffrance pour vous et pour moi. Plus pour vous que pour moi. Mais ces sacrifices, celui de votre Charles, il faut bien que nous les honorions, même s'il y a tous ceux-là.

D'un mouvement de tête, avec un expression de mépris, Clemenceau montrait le groupe des personnalités.

— Bientôt nous ne les verrons plus, car dans peu de temps, mon cher Forestier, ils vont se débarrasser de moi. Nous avons gagné la guerre. Ils vont vouloir se retrouver entre eux, entre médiocres. Ils vont nous foutre dehors, puis ils pataugeront dans leur marécage. Et la France aura de la chance s'ils ne dispersent pas ce que ceux-là – il montrait les tombes – ont permis d'amasser. Mais il restera le souvenir, la gloire, le devoir accompli.

Le Tigre, le Vieux, ne s'était pas trompé.

Ils l'avaient contraint à démissionner en élisant à la présidence son vieil ennemi, Deschanel.

Antoine, dans le bureau que Clemenceau occupait au ministère de la Guerre, s'était indigné.

— Ces rats, avait-il lancé, sont sortis de leurs trous ! Aujourd'hui, parce qu'ils n'ont plus peur, que vous avez fait le travail, la guerre, la paix, alors ils vous dépouillent. Je ne peux plus…

Il avait été étonné par le calme et la sérénité de Clemenceau, qui avait fait craquer méthodiquement ses phalanges, frottant l'une contre l'autre ses mains toujours cachées par des gants gris.

— Peut-être que maintenant mon eczéma va disparaître, avait plaisanté Clemenceau en montrant ses mains. Je vais ôter ces gants, et dormir enfin. Il est temps pour moi de me retirer. J'avais soixante ans en 1901, vous rendez-vous compte ! Dix-neuf ans de plus ! Et toujours les mêmes ennemis !

Il s'était levé, avait été jusqu'à la fenêtre qui donnait sur la cour et la rue Saint-Dominique.

— Poincaré, Briand, Deschanel, cette petite bande qui ne me supporte pas ! Vous vous souvenez, Forestier, c'était en 1894, Deschanel avait accusé à la Chambre notre journal *La Justice* – vous en étiez déjà – des plus horribles trahisons. Je l'ai traité de jeune drôle, de lâche, de menteur, de polisson, de dernier des misérables, et nous nous sommes battus, au parc de Cornudet, à Boulogne. J'ai compris ce jour-là que Deschanel était dérangé, médicalement parlant. Il s'est mis à déclamer comme un acteur. Mais vous étiez mon témoin, Forestier ?

Antoine avait fait oui de la tête. Ils avaient ri ensemble, se souvenant du teint terreux de Deschanel, de ses reculades précipitées au-delà du pré carré prévu pour le duel. Cela avait recommencé jusqu'à ce qu'il soit blessé à la paupière.

— Et c'est cet homme-là, ce joli petit Deschanel, ce jésuite, que nos députés et nos sénateurs ont choisi, contre moi !

Clemenceau s'était rassis.

— Pourquoi voulez-vous, Forestier, que je me laisse aller à l'amertume ? Ils ont un président de la République à leur image.

Il avait rangé quelques papiers.

— C'est fini, avait-il dit. Je pars pour ma maison de Bernouville. Et vous, j'imagine, pour votre château de Mazenc ?

Il s'était levé, approché d'Antoine, lui avait saisi les bras, les avait serrés.

— Soyez actif, Forestier. Vous êtes encore jeune. Je ne vous envie pas pour ces presque vingt ans que j'ai déjà vécus, mais ne vous laissez pas moisir. Que fait votre fils Henri ? Capitaine, je crois ?

Antoine avait répondu que Henri avait décidé de rejoindre la mission militaire française à Varsovie.

— Bien, bien, avait murmuré Clemenceau.

Il avait alors appelé le lieutenant-colonel Robert de Taurignan. Cet homme, qui n'avait pas quarante ans, avait été blessé trois fois avant que Clemenceau le retire du front pour lui confier toutes les affaires militaires de son cabinet. Le Tigre lui avait dit : « Je connais votre père, nous avons pu mesurer le courage, l'intégrité, la vertu de maître Taurignan. Je crois, à la lecture de votre dossier militaire, que vous êtes digne de lui. Donc, je vous veux près de moi. Il me faut un officier en qui je puisse avoir toute confiance, et qui ait fait ses preuves au front, pour mériter l'estime de ses pairs, et être respecté par les poilus. » Robert, durant ces années de gouvernement, avait été fidèle et efficace.

Ce 17 janvier 1920, il était si ému que sa lèvre inférieure tremblait.

— Peut-être, mon cher Taurignan, allez-vous toute votre vie porter la croix d'avoir servi sous mon autorité et près de moi, avait dit Clemenceau. Je ne sais pas si les maréchaux, les généraux, les ministres vous le pardonneront. Mais enfin, c'était le service de la patrie !

Il avait montré Antoine à Taurignan.

— Veillez de loin sur le capitaine Henri Forestier, le fils de notre ami. Il est en Pologne. Lui aussi peut avoir à souffrir de s'appeler Forestier, l'homme de Clemenceau. Je ne veux pas qu'on le persécute, ou qu'on le retienne par les pans de sa vareuse. Son frère Charles est mort pour la patrie, qu'on laisse le capitaine Forestier la servir. Voilà.

Il avait d'un signe indiqué qu'il voulait demeurer seul.

Antoine et Taurignan avaient quitté le bureau et s'étaient donné l'accolade.

Le 20 janvier 1920, Antoine Forestier était à Mazenc.

Et depuis, dans le village, on disait de lui qu'il aimait ses morts.

Il était encore là, dans le cimetière de Mazenc, en cette fin de matinée du 2 février 1920, au premier rang de la petite foule en deuil rassemblée face à ce monument qu'un grand drapeau tricolore, auquel on avait attaché un long crêpe noir, cachait aux regards.

Le sous-préfet venait de prononcer quelques mots, puis le député Michel Dussert, qui avait été élu en novembre 1919.

Antoine avait dévisagé cet homme jeune, amputé du bras droit, qui bombait le torse comme pour faire voir ses décorations, la croix de guerre avec palmes, la Légion d'honneur. On avait voté pour lui dans les campagnes parce qu'il s'était présenté comme le fils du banquier Olivier Dussert, qui avait participé aux négociations du traité de Versailles et avait voulu comme Clemenceau, oui comme le Tigre, faire payer l'Allemagne. Elle devait réparer les ruines et les malheurs qu'elle avait provoqués. Et cet argent permettrait d'ouvrir des routes, d'électrifier les hameaux les plus isolés et d'assurer toutes les adductions d'eau. On pourrait aussi baisser les impôts.

À la fin des réunions, Michel Dussert tendait sa main gauche aux paysans. Il racontait qu'il s'était engagé à dix-sept ans, qu'il n'avait pas voulu être un embusqué et qu'il avait donné son bras. Il secouait la manche vide. Puis il ajoutait d'une voix un peu distraite, comme une précision inutile, qu'il était du pays parce que son arrière-grand-père, Guillaume Dussert, au temps de la Révolution, avait épousé une Julie de Boissier, l'héritière de l'une des deux grandes familles nobles de la région. Il y avait les Boissier et les Chrétien de Taurignan. Le républicain Dussert avait conquis l'aristocrate, avait-il conclu. Et lui, le jeune ancien combattant, voulait rassembler tous les Français.

Michel Dussert, en ce 2 février, était au garde à vous, son écharpe tricolore en sautoir, à droite du monument que le maire de Mazenc s'apprêtait à dévoiler.

Un clairon dans l'air immobile avait commencé à jouer la sonnerie aux morts, et les fausses notes, trop aiguës, résonnaient comme des cris étouffés.

Antoine revoyait ces quais de la gare de Meaux, dans les premiers jours d'août 1914, et ses deux fils s'éloignant entre les rails, vers les trains chargés de jeunes vies.

Combien de survivants, combien d'amputés, combien de gueules cassées, comme celle de Gustave Novera ? Combien de femmes en deuil, de mères mortes, comme Marguerite ne pouvant survivre au décès de Charles, à ce corps disparu, réduit à quelques morceaux de chair, peut-être accrochés aux branches d'un arbre, comme Antoine en avait vu quand avcc Clemenceau il s'était rendu jusqu'aux premières lignes, avec parfois le désir qu'une balle perdue mette fin à son désespoir, à cette douleur qu'il portait en lui depuis ce jour de décembre 1917, quand Robert de Taurignan lui avait tendu le télégramme annonçant que son fils Charles avait été porté disparu.

Car Charles n'était même pas enseveli dans la terre rouge d'ici, auprès des siens.

Antoine n'avait pas pu suivre le discours du maire, le souvenir lui avait empli la tête d'un battement assourdissant. Mais tout à coup cette voix s'était élevée, plus forte, pour rappeler les noms des fils de Mazenc morts pour la France. Et Antoine avait entendu :

Sergent Marcel Berthommieu.
Caporal Lucien Chabert.
Soldat René Davert.
Lieutenant Charles Forestier.
Soldat Pierre Fougeyrol.
Caporal-chef Paul Rigout
Aspirant Henri Gallet.
Soldat Claude Pallanchard.

Pour qui ces sanglots qui avaient ponctué le dernier nom ? Quelle mère, quelle épouse, quelle sœur n'avait pu les étouffer ?

Et le clairon à nouveau, puis les chuchotements, les mains qu'il avait fallu serrer, et Michel Dussert qui allait des uns aux autres.

Il s'était approché d'Antoine, lui avait dit qu'il était si heureux de pouvoir enfin rencontrer le collaborateur de Clemenceau, l'arrière-petit-fils de ce héros, le maréchal Maximilien Forestier.

Antoine avait écouté cette voix juvénile. Michel Dussert devait avoir l'âge de Charles l'année de sa mort, à peine vingt-cinq ans, et tant d'années à vivre encore.

Antoine avait ressenti cette présence, l'énergie de cet homme comme une injustice, presque une provocation.

Il avait eu envie de mourir, ou de tuer, et la honte l'avait submergé. Il avait détourné les yeux pour ne pas voir ce visage avenant, les yeux vifs, la courte moustache, qui exprimaient une vitalité insatiable, la preuve que tous ces morts dont on venait de célébrer la mémoire, dont les noms étaient gravés sur cette plaque de marbre, et parmi eux celui de Charles, n'étaient plus déjà que des prétextes à vivre, qu'ils étaient déjà trahis, abandonnés, même si on les pleurait, même si on les honorait.

Chacun allait se servir d'eux, pour soi.

Antoine avait une nouvelle fois regardé le jeune député.

— Votre fils…, avait cru bon d'ajouter ce dernier, j'ai lu sa citation à l'ordre de l'armée. Une conduite héroïque !

Il avait hoché la tête, puis continué :

— Je comprends votre douleur.

Antoine n'avait pas répondu.

Il s'en était allé, et les gens s'étaient écartés pour le laisser passer, le suivant du regard alors qu'il s'éloignait entre les ceps de vigne, noirs, dénudés par l'hiver.

38.

“ Après ce que nous avons vécu durant quatre années, nous nous sentons tous invulnérables ! ”

Capitaine Henri Forestier.
École militaire de Rembertow.
Rembertow, le 22 février 1920.

« Cher Père,

« J'ai reçu ce matin votre lettre et j'ai regretté de ne pas être près de vous lors de l'inauguration du monument aux morts de Mazenc.

« Je comprends votre souhait de me voir rentrer en France au plus tôt, mais nous sommes engagés ici dans une tâche difficile, et le colonel Robert de Taurignan, qui vient de prendre le commandement de l'école militaire de Rembertow à laquelle je suis affecté, m'a indiqué qu'il ne pouvait dans les circonstances présentes envisager de se séparer d'un seul de ses officiers.

« L'offensive des bolcheviks est en effet imminente, et les Polonais comptent sur nous pour les aider à résister. Leurs jeunes officiers sont pleins d'enthousiasme mais n'ont pas l'expérience de la guerre.

« Elle ne nous fait pas défaut !

« Je suis souvent invité à la table du colonel de Taurignan, et il me parle chaque fois de vous, du rôle que vous avez joué auprès du président du Conseil. Le prestige de Clemenceau est d'ailleurs ici, parmi nos camarades, immense. Et chacun reconnaît que sans l'énergie et la volonté du Tigre, le sort de la guerre eût été différent. On s'inquiète beaucoup de la politique de ses successeurs et du rôle des agitateurs bolcheviks.

« Le colonel de Taurignan est persuadé que les Russes veulent déclencher la révolution dans toute l'Europe, et que leurs agents sont déjà à l'œuvre en Allemagne, en Italie et en France. L'attaque de la Pologne n'est ainsi qu'un élément d'un plan d'ensemble. Il est donc décisif que nous la brisions.

« Mais, cher Père, ne vous inquiétez pas. La guerre ici ne ressemble en rien à celle que nous avons connue. Ni pilonnage d'artillerie, ni tranchées, mais plutôt de grands mouvements dans ces vastes plaines enneigées et ventées. Nous ne jouons d'ailleurs qu'un rôle d'instructeur, ne participant aux opérations que si les Polonais nous sollicitent.

« Et vous connaissez assez la fierté et le courage de ce peuple pour imaginer qu'ils ne font que rarement appel à nous, ne nous demandant que de leur enseigner comment combattre.

« Soyez donc assuré, Père, que les risques courus ici par les Français sont quasi inexistants. Après ce que nous avons vécu durant quatre années, nous nous sentons tous invulnérables !

« Je pense souvent à Charles, à notre mère, à vous.

« Vous nous avez transmis un nom que nous avons été fiers de porter.

« Il faut qu'il continue de vivre. C'est aussi une manière d'être fidèle au souvenir de Charles.

« Vous avez sans doute déjà compris, cher Père, que mon désir le plus vif est de fonder une famille.

« Je dois donc vous parler de Maria Kovalewska, que j'ai connue à Varsovie.

« Si vous le jugez bon, le colonel de Taurignan pourra vous parler de sa famille. Elle est l'une des plus estimées de Pologne. Bien que rien n'ait été officiellement conclu entre Maria et moi, je me considère comme engagé envers elle, et elle envers moi.

« Mais, mon cher Père, j'attendrai votre accord pour aller plus avant.

« Je vous embrasse avec toute mon affection,

« Votre fils, Henri.

« P.-S. Le colonel de Taurignan vient de m'appeler pour m'annoncer que j'étais décoré de la Légion d'honneur et nommé chef de bataillon à titre temporaire. J'en éprouve de la joie et de la fierté. »

39.

“ Peut-être même verrons-nous les Soviets à Paris ? Lénine dit bien qu’il est l’héritier de Robespierre ! ”

— Cette offensive des bolcheviks en Pologne, qu’en pense le gouvernement ? avait demandé Olivier Dussert en tentant de saisir le regard de Léon de Boissier.

Mais celui-ci, depuis qu’il était ministre de l’Intérieur, semblait avoir collé sur son visage un masque de cire, et affectait de ne pas entendre les questions qu’on lui posait.

Olivier Dussert s’était levé, avait été jusqu’à la fenêtre du salon d’où l’on apercevait la cour de l’hôtel de Beauvau et, au-delà des grilles dorées, l’avenue de Marigny. Il était resté silencieux quelques minutes, avec l'envie de partir sans même saluer Boissier. Il n'avait plus aucune estime pour ces députés, ces ministres et ce Paul Deschanel, une vraie gravure de mode avec ses cheveux bien peignés, sa moustache poudrée et son regard un peu fixe, comme si son élection l'avait placé au-dessus des hommes alors qu'il n'avait que servi d'instrument à plus rusés que lui, les Briand, Millerand, Poincaré qui avaient voulu se débarrasser de Clemenceau.

Le Tigre était le seul à avoir eu une vraie force intérieure, mais ç'avait été un adversaire, anticlérical, jacobin, pour qui l'État et la nation devaient toujours avoir le dernier mot ! Et quand on est banquier, ce sont des principes que l'on ne peut que contester.

La dernière fois qu'ils s'étaient rencontrés, Clemenceau avait d'ailleurs lancé :

— Alors, monsieur Dussert, on est satisfait de me voir partir, n'est-ce pas ? Les banquiers vont reprendre la barre, vous allez vous jouer de ces imbéciles, vos amis Deschanel, Boissier !

Puis il avait haussé les épaules :

— Quant à moi, avait-il repris, je vais voyager, l'Égypte, le Soudan, peut-être l'Asie, les États-Unis. J'ai quatre-vingts ans. Il faut que je me dépêche, et depuis qu'on m'a remercié – il avait souri, murmuré –, non, on ne m'a pas remercié, j'ai rajeuni de dix ans ! Je dors comme je n'avais plus dormi depuis 1914. Savez-vous quelles sont mes intentions ? Je vais – il avait levé sa main gantée de gris – voir si Cléopâtre est toujours jolie, et si elle l'est toujours, je l'épouse !

Voilà un homme d'État, un homme digne d'être banquier.

Olivier Dussert était retourné s'asseoir en face de Léon de Boissier.

— Est-ce que cela vous stimule, avait-il dit, de penser que Clemenceau a été autrefois ministre de l'Intérieur ? Vous proclamez-vous, comme lui, premier flic de France ?

— Les temps ont changé, avait répondu Boissier. Quatorze ans ont passé, la guerre…

— Les bolcheviks, avait coupé Dussert.

Il s'était penché, avait pris l'un des cigares posés au centre de la table basse placée entre les fauteuils.

— La banque Dussert-Speicher et Fils est sollicitée pour investir en Pologne, dans les anciennes provinces de l'Empire austro-hongrois, avait-il continué tout en coupant le bout de son cigare. On me téléphone, on me télégraphie chaque jour, de Prague, de Budapest, de Varsovie, de Sofia. Le besoin de capitaux est immense là-bas. Et cela concerne aussi le gouvernement. C'est de l'influence de la France qu'il s'agit.

Il avait allumé le cigare et longuement aspiré pour que l'extrémité de la feuille de tabac rougeoie.

— Mais si la Révolution gagne, si les Soviets s'installent à Varsovie, pourquoi voulez-vous que j'investisse ? Peut-être même verrons-nous les Soviets à Paris ? Lénine dit bien qu'il est l'héritier de Robespierre ! Dans ce cas, je me replierai sur mes succursales de Londres et de New York. On est toujours à l'abri quand la mer ou l'océan vous protège…

— Comment va votre fils ? avait demandé Léon de Boissier. Il a fait une intervention remarquable à la Chambre. Il a eu une fort belle élection, la Drôme était pourtant un département difficile.

— Michel est tenace, avait assuré Dussert. Et puis – il avait rejeté la tête en arrière – il s'est présenté comme un descendant des Boissier, et votre famille, bien qu'aristocratique, n'a pas laissé que de mauvais souvenirs dans les campagnes.

— Les républicains d'aujourd'hui, avait murmuré Boissier en souriant, adorent la noblesse.

— Alors ces rouges, vont-ils prendre Varsovie, Berlin, Paris ? Dites-moi, avait repris Dussert, Révolution ou pas ? J'ai mon diagnostic, mais c'est celui du ministre de l'Intérieur que je sollicite.

— Nous avons une excellente mission militaire à Varsovie, avait dit Boissier après un silence. Vous connaissez le colonel Robert de Taurignan, le fils de maître Maurice de Taurignan. Il a pour adjoint Henri Forestier. Ce sont des officiers remarquables.

— Des fidèles de Clemenceau !

Léon de Boissier avait haussé les épaules.

— Clemenceau n'est plus rien, avait-il répliqué avec une petite crispation du visage, comme si la haine et la vindicte avaient été trop fortes pour qu'il puisse les dissimuler.

Le ministre s'était levé :

— On dit que ce sont les Polonais qui vont conquérir l'Ukraine. Voilà qui changerait tout, n'est-ce pas ? Votre banque pourrait ouvrir des bureaux à Odessa.

Il avait pris le bras d'Olivier Dussert.

— Croyez-moi, Dussert, notre majorité nationale, dont votre fils Michel est l'un des éléments les plus brillants, va gouverner ce pays longtemps. Michel est jeune. Il a du talent, un passé glorieux. Il est promis, j'en suis sûr, à un brillant avenir. Qu'il veille sur sa circonscription, qu'il s'y enracine, et tout est possible pour lui.

Boissier s'était arrêté sur le large palier qui dominait l'escalier de marbre rosé conduisant au hall d'entrée.

— Je vais vous faire une confidence…

Il s'était incliné vers Dussert.

— Je ne vous demande même pas le secret. Il y a des confidences qu'il est parfois bon de colporter. Vous en jugerez.

Il avait regardé Olivier Dussert en hochant la tête, les lèvres serrées, la bouche esquissant un sourire.

— Il ne faut pas que Clemenceau ou son clan, Forestier, Mandel, quelques autres, ou les radicaux avec leurs nouvelles têtes, Herriot, Daladier, ou Blum et les socialistes tentent de nous créer des difficultés. J'ai trouvé ici quelques dossiers fort intéressants.

Il avait baissé la voix.

— Savez-vous que la baronne de Wiener, vous vous souvenez, a été protégée pendant toute la guerre par Antoine Forestier, le collaborateur direct de Clemenceau ? Or, elle a en toute impunité abrité chez elle un déserteur, un anarchiste, un certain Vincent Mercœur. Quand la police a voulu intervenir, Mathilde de Wiener a été avertie, et avec son protégé elle est passée en Italie. Et aujourd'hui, nous retrouvons ce Vincent Mercœur, vous devinez où ? Avec les bolcheviks ! Il a fait le voyage de Petrograd, et peut-être est-il en Pologne, avec les troupes qui attaquent Varsovie, peut-être cherche-t-il à susciter des mouvements parmi les soldats français qui sont là-bas. Après tout, nous avons connu l'année dernière des mutineries dans la flotte de la mer Noire, devant Odessa.

Il avait serré la main de Dussert.

— Mais ne vous inquiétez pas, votre banque peut investir en Pologne et ailleurs. Le gouvernement est décidé à empêcher la gangrène révolutionnaire de se propager. Nous sommes là, et nous débusquerons les Vincent Mercœur là où ils se cachent !

Il avait retenu Dussert, qui commençait à descendre l'escalier.

— Mais Mathilde de Wiener, c'est une curieuse, une étrange histoire, n'est-ce pas ?

40.

“ C’était jour de silence, jour des morts de l’an 1920… ”

De loin, au milieu des vignes, Antoine Forestier avait vu cette femme immobile devant l’entrée du cimetière de Mazenc.

Elle portait un chapeau de feutre gris, à large bord, et une cape bleue tombant jusqu’aux chevilles.

Antoine s’était arrêté, comme si devant lui avait surgi le souvenir de la silhouette de Natacha de Taurignan telle qu’il l’avait aperçue pour la première fois, le 27 septembre 1914 à Bordeaux, alors qu’elle s’avançait en tenant les deux pans de sa cape bleue.

En un regard, il avait revécu la douceur, la paix, la bonté, la force qu'elle lui avait données, et le désespoir qu'il avait ressenti lorsqu'elle était morte, le vendredi 29 mars 1918.

L'émotion avait été si intense qu'il avait fermé les yeux un instant, pour tenter d'effacer cette vision douloureuse. Mais quand il les avait rouverts, la femme était toujours là, semblant attendre.

Les villageois qui passaient près d'elle les bras chargés de fleurs s'écartaient, la dévisageaient, se retournaient pour la voir avant d'entrer dans le cimetière, et lorsqu'ils ressortaient, les femmes serrées dans leurs jupes grises et noires, les hommes engoncés dans leurs vêtements de fête détournaient la tête, comme s'ils avaient craint qu'elle ne leur parle.

C'était jour de silence, jour des morts de l'an 1920.

Depuis le matin, Antoine avait eu le sentiment qu'une grande fosse s'était ouverte, non seulement en lui mais dans l'espace. Elle avait englouti tous les bruits pour mieux faire entendre ces battements de cloches qui se répondaient d'une église à l'autre, paraissant heurter les parois de cet abîme et mêler ainsi leurs échos. Mais pas une voix, pas l'un de ces cris d'enfants qui de la place du village dévalaient jusqu'au vignoble, pas un grincement de roues, ni le hoquètement d'un moteur. Vide était le paysage sous ce ciel outrageusement beau. Et les dernières feuilles de ce début novembre s'accrochaient aux branches sans qu'un souffle ne les agite, comme si un sursis leur avait été accordé, une illusion perverse offerte sous ce soleil et ce bleu qui semblaient printaniers.

Antoine était sorti tôt, croyant être l'un des premiers au cimetière. Mais les paysans se lèvent à l'aube et les tombes étaient déjà recouvertes de brassées colorées, si bien que ce rectangle entouré de grilles ressemblait à une sorte de radeau fleurie glissant sur les terres rouges, accompagné par cette armée en deuil que sont les vignes quand la vendange est faite et les feuilles tombées.

Il avait croisé Gustave Novera qui portait maintenant la barbe pour tenter de dissimuler la dysharmonie de sa face. Mais la peau avait dû être brûlée et labourée si profond par le métal que, par plaques, précisément là où la gueule était cassée, sur le côté gauche du visage, la barbe ne poussait pas, si bien que le contraste avec le côté droit était encore plus grand.

Il avait fallu écouter Gustave, qui passait ses journées à lire les journaux parce qu'il ne pouvait plus rester debout longtemps dans les vignes, saisi très vite par des vertiges, et s'abattant sur le sol comme si le souffle de l'explosion qui l'avait défiguré le poussait à nouveau à terre.

Il avait voulu parler, marchant près d'Antoine. Il s'en était pris au monde tel qu'il était, à ce putain de président Wilson, à ces putains d'Américains qui avaient rejeté le traité de Versailles, qui refusaient d'adhérer à la Société des Nations. Il s'était moqué de ce putain de Deschanel, qui avait heureusement démissionné après qu'on l'avait retrouvé, en pyjama, marchant sur la voie ferrée parce qu'il était tombé du wagon présidentiel et qu'il frappait aux portes, bégayant « Je suis le président de la République ». « Et moi, je suis le pape ! », avait répondu un garde-barrière.

Novera avait poussé de petits cris, sa façon de faire savoir qu'il riait puisque sa bouche déformée n'exprimait plus rien que la laideur et la douleur.

Il l'avait interrogé :

— Et le Tigre, il ne rugit plus ?

Antoine s'était contenté de hausser les épaules, et d'une mimique il avait fait comprendre à Novera qu'il n'en savait pas plus que lui.

Qu'aurait-il pu dire ? Que Clemenceau, après son voyage en Égypte et au Soudan, était reparti, à quatre-vingts ans, pour les Indes, qu'il avait ricané quand il avait appris la mésaventure de Deschanel. « Ils craignaient un gâteux, avait-il bougonné, ils l'ont eu tout de même. »

Quand Antoine lui avait demandé s'il ne fallait pas à nouveau intervenir dans la vie politique puisque la paix, à peine signée, paraissait déjà menacée, des corps francs de la Reichswehr essayant de s'emparer de Berlin, les États-Unis retirant leur garantie, la France secouée par des grèves, Clemenceau avait répondu :

« Je n'ai plus aucune influence, or quand on ne peut plus agir, on s'abstient, et en pareil cas, le meilleur moyen est encore de s'éloigner. Mais vous, Forestier, vous avez vingt ans devant vous, pourquoi ne pas tenter, aux prochaines élections législatives, de prendre le siège de ce Michel Dussert ? Pensez-y, voyez les gens, parlez-leur. Dans la Drôme, le nom de Forestier, c'est quelque chose, j'en suis sûr. »

— Alors, Clemenceau, et vous, vous avez tous mis la clé sous la porte ? avait dit Novera.

D'un mouvement de tête, il avait montré le cimetière, puis avait tapé sur ce qui avait été sa joue gauche.

— À quoi ça a servi qu'on donne tout ça ? Vous, un fils, moi…

Il s'était penché vers Antoine.

— Même les putains, à Valence, elles ont peur quand elles me voient ! Elles veulent pas, ou alors c'est par pitié. Je préfère celles qui me demandent de payer le double, au moins elles ne mentent pas, et des gens qui me plaignent, j'en ai rien à foutre.

Il avait serré le poing, l'avait brandi.

— Vous savez ce qu'il faut, c'est tout changer. « Du passé, faisons table rase… » À Mazenc – il avait commencé à compter sur ses doigts – Rigout, Giaume, Verdet, Macari, moi, tous les socialistes d'ici, de la section, on veut devenir communistes. On a voté, et au congrès du parti, en décembre, croyez-moi, on les balayera, les Blum, les Sembat, tous ceux de l'union sacrée ! C'est pas la guerre qu'il fallait faire, mais la révolution, comme les Russes. Pourquoi vous n'adhérez pas au parti, Antoine, qu'est-ce que vous faites tout seul ? Un vrai républicain, aujourd'hui, il doit être communiste, c'est tout.

Antoine avait souri. Il avait regardé Gustave Novera s'éloigner en claudiquant.

Puis il avait parcouru les allées du cimetière. La lumière vive, d'un blanc étincelant, jouait avec l'or des plaques mortuaires. Elle bondissait sur le marbre et le granit noir, glissait le long des vases, donnait à la pierre l'apparence d'un miroir.

Il avait ressenti la luminosité et la douceur de cette journée comme un défi, une provocation narquoise.

Quelle douleur ? Quels souvenirs ? Quels morts ? ricanait le ciel. Même les chrysanthèmes, dans leur profusion mordorée, ressemblaient à des bouquets de fête !

Il était sorti du cimetière et s'en était allé marcher dans la vignoble. Là, au milieu des terres rouges, il avait eu le sentiment de se trouver au centre du silence, au plus profond de la fosse.

Cette journée des morts, c'était cela, le vide. Il s'était souvenu de ces vers de Verhaeren qu'autrefois Jean Revest lui avait fait apprendre, pour un mois de novembre.

Voici novembre assis auprès de l'âtre
Avec ses maigres doigts chauffés au feu
Oh, tous ces morts là-bas sans feu ni lieu
Oh, tous ces morts cognant les murs opiniâtres
Et repoussés et rejetés
Vers l'inconnu de tous côtés.

Pas besoin d'âtre ni de feu, la lumière solaire et le bleu insolent étaient aussi des parois contre lesquelles on se heurtait.

Il avait marché longtemps pour ne pas penser, pour que la tête soit pleine seulement du martèlement des talons sur le sol, pour ne plus entendre cette phrase qui le hantait depuis qu'il l'avait lue : « *Rien ne vaut rien. Il ne se passe rien. Et cependant tout arrive. Mais cela est indifférent.* » Il avait voulu mettre un bâillon sur Nietzsche. Mais sa voix ne s'était pas laissé étouffer. « *Rien ne vaut rien* », avait-elle répété. Antoine avait encore une fois songé à ces millions de jeunes hommes tombés, parmi eux Charles, à tous les autres que la guerre avait tués, de désespoir comme Marguerite, ou par ricochet comme Natacha.

Il avait levé les yeux, avait vu cette femme en cape bleue, immobile devant l'entrée du cimetière de Mazenc.

Il n'avait reconnu Mathilde que lorsqu'il s'était trouvé devant elle.

C'était une vieille femme, sèche comme un arbre qui vieillit bien et qu'aucune maladie ne ronge sinon le temps qui passe. Un jour, Antoine l'avait su dès qu'il avait deviné sous la cape son corps presque efflanqué, Mathilde se briserait d'un seul coup. Et ce serait une mort propre, nette, une entaille franche. Cette grâce-là, que Dieu, ou le destin, ou le hasard, allait lui accorder, un jour peut-être encore lointain, serait la preuve que sa vie, tous comptes faits, avait été droite.

Elle s'était assise dans la grande salle du rez-de-chaussée de la tour, où Antoine l'avait emmenée. Il lui avait servi un grand verre de vin nouveau, un peu pétillant, de couleur claire, léger comme une eau fraîche.

Elle avait bu, goulûment. Elle s'était essuyé les lèvres du revers de la main. Il avait reconnu ses doigts effilés, mais la peau du poignet, de la paume, était si ridée qu'elle faisait penser à un tissu froissé.

Elle avait gardé son chapeau dont le large bord cachait le haut du visage, puis brusquement, dans un geste un peu théâtral, elle l'avait enlevé, jeté loin d'elle sur la longue table. Elle avait dévoilé ainsi la peau de son front plissée et la masse de ses cheveux blancs.

Elle l'avait regardé d'un air de défi. La vieillesse qui la serrait dans sa poigne ne l'avait pas enlaidie, au contraire, elle s'était comme dépouillée, la peau de son visage, tel un fin drapé, ne masquant pas la vigueur des traits.

Mathilde avait dû sentir ce qu'il pensait, et elle avait souri, attendant sans doute qu'il l'interroge.

Mais il n'était même pas surpris de la voir.

Il savait qu'elle avait vécu jusqu'à ces derniers mois à Bellagio, d'abord en compagnie de Vincent Mercœur, puis seule quand, au printemps de 1918, les carabiniers s'étaient présentés à la villa Clarvalle pour arrêter Mercœur.

Mais il avait réussi à fuir, gagnant la Suisse par la montagne, puis les lacs. Il avait, assurait-on, rejoint Lénine à Petrograd et représentait la France dans l'Internationale communiste qui était en train de se constituer.

On l'avait vu à Odessa, en 1919, prendre contact avec les mutinés de la flotte française de la mer Noire.

On le disait maintenant sur le front de Pologne aux côtés des bolcheviks, donc contre les Français qui les combattaient.

Chaque décision que l'on prenait dans la vie était comme un boomerang, avait pensé Antoine. Elle revenait vers vous, sans qu'on sache ni comment ni quand.

Il avait sauvé Mercœur de l'arrestation, et sans doute du peloton d'exécution, et maintenant Mercœur était l'allié, le complice de ceux qui menaçaient la vie de Henri et du colonel Robert de Taurignan. Mathilde avait passé la main dans ses cheveux.

— J'ai blanchi en quelques heures, avait-elle dit. Quand les carabiniers sont venus à Bellagio, ils se sont installés dans la villa, persuadés que Vincent ne pourrait pas se réfugier ailleurs. Ils m'ont enfermée dans une chambre. Je n'avais aucun moyen de le prévenir… J'ai cru qu'il se ferait prendre, qu'il tomberait dans la souricière. Puis les carabiniers m'ont ouvert la porte. J'ai compris que Vincent était à l'abri en Suisse, mais entre-temps j'étais devenue une petite vieille !

Elle avait poussé son verre vers Antoine, et il le lui avait rempli. Elle avait bu cette fois-ci à petites gorgées.

— J'ai retrouvé le fils de Vincent, avait-elle murmuré.

Elle avait parlé, la tête baissée.

— Il est seul, avait-elle continué. Son père – elle avait eu un mouvement de l'épaule – ne l'a jamais vu, sa mère est morte. Et moi…

Elle avait regardé Antoine.

— … je n'ai à lui donner que de l'argent. Ce n'est pas comme ça qu'on fait un homme.

Elle s'était levée, était allée jusqu'à la fenêtre.

Antoine savait ce que l'on voyait depuis cette croisée. Le regard coulait sous le porche du château jusqu'au vignoble. On apercevait au-delà un tertre planté de quelques oliviers entourant unc petite chapelle, et plus loin à l'horizon, enfonçant dans le ciel un triangle bleu sombre, le massif du Ventoux.

— Je ne peux rien lui dire de ce que j'ai vécu, avait continué Mathilde. Le monde est si différent, maintenant. Qu'est-ce qu'il comprendrait à une femme comme moi, qui a tué un homme, qui en a tant connu, et qui termine sa vie en baronne, dans de la soie ?

Elle s'était retournée vers lui.

— J'ai commencé dans la merde, je ne peux pas lui raconter ça !

Elle s'était assise. Elle avait vidé son verre.

— Il a quatorze ans. Il s'appelle Roland. Il n'a rien reçu de bon jusqu'à présent. Rien. Même avec tout ce que je vais lui donner, ou peut-être parce qu'il possédera tout ça, il poussera tordu.

Antoine, au fur et à mesure que Mathilde parlait, avait senti que l'émotion le gagnait, que son cœur lui envahissait la gorge. Il s'était servi un verre de vin. Sa main tremblait.

— Prenez-le, ici, avait-elle ajouté. Prends-le avec toi.

Il n'avait pu répondre.

— Il est ici, au village.

Ils avaient marché en silence jusqu'à la place de Mazenc. La voiture de Mathilde était arrêtée devant le Cercle républicain.

Mathilde s'était accrochée au bras d'Antoine.

— Je voudrais simplement qu'il soit comme toi…, avait-elle chuchoté.

Il l'avait sentie s'appuyer contre lui.

— … ou comme ton père.

Ils s'étaient arrêtés à quelques pas de la voiture.

Antoine avait aperçu sur la banquette arrière un garçon aux cheveux noirs, assez longs. Le chauffeur de Mathilde était sorti du Cercle républicain, Il avait montré Roland :

— Il dort. Il n'a pas bougé.

Il avait souri :

— À cet âge-là, ça dort n'importe où.

Antoine s'était approché. Le corps de Roland était replié, tassé. Le garçon avait les deux poings fermés posés sur sa bouche.

Il avait pensé à tous ces blessés et ces morts qu'il avait vus, sur le quai de la gare de Bordeaux ou ensevelis sous les décombres des maisons détruites.

Il s'était souvenu de ce soldat, tombé les bras en croix dans les barbelés, et des rats qui se faufilaient en lui.

Il avait fermé les yeux, comme si cela avait pu faire disparaître le visage de Charles.

Roland avait bougé, s'était réveillé.

Antoine avait ouvert la portière, tendu la main pour l'aider à se redresser, et Roland l'avait saisie.

C'était le jour des morts de l'an 1920.

Un jour de vie.

TABLE DES MATIÈRES

Prologue

Première partie

Deuxième partie

Quatrième partie

Cinquième partie

Sixième partie

Septième partie

Huitième partie

CHRONOLOGIE HISTORIQUE

25 février 1848 • Proclamation de la IIe République.

23 au 23 juin 1848 • Insurrection dans Paris, écrasée par le général Cavaignac.

10 décembre 1848 • Louis Napoléon Bonaparte élu président de la République.

2 décembre 1851 • Coup d'État de Louis-Napoléon Bonaparte.

11 décembre 1851 • Victor Hugo s'exile à Bruxelles.

21 janvier 1852 • Louis Napoléon élu par plébiscite « prince président ».

22 janvier 1852 • Le duc de Persigny est nommé ministre de l'Intérieur.

2 décembre 1852 • Second Empire. Louis Napoléon devient empereur sous le nom de Napoléon III.

5 août 1852 • Victor Hugo publie *Napoléon-le-Petit* à Londres.

30 janvier 1853 • Napoléon III épouse Eugénie de Montijo.

23 juin 1853 • Le baron Haussmann est nommé préfet de la Seine.

27 mars 1854 • Début de la guerre de Crimée.

2 mai 1855 • Loi sur les grands travaux de Paris, sous l'impulsion de Haussmann.

30 mars 1856 • Traité de Paris qui met fin à la guerre de Crimée.

24 janvier 1857 • *Madame Bovary* de Flaubert poursuivie pour outrages aux bonnes mœurs.

20 août 1857 • *Les Fleurs du mal* de Baudelaire sont censurées.

14 janvier 1858 • Attentat d'Orsini contre Napoléon III.

26 janvier 1859 • Signature du traité d'alliance franco-sarde de Turin, précédant la campagne d'Italie.

4 juin 1859 • Victoire de Napoléon III à Magenta contre les troupes autrichiennes.

16 juin 1859 • Loi définissant les 20 arrondissements d'un Paris élargi par l'annexion de plusieurs communes proches.

24 juin 1859 • Victoire de Napoléon III à Solférino contre l'empereur François Joseph.

15 août 1859. Amnistie pour les prisonniers politiques, dont Auguste Blanqui.

10 novembre 1859 • Traité de Zurich qui met fin à la guerre austro-franco-sarde.

23 janvier 1860 • Traité de libre-échange entre la France et l'Angleterre.

31 octobre 1861 • Début de l'expédition franco-anglo-espagnole pour le Mexique.

7 juin 1866 • Début de la guerre austro-prussienne. L'Autriche est battue à Sadowa le 7 juillet.

5 février 1867 • Bazaine et son armée évacuent le Mexique sous la pression des États-Unis.

19 juillet 1870 • La France déclare la guerre à la Prusse.

25 juillet 1870 • Napoléon III prend le commandement de l'armée.

6 août 1870 • Défaites de Forbach et de Frœschwiller.

2 septembre 1870 • Capitulation française à Sedan. Napoléon III est prisonnier.

4 septembre 1870 • Manifestations dans Paris, chute du second Empire, la République est proclamée.

5 septembre 1870 • Hugo rentre à Paris.

19 septembre 1870 • Paris est encerclé par l'armée allemande.

5 janvier 1871 • Paris est bombardé.

28 janvier 1871 • Capitulation de Paris, l'armistice est signé à Versailles.

17 février 1871 • Adolphe Thiers prend la tête du pouvoir exécutif.

18 mars 1871 • Insurrection parisienne, le gouvernement se replie à Versailles.

27 mars 1871 • Proclamation de la Commune de Paris.

10 mai 1871 • La France, par le traité de Francfort, perd l'Alsace et la Lorraine.

21 au 21 mai 1871 • « Semaine sanglante » à Paris, fin de la Commune.

31 août 1871 • Adolphe Thiers président de la République.

27 juillet 1872 • Le service militaire devient obligatoire.

24 mai 1873 • Adolphe Thiers démissionne, le maréchal de Mac-Mahon élu président de la IIIe république.

19 mai 1874 • Loi réglementant le travail des femmes et des enfants.

5 janvier 1875 • Inauguration de l'Opéra Garnier.

16 mai 1877 • Coup d'État de Mac-Mahon qui dissout la Chambre.

mai 1878 • Inauguration de l'Exposition universelle au palais du Trocadéro.

30 janvier 1879 • Démission de Mac-Mahon, Jules Grévy nommé président de la République.

31 janvier 1879 • Léon Gambetta devient président de la Chambre.

11 juillet 1880 • Amnistie pour les communards.

25 septembre 1880 • Ministère Jules Ferry.

16 juin 1881 • Lois Jules Ferry sur l'enseignement primaire gratuit, puis laïc et obligatoire le 29 mars 1882.

29 juillet 1881 • Loi sur la liberté de la presse.

14 novembre 1881 • Ministère Gambetta.

21 février 1883 • Nouveau ministère Jules Ferry.

30 mars 1885 • Démission de Jules Ferry.

22 mai 1885 • Mort de Victor Hugo. Obsèques nationales le 1er juin.

28 décembre 1885 • Jules Grévy réélu à la présidence de la République.

7 janvier 1886 • Le général Boulanger est nommé ministre de la Guerre.

janvier 1887 • Début de la construction de la tour Eiffel.

18 mai 1887 • Boulanger est écarté du gouvernement.

2 décembre 1887 • Démission de Jules Grévy, Sadi Carnot président de la République

27 janvier 1889 • Boulanger, qui est élu député de la Seine, envisage un coup d'État.

6 mai 1889 • Exposition universelle, avec l'inauguration des ascenseurs de la tour Eiffel le 19 mai.

14 août 1889, Boulanger, réfugié à Bruxelles, est condamné par contumace à la détention perpétuelle.

6 septembre 1892 • Le scandale des pots-de-vin concernant le canal de Panamá est dénoncé dans *La Libre Parole* de Drumont.

24 juin 1894 • Assassinat de Sadi Carnot, Casimir Perier président de la République.

19 décembre 1894 • Début du procès Dreyfus, condamné à la déportation à vie le 22 décembre.

17 janvier 1895 • Félix Faure élu président de la République, Casimir Perier ayant démissionné.

13 janvier 1898 • Le « J'accuse » de Zola dans *L'Aurore* de Clemenceau

23 février 1898 • Premier procès de Zola, condamné à un an de prison.

18 juillet 1898 • Second procès de Zola, exilé en Angleterre.

16 février 1899 • Mort de Félix Faure. Loubet élu président de la République le 18.

3 juin 1899 • Révision du procès Dreyfus ; gracié le 19 septembre.

7 juin 1902 • Ministère d'Émile Combes.

18 janvier 1906 • Armand Fallières élu président de la République contre Paul Doumer.

13 juillet 1906 • Réhabilitation de Dreyfus.

25 octobre 1906 • Ministère Clemenceau.

20 juillet 1909 • Clemenceau renversé, remplacé par Aristide Briand.

29 janvier 1910 • La crue de la Seine à son maximum (8,50 m au pont de la Tournelle).

27 juin 1911 • Ministère Joseph Caillaux.

11 janvier 1912 • Joseph Caillaux démissionne, ministère Raymond Poincaré.

17 janvier 1913 • Raymond Poincaré élu président de la République.

mai 1913 • Clemenceau crée le quotidien *L'Homme libre*.

13 juin 1914 • Ministère Viviani.

28 juin 1914 • Assassinat de l'archiduc François-Ferdinand à Sarajevo.

31 juillet 1914 • Assassinat de Jean Jaurès.

1er août 1914 • L'Allemagne déclare la guerre à la Russie. Mobilisation générale en France.

3 août 1914 • L'Allemagne déclare la guerre à la France. L'Italie reste neutre.

5 août 1914 • L'Angleterre entre en guerre.

30 août 1914 • Retraite française.

3 septembre 1914 • Le gouvernement se replie à Bordeaux.

11 septembre 1914 • Victoire de la Marne.

21 fév.-15 déc. 1916 • Bataille de Verdun

2 avril 1917 • Entrée en guerre des É.-U.

16 novembre 1917 • Clemenceau nommé président du Conseil et ministre de la Guerre.

23 mars 1918 • Premier bombardement de la « Grosse Bertha » sur Paris

11 novembre 1918 • Signature de l'Armistice à Rethondes.

28 juin 1919 • Traité de Versailles.

16 janvier 1920 • Clemenceau, battu aux voix par Deschanel, démissionne.

“Nice, ville lumière”

La Baie des Anges

La chronique de l’émigration italienne à travers l’histoire des frères Revelli et celle de leurs descendants. Ils sont des centaines à quitter la misère du Piémont en cette année 1880 pour venir tenter leur chance à Nice. Population pauvre et laborieuse, certains réussiront à gagner les lumières de la ville, les uns par le travail, les autres par la dissimulation. À eux tous, ils feront de la “Riviera” un nouvel Eldorado.

1. *La baie des Anges* (n° 10787)
2. *Le palais des Fêtes* (n° 10788)
3. *La promenade des Anglais* (n° 10789)

Il y a toujours un Pocket à découvrir

Imprimé en France sur Presse Offset par

BRODARD & TAUPIN

GROUPE CPI

8491 – La Flèche (Sarthe), le 02-08-2001
Dépôt légal : août 2001

POCKET – 12, avenue d'Italie - 75627 Paris cedex 13
Tél. : 01.44.16.05.00